FATAL MISTAKE – DEIN UND MEIN HERZ

FATAL SERIE 6

MARIE FORCE

Originaltitel: Fatal Mistake © 2020 HTJB, Inc.
Copyright für die deutsche Übersetzung aus dem Amerikanischen: Fatal Mistake –
Dein und mein Herz von Christian Trautmann
Cover: Kristina Brinton
Buchdesign und Satz: E-book Formatting Fairies
ISBN: 978-1950654895

Zuvor veröffentlicht unter dem Titel „Unbarmherzig ist die Nacht".

Die Fatal Serie

Fatal Affair – Nur mit dir (Fatal Serie 1)
Fatal Justice – Wenn du mich liebst (Fatal Serie 2)
Fatal Consequences – Halt mich fest (Fatal Serie 3)
Fatal Destiny – Die Liebe in uns (Fatal Serie 3.5)
Fatal Flaw – Für immer die Deine (Fatal Serie 4)
Fatal Deception – Verlasse mich nicht (Fatal Serie 5)
Fatal Mistake – Dein und mein Herz (Fatal Serie 6)
Fatal Jeopardy – Lass mich nicht los (Fatal Serie 7)
Fatal Scandal – Du an meiner Seite (Fatal Serie 8)
Fatal Frenzy – Liebe mich jetzt (Fatal Serie 9)
Fatal Identity – Nichts kann uns trennen (Fatal Serie 10)
Fatal Threat – Ich glaub an dich (Fatal Serie 11)
Fatal Chaos – Allein unsere Liebe (Fatal Series 12)
Fatal Invasion – Wir gehören zusammen (Fatal Serie 13)
Fatal Reckoning – Solange wir uns lieben (Fatal Serie 14)
Fatal Accusation – Mein Glück bist du (Fatal Serie 15)
Fatal Fraud – Nur in deinen Armen (Fatal Serie 16)

1

Besser geht's nicht, dachte Nick Cappuano – ein kühler, frischer Herbstabend im Baseballstadium mit seinen Lieblingsmenschen und der Heimmannschaft, den D.C. Federals, auf dem Weg zur allerersten Teilnahme an der World Series. Zu Beginn des neunten Innings lagen die Feds zwei zu eins vorne, bei drei Outs, die noch zwischen ihnen und der großen Show standen.

„Ich kann nicht glauben, dass das wirklich passiert", sagte Scotty. Der Zwölfjährige bebte vor Aufregung.

„Nur nicht so voreilig." Als lebenslanger Fan der Boston Red Sox hatte Nick gelernt, in diesen Dingen realistisch zu sein. „So was bringt Unglück."

„Alles, was sie brauchen, sind drei Outs, und die Sache ist geritzt."

„Schsch", warnte Nick ihn und stupste das Kinn des Jungen an, was diesen zum Grinsen brachte. Er lebte jetzt seit zwei Monaten bei ihnen, und es waren die besten zwei Monate in Nicks Leben gewesen. Er und seine Frau Sam hatten einen Adoptionsantrag gestellt, um den Jungen offiziell zu einem Mitglied der Cappuano-Familie zu machen.

Wenn man vom Teufel sprach. Seine wundervolle Frau bahnte sich ihren Weg durch die luxuriöse Loge, die er zusammen mit seinem engen Freund, Senator im Ruhestand Graham O'Connor, für das große Spiel gemietet hatte. Mit einer Wasserflasche in der

Hand setzte Sam sich auf Nicks Schoß und legte ihm den Arm um die Schultern.

„Amüsierst du dich, Schatz?", erkundigte Nick sich.

„Und wie. Freddie und Gonzo wetten bereits auf die World Series."

„Das sollten sie lieber nicht tun", meinte Scotty mit ernster Miene. „Nick sagt, sie werden den Feds Unglück bringen."

„Ist das zu fassen?", meldete Graham sich zu Wort, als er sich mit einem breiten Grinsen zu den Cappuanos gesellte. „Es hat nur drei Saisons gedauert, um es in die World Series zu schaffen! Wenn man sich überlegt, dass sie letztes Jahr noch Tickets verschenkt haben, um das Stadion voll zu bekommen."

„Sag es ihm, Scotty", forderte Nick den Jungen auf.

„Du wirst ihnen Unglück bringen."

Graham wuschelte dem Jungen durch die Haare. „Mir gefallen unsere Chancen, mit Lind auf dem Spielfeld den Sack zuzumachen." Der „Vollstrecker" der Feds, Rick Lind, war einer der Hauptgründe dafür, dass es für das Team zu Beginn des neunten Durchgangs im siebten Spiel der National League Championship Series gut aussah. Der hundert Meilen pro Stunde schnelle Fastball des fast zwei Meter großen Werfers war eine Sache von reiner Schönheit.

„Wenn die Sox es doch auch nur geschafft hätten, dann wäre es noch viel aufregender", beklagte Scotty sich.

Den Sox war Ende September die Luft ausgegangen. „Wir müssen nehmen, was wir bekommen", sagte Nick.

Lind schaltete die ersten zwei Schlagmänner der Giants aus, mit sechs dermaßen schnellen Fastballs, dass die Hitter sie nicht einmal kommen sahen. Sam und Nick erhoben sich zusammen mit den anderen Zuschauern im Stadion, um die Heimmannschaft anzufeuern.

„Heiliger Strohsack!", meinte Scotty, ebenfalls auf den Beinen, jetzt, wo nur noch drei Strikes zwischen den Feds und der World Series standen. „Das ist der aufregendste Abend meines Lebens!" Er hielt inne, sah zu Nick und runzelte die Stirn.

„Was?", fragte Nick. Im tosenden Lärm der Zuschauer konnte man schlecht hören, deshalb neigte er den Kopf dem Jungen zu.

„Deine Parteitagsrede war noch cooler, und auch das, was

danach passiert ist." Es war der Abend gewesen, an dem Scotty ihnen eröffnet hatte, dass er dauerhaft mit ihnen zusammenleben wollte. Auch in Nicks und Sams Leben war das einer der besten Momente gewesen.

Lächelnd legte Nick den Arm um Scotty. „Das hier ist verdammt cool. Es ist okay, wenn das bei dir an erster Stelle steht."

Scotty schüttelte den Kopf. „Kommt aber nah ran an den Abend damals."

„Da hast du recht."

Scotty sah mit einem so liebevollen Lächeln zu ihm auf, dass Nick fast das Herz stehen blieb. Bis Sam und Scotty in sein Leben getreten waren, hatte er keine Ahnung gehabt, dass es möglich sein könnte, so tief zu lieben. Er legte den Arm um seinen Sohn, als der dritte Schlagmann der Giants seinen Platz auf dem Bereich des Spielfeldes einnahm, von dem aus der Ball geschlagen wurde, und Lind auf seine berühmte komische Art Schwung holte. Wie er auf diese Weise Strikes erzielte, war jedem Baseballfan in Amerika ein Rätsel.

„Er sieht aus wie Bibo auf LSD", bemerkte Sam trocken und brachte damit alle auf der Tribüne zum Lachen.

Die Fans gerieten außer sich, als dem besten Vollstrecker im Baseball noch zwei Würfe blieben.

Den Aufprall des zweiten Balls im Handschuh des Fängers konnte man bis hinauf in die letzten Zuschauerreihen hören. Nick schaute auf die Anzeigentafel, auf der die Geschwindigkeit des Balls mit 103 Meilen pro Stunde angegeben wurde. *Junge, Junge.* Lind fuhr für dieses letzte Inning seine schwersten Geschütze auf.

Die Lautstärke wurde ohrenbetäubend, als Lind den zweiten Strike machte.

Links von Nick befanden sich Sam, ihr Partner Detective Freddie Cruz sowie dessen Freundin Elin, außerdem Detective Tommy „Gonzo" Gonzales, der seinen Sohn Alex auf dem Arm hielt, sowie Gonzos Verlobte – und Nicks Stabschefin – Christina Billings, Sams Dad Skip und dessen Frau Celia, des Weiteren Graham und seine Frau Laine, Terry O'Connor mit seiner Freundin, der Gerichtsmedizinerin Dr. Lindsey McNamara, zusammen mit der Tochter der O'Connors, Lizbeth, die mit ihrer

Familie da war, und zum Schluss Sams Schwester Tracy und deren Familie.

In der Loge genoss auch Sams und Nicks persönliche Assistentin Shelby Faircloth das Spiel, zusammen mit Nicks Freund Derek Kavanaugh, der seine kleine Tochter Maeve mitgebracht hatte. Nick freute sich, dass Derek nach dem schrecklichen Verlust seiner Frau Victoria mal wieder herauskam. Dieser unterhielt sich mit Shelby, die Maeve hielt und mit Derek über die Faxen des Babys lachte. Zu Nicks Erleichterung wirkte sein Freund endlich wieder ein wenig gelöster, nachdem kürzlich sein altes Leben zusammengebrochen war.

Die ganze Gruppe lachte und feuerte die Mannschaft an, und Scotty hüpfte inzwischen auf und ab. Zwar war der Junge schon immer ein Red-Sox-Fan gewesen, was ihn und Nick von Anfang an miteinander verbunden hatte, doch war er in dieser Saison auch ein großer Fan der Feds geworden. Besonders seit dem Baseball-Trainingslager, das er im Sommer in der Hauptstadt besucht hatte und wo er den Star-Centerfielder des Teams, Willie Vasquez, kennengelernt hatte.

Willie stand in diesem Moment vornübergebeugt und beobachtete intensiv das Geschehen auf dem Spielfeld, als Lind ausholte und einen weiteren Ball warf, den der Schlagmann nicht richtig traf. Die Anspannung im Stadium löste sich ein wenig, als der Ball in die Zuschauerreihen nahe der linken Spielfeldseite fiel und somit ungültig war. Doch die Anfeuerungen begannen von Neuem, als Lind Schwung holte und einen Breaking Ball warf, den der Schlagmann wieder nicht richtig traf.

Nick schaute zu Scotty, der auf seinen Nägeln kaute, während er auf das Spielfeld unten blickte, wo der Catcher, der First Baseman und der Shortstop sich mit Lind auf dem Wurfhügel beratschlagten.

Als Scotty merkte, dass Nick ihn beobachtete, ließ der Junge die Hand sinken. „Das ist so nervenaufreibend."

„Überleg mal, wie die Spieler sich fühlen müssen."

„Ich bin vermutlich für den Profisport nicht gemacht."

Der Junge war immer witzig, was einer der Gründe dafür war, dass Nick und Sam ihn so liebten. „Zum Glück hast du ja noch jede Menge Zeit, um Karriereentscheidungen zu treffen, Kumpel."

„Stimmt auch wieder."

Als die Beratung auf dem Wurfhügel beendet war, klatschte Scotty mit den übrigen Zuschauern und feuerte lautstark Lind an.

Während der Pitcher den Batter fixierte, packte Sam Nicks Arm – fest.

Gebannt verfolgten sie das Geschehen auf dem Feld, als Lind warf. Der Knall, mit dem der Ball auf den Schläger traf, ließ Tausende den Atem anhalten, während der Batter auf die First Base zurannte und schneller war als der Wurf des Shortstop.

„Das macht nichts", beruhigte Nick den Jungen und legte ihm die Hand auf die Schulter. „Es ist nur ein Mann drauf." Er verschwieg, dass die Giants bei einem Homerun die Führung übernehmen würden, denn das sollte Scotty jetzt besser nicht hören. Zu Sam sagte Nick: „Äh, das fängt an wehzutun."

„Oh, tut mir leid." Sie lockerte ihren Griff an seinem Arm, aber nur leicht.

Scotty kaute mittlerweile Nägel an beiden Händen, während Lind für den nächsten Batter vier Würfe brauchte und dieser daher auf die First Base vorrücken durfte. Das zeigte, dass Linds legendäre Konzentration doch unter dem unerwarteten Schlag gelitten hatte. Wieder versammelten sich der Catcher, der First Baseman und der Shortstop auf dem Wurfhügel, dieses Mal zusammen mit dem Wurftrainer und Manager Bob Minor.

„Ich kann gar nicht mehr hinsehen", sagte Scotty und drehte das Gesicht Nicks Brust zu.

Nick tätschelte dem Jungen den Rücken, in der Hoffnung, ihn damit beruhigen zu können. „Bleib stark, junger Mann. Wir brauchen nur noch ein Out."

Bei all dem Adrenalin und der Aufregung musste Nick sich selbst sagen, dass es sich ja *nur um ein Spiel* handelte, ein Gedanke, den er jedoch nicht mit Scotty teilte.

„Es wird Zeit, wieder hinzusehen", sagte Nick, während der nächste Batter zum Schlagmal ging.

Scotty richtete seine Aufmerksamkeit wieder auf das Spiel, indem er klatschte und das Team anfeuerte.

Sams Griff an Nicks Arm wurde wieder fester, doch da er es liebte, von ihr gedrückt zu werden, beschwerte er sich diesmal nicht.

Zwei Fouls und drei Würfe später brauchte Nick irgendetwas zum Drücken. Die Spannung im Stadion war greifbar, besonders nachdem der Läufer es von der Second zur Third Base geschafft hatte, mit einem Hechtsprung, der die Feds komplett überrumpelt hatte.

„Scheiße", murmelte Scotty und brachte damit die Gefühle der Fed-Fans zum Ausdruck.

Bei Läufern an jeder Ecke und noch einem Out, das zwischen den Feds und der World Series stand, war jeder einzelne Spieler hoch konzentriert und jeder Fan auf den Beinen.

„Komm schon, komm schon, *komm schon*," skandierte Scotty, während Lind zum Wurf ausholte.

Ein weiterer Ball, der hinter der Home Plate in die Zuschauerreihen ging.

„Ich weiß nicht, wie lange ich das noch aushalten kann", meinte Scotty.

„Das sagt ein Red-Sox-Fan, der bloß das erfolgreiche Jahrzehnt erlebt hat", bemerkte Skip auf der anderen Seite neben Sam.

„Das ist nicht meine Schuld", verteidigte Scotty sich und brachte damit die anderen erneut zum Lachen.

„Halt einfach durch, Kumpel", ermunterte Sam ihn, sich zu ihm hinüberbeugend. „Soll ich deine Hand halten oder so was?"

„Nee, meine Hände sind ganz schwitzig."

„Das macht mir nichts aus." Sam hielt ihm die Hand hin, und er ergriff sie dankbar.

Sam und Nick lächelten einander zu, dann pfiff sie ohrenbetäubend. Wer hätte gedacht, dass sie das konnte?

„Komm schon, Lind!", schrie sie. „Mach es!"

„Ich glaube, wir haben hier einen neuen Fan gewonnen", wandte Nick sich an Scotty.

„Das haben wir nun davon, dass wir sie den ganzen Sommer lang zu allen möglichen Spielen geschleppt haben."

„Ich kann euch zwei hören, wie ihr über mich redet."

Nicks Bemerkung ging unter im Lärm, weil Lind einen weiteren Fastball warf. Das Krachen des Schlägers ließ die Menge verstummen, und der Ball flog in einem hohen Bogen ins Centerfield, wo Willie Vasquez geduldig wartete. Nur weil Nick zur Großbildleinwand schaute, sah er, wie Vasquez für den Bruchteil einer Sekunde den Ball aus den Augen ließ, um einen Blick zum Läufer auf der Third Base zu werfen.

Mehr als diesen Sekundenbruchteil brauchte es nicht, damit die steife Brise den Ball über Willies Kopf hinwegtragen konnte. Es dauerte den weiteren Bruchteil einer Sekunde, bis Willie erkannte, was passiert war. Da hatte der rechte Feldspieler Cecil Mulroney den Ball auch schon erwischt und warf ihn zurück ins Infield. Doch der Schaden war angerichtet. Beide Läufer hatten gepunktet, jetzt lagen die Giants in Führung.

Die vorhin noch laut jubelnden Fans buhten nun enttäuscht, und von den Tribünen flog Müll hinunter auf das Outfield.

„Das verstehe ich nicht", sagte Scotty mit Tränen in den Augen. „Wie konnte er den verfehlen? Das war doch ein leichter Wurf."

„Er hat den Ball nicht im Auge behalten", erklärte Nick, geschockt von der Wendung der Ereignisse. „Das reicht schon."

Während das Stadionpersonal den Müll vom Outfield einsammelte, der nach wie vor von den Rängen hinuntergeworfen wurde, lieferte sich die Security Rangeleien mit aufgebrachten Fans auf den Tribünen. Nick war froh, dass er sich in einer Loge befand, weit weg von der im Stadion ausbrechenden Unruhe.

Vasquez stand allein im Centerfield und wirkte benommen von dem, was gerade passiert war.

Jemand tippte Nick auf die Schulter, und er drehte sich zu Eric Douglas um, einem der Secret-Service-Agenten, die zu seiner Bewachung eingeteilt waren. Er war schon während seiner sich inzwischen dem Ende nähernden Kampagne zur Wiederwahl von ihnen bewacht worden, nämlich seit Sam dem ehemaligen Präsidentschaftskandidaten Arnie Patterson den Mord an Victoria Kavanaugh nachgewiesen hatte, worauf dieser geschworen hatte, Rache an ihrer Familie zu nehmen . „Senator, wir würden Sie und Ihre Angehörigen gerne von hier wegbringen", erklärte Eric.

„Nicht, bevor das Spiel zu Ende ist", erwiderte Nick.

„Wir würden gern jetzt aufbrechen. Nur für den Fall, dass die Situation eskaliert."

„Ich kann Scotty jetzt nicht von hier wegbringen, Eric."

Sams Pager meldete sich, genau wie die von Gonzo und Cruz.

Sie schaute auf ihren. „Wow, das gesamte MPD ist in erhöhte Alarmbereitschaft versetzt worden."

„Weswegen?", erkundigte sich Nick, und ein ungutes Gefühl breitete sich in ihm aus.

„Weil mit Ausschreitungen zu rechnen ist." Sie zeigte aufs Spielfeld. „Sieh nur."

Unten auf dem Spielfeld marschierte uniformierte Polizei mit gefährlich aussehenden Waffen auf.

„Taktische Spezialeinheit", bemerkte Sam mit einem stolzen Unterton in der Stimme.

„Die waren schon hier?"

„Na klar. Wir mussten doch auf alles vorbereitet sein, falls das Team gewinnt – oder verliert. Die Leute drehen in jedem Fall durch. Die Führung muss echt Ärger erwartet haben, wenn sie die ganze Truppe zusammenruft."

Sein Mut sank bei der Vorstellung, die Stadt könnte in Gewalt versinken und seine Frau mittendrin sein.

„Ich werde Christina und Alex nach Hause bringen", sagte Gonzo zu Sam und war schon dabei, seine Familie aus der Loge zu scheuchen. „Wir treffen uns dann im Hauptquartier."

„Ich komme auch", sagte Cruz, Hand in Hand mit Elin dem Ausgang zustrebend. „Danke für die großartigen Plätze, Nick."

„Ich muss los", erklärte Sam, gab Nick einen Kuss und umarmte Scotty. „Nimm es nicht zu schwer, Kumpel. Was auch passiert, nächstes Jahr kommt eine neue Chance."

„Ja, ich weiß. Danke, dass ihr mich zum Spiel mitgenommen habt. Es war aufregend, dabei zu sein, egal wie es ausgeht."

„Das ist die richtige Einstellung", lobte sie ihn. „Wir sehen uns zu Hause."

„Äh, Mrs. Cappuano", meldete Eric sich zu Wort. „Es wäre uns lieber, wenn Sie bei uns blieben."

„Davon bin ich überzeugt." Sam zeigte ihr typisches Grübchen-Grinsen. „Aber ich habe einen Job zu erledigen, und Sie auch. Sie können sich um meine Leute kümmern, ich werde auf mich selbst aufpassen."

Nick gab sich wirklich Mühe, ihrer Arbeit nicht in die Quere zu kommen, doch er hatte ein ungutes Gefühl wegen dem, was in der Stadt im Falle einer Niederlage der Feds passieren könnte.

„Sam ..." Der harte Blick, den sie ihm sandte, vernichtete den Gedanken, bevor er ihn aussprechen konnte. „Pass auf dich auf da draußen, Babe."

„Mach ich immer."

Nicks Blick blieb auf sie geheftet, während sie sich von ihrem Dad und Celia verabschiedete und ihre Schwester umarmte. Am liebsten wäre er ihr gefolgt und hätte versucht, sie zum Bleiben zu überreden. Aber wenn, wie so oft, die Pflicht rief, dann ging Sam.

„Senator?" Erics zweite Anfrage klang drängender als die erste.

Nick schaute auf das Spielfeld, dessen Outfield inzwischen mit Müll übersät war. Sicherheitsleute des Teams geleiteten Willie Vasquez zum Unterstand der Mannschaft, vermutlich, um ihn aus dem Gefahrenbereich zu bringen. Wussten die Fans denn nicht, dass die Feds drei Outs mehr hatten und nur einen Lauf brauchten bis zum Ausgleich oder zwei zum Sieg? Sie konnten es immer noch schaffen.

Er sah zu Scotty, der die Szenen auf dem Spielfeld mit einer Mischung aus Verwirrung und Kummer verfolgte. „Ich verstehe das nicht. Warum machen sie das? Die Feds haben doch noch drei Outs. Das Spiel ist nicht vorbei."

„Ich begreife es auch nicht, Kumpel. Hör zu, Eric möchte uns aus dem Stadion bringen, für den Fall, dass es Ärger gibt."

„Bevor das Spiel zu Ende ist?"

„Ja, er will, dass wir jetzt gehen."

„Werden sie das Spiel beenden können?"

„Wenn sie es schaffen, die Fans zu beruhigen. Wir können uns den Schluss zu Hause am Fernseher anschauen." Plötzlich hatte Nick es eilig, hier herauszukommen, vor allem aber, Scotty wegzubringen.

„Okay." Scotty warf einen letzten Blick auf das Spielfeld, ehe er sich von Nick zum Ausgang führen ließ.

Der Rest ihrer Gruppe folgten ihnen zum Fahrstuhl, den der Secret Service für ihren Aufbruch gesichert hatte. Wie sie das schafften – und die vielen anderen Dinge, die sie mit scheinbar müheloser Kompetenz hinbekamen –, faszinierte Nick immer wieder aufs Neue.

„Ich werde dafür sorgen, dass Shelby sicher nach Hause

kommt", bot Derek mit leiser Stimme an, die im allgemeinen Stimmengewirr im Fahrstuhl nur Nick hören konnte.

„Oh, danke, das wäre großartig. Ihr zwei scheint euch heute Abend gut amüsiert zu haben."

Derek schaute auf Maeve, die ihre spuckenasse Faust im Mund hatte. „Wie ging amüsieren noch mal?"

Nick litt mit seinem trauernden Freund. „Es ist jedenfalls schön zu sehen, dass du wieder unter Leute gehst."

„Danke für die Einladung. Ich wollte keine Spaßbremse sein."

„Bist du nicht. Du weißt, dass wir alle dir nur helfen wollen, so gut wir können."

„Und dafür bin ich euch auch dankbar. Ich weiß nicht, was ich ohne meine Freunde und meine Familie in den vergangenen Monaten gemacht hätte."

„Hast du dir schon Gedanken darüber gemacht, ob du wieder arbeiten willst?" Derek war stellvertretender Stabschef von Präsident Nelson, der, genau wie Nick, im nächsten Monat zur Wiederwahl stand.

„Nach der Wahl, sofern er gewinnt und mich wieder haben will. Momentan kann ich mir jedoch nicht einmal vorstellen, wieder mitzumischen."

Nick tätschelte dem Freund den Rücken. „Er wird gewinnen, und er will dich zurückhaben. Das hat er dir auch schon gesagt."

Derek zuckte die Schultern. „Bin mir nicht sicher, ob ich noch mit dem Herzen dabei wäre."

„Nimm dir Zeit und triff vorerst keine großen Entscheidungen."

„Das raten mir alle."

Nick beobachtete über Dereks Schulter, wie Shelby mit Maeve Kuckuck spielte und das kleine Mädchen damit zum Lachen brachte.

Ihr Lachen entlockte ihrem Vater die Andeutung eines Lächelns. „Das Leben geht weiter, was?"

„Du wirst darüber hinwegkommen, Derek."

„Sag mir das nur immer wieder, dann glaube ich es eines Tages vielleicht."

„Alles klar."

2

—————

Die Agenten des Secret Service führten Nick und seine Freunde geschickt zu ihren Fahrzeugen. Nick und Scotty wurden zu dem großen schwarzen SUV geleitet, in dem man sie seit zwei Monaten herumfuhr. Nick beobachtete, wie der Junge sich anschnallte und war amüsiert darüber, wie rasch er sich nicht nur in seine neue Familie eingelebt, sondern auch an die Bewachung rund um die Uhr gewöhnt hatte.

„Das tut mir alles leid, Kumpel."

„Was alles?"

„Dass wir das Spiel vor dem Ende verlassen mussten. Der Secret Service und der ganze Ärger."

„Aber das ist doch klasse. Meine neuen Freunde in der Schule halten mich für jemand Wichtigen, weil mir überallhin Leibwächter folgen."

„Stimmt das?"

„Ja. Also mach dir keine Sorgen, ich finde es cool."

„Würdest du es mir sagen, wenn es anders wäre?"

Scotty überlegte einen Moment. „Ja, wenn ich der Meinung wäre, dass du etwas daran ändern könntest. Ist ja nicht so, als wärst du begeistert davon, dass der Secret Service ständig um uns herum ist."

Nick hatte sein Missfallen über die Bewachung deutlich zum

Ausdruck gebracht. „Es ist wahnsinnig nervig. Ich wusste meine Freiheit gar nicht zu schätzen, bis sie mir genommen worden ist."

„Stell dir vor, wie es als Präsident wäre."

„Ja." Daran hatte er oft gedacht seit dem Parteitag und den beharrlichen Gerüchten, er könne in vier Jahren für das Amt des Präsidenten kandidieren.

„Hast du dich jemals gefragt ... ach, schon gut, vergiss es."

„Was gefragt?"

„Die Leute reden, weißt du?"

Nick musterte ihn misstrauisch. „Und? Was sagen diese *Leute* denn so?"

„Dass mein neuer Dad vielleicht eines Tages Präsident wird und wie das wohl wäre. Du weißt schon, für mich."

Scotty war so süß und aufmerksam, nicht unähnlich dem Zwölfjährigen, der Nick einst gewesen war. Nick hatte in der ständigen Angst gelebt, seine Großmutter würde seiner überdrüssig werden und ihn ins Heim stecken. Deshalb hatte er sich meistens vorbildlich benommen. „Und was antwortest du ihnen, wenn sie dich fragen?"

„Dass ich keine Ahnung habe. Woher soll ich wissen, wie das ist, bevor es passiert?"

„Gutes Argument. Würdest du es gern herausfinden?"

Scottys große braune Augen wurden noch größer. „Wirst du es machen?"

„Das weiß ich noch nicht. Aber wie du schon gesagt hast, es gibt viel Gerede. Deshalb habe ich über das Was-wäre-wenn nachgedacht."

„Was meint Sam dazu?"

Nicks Lachen klang tief und rau. „Meistens stopft sie sich die Finger in die Ohren und singt ‚Lalala, ich kann dich nicht hören'."

Scotty lachte los. „Das kann ich mir richtig gut vorstellen. Es ist wegen ihres Jobs, oder?"

„Zum Teil. Wenn jemand sich an den Einschränkungen, die das mit sich bringt, stören würde, dann sie. Es würde sie verrückt machen, wenn ihr den ganzen Tag lang jemand folgt. Ich kann mir wahrhaftig nicht vorstellen, dass sie so lebt."

„Stimmt."

„Aber da ich ohne sie nicht leben kann ... ach, was soll's. Das ist eh alles rein hypothetisch."

„Was ist hypothetisch? Was bedeutet das?"

„Es bedeutet, dass es höchstwahrscheinlich keinen Sinn hat, darüber zu reden, wenn es ohne Sams Zustimmung gar nicht passieren wird."

Die Trennscheibe wurde heruntergefahren, und Eric drehte sich auf dem Beifahrersitz zu ihnen um. „Verzeihen Sie die Verspätung, Senator. Wir stecken im Verkehr fest."

„Gibt es Neuigkeiten vom Spiel?"

„Es ist vorbei. Die Feds sind gegen Ende des neunten Innings untergegangen."

Scotty gab ein gequältes Stöhnen von sich. „Wir waren so nah dran."

„Über dieses Spiel wird man noch jahrelang sprechen", meinte Eric mitfühlend.

„Armer Willie", sagte Scotty. „Er muss furchtbar niedergeschlagen sein."

„Das ist er sicher", gab Nick ihm recht.

„Ich werde ihm einen Brief schreiben. Wenn wir zu Hause sind, werde ich ihm schreiben, dass ich ihm nicht die Schuld gebe. Solche Sachen passieren, sogar Major-League-Baseballspielern."

Nicks Herz floss über vor Liebe. „Ich finde, das ist eine ausgezeichnete Idee, Kumpel."

Sie lächelten einander zu auf eine Weise, die Nick sehr dankbar machte für den Jungen, der jetzt sein Sohn war. Bald würde die Adoption offiziell sein. Nick konnte diesen Tag kaum erwarten.

Sam traf im Hauptquartier ein, genervt, weil sie an einem Abend zur Arbeit gerufen wurde, den sie eigentlich mit ihrer Familie hatte verbringen wollen. Ihnen waren so wenige freie Abende vergönnt, besonders während Nicks Wahlkampf, daher war ihr jeder einzelne sehr kostbar. Jetzt betrat sie missmutig den Lagebesprechungsraum, in dem Chief Farnsworth, Deputy Chief Conklin sowie Detective Captain Malone sich mit den Lieutenants besprachen, die die Spezialkräfte und die Streifenpolizisten leiteten.

Sie setzte sich auf einen Platz neben den Detectives Dani Carlucci und Giselle „Gigi" Dominguez, den beiden ihr unterstellten Nachtschicht-Officers. „Das ist vielleicht ein Mist, was?", sagte Sam.

„Kann man wohl sagen, Lieutenant", bestätigte Gigi. „Und alles nur wegen eines blöden Baseballspiels."

„Die Leute sollten sich mal derartig aufregen über Obdachlosigkeit oder andere wichtige Dinge", fügte Dani hinzu.

„Das Gleiche habe ich zu Christina gesagt", bemerkte Gonzo, der sich hinter sie setzte.

Freddie kam zusammen mit den Detectives Arnold, McBride und Tyrone herein.

„Die ganze Bande ist vollständig versammelt", stellte Sam fest, jedem einzelnen ihrer Detectives zunickend.

„Die Feds haben das Spiel verloren", verkündete Farnsworth und löste damit allgemeines Stöhnen aus. „Unsere Spezialkräfte überwachen die Zuschauer in und um das Stadion, gemeinsam mit dem FBI und anderen Polizeikräften, die in Bereitschaft sind, falls wir sie brauchen. Und ich bin davon überzeugt, dass wir sie heute Abend brauchen werden. Also hören jetzt alle Deputy Chief Conklin zu, der die Einteilung vornimmt."

Conklin nannte die spezielle Funkfrequenz, auf der die Einsatzkräfte während der Nacht kommunizieren sollten, und erwähnte, dass die Überwachungskameras der Polizei wachsende Unruhe im Stadionbereich zeigten. Dann ging er die Teamliste durch und gab die Einsatzbefehle aus. Jeder bekam an einem Abend wie diesem, an dem sich die Frustration der Menge über ein verlorenes Baseballspiel in der Stadt entlud, einen Streifenpolizisten zugeteilt. „Das wär's, Leute", schloss Conklin, nachdem er seine taktischen Anweisungen gegeben hatte. „Lasst uns da rausgehen und vorsichtig sein."

Sam wartete, bis die anderen den Raum verlassen hatten, dann wandte sie sich an ihre Vorgesetzten. Ihr Partner Freddie Cruz bildete mit McBride und Tyrone ein Team und warf Sam beim Hinausgehen einen fragenden Blick zu.

„Sie haben jemanden vergessen", sagte Sam zu Conklin.

„Nein, habe ich nicht." Er sah zu Farnsworth. „Ich überlasse das Ihnen."

Farnsworth wartete, bis Conklin und Malone den Raum verlassen hatten, ehe er Sam direkt ansah.

„Was gibt es denn?", wollte sie wissen.

„Ich brauche Sie hier in der Kommandozentrale."

„Bei allem gebührenden Respekt, Sir, das ist Bullshit. Verraten Sie mir endlich, was wirklich los ist."

Der Blick seiner stahlgrauen Augen wurde hart. „Ich könnte Sie auf Ihr aufsässiges Verhalten aufmerksam machen, Lieutenant Holland. Wieder einmal."

„Könnten Sie, machen Sie aber nicht. Worum geht es wirklich? Warum werde ich wie ein kleines Kind behandelt?"

„Sie kennen den Grund."

„Arnie Patterson sitzt im Gefängnis! Das ist doch lächerlich! Der Secret Service bewacht meinen Mann und meinen Sohn, und ich werde von Einsätzen ferngehalten."

„Weil Sie sich weigern, die Drohungen ernst zu nehmen. Ob Sie es nun glauben oder nicht, Patterson hat jede Menge Unterstützer. Ihre Ermittlungen haben deren Träume zerstört, ihn im Weißen Haus zu sehen. Und die geben *Ihnen* die Schuld."

„Äh, hallo, er ist ein Mörder und Betrüger – *er* hat die Träume seiner Anhänger zerstört."

„Sie wissen das, und ich weiß das. Aber versuchen Sie denen das mal klarzumachen."

Arnies Jünger hatten sich nach seiner Verhaftung im Internet und den Sozialen Medien zusammengetan, um den Detective zu denunzieren, der Arnie Patterson und dessen Söhnen den Mord an Victoria Kavanaugh nachgewiesen hatte. Der Großteil der Boshaftigkeiten galt Sam, die den Fall aufgeklärt hatte, auch wenn das FBI letztlich die Verhaftung vorgenommen hatte.

„Bis sich der Zorn gelegt hat, ist der Außendienst für Sie gestrichen", erklärte Farnsworth.

„Auch wenn es einen Mord gibt?"

„Das sehen wir, wenn es so weit ist."

„Ich brauche einen hübschen vertrackten Mordfall, in den ich mich verbeißen kann. Es ist Wochen her, dass ich an einer richtig guten Sache gearbeitet habe."

„Sie sind krank, Holland, wissen Sie das?“

„Das verletzt jetzt aber meine Gefühle.“

„Welche Gefühle?“, erwiderte er mit einem Lachen. „Helfen Sie in der Zentrale, helfen Sie bei der Einsatzleitung, helfen Sie bei den Berichten und setzen Sie ohne mein Wissen keinen Fuß vor die Tür dieses Gebäudes. Verstanden?“

Der Mann, den sie früher „Onkel Joe“ genannt hatte, kehrte ihr gegenüber nur selten den Vorgesetzten heraus. Tatsächlich ließ er ihr bei ihren Ermittlungen so manches durchgehen. Und weil er oft genug entgegenkommend war, würde auch sie sich jetzt entgegenkommend verhalten. Zumindest vorläufig. Denn ewig konnte sie sich nicht in Watte packen lassen, ohne verrückt zu werden.

„Na schön“, sagte sie zu seinem Rücken, als er den Raum verließ. „Aber nach diesem Abend werden wir uns mal über meine gestutzten Flügel unterhalten.“

Er winkte, zum Zeichen dafür, dass er sie gehört hatte. Frustriert trat Sam gegen einen Mülleimer. Sie hasste es, aus Sorge um ihre Sicherheit abgeschoben zu werden. Warum traute ihr niemand zu, auf sich selbst aufzupassen? Schließlich war sie seit fast dreizehn Jahren Polizistin! Und nun wurde sie in einer der spannendsten Nächte seit Jahren zur Schreibtischarbeit verdonnert. Das war einfach nicht fair.

Trotzdem passierte es, also verdrängte sie ihre Frustration, um in Erfahrung zu bringen, wo sie gebraucht wurde. In der Funkzentrale wurde sie von den Monitoren angezogen, auf denen immer wieder zu sehen war, wie der Ball über Willie Vasquez’ Kopf hinwegflog, während die Kommentatoren über einen Moment sprachen, der in die Geschichte des Baseballs eingehen würde, genau wie Bill Buckners berühmter Patzer, der die Boston Red Sox den Sieg in der World Series 1986 gekostet hatte. „Das hier ist vielleicht noch übler als Buckner“, bemerkte einer der Kommentatoren grimmig.

Sam schaute auf den nächsten Bildschirm, auf dem die Polizeieinsatzkräfte sich vor dem Stadion formiert hatten. Andere Bilder zeigten ein brennendes Auto, ein umgekipptes Auto, eine eingeschlagene Fensterscheibe und den wütenden Mob in den Straßen.

Und alles wegen eines verdammten Baseballspiels.

Ihre Bestürzung über die Ereignisse in ihrer Stadt ebenso herunterschluckend wie ihre Unfähigkeit, irgendetwas dagegen zu unternehmen, stürzte sie sich in die Arbeit in der Zentrale, die überlaufen war von Leuten, die durch zunehmend zornige Polizisten hereingebracht wurden.

Um den Lärm der vielen Stimmen und die beunruhigenden Fernsehbilder auszublenden, stopfte Sam sich Ohrstöpsel in die Ohren und ließ sich von Bon Jovi aus dem Chaos entführen, während sie Berichte tippte und sich auf diese niedrige Tätigkeit konzentrierte, die hunderte von Verhaftungen mit sich brachte.

Eine Stunde später weckte ein Handgemenge zwischen einem Mann in einer dunkelblauen Jacke mit großem gelbem FBI-Aufdruck und einem widerspenstigen Verhafteten ihre Aufmerksamkeit. Sam nahm die Ohrstöpsel heraus und ging hin, um ihre Hilfe bei der Überwältigung des Mannes anzubieten.

Als der FBI-Mann sich umdrehte und sie in die bernsteinfarbenen Augen von Special Agent Avery Hill blickte, erschrak Sam. „Agent Hill", sagte sie zögernd, nachdem es ihnen gelungen war, den Verhafteten in den Bereich zur Aufnahme der Personalien zu bringen. „So sieht man sich wieder."

„Unter ungünstigen Umständen."

„Gibt es andere in unserem Job?"

Das entlockte dem Mann, der sich mit seiner Schwärmerei für sie nicht sonderlich bedeckt gehalten hatte, ein sexy Lächeln. Sam räusperte sich, entsetzt und verlegen wegen ihrer plötzlichen Nervosität. Sie hasste die Wirkung dieses Mannes auf sie, wo sie doch nicht das geringste Interesse an ihm hatte.

„Was machen Sie hier?", fragte sie. „Ich dachte, Sie seien an die Westküste zurückgekehrt oder in die Äußere Mongolei gereist, nachdem wir den Fall Kavanaugh abgeschlossen hatten."

„Das war der Plan", sagte er in diesem weichen Südstaatenakzent, bei dem die unerschütterlichste Frau schwach werden konnte. Allerdings nicht Sam. Sie redete sich ein, dass sie immun war. „Director Hamilton hatte andere Pläne für mich." Sein selbstironisches Lächeln brachte ein faszinierendes Grübchen in seiner linken Wange zum Vorschein. „Darf ich Ihnen den neuen Leiter der Abteilung Kriminalpolizeiliche Ermittlungen im FBI-Hauptsitz vorstellen?"

„Oh", sagte Sam, wie vom Donner gerührt von dieser Neuigkeit. „Dann bleiben Sie also in der Stadt?" Noch dazu näher als zu seiner Zeit in Quantico. Na toll. *Warte, bis Nick die Neuigkeit erfährt.* Er hatte Hills Interesse an Sam schon bei seiner allerersten Begegnung mit dem Agenten registriert und war alles andere als glücklich darüber.

„Scheint so." Er deutete auf den Kerl, den er hereingebracht hatte. „Ich habe Officer Beckett und Dempsey angeboten, den Transport zu übernehmen. Ihr Wagen war schon voll. Die müssten gleich mit den Formularen aufkreuzen."

„Papierkram haben wir heute Abend reichlich."

„Ich bin überrascht, Sie hier anzutreffen statt draußen im Einsatz."

„Dann sind wir schon zwei", erwiderte sie mit zusammengebissenen Zähnen. „Arnie Patterson und seinen verdammten Drohungen habe ich es zu verdanken, dass man mir die Flügel gestutzt hat."

„Oh, das ist übel."

„Was Sie nicht sagen. Sie haben mir geholfen, ihn festzunageln. Aber Sie bedroht er nicht."

„Tja, Sie sind eben berühmter als ich." Er grinste dreist.

„Sie können mich mal."

Er hob die Brauen und schien das Angebot zu überdenken. „Hm, ich mache mich lieber wieder auf den Weg. Es heißt, der Präsident schickt die Nationalgarde, um die Meute unter Kontrolle zu bringen. So etwas habe ich in meinem ganzen Leben noch nicht gesehen."

„Und alles nur wegen eines Baseballspiels."

„Ich weiß. Es ist verrückt."

„Meinen Glückwunsch zur Beförderung."

„Danke." Er ging zum Haupteingang, drehte sich aber noch einmal um und sah, dass Sam ihm hinterherschaute. Das war peinlich.

„Darf ich Sie etwas fragen?" Sein Blick wurde intensiv auf jene Weise, die er so gut beherrschte.

„Warum nicht?"

„Ihre Assistentin Shelby."

„Was ist mit ihr?"

„Vor einer Weile hat sie mich gefragt, ob ich Lust hätte, mit ihr einen Kaffee zu trinken. Da ich hierbleiben werde, habe ich mir überlegt, diese Einladung vielleicht anzunehmen."

Sam hatte keine Ahnung, was sie dazu sagen sollte. „Oh."

„Wäre das ein Problem für Sie?"

„Ich ... ähm ... ich wüsste nicht, wieso." Hauptsache, Shelby hielt ihn möglichst weit fern von ihr und Nicks Haus. Dann wäre es absolut okay, oder? Sam nahm sich vor, das möglichst bald mit ihrer Assistentin zu klären.

Er nickte ihr zu. „Wir sehen uns."

„Sicher", erwiderte sie, während er hinaus in die Nacht ging. „Wir sehen uns." Auf dem Weg zurück zu ihrem Arbeitsplatz, um weiter Verhaftungsberichte zu tippen, versuchte sie die Neuigkeiten über den lästigen Agent Hill zu verdauen. Sie hatte ihn längst mit neuen Fällen an der Westküste gewähnt, stattdessen hielt er sich nicht nur in der Stadt auf, sondern wollte auch noch mit ihrer Assistentin ausgehen.

Das ist unangenehm nah, entschied sie.

Ein paar Minuten später kehrte Hill wieder ins Hauptquartier zurück und wirkte ein bisschen erschüttert. Er ging direkt in das Großraumbüro, in dem Sam gerade arbeitete. „Lieutenant, ich muss Sie doch einmal privat sprechen, bitte."

„In meinem Büro."

Schweigend gingen sie ins Kommissariat, wo Sam auf ihr Büro zeigte. Sie schloss die Tür hinter ihnen. „Was gibt es?"

„Ich habe eben einen Anruf von meinem Freund Ray Jestings erhalten, dem Besitzer der Feds."

„Sie sind mit dem Typen befreundet, dem die Feds gehören?"

„Wir sind zusammen in Charleston aufgewachsen. Er hat Elle Kopelsman geheiratet."

Sam stieß einen leisen Pfiff aus bei der Erwähnung des Namens einer der prominentesten Familien Washingtons. Die Kopelsmans kamen dem, was Washington als Äquivalent einer königlichen Familie zu bieten hatte, am nächsten. Als Besitzer der Zeitung *Washington Star* hatte Harlan Kopelsman jahrelang unermüdlich versucht, Major-League-Baseball in die Hauptstadt des Landes zu holen, und war mitten in der ersten Saison des Teams an einem Herzinfarkt gestorben.

Elle war Harlans Tochter, eine stadtbekannte Blondine, die sich einen Ruf als Dame der Gesellschaft und Wohltäterin erworben hatte. Nach dem Tod ihres Vaters hatte sie den *Star* übernommen, und ihr Mann hatte die Leitung des Baseballteams übernommen.

„Wie dem auch sei, Ray hat mir erzählt, Vasquez' Frau sei außer sich, weil sie ihn nicht erreichen kann, und laut Aussage seiner Teamkameraden hat er das Stadion schon vor einer Weile verlassen."

„Die haben ihn ohne Security gehen lassen? Spinnen die?"

„Offenbar wollte er keine Bewacher, und Ray wollte mit ihm angesichts der Zustände im und ums Stadion nicht darüber diskutieren."

„Kannst du mir Baujahr, Modell und Kennzeichen seines Wagens durchgeben? Ich werde unsere Leute nach ihm Ausschau halten lassen."

„Ich hatte gehofft, dass Sie das sagen würden. Ich besorge Ihnen die nötigen Informationen."

Während er Jestings anrief, überlegte Sam, wie sie eine Suche nach dem vermissten Baseballspieler in Gang bringen sollte, ohne zur Unruhe in der Stadt beizutragen.

„Okay", meinte Hill, nachdem er das Telefonat beendet hatte. „Es handelt sich um einen schwarzen Lincoln MKZ." Er nannte ihr das Washington-Kennzeichen.

Sam gab die Informationen an die Zentrale weiter und bat darum, nach dem Fahrzeug fahnden zu lassen.

„Keine Fahndung nach ihm?", wollte Hill wissen, als sie auflegte.

„Sie kennen die Regeln bei vermissten Erwachsenen. Bevor sie nicht vierundzwanzig Stunden vermisst sind, können wir nicht viel tun, es sei denn, wir haben es mit einer Person mit psychischen Problemen oder dergleichen zu tun. Möglicherweise ist er bloß untergetaucht, bis sich die Emotionen gelegt haben. Verdenken könnte ich es ihm nicht."

„Ohne seiner Frau oder seinem Team zu sagen, wo er sich aufhält?"

„Vielleicht wollte er nicht, dass sie es wissen. Wahrscheinlich schämt er sich schrecklich und leckt seine Wunden."

„Glauben Sie das wirklich?"

Genervt von diesem Katz-und-Maus-Spiel stemmte Sam die Hände in die Hüften. „Warum verraten Sie mir nicht einfach, was *Sie* glauben, Agent Hill?"

„Ich glaube, dass dieser Typ ganz allein für die Niederlage der Feds auf ihrem ersten Weg in die World Series verantwortlich ist. Ich glaube, dass es viele Leute in der Stadt gibt, die ihn liebend gern in die Finger bekommen würden. Ich glaube außerdem, die Tatsache, dass er vermisst wird und seine Frau ihn nicht erreichen kann, spricht dafür, dass er in irgendwelchen Schwierigkeiten steckt."

„Wenn wir verlauten lassen, dass er vermisst wird, könnte das alles noch schlimmer machen."

„Sie vertrauen Ihren Leuten nicht, dass sie den Deckel draufhalten?"

„Ich wünschte, ich könnte allen vertrauen, aber dafür ist die Versuchung einfach zu groß. Momentan scheue ich mich wegen der angespannten Lage in der Stadt sogar, auch nur eine Suchanfrage nach dem Mann zu stellen. Es braucht sich bloß ein Streifenpolizist bei seiner Freundin zu verplappern, und im Nu wird auf Twitter und bei Facebook verbreitet, Willie werde vermisst. Ich muss abwägen, was das Beste für die gesamte Stadt ist, nicht, was das Beste für Willie ist."

„Werden Sie zu dieser Entscheidung auch dann noch stehen, wenn ihm etwas passiert?"

Sam dachte einen Moment darüber nach. „Ich nehme an, das werde ich müssen. Ich werde meine Detectives nach ihm Ausschau halten lassen, aber zu mehr bin ich im Augenblick nicht bereit."

„Ich werde auch die Augen nach ihm offenhalten."

„Hill ..."

„Das können Sie mir nicht verbieten, Lieutenant. Sie sind nicht meine Vorgesetzte."

Lächelnd schüttelte sie den Kopf. „Sie klingen wie mein Neffe Jack. Das ist sein Lieblingsspruch seiner Mutter gegenüber."

„Wie alt ist er?"

Sam bereute es sofort, etwas Privates preisgegeben zu haben. „Fast sechs."

Er verzog das Gesicht. „Na, es ist eine Weile her, seit ich zuletzt mit einem Sechsjährigen verglichen wurde."

„Ich wollte damit nur zum Ausdruck bringen, dass Sie vorsichtig sein und kein Risiko eingehen sollen. Es geht schon verrückt genug zu da draußen."

„Wow, Lieutenant, das klingt ja fast, als würden Sie sich Sorgen um mich machen."

„Ich habe schon genug Papierkram hier, da brauche ich Ihren blutigen Leichnam nicht auch noch."

Er grinste. „Ich bin gerührt von Ihrer Besorgnis. Ich melde mich bei Ihnen, falls ich etwas in Erfahrung bringe. Gilt das auch umgekehrt?"

Sie nickte kurz, obwohl es normalerweise gegen ihre Überzeugung ging, Informationen mit dem FBI zu teilen. In diesem Fall jedoch schien es nur fair zu sein, da Hill sie über Vasquez' mögliches Verschwinden informiert hatte.

Sie gingen hinaus in die Lobby und trennten sich dort ohne ein weiteres Wort. Doch wie jedes Mal hinterließ die Begegnung bei Sam das Gefühl, ein wenig aus der Fassung geraten zu sein und neben sich zu stehen. Als sie ihn einmal mit seinem Hang, sie anzustarren, konfrontiert hatte, hatte er zugegeben, dass er sich zu ihr hingezogen fühlte.

Zwar war diese Anziehung definitiv einseitig, trotzdem war es komisch zu wissen, dass er eine Schwäche für sie hatte. Vielleicht würde sie Shelby einen kleinen – oder größeren – Schubser in seine Richtung geben. Was immer nötig war, um sein Interesse von ihr auf jemand anderen zu lenken, bevor sein Anstarren ihr noch mehr Ärger mit Nick einbrachte.

Sie schickte eine Nachricht an all ihre Detectives, in der sie ihnen mitteilte, Willie Vasquez habe das Stadion ohne Bewacher verlassen und sei weder für seine Familie noch für sein Team erreichbar. Sie bat die Kollegen, Ausschau nach ihm zu halten, jedoch nichts über sein mögliches Verschwinden verlauten zu lassen. Es war gar nicht nötig, ihnen die Dringlichkeit von Diskretion zu erläutern. Sie trugen ihre Polizeiabzeichen nicht ohne Grund.

Sam verdrängte die Begegnung mit Hill und ihre Sorge um Willie Vasquez, stopfte sich die Ohrstöpsel wieder in die Ohren und drehte die Lautstärke bei Bon Jovi auf, um ihre beunruhigenden Gedanken zu übertönen. Die ganze Nacht tippte sie am Computer, bis sie vom langen Sitzen dermaßen verspannt war, dass sie aufstehen und sich strecken musste. Durch die Türen des Haupteingangs sah sie die ersten Anzeichen von Pink und Orange, die den Himmel färbten und das Ende einer gefühlt endlosen Nacht des Chaos, der Gewalt, der Verhaftungen und der Schreibtischarbeit ankündigten.

Jemand aus der Funkzentrale rief sie zu sich. „Was ist denn?", fragte sie.

„Möglicherweise ein Mord." Der Kollege reichte ihr ein Blatt Papier mit einer Adresse Ecke Independence und Seventh. „Leiche im Müllcontainer."

„Verstanden." Sam schaute sich um und entdeckte keinen Vorgesetzten. Wenn sie Chief Farnsworth nicht finden konnte, konnte sie ihn auch nicht fragen, oder? „Geben Sie mir zehn Minuten, um von hier wegzukommen, bevor Sie es noch jemandem erzählen, ja?"

„Ja, Ma'am."

Die können mich vielleicht von den Straßenunruhen fernhalten, dachte sie auf dem Weg zu ihrem Büro, um ihre Jacke, ihr Funkgerät und ihre Schlüssel zu holen. Aber Mord war ihre Sache. Niemand würde sie daran hindern, sich um einen Mordfall zu kümmern. Auf dem Weg hinaus aus dem Gebäude durch den Eingang zur Gerichtsmedizin – wo die geringste Chance bestand, von ihrem überaus wachsamen Polizeichef erwischt zu werden – rief Sam Freddie an.

„Was für eine Nacht", klagte er ohne Einleitung. „Ich war in meinem ganzen Leben noch nicht so müde."

„Dann treib mal lieber ein bisschen Koffein auf, denn wir haben möglicherweise einen Mord."

Er stöhnte so laut, dass Sam das Telefon vom Ohr weghalten musste. „Wir treffen uns Independence Ecke Seventh, hinter dem Air and Space Museum."

„Bin in fünfzehn Minuten da. Ich dachte, du darfst draußen nicht mitmischen."

Sie verkniff sich einen fiesen Kommentar, der ihr schon auf der Zunge lag. Schließlich war es nicht seine Schuld, dass man sie von der Straße geholt hatte. Dabei reagierte sie für gewöhnlich gern ihren Frust bei ihrem Partner ab. „Darf ich auch nicht."

„Du fährst trotzdem hin?"

„Jap." Diese knappe Antwort musste ihn provozieren, aber glücklicherweise sprang er nicht darauf an. „Wir sehen uns dort."

Als sie das Telefonat beendete, signalisierte ihr Handy eine Nachricht von Nick.

Lassen die dich irgendwann mal gehen?

Hab gerade einen Mord reingekriegt.

Ach Mist. Dann wohl bis irgendwann.

Sorry. Wie geht's dem Jungen?

Geknickt, freut sich aber schon auf die nächste Saison.

Sag ihm, dass ich ihn lieb habe und wir uns heute Abend sehen. Dich auch.

Liebe dich auch, Babe. Sei vorsichtig da draußen.

Immer.

Das sagte sie auch sonst immer, doch jetzt, wo sie sich um einen Sohn kümmern musste, hatte sie noch mehr Grund, auf sich aufzupassen. Auch Monate, nachdem der Junge erklärt hatte, er wolle bei ihnen leben, musste Sam sich noch an die Tatsache gewöhnen, dass er jetzt ein dauerhaftes Mitglied der Familie war. Ein bisschen hatte sie vor der Last der Verantwortung Angst gehabt, doch die hatte sich als unbegründet erwiesen. Stattdessen erfüllte es sie mit Stolz und gab ihrem Leben einen neuen Sinn, nach dem sie sich seit Jahren gesehnt hatte.

Vielleicht würde sie nie ein eigenes Kind haben. Seit Scotty in ihr und Nicks Leben getreten war, schien diese Sehnsucht nicht mehr so akut zu sein. Sie wünschte nur, sie wären ihm schon begegnet, als er noch jünger gewesen war, dann hätten sie mehr Zeit miteinander gehabt. Nichtsdestotrotz nahmen Sam und Nick jeden Augenblick, den sie mit dem Jungen bekommen konnten, dankbar an.

Auf der Fahrt vom Hauptquartier zur Independence Avenue konnte Sam persönlich die Schäden in Augenschein nehmen, die die Unruhen hinterlassen hatten. Die Straßen waren von Müll und zersplittertem Glas übersät, und Rauchschwaden hingen über der Stadt. Sam hatte gehört, dass die Feuerwehr in dieser Nacht einen Rekord an Notrufen erhalten hatte.

Es schmerzte Sam, den angerichteten Schaden zu sehen und die friedlichen Bürger, die sich vorsichtig wieder hinauswagten, um ans Aufräumen zu gehen.

Da läuft etwas grundsätzlich falsch in einer Gesellschaft, die den Ausgang eines Spiels derartig wichtig nimmt, dachte Sam und wurde immer wütender durch das, was sie sah. Qualmende Autowracks, manche auf die Seite gekippt, blockierten ihren Weg und zwangen Sam, einen Umweg zu ihrem Zielort zu fahren.

Dreißig Minuten nach Verlassen des Hauptquartiers erreichte sie die Independence Avenue und parkte so nah wie möglich an der Rückseite des Air and Space Museum, das zum Smithsonian-Komplex gehörte. Sie zeigte den Schutzpolizisten, die den Fundort bewachten, ihre Dienstmarke und wurde durchgewunken.

„Was haben wir?", erkundigte sie sich beim Patrol Sergeant.

„Ein paar meiner Leute haben Sachen von der Straße gesammelt und sie in die Müllcontainer geworfen. Dabei haben sie das gefunden." Er signalisierte ihr, ihm zu einer Reihe von Müllcontainern zu folgen, die hinter dem hoch aufragenden Museumsgebäude standen.

Sam scheuchte ein paar Möwen auf, als sie sich dem geruchsintensivsten der vier Container näherte und hineinschaute. Ein Mann lag darin mit dem Gesicht nach unten. „Habt ihr ihn angefasst?"

„Nur um seinen Puls zu fühlen."

Da sie ihn nicht identifiziert hatten, würde Sam das erledigen müssen. Das Opfer war gut gekleidet, der Qualität seines grauen Anzugs nach zu urteilen. Sam zog aus der Gesäßtasche ein Paar

Latexhandschuhe. „Habt ihr die Gerichtsmedizin schon verständigt?", fragte sie und suchte auf dem Gehsteig nach Blutspuren, ohne welche zu finden.

„Sind unterwegs."

„Gut. Heben Sie mich mal rauf."

Der Polizist stutzte. „Wie bitte?"

„In den Container", erklärte sie genervt. Ihren Kollegen musste sie nie etwas erklären. Die wussten immer, was sie wollte. Deshalb waren sie auch Detectives, und dieser Typ fuhr Streife. „Sie machen so", sagte sie und verschränkte ihre Finger. „Ich stelle meinen Fuß da rein, und dann heben Sie mich über die Kante. Waren Sie nie klein, Sarge?"

„Sehr witzig", grummelte er. „Tut mir leid, dass mich noch nie ein Lieutenant darum gebeten hat, ihm in einen Müllcontainer zu helfen."

„Es gibt für alles ein erstes Mal", konterte sie mit einem breiten Grinsen. „Der Spaß hört einfach nie auf in diesem Job."

„Sie haben eine komische Vorstellung von Spaß, Lady."

„Das höre ich öfter. Bereit?"

Mit skeptischer Miene verschränkte er die Finger und beugte sich herunter, damit Sam ihren Fuß in seine Hände stellen konnte. Dann hob er sie schwungvoller hinauf, als Sam erwartet hatte, sodass sie regelrecht in den Müllcontainer flog, zum Glück nicht auf die Leiche. Unwillkürlich fragte sie sich, ob der Sergeant seine Freude daran hatte, sie in den riesigen Mülleimer zu schmeißen. Und da hieß es, ein höherer Rang hätte seine Vorteile. Von wegen.

Der Gestank faulenden Abfalls stieg ihr sofort in die Nase und raubte ihr fast den Atem. Wenn sie vor Kurzem etwas gegessen hätte, wäre es jetzt wieder hochgekommen. Vorsichtig griff sie in die Gesäßtasche des Opfers, um seine Brieftasche herauszuziehen. Da die nicht fehlte und noch voller Bargeld war, kam Raub als Motiv wohl nicht infrage. Sie legte ihm die Finger auf den Hals, der sich kalt anfühlte. Er lag offenbar schon eine Weile hier.

Sie klappte die lederne Brieftasche auf und atmete erschrocken tief ein, was sie wegen des Gestanks sofort bereute.

„Wer ist es?", fragte der Sergeant.

Mit einem flauen Gefühl im Magen betrachtete Sam den Führerschein und konnte nicht glauben, was sie da sah.

„Lieutenant?"

Sie hob den Kopf und sah den Sergeant direkt an. „Ich will, dass alle von hier verschwinden. Versiegeln Sie diese Gasse auch für Ihre Kollegen und bringen Sie die Gerichtsmedizinerin umgehend her, sobald sie eintrifft."

„Wird gemacht." Er entfernte sich, um ihre Befehle auszuführen. Allein mit dem Leichnam von Willie Vasquez, trauerte Sam um den Baseballspieler und mit seiner Familie sowie allen Fans, die ihn geliebt hatten, besonders ihr eigener Sohn, der sich seinen Tod sehr zu Herzen nehmen würde.

„Ach Willie", flüsterte sie. „Warum hast du den Ball bloß aus den Augen gelassen?"

3

Freddie Cruz traf einige Minuten später ein und amüsierte sich darüber, Sam in einem Müllcontainer vorzufinden. „Ich wünschte, ich könnte ein Foto machen vom Lieutenant im Müllcontainer für das Schwarze Brett im Kommissariat."

„Hör auf mit dem Geplapper und sieh dir lieber mal an, um wen es sich bei unserem Opfer handelt." Sam reichte ihm über den Rand des Containers Willies Brieftasche.

Freddie warf einen Blick darauf, dann sah er verdutzt Sam an. „Verdammt."

„Dies wäre ein guter Zeitpunkt für ein echtes Schimpfwort, Detective."

„Scheiße."

„Schon besser."

„Auf dem Weg hierher habe ich Radio gehört, und mehr als ein Anrufer meinte, er würde sich Willie gern vorknöpfen. Man hörte deutlich die Wut heraus."

„Interessant. Diesen Aspekt werden wir genauer untersuchen müssen." Sam sah zu, wie er die Brieftasche in einen Beweismittelbeutel steckte. Dann überprüfte sie, ob sich sonst noch etwas in Willies Taschen befand, das sich für die Ermittlungen als nützlich erweisen könnte. Doch die vorsichtige Durchsuchung der Jacken- und Hosentaschen ergab nichts. „Schon irgendwas von Lindsey zu sehen?"

„Noch nicht. Soll ich dir da raushelfen?"

„Ich werde bei ihm warten, bis sie hier ist. Hast du dein Handy dabei?"

„Ja", antwortete er misstrauisch. „Wieso?"

„Gib mal her. Ich habe meines im Auto gelassen."

„Muss ich?"

Sie warf ihm einen irritierten Blick zu.

„Na ja, entschuldige bitte, dass ich mein Telefon nicht im Müll haben will", sagte er, gab es ihr aber trotzdem.

Sie musste Hill anrufen, aber Freddie würde dessen Nummer nicht haben. Also würde sie den Anruf erst machen können, sobald sie ihr eigenes Telefon wiederhatte. „Ich will auch nicht im Müll sein, und doch bin ich es. Wo finde ich Gonzos Nummer in diesem Ding?", fragte sie, auf dem Display tippend, während sie das Gleichgewicht auf dem Müllberg zu behalten versuchte. Um ein Haar wäre ihr das Telefon aus der Hand gefallen, aber sie fing es gerade noch auf und grinste Freddie frech an.

„Lass es *nicht* fallen. Falls doch, schuldest du mir ein neues."

„Ja, ja. Gonzo? Jetzt?"

Er erklärte ihr, wie sie Gonzos Nummer finden würde.

„Ich verstehe nicht, warum diese blöden Dinger Smartphones genannt werden. Nie komme ich mir so dumm vor wie bei der Benutzung eines solchen Gerätes."

„Dazu könnte ich jetzt *einiges* sagen."

„Schlauerweise tust du es aber nicht."

„Nur für dich und dein altes Klapphandy existiert das 2G-Netzwerk noch."

„Das konntest du dir jetzt nicht verkneifen, was?"

„Nö."

Am anderen Ende klingelte und klingelte es. Gerade als sie aufgeben wollte, meldete Gonzo sich.

„Was gibt's, Cruz?"

„Ich bin's, Sam."

„Oh, Lieutenant. Tut mir leid. Was ist los?"

„Wir haben einen Mordfall. Willie Vasquez."

„Da leck mich doch einer."

Das war die Ausdrucksweise, die sie von ihren Kollegen bei einer solchen Gelegenheit erwartete. „Streng vertraulich vorläufig.

Ich bin nicht scharf darauf, dass es zu neuen Unruhen in der Stadt kommt."

„Natürlich. Klar. Was kann ich tun?"

„Ich weiß, du hast gerade eine Überstundennachtschicht hinter dir, aber Cruz hat mir erzählt, dass das Spiel im Radio analysiert wird. Du musst dir den Sporttalk heute Morgen anhören ... was über das Spiel gesagt wird, über ihn, über die Fans. Merk dir jeden, der zu aggressiv wirkt in seinen Äußerungen, wenn du verstehst, was ich meine."

„Mach ich. Was noch?"

„Grab mal ein bisschen in seinem Leben. Ich brauche die üblichen nützlichen Informationen, einschließlich seiner Finanzen."

„Geht klar. Wo hast du ihn gefunden?"

„In einem Müllcontainer hinter dem Air and Space."

„Wow", meinte Gonzo. „Ihn in den Müll zu werfen. Das ist ein Statement, was?"

„Und ob. Durchgeknallter Sport in diesem Land. Völlig außer Kontrolle."

„Was du nicht sagst. Ich kümmere mich darum und melde mich, wenn ich etwas gefunden habe. Farnsworth hat deine Auszeit beendet und dich wieder laufen lassen?"

„Äh, nicht direkt."

Gonzos dunkles Lachen brachte Sam zum Lächeln. „Herrlich", sagte er.

„Mach dich an die Arbeit." Sie beendete das Gespräch und gab Freddie das Telefon zurück, der es behutsam entgegennahm und anschließend in die Jackentasche steckte. „Wo bleibt McNamara bloß?"

„Hier bin ich", rief Lindsey. „Tut mir leid wegen der Verspätung. Auf den Straßen herrscht Chaos. Was haben wir?"

Sam berichtete und bat dann Cruz, der Gerichtsmedizinerin in den Container zu helfen.

Während sie über die Kante stieg, rümpfte Lindsey die Nase wegen des Gestanks. Ihr Pferdeschwanz hüpfte hin und her, als sie neben Sam landete. Sie machte eine Reihe von Fotos von dem Opfer. „Helfen Sie mir, ihn umzudrehen."

Sam hielt den Atem an wegen des Gestanks, während sie die

Füße des Opfers nahm. Lindsey packte ihn bei den Schultern. Sein Gesicht wies keinerlei Verletzungen auf, doch auf seinem ehemals weißen Hemd war ein riesiger Blutfleck.

Lindsey schoss weitere Fotos. „Sieht wie eine Stichwunde aus", bemerkte die Gerichtsmedizinerin und schaute genauer hin.

„Nur eine?"

„Das kann ich mit Sicherheit erst sagen, wenn ich ihn im Leichenschauhaus habe."

„Keine Abwehrverletzungen an den Händen", stellte Sam fest. „Auch sonst keine sichtbaren Verletzungen." Nachdem sie seine Hände zur Beweissicherung in Papiertüten gesteckt hatte, gab Lindsey ihrem Team das Zeichen, die Bahre und den Leichensack zu bringen. „Schaffen wir ihn hier raus."

Sam und Lindsey hoben Willie mit Cruz' Hilfe aus dem Container in die wartenden Hände zweier Mitarbeiter der Gerichtsmedizinerin.

Einer von ihnen war ein junger Mann mit blonden Haaren und blauen Augen, die ihm förmlich aus dem Kopf traten, als er das Opfer erkannte.

Sam ersuchte auch Lindsey und ihr Team um Geheimhaltung. „Erzählen Sie niemandem davon. Und damit meine ich: absolut niemandem."

„Ja, Ma'am", sagte der blonde junge Mann unsicher. Er und sein Partner zogen den Reißverschluss des Leichensacks zu.

Sam stützte sich auf der Kante des Müllcontainers ab und sprang hinunter in die Gasse, wobei sie knapp Cruz verfehlte, der geistesgegenwärtig auswich. Er hatte den Abtransport von Willies Leiche beobachtet und sie nicht kommen sehen. Sie grinste, als er vor ihrem Geruch zurückwich.

„Lass einen Streifenwagen kommen, der mich nach Hause bringt, damit ich mich umziehen kann", bat sie ihren Partner.

„Muss ich dich begleiten?"

Sie gab ihm ihren Schlüssel. „Sobald du mein Handy aus meinem Wagen geholt hast, kannst du ihn zum Hauptquartier fahren."

„Dem Himmel sei Dank." Er ging davon, um einem der bedauernswerten Streifenpolizisten die Nachricht zu überbringen.

Sam reichte Lindsey die Hand hinauf, um ihr aus dem Container zu helfen.

Als die Gerichtsmedizinerin wieder festen Boden unter den Füßen hatte, zog sie ihre Latexhandschuhe aus. „Das wird eine große Sache."

„Ist das nicht immer so?"

„Manche Fälle sind größer als andere."

„Stimmt auch wieder." Sam erstellte in Gedanken eine To-do-Liste, die sie schwer auf Trab halten würde. Sie hatte einen kniffligen Mordfall herbeigesehnt, in den sie sich verbeißen konnte. Vielleicht stimmte wirklich etwas nicht mit ihr, aber sie lebte nun mal für diesen Mist.

Bevor sich die Identität des Opfers herumsprechen konnte, musste sie mit ihren Vorgesetzten klären, ob die Lage in der Stadt unter Kontrolle war, damit keine erneuten Unruhen und gewalttätigen Auseinandersetzungen aufflammen konnten. Sobald sie Kontakt mit Farnsworth aufnahm, wurde sie womöglich wieder zu einer Auszeit verdonnert. Das durfte sie nicht zulassen. Über dieses Dilemma grübelte sie, während sie mit Lindsey aus der Gasse hinaus in die Independence Avenue ging.

„Ich fahre nach Hause, um mich umzuziehen. Wir sehen uns dann demnächst in der Gerichtsmedizin."

„Ich mache mich gleich an die Arbeit", versprach Lindsey.

„Danke, Doc."

Lindsey wirkte betroffen. „Wenn man sich überlegt, dass er sich gestern um diese Zeit auf das wichtigste Spiel seiner Karriere vorbereitet hat. Und jetzt ist er tot."

„Traurige Vorstellung, dass ein einziger Fehler in einer herausragenden Karriere zu diesem tragischen Ereignis geführt hat."

„Irgendein wütender Fan wollte ihm vermutlich eine Lektion erteilen."

„Wahrscheinlich", sagte Sam, obwohl sie bei Mordermittlungen gelernt hatte, stets über das Offensichtliche hinauszusehen. „Wir treffen uns später im Hauptquartier."

„Ja, bis dann."

Nachdem Lindsey auf der Beifahrerseite des Vans der

Gerichtsmedizin eingestiegen und dieser davongebraust war, rief Sam Cruz zu sich. „Bestell die Spurensicherung her und lass sie alle Müllcontainer gründlich durchsuchen, auch die Mülleimer in der Umgebung. Wir suchen nach der Tatwaffe, höchstwahrscheinlich ein Messer. Und vergiss nicht – die Sache muss vorerst unbedingt unter Verschluss bleiben."

„Ja, Ma'am", versprach Cruz brav wie immer. Doch sie konnte sich darauf verlassen, dass er den Tatort unter Kontrolle hatte, bis die Kollegen von der Spurensicherung eintrafen. Er gab ihr das Handy aus ihrem Wagen. „Wir treffen uns in einer Stunde im Hauptquartier." Als sie sicher war, dass er die Lage wirklich im Griff hatte, ging sie zu dem glücklichen Streifenpolizisten, den Cruz für ihre Heimfahrt auserkoren hatte.

Sobald sie auf dem Rücksitz des Streifenwagens saß, mit einem äußerst missmutigen Polizisten am Steuer, der sie bei sämtlichen offenen Fenstern nach Hause fuhr, rief sie Hill an.

„Was gibt's?", meldete er sich.

„WV ist tot", informierte sie ihn und sprach dabei so leise wie möglich, damit der Streifenpolizist es nicht mitbekam.

„Was? Ich kann Sie nicht hören."

„Die Person, über die wir heute Nacht gesprochen haben … tot."

„Ach du Scheiße. Im Ernst?"

„Ja."

„Wie?"

„In die Brust gestochen und in einen Müllcontainer hinter dem Air and Space Museum geworfen."

„Heiliger Strohsack."

„Ich bin auf dem Heimweg, um zu duschen, nachdem wir ihn aus dem Müll gehievt haben. Danach fahre ich ins Hauptquartier. Ich könnte Ihre Hilfe bei der Befragung des Teams gebrauchen."

„Klar, ich kann Ihnen helfen."

„Ich bespreche mit meinen Vorgesetzten, wie wir in dieser Sache vorgehen wollen, dann melde ich mich wieder bei Ihnen."

„Danke dass Sie mich informiert haben."

„Tut mir leid, sagen zu müssen, dass Sie diesmal recht hatten."

„Darüber bin ich alles andere als glücklich."

„Seinem Zustand nach zu urteilen ist er schon seit einer Weile tot."

„Wo können wir da bloß ansetzen mit unseren Ermittlungen?" Hill klang müde.

„Ich habe nicht die leiseste Ahnung, aber wir werden es hinkriegen. Wie immer."

Gonzo kam in seinem Apartment an, das er mit seiner Verlobten Christina Billings und seinem kleinen Sohn bewohnte. Alex kroch zur Tür, als er Gonzo hereinkommen hörte. Das Krabbeln war neu. Es war schwieriger geworden, ihn im Auge zu behalten, seit er sich allein bewegen konnte, trotzdem liebte Gonzo es, ihn größer werden und sich entwickeln zu sehen.

„Dada", krähte Alex und hob die pummeligen Ärmchen. Gonzo schmolz dahin, als er den dunkelhaarigen kleinen Jungen, der genauso aussah wie er, hochhob und herumwirbelte.

„Vorsichtig", mahnte Christina, die aus dem gemeinsamen Schlafzimmer kam in einem ihrer sexy Kostüme, die sie als Nicks Stabschefin zur Arbeit trug. Ihre blonden Haare hatte sie mit einem eleganten Knoten gebändigt, den Gonzo gern aufmachte, wenn sie nach einem langen Tag in Capitol Hill oder auf Wahlkampftour nach Hause kam. „Er hat den Bauch voller Haferflocken, die überall auf dir verteilt nicht so gut aussehen würden."

„Ohhh", sagte Gonzo zu Alex. „Mama rettet den Tag." Statt den Kleinen weiter herumzuwirbeln, kitzelte er ihm den Bauch, was diesen zum Glucksen brachte. „Ich liebe dieses Lachen."

„Und du stellst erstaunliche Bemühungen an, es ihm zu entlocken", bemerkte Christina, während sie lächelnd in ihre himmelhohen High Heels schlüpfte.

„Soll ich ihn zu Ang bringen?", fragte Gonzo. Sams Schwester Angela passte tagsüber auf Alex auf.

„Das liegt auf meinem Weg. Es macht mir nichts aus, ihn dort abzusetzen." Sie ging zu ihm, streichelte Gonzos stoppelige Wange und küsste ihn.

Alex machte ein Kussgesicht, das sie beide zum Lachen brachte. „Lange Nacht, was?"

„Sehr lang und noch nicht vorbei." Weil er ihr absolut vertraute, erzählte er ihr von Willie.

„O mein Gott, das ist nicht dein Ernst."

„Leider doch."

„Gott", sagte sie noch einmal. „Was ist bloß los mit dieser Welt?"

„Das würde eine lange Liste ergeben, und du musst dich auf den Weg machen."

Bei ihrem wehmütigen Gesichtsausdruck fragte Gonzo sich, was sie wohl dachte, aber dann zog Alex ihn an den Haaren, denn er wollte seine Aufmerksamkeit. Gonzo küsste den Hals seines Sohnes, bis der wie verrückt kicherte. „Du musst unbedingt wieder zu Ang und den Kids, Kumpel."

„Jack", sagte Alex. Der Name von Angelas Sohn war das erste Wort gewesen, das er sagen konnte, sehr zur Belustigung aller. Nicht *Mama* oder *Dada* kamen zuerst, sondern die Freunde.

„Du siehst Jack nach der Schule, aber Baby Ella wird da sein", versprach Gonzo ihm und reichte Alex an Christina weiter. „Danke, dass du dich um ihn gekümmert hast." Er fühlte sich schuldig, weil der Job ihn so viele Stunden von zu Hause fernhielt.

„Du weißt doch, dass ich ihn genauso liebe wie du."

„Ich weiß." Er küsste ihre Wange, dann ihre Lippen. „Wir brauchen einen Abend allein. Bald."

„Da bin ich ganz deiner Meinung. Nenn mir Zeit und Ort, Detective."

„Ich werde mir was einfallen lassen."

„Wirst du nachher hier sein?"

„Irgendwann muss ich mal schlafen, aber ich werde auch von hier aus eine Weile arbeiten heute. Ich weiß noch nicht, wie das terminlich weitergeht. Melde dich, falls ich Alex von Angela abholen soll."

„Wir haben heute Abend mal keine Wahlkampfveranstaltung, also könnte ich zu einer humanen Uhrzeit zu Hause sein. Ich schreibe dir eine Nachricht."

„Hört sich gut an. Hab euch lieb."

„Wir dich auch", sagte sie auf dem Weg zur Tür hinaus mit seinem Sohn auf dem Arm. Sie hatte sich sehr ins Zeug gelegt für Alex – und für ihn –, seit sie erfahren hatte, dass er mit einer Frau, mit der er exakt einmal zusammen gewesen war, einen Sohn gezeugt hatte. Lori Phillips. Der Name hatte ihm kaum etwas gesagt, als er zum ersten Mal von dem Baby gehört hatte. Jetzt bescherte er ihm wegen des drohenden Sorgerechtsstreits Albträume.

Viele Einzelheiten der Geschichte hatte er Christina bisher nicht erzählt, damit sie sich nicht unnötig Sorgen machte, mitten in Nicks Kampagne zur Wiederwahl. Sie hatte schon genug um die Ohren. Bei dem Gedanken an Lori fiel ihm die Nachricht ein, die er gestern von Andy, seinem Anwalt, bekommen hatte. Gonzo hatte den Rückruf aufgeschoben, da er vor dem Baseballspiel in guter Stimmung gewesen war und einfach keine schlechten Nachrichten von Andy hören wollte.

Jetzt rief er ihn an, denn er konnte das Gespräch nicht ewig aufschieben, so sehr er sich das auch wünschte. „Hey, Tommy", meldete Andy sich eine Minute später. „Ich habe endlich von Loris Anwalt gehört. Anscheinend hat sie erfolgreich einen Entzug gemacht, ihre Beziehung mit Rex beendet und ist in eine Zweizimmerwohnung gezogen."

Jede dieser Informationen traf Gonzo wie ein Messerstich ins Herz. Er machte sich keine Illusionen darüber, warum Lori hart daran arbeitete, ihr Leben wieder in den Griff zu bekommen.

„Tommy? Bist du noch da?"

„Ich bin da. Und warte auf die richtig schlechte Nachricht."

„Hier kommt sie – sie beabsichtigt, das volle Sorgerecht einzuklagen." Die Luft entwich seinen Lungen, seine Knie gaben nach, und er ließ sich aufs Sofa sinken. „Das kann nicht dein Ernst sein. Er lebt jetzt seit sechs Monaten bei mir. In der ganzen Zeit hat sie kaum Interesse an ihm gezeigt."

„Ich glaube, das stimmt nicht ganz. Einige Monate lang war sie schließlich in der Entzugsklinik."

„Und in der Zwischenzeit sind wir eine Familie geworden. Meine Verlobte ist für den Jungen eine Mutter geworden."

„Technisch gesehen ist sie nicht seine Mutter, und das wisst ihr beide auch."

„Trotzdem ..."

„Ich weiß. Glaub mir, ich sehe das definitiv von deinem

Standpunkt, nur bleibt die Tatsache bestehen, dass Lori seine biologische Mutter ist und daher Rechte hat."

„Rechte", wiederholte Gonzo verächtlich. „Was ist mit den Rechten meines Sohnes?"

„Er hat natürlich auch welche, und das wird das Gericht berücksichtigen."

„Du glaubst also, es wird vor Gericht verhandelt werden?", fragte Gonzo mit einem flauen Gefühl im Bauch.

„Ja, das glaube ich. Es sei denn, du und Lori werdet euch anders einig."

Das war höchst unwahrscheinlich, da Gonzo seit Monaten nicht mehr mit dieser Frau gesprochen hatte.

„Wie möchtest du weiter vorgehen?", wollte Andy wissen. „Ich könnte ein Treffen mit Lori und ihrem Anwalt vereinbaren, damit ihr die Chance bekommt, euch gütlich zu einigen."

„Rätst du mir dazu?"

„Es ist immer ratsam, die Dinge freundschaftlich zu regeln, falls das irgendwie möglich ist. Vielleicht findet ihr zu einer Einigung, mit der ihr beide leben könnt, ohne dass die Sache vor Gericht landet."

„Ich will nichts weniger als das volle Sorgerecht."

„Du solltest dich darauf einstellen, dass sie das Gleiche will."

„Sie kann unmöglich so gute Argumente haben wie ich, da ich der Elternteil bin, der sich die ganze Zeit um den Jungen gekümmert hat."

„Mag sein, aber sie ist die Kindesmutter, und das Gericht wird zufrieden sein mit den Veränderungen, die sie in ihrem Leben vorgenommen hat. Es beweist ihre guten Absichten."

„Wo waren denn ihre guten Absichten, als mein Sohn ihr nicht einmal wichtig genug war, um ihm einen Namen zu geben nach der Geburt?" Gonzo konnte nicht verhindern, dass sich Bitterkeit in seinen Ton schlich.

„Soll ich ein Treffen vereinbaren?"

Gonzo dachte einen langen Moment darüber nach und wägte das Für und Wider ab. „Ja, mach nur. Versuch einen Termin nach der Wahl zu vereinbaren. Bis dahin hat Christina nämlich genug andere Sorgen."

„Ich werde sehen, was ich tun kann, und melde mich wieder. Kopf hoch, okay?"

„Ich werde mir Mühe geben. Danke, Andy."

„Kein Problem. Wir hören uns bald wieder."

Gonzo legte sein Telefon auf den Couchtisch und nahm einen der Teddybären, mit denen Alex schlief. Der Duft von Babyshampoo und Puder daran trieb ihm die Tränen in die Augen. Der Gedanke an eine langwierige, teure gerichtliche Auseinandersetzung mit Lori machte ihn noch müder, als er ohnehin schon war. Dabei wollte er doch nichts weiter als ein friedliches Leben mit Christina und Alex und jedem weiteren Kind, mit dem sie möglicherweise noch gesegnet sein würden. War das denn zu viel verlangt?

Anscheinend, dachte er bitter. Er konnte diesen One-Night-Stand nicht bereuen, der im letzten Winter völlig unerwartet Alex in sein Leben gebracht hatte. Damals war er vor allem verblüfft darüber gewesen, dass er einen Sohn mit einer Frau haben sollte, an die er sich kaum erinnerte. Jetzt konnte er sich keinen Tag geschweige denn sein Leben vorstellen, ohne dass dieser Junge darin im Mittelpunkt stand. Er würde mit allen ihm zur Verfügung stehenden Mitteln um das Kind kämpfen, damit die Familie zusammenblieb.

Die Vorstellung, Christina berichten zu müssen, dass ihnen womöglich ein Kampf mit der leiblichen Mutter bevorstand, schmerzte ihn.

Sie hatten sich alle beide der Fantasie hingegeben, Alex könnte in dem Glauben aufwachsen, dass Christina seine Mutter sei. Und warum hatten sie sich das nicht vorstellen sollen, wo doch die biologische Mutter nicht das geringste Interesse an dem Jungen gezeigt hatte?

Christina verhielt sich erstaunlich mit dem Kind und begegnete ihm mit der gleichen Hingabe, die sie Gonzo entgegenbrachte. Sie waren gerade erst zusammengekommen, als Lori die Bombe mit Alex hatte platzen lassen, doch Christina hatte von Anfang an mitgezogen. Es sei ganz einfach, sagte sie stets: Sie liebe ihn, und sie liebe seinen Sohn.

Gonzo stand auf, schaltete das Radio an und stellte den Sender WFBR ein, der den Feds gehörte. Dann ging er in die Küche, um sich eine Kanne Kaffee zu kochen, die auch dringend nötig sein würde, wenn er nach einer Nacht ohne Schlaf noch eine Weile wach bleiben wollte. Am Laptop recherchierte er über Willie Vasquez' Leben, während er im Radio den Hasskommentaren wütender Fans lauschte. Doch immer wieder drifteten seine Gedanken ab zu dem kleinen Jungen, den er liebte, und dem drohenden Kampf, damit das Kind dort bleiben konnte, wohin es gehörte.

4

———————

Sam kam rechtzeitig nach Hause, um Nick noch anzutreffen, der gerade zum Kongress aufbrechen wollte. Als sie zur Tür hereinkam, erschien das sexy Grinsen, das sie so liebte, auf seinem attraktiven Gesicht. „Das ist eine nette Überraschung", sagte er und ging mit offenkundigen Absichten auf sie zu.

Sie hob die Hände, damit er zurückblieb, und fing gleich im Flur an, die stinkende Kleidung auszuziehen.

„Scotty und Shelby?"

„Sind vor zehn Minuten los."

Sie legte das Holster mit ihrer Dienstwaffe auf den Flurtisch neben ihre Dienstmarke und die Handschellen.

Staunend verfolgte Nick ihren Striptease. „Welchem Umstand habe ich diese unerwartete Show zu verdanken?"

„Ich bin in einen Müllcontainer gesprungen."

„Ernsthaft?"

„Ja. Darin hat irgendwer Willie Vasquez abgelegt, nachdem er ihn zuvor erstochen hat."

Ihr Mann wurde blass und schnappte erschrocken nach Luft. „Nein ..."

„Ich fürchte doch."

„Um Himmels willen. Scotty ..."

„Ich weiß. Das war auch mein erster Gedanke." Sie hob ihre

Kleidung und ihre Turnschuhe auf. „Verzeih mir, aber ich muss dringend duschen."

„Natürlich", meinte er, schon ganz in Gedanken, die Nachricht verarbeitend. „Geh nur."

„Komm mit rauf."

Er schaute auf seine Uhr, dann folgte er ihr die Treppe hinauf zu ihrem Schlafzimmer, wo sie ihre Sachen in die Waschmaschine im angrenzenden Badezimmer stopfte. Sie gab die doppelte Menge Waschmittel dazu und stellte das heißeste Waschprogramm ein.

Dann drehte sie das heiße Wasser in der Dusche an. „Ich beeile mich", versprach sie ihrem Mann.

„Mir wäre es lieber, du würdest gründlich duschen."

Das brachte Sam zum Lachen, als sie unter den Wasserstrahl trat und anfing, jeden Zentimeter ihres Körpers zu schrubben. Das letzte Mal hatte sie ihre Haut so gründlich geschrubbt, nachdem Clarence Reese sich das Gehirn rausgepustet hatte, während sie neben ihm gestanden hatte. Die Erinnerung an jenen schrecklichen Tag ließ sie erschauern, und sie richtete ihre Gedanken lieber wieder auf den aktuellen Fall.

Wo sollte sie nur mit ihren Ermittlungen beim Mord an Willie anfangen, wenn jeder in der Hauptstadtregion ein Motiv hatte, nachdem sein Fehler am Abend zuvor die Heimmannschaft den sicheren Sieg gekostet hatte?

Während sie Conditioner in ihre langen Haare einmassierte, dachte sie über diese und andere Fragen nach, einschließlich der, ob es ihr überhaupt gestattet war, an diesem Fall zu arbeiten. Dafür würde sie als erfahrenster Detective der Mordkommission in dieser Stadt kämpfen. Farnsworth wäre verrückt, einen potenziell derartig explosiven Fall jemand anderem anzuvertrauen als ihr. Der Chief konnte zwar stur sein, aber er war nicht verrückt.

Als sie aus der Dusche stieg, fühlte sie sich gestärkt und war bereit, für Willie Vasquez den Kampf mit ihren Vorgesetzten aufzunehmen. Wer immer diesen Baseballstar getötet hatte, würde es mit ihr zu tun bekommen. Sie würde den Täter jagen, und sie würde ihn finden.

Nick saß auf ihrem gemeinsamen Bett, als sie im weißen

Bademantel, ein Handtuch um den Kopf gewickelt, aus dem Badezimmer kam.

Obwohl keiner von ihnen die Zeit hatte, setzte sie sich neben ihn und nahm seine Hand. „Ist alles in Ordnung mit dir?"

„Ich denke an Scotty."

„Habe ich auch schon."

„Besteht die Möglichkeit, dass er in der Schule davon erfährt?"

„Das glaube ich nicht. Wir geben es nicht bekannt, bevor wir Willies Familie informiert haben und uns einig sind über das weitere Vorgehen."

„Ich hole Scotty nach Schulschluss ab, damit er es von niemand anderem erfährt."

„Hast du denn Zeit dafür?" Sein Terminplan war der reinste Wahnsinn angesichts der näher rückenden Wahl.

„Nein, aber ich fahre trotzdem hin. Ich werde Shelby Bescheid sagen." Er sah ihr ins Gesicht. „Da ist noch etwas, was ich dir sagen muss."

„Das klingt beunruhigend."

„Ist es eigentlich nicht, aber ich habe das Gefühl, dass es dir nicht gefallen wird."

Sie wappnete sich für das, was immer er ihr gleich sagen würde. „Schieß los."

„Ich habe heute Morgen einen Anruf vom Weißen Haus erhalten."

„Es haut mich immer noch um, mit jemandem verheiratet zu sein, der solche Sachen sagt."

Das angedeutete sexy Grinsen, bei dem ihr oft genug ganz schwummrig wurde, erschien auf seinem Gesicht. Nicht dass ihr wirklich schwummrig wurde. Das passierte knallharten Cops nicht. „Konzentrier dich, Babe."

Sie richtete den Blick auf seine glatt rasierten Wangen, die sich an den Spitzen ringelnden braunen Haare, die aufregenden braunen Augen und den sinnlichen Mund. Alles in allem ein verdammt attraktives Gesicht. „Okay, sorry."

„Nelson unternimmt Ende der Woche eine kurze Reise. Er hat mich eingeladen, ihn zu begleiten."

Seine Worte durchdrangen ihren Verstand. „Eine kurze Reise wohin?"

„Das darf ich nicht verraten."

„Nicht einmal mir?"

„Niemandem."

„Fliegt er nach Afghanistan?"

„Das kann ich dir nicht sagen, Sam. Tut mir leid. Ich würde es gern. Ich weiß, du erzählst mir ständig Sachen, die ich eigentlich nicht wissen darf. Aber ich kann das nicht, weil die Sicherheit des Präsidenten auf dem Spiel steht. Ich hoffe, du verstehst das."

Sam brauchte seine Bestätigung des Reiseziels nicht. Virginia hatte im vergangenen Jahr erhebliche Verluste im Kriegsgebiet hinnehmen müssen. Da lag es nahe, dass Präsident Nelson eine Kongressdelegation dieses Bundesstaates mitnahm.

„Wie werdet ihr reisen?"

„Mit der *Air Force One*." Seine Augen leuchteten bei diesen Worten. „Wie cool ist das denn?"

„Ziemlich cool", bestätigte sie, obwohl sie innerlich fröstelte bei der Vorstellung, dass ihr geliebter Mann in ein Kriegsgebiet flog, noch dazu in einem riesigen Flugzeug, auf dem die Flagge der Vereinigten Staaten von Amerika prangte. „Ist das nicht gefährlich?"

Er dachte kurz darüber nach, wahrscheinlich auf der Suche nach einer Antwort, ohne zu viel zu verraten. „Ein bisschen vielleicht, aber die Reise ist ja streng geheim. Niemand wird davon erfahren. Selbst die Reporter, die uns begleiten, werden den Zielort erst erfahren, wenn sie dort eintreffen." Er legte den Kopf schief und musterte sie. „Was denkst du?"

„Es macht mir eine Höllenangst, nur daran zu denken, dass du an einen gefährlichen Ort fliegst."

„Ich werde im sichersten Flugzeug der Welt reisen, Babe. Kein Grund zur Sorge."

„Na klar", erwiderte sie. „Wenn du das sagst."

Er legte den Arm um sie und zog sie an sich. Sie schmiegte die Nase an seinen Hals und atmete den Duft des Eau de Toilette ein, das er vor Kurzem aufgetragen hatte. Es war ihr einer der liebsten Düfte in der Welt. „Würdest du zu Hause bleiben, wenn ich dich darum bitte?"

„Nein, das würde ich nicht."

„Es macht mir Angst."

„Und ich habe jedes Mal Angst, wenn du zur Tür hinausgehst, weil ich weiß, dass es dort draußen Leute gibt, die dich allein wegen deiner Dienstmarke hassen. Ganz zu schweigen von deinem Psycho-Ex, der dich hasst, weil du mich liebst. Es macht mir Angst zu wissen, dass schon auf dich geschossen werden kann, wenn du dir bloß einen Bagel kaufst."

Nick presste zärtliche Küsse auf die verblassende Narbe in ihrem Gesicht, die sie während eines von ihr vereitelten Raubüberfalls im Sommer davongetragen hatte. Als sie sich an den Kerl herangeschlichen hatte, hatte er ihr die Pistole ins Gesicht geschlagen und ihr eine klaffende Wunde beigebracht.

„Es gefällt mir nicht, wenn du deine viel größeren Ängste gegen meine angeblich kleineren, unbedeutenden Ängste aufrechnest."

Er lachte tief und rau und gab ihr einen weiteren Kuss auf den Kopf. „Ich weiß ja noch gar nicht zu hundert Prozent, ob ich mitkann. Dafür muss ich einige Wahlkampfveranstaltungen verschieben."

War es falsch von ihr, darauf zu hoffen, dass ihm das vielleicht nicht gelang? „Aber du willst gehen, richtig?"

„Babe ... Es ist der Präsident und die *Air Force One*. Ja, ich will mitreisen – aber nicht nur wegen des supercoolen Flugzeugs. Wohin wir fliegen und weshalb ... es ist wichtig, sonst würde ich es niemals tun."

„Ich verstehe."

„Wirklich?"

„Noch nicht, aber werde versuchen, so weit zu sein, wenn du aufbrichst."

„Während du unter der Dusche warst, habe ich über Scotty nachgedacht. Nach dem Mord an Willie sollte ich vielleicht bei ihm bleiben."

„Es ist nur eine kurze Reise, oder?"

„Es heißt, wir würden insgesamt etwa vierzig Stunden unterwegs sein."

„Vierzig Stunden komme ich allein klar mit allem."

Er drückte sie erneut und küsste sie. „Du bist die beste aller Ehefrauen."

„Wir wissen beide, dass das nicht stimmt."

„Na ja, du bist die beste Ehefrau, die ich je hatte."

Sam lachte und boxte ihn gegen den Arm, als sie aufstand. „Ich bin da so hineingeraten. Können du und deine Bewacher mich auf dem Weg zum Capitol beim Hauptquartier absetzen?" Das war ein Umweg, aber sicher würde er das tun, wenn er konnte.

„Gern, aber wo ist dein Wagen?"

„Cruz erwartet mich dort damit. Ich wollte den Wagen nicht mit meinem Gestank verpesten."

„Und wie bist du nach Hause gekommen?"

„Ich habe einen Streifenwagen vollgestunken."

„Du bist vielleicht ein Herzchen."

„Ja, nicht?"

„Ich warte unten auf dich."

„Ich beeile mich." Im Schlafzimmer auf der anderen Seite des Flurs, das als Sams Kleiderschrank fungierte, fand sie eine ordentlich zusammengefaltete Jeans im Regal, das jetzt den Hosen vorbehalten war. Diese ungewöhnliche Ordnung ließ sie innehalten. Wer war dafür verantwortlich? Ah, Tinkerbell!

Sam musste Shelby unbedingt sagen, sie solle ihren Ordnungssinn anderswo ausleben. Sie mochte nämlich ihre Unordnung genau so, wie sie war. Sie nahm einen Wollpullover und fand Socken sowie Wanderstiefel, die ihr Outfit vervollständigten. Wenn sie schon Überstunden machte, dann wenigstens in bequemer Kleidung.

Sie lief nach unten, wo sie Nick mit jemandem reden hörte. Er war in der Küche mit Shelby und ging mit ihr zusammen eine ihrer berühmten Listen durch.

„Morgen", begrüßte sie Sam. „Kaffee?"

„Ja, bitte." Es war sehr angenehm, dass bereits frisch gekochter Kaffee auf sie wartete. Das musste sie Shelby zugutehalten. „Kein Aufräumen meines Kleiderschranks, Tinkerbell."

„Da drin habe ich doch kaum etwas gemacht."

„Die Jeans waren zusammengefaltet."

„Ach du Schande", meinte Nick in gespieltem Entsetzen. „Das haben Sie nicht getan!"

„Doch, habe ich", bestätigte Shelby und tat zerknirscht. Die zierliche blonde Frau trug einen pinkfarbenen Jogginganzug, der an ihr absolut modisch wirkte. „Ich bitte um Verzeihung. Es wird nicht wieder vorkommen."

„Gut", murmelte Sam, nicht amüsiert. „Bereit zum Aufbruch?", wandte sie sich an Nick.

„Wann immer du so weit bist. Ich hole Scotty nach der Schule", sagte Nick zu Shelby. „Ich werde ihn für ein paar Stunden mit ins Büro nehmen."

„Das wird ihm gefallen."

„Welchem Kind würde das nicht gefallen?", bemerkte Sam. „All diese Gesetzgebung und die Hinterhältigkeit." Sie erschauerte. „Wie aufregend." Shelby kicherte hinter vorgehaltener Hand, und Nick warf seiner Frau einen gespielt strengen Blick zu, ehe er ins Wohnzimmer verschwand.

„Gehen wir, Lieutenant."

Sam nutzte den Moment allein mit Shelby und raunte ihr zu: „Sie haben Agent Hill gefragt, ob er mit Ihnen ausgehen will?"

Shelby schien geschockt zu sein von der Frage. „Woher wissen Sie das?"

„Ja oder nein? Haben Sie?"

„Kann sein. Jetzt verraten Sie mir, woher Sie das wissen."

„Vielleicht hat er es mir gegenüber erwähnt."

„Sie haben ihn gesehen? Wo?"

„Bei der Arbeit. Was glauben Sie denn, wo ich ihn gesehen habe?"

„Ich wette, er sah toll aus."

„Ich weigere mich, das einer Bemerkung zu würdigen. Möglicherweise werden Sie von ihm hören."

„Du liebe Zeit! Im Ernst? Erzählen Sie mir ganz genau, was er gesagt hat."

„So lustig diese Rückkehr zur Highschool auch wäre, ich habe Arbeit zu erledigen. Halten Sie ihn jedenfalls weit, weit fern von hier. Haben Sie mich verstanden?"

„Warum mögen Sie ihn nicht?"

„Komm schon, Sam", rief Nick.

„Weit fern. Mehr sage ich nicht." Sam verließ den Raum, bevor Shelby die Unterhaltung fortsetzen konnte. Sie schnappte sich ihre Jacke, band sich das Pistolenhalfter um, steckte ihre Dienstmarke und das Notizbuch in die Gesäßtasche und lief zur Tür hinaus.

Nick wartete bereits in dem schwarzen SUV mit den getönten Scheiben. Einer der Agenten wartete auf dem Gehsteig auf sie und hielt ihr die Tür auf.

Als sie einstieg, telefonierte Nick gerade mit Christina.

Sam schnallte sich an, während sie schon losfuhren. Auch wenn sie sich über die mangelnde Aufregung in seinem Büro lustig gemacht hatte, liebte sie es doch, ihn im Senator-Modus zu erleben. Er beriet sich mit seiner Stabschefin über die Einladung des Präsidenten zu diesem Kurztrip.

„Das werde ich dir sagen, wenn ich da bin", meinte er mit einem Seitenblick zu Sam.

„Wieso erfährt sie, wohin du fährst, und ich nicht?", wollte Sam wissen.

Nick nahm das Handy vom Mund weg. „Weil sie eine Sicherheitsfreigabe vorweisen kann und du nicht."

„Dann muss ich mir eine besorgen." Agent Hill hatte ihr seine Sicherheitsfreigabe regelrecht unter die Nase gerieben und als Argument benutzt, um sich an den Ermittlungen im Fall Kavanaugh zu beteiligen. Trotz seines Anstarr-Problems war er kein schlechter Kerl und Sam bei diesem Fall eine große Hilfe gewesen. Nicht, dass sie ihrem Mann das jemals erzählen würde. Bei Agent Hill sah der rot.

Sie schaute auf die Uhr auf ihrem Telefon. Es war eine Stunde her, seit sie Willie gefunden hatten, und es würde noch eine ganze Weile dauern, bevor Lindsey irgendwelche Informationen für sie hatte. Also würde sie mit Willies Heimatadresse beginnen und dann zusammen mit Hill zum Stadion fahren. Wie immer würden die Medien ihr im Nacken kleben, sobald sich der Mord an Willie herumgesprochen hatte, aber mit den Reportern würde sie fertig werden. Sie würde mauern, solange es ging, wie sie es stets tat.

Nick beendete das Telefonat mit Christina und steckte das Handy in seine Jacketttasche. „Worüber denkst du nach?"

„Wo ich mit der Suche nach einem Mörder anfangen soll, wenn jeder in der Stadt ein Motiv hat."

„Das ist eine harte Nuss, aber du wirst sie knacken. Machst du ja immer."

„Wenn man mich lässt."

„Warum sollte man nicht?"

„Farnsworth will mich nicht im Außendienst haben, solange Arnies Leute frei herumlaufen."

„Da bin ich, ehrlich gesagt, ganz auf seiner Seite, Babe. Unter Arnies Gefolgsleuten gibt es leider viele Bekloppte, um es mal harmlos auszudrücken. Denen ist durchaus zuzutrauen, dass sie auf dich schießen, um ihn zu rehabilitieren."

„Das mag ja alles sein, aber Arnie sitzt im Gefängnis. Wir haben ihn geschnappt und eingetütet."

Nick kicherte. „Diesen Ausdruck kannte ich vor dir auch nicht."

„Da kannst du mal sehen, wie ich deinen Horizont erweitere."

Er legte ihr die Hand auf den Oberschenkel. „Apropos erweiterter Horizont … hast du mal über das nachgedacht, was wir neulich Abend besprochen haben?"

Seit sie Willie Vasquez in einem Müllcontainer gefunden hatte, waren ihre Gedanken um wenig anderes gekreist. „Ein bisschen."

„Und?"

„Ich weiß es noch nicht."

„Möchtest du noch mal darüber sprechen?"

„Irgendwann."

„Ich dränge dich nicht, Babe. Das weißt du, oder?"

„Ich fühle mich auch nicht gedrängt."

„Gut." Er drückte ihren Schenkel und nahm seine Hand weg. „Das will ich nämlich auf keinen Fall."

Ihr Körper kribbelte bei der Erinnerung an ihr letztes Intermezzo auf dem Dachboden, den er als eine Art Nachbildung ihrer Flitterwochen auf Bora Bora eingerichtet hatte. Im Lauf des Sommers war ihr Sexleben noch aufregender geworden als ohnehin schon, und seitdem hatten sie viel experimentiert. „Ich weiß." Sie zögerte und wählte ihre Worte sorgsam. „Ich muss dir etwas sagen."

„Was denn?"

Obwohl es gegen ihre Natur war, potenziell für Ärger sorgende

Informationen rechtzeitig zu teilen, hatte sie auf die harte Tour lernen müssen, dass es besser war, ihrem Mann die Wahrheit zu sagen. Das ersparte ihr eine Menge Streitereien. „Hill ist zum Leiter der Abteilung Kriminalpolizeiliche Ermittlungen beim FBI befördert worden. Er ist dauerhaft nach D.C. gezogen. Er ist mit dem Besitzer der Feds, Ray Jestings, aufgewachsen, deshalb werden wir ihn bei diesen Ermittlungen um Hilfe bitten. Ich wollte dir gegenüber nur ganz offen sein, was seine Beteiligung angeht, damit es deswegen zwischen uns keine Probleme gibt.“

Nicks Miene blieb unverändert, doch presste er die Lippen zusammen, ein sicheres Zeichen für seine Verärgerung.

Als sie das Hauptquartier erreichten, brachten die Agenten den SUV vor dem Haupteingang zum Stehen. „Danke, dass du mir das mit Hill erzählt hast.“ Er sah sie an, mit seinen erstaunlichen haselnussbraunen Augen, die direkt in ihre Seele zu schauen schienen. „Du hast ganz schön was dazugelernt.“

„Was heißt das?“

„Vor noch nicht allzu langer Zeit hättest du diese Information für dich behalten und darauf gehofft, dass ich von eurer erneuten Zusammenarbeit nichts erfahre. Ich wünschte zwar, er würde verschwinden und nie mehr zurückkommen, trotzdem bin ich froh, dass du es mir gesagt hast.“

„Selbst ein alter Hund wie ich lernt noch ein paar neue Tricks dazu. Ich bin lernfähig.“

Er verdrehte die Augen und lachte. „Du und lernfähig? Das möchte ich erleben.“ Er gab ihr einen Kuss. „Ich liebe dich.“

Sie tätschelte sein Gesicht und erwiderte den Kuss, obwohl sie direkt vor dem Hauptquartier standen, also innerhalb ihrer Keine-Zärtlichkeiten-Zone. Die getönten Scheiben des SUV stellten jedoch ihre Privatsphäre sicher.

„Ich liebe dich auch. Bis irgendwann. Pass nachher gut auf unser Kind auf. Der Junge wird eine Schulter zum Anlehnen brauchen.“

„Die wird er bekommen, solange er sie braucht.“

„Da kann er sich glücklich schätzen.“

„Ich bin derjenige, der sich glücklich schätzen kann. Sei vorsichtig, pass auf dich auf.“

„Mach ich, keine Sorge."

„Ich? Mir Sorgen machen? Geh an die Arbeit, Babe."

Selbst nach fast einem Jahr des Zusammenseins hasste sie es, ihn zu verlassen. Aber sie hatte einen Job zu erledigen, und er auch, daher stieg sie aus dem Wagen und winkte, als der SUV Richtung Capitol davonbrauste.

5

***

Sam ging über den Vorplatz, der von Reportern wimmeln würde, sobald der Mord an Willie bekannt werden würde.

Im Kopf hielt sie bereits eine Pressekonferenz ab und überlegte, wie sie der Presse gegenübertreten sollte, ohne neue Unruhen heraufzubeschwören. Ganz in Gedanken lief sie gegen eine weiße Hemdbrust, an der ein goldenes Abzeichen prangte. Verdammter Mist.

„In mein Büro, Lieutenant. Sofort."

Sam stöhnte genervt und folgte dem Chief in dessen Büro, das hinter der Funkzentrale lag.

Die Sekretärin des Chiefs lächelte mitfühlend, als Sam an ihrem Schreibtisch vorbeikam, was Sam den bevorstehenden Tadel mit noch mehr Sorge erwarten ließ.

Er stand mit versteinerter Miene an der Tür, und Sam ging an ihm vorbei.

Sie erschrak, als die Tür hinter ihr zugeworfen wurde. „Welchen Teil meines Befehls, dieses Gebäude nicht ohne mein Wissen zu verlassen, haben Sie nicht verstanden, Lieutenant?"

„Ich habe Sie gesucht, konnte Sie aber nicht finden."

„Da ich die ganze Nacht hier war, würde ich mal behaupten, dass Sie nicht sehr gründlich gesucht haben."

„Ich wollte Sie nicht mit etwas behelligen, um das ich mich gut allein kümmern kann."

„Und so sind Sie in einem Müllcontainer bei einer Leiche gelandet."

„Ja. Es handelt sich bei der Leiche um Willie Vasquez."

Seine Miene wurde für einen Moment völlig ausdruckslos, ehe seine übliche Ausstrahlung zurückkehrte. „Sie nehmen mich auf den Arm."

„Ich wünschte, es wäre so."

„Du meine Güte." Auf einmal wirkte er erschöpft und genauso alt, wie er mit seinen Sechzig plus war. „Wir haben die Lage gerade erst wieder unter Kontrolle, und jetzt das."

„Ich werde zuerst bei ihm zu Hause vorbeischauen und danach im Stadion, um mit der Teamleitung zu sprechen."

„Ich will nicht, dass Sie an dem Fall arbeiten, Sam. Geben Sie ihn an einen Ihrer Kollegen weiter."

„Sir, bei allem Respekt ..."

„Ich sagte, geben Sie den Fall ab."

„Und was soll ich tun, bitte schön? Im Büro sitzen und Däumchen drehen?"

„Es gibt im Innendienst genug für Sie zu tun."

„Sie wissen, dass das nicht stimmt. Ich kann eine Ermittlung dieser Dimension nicht durchführen, indem ich nicht da draußen meinen Job mache."

Er ging hinter seinen Schreibtisch und setzte sich. Auf seinen mächtigen Schultern schien das Gewicht der Welt zu lasten.

„Du weißt, dass ich auf mich aufpassen kann, Onkel Joe", sagte sie mit leiser Stimme, zum ersten Mal, seit sie unter seinem Kommando stand, seinen alten Kosenamen benutzend.

„Irgendetwas passiert dir immer."

„Und doch sitze ich hier und gehe dir jeden Tag auf die Nerven."

„Anders würde ich es gar nicht haben wollen. Das weißt du." Ihre seltene sentimentale Anwandlung war zweifellos der langen Nacht geschuldet, die sie hinter sich hatten. Trotzdem hatte Sam keine Skrupel, das zu ihrem Vorteil zu nutzen. „Ich weiß außerdem, dass ich dir etwas bedeute, und dafür bin ich sehr dankbar. Aber du musst mich meine Arbeit tun lassen. Ich bin der qualifizierteste Detective, der am ehesten einen solchen Fall bearbeiten kann. Das weißt du ebenso gut wie ich."

Sam beobachtete, wie er zu einer Entscheidung zu gelangen versuchte, und dabei fiel ihr auf, dass er tatsächlich gealtert war, seit sie das letzte Mal genauer hingeschaut hatte. Wann war das passiert? Diese Beobachtung beunruhigte sie auf seltsame Weise. Männer wie ihr Dad und Onkel Joe sollten eigentlich immer jung bleiben und so lange leben, wie Sam sie brauchte, nämlich ewig.

„Ich glaube, ich habe dir nie erzählt, dass Marti und ich keine Kinder bekommen konnten", sagte er, was sie noch mehr beunruhigte. „Wir hatten dich und deine Schwestern, unsere Nichten und Neffen ... in gewisser Weise wart ihr alle unsere Kinder. Ich glaube, wir haben das ganz gut hinbekommen, du und ich, das Persönliche vom Beruflichen zu trennen. Aber wenn du glaubst, dass es mir leichtfällt, dich da draußen Gefahren auszusetzen, dann kennst du mich schlecht, Sam. Da bedroht jemand einen meiner Officer – aber zugleich auch mein Kind, noch dazu eines meiner Lieblingskinder. Vergiss das nicht."

Sie starrte ihn an, verblüfft, gerührt und unsicher, was sie jetzt sagen sollte, was nicht sehr häufig vorkam. „Ich ... ich werde das nicht vergessen. Das werde ich nie vergessen."

„Sorg dafür, dass du es wirklich nicht vergisst." Er fuhr sich durch die drahtigen grauen Haare mit einer erschöpften, resignierten Geste. „Nimm dir den Fall Vasquez vor, berichte direkt an mich, pass auf dich auf und geh keine dummen Risiken ein. Verstanden?"

„Ja, Sir."

Wegen dem, was er gesagt hatte, weil er schon viel länger ihr Onkel Joe war als ihr Chief und weil sie ihn liebte, ging sie um den Schreibtisch, legte die Hände auf seine Schultern und gab ihm einen Kuss auf die Wange. „Ich habe dich auch lieb."

Als sie zur Tür ging, sagte er: „Ich habe nie gesagt, dass ich dich lieb habe." Sein schroffer Ton passte schon wieder besser zu dem, was sie für gewöhnlich von ihm erwartete.

„Brauchtest du auch nicht." Sie lächelte den ganzen Weg über ins Kommissariat.

Bereit, den Kampf für Willie aufzunehmen, betrat Sam das Kommissariat, das sie jedoch leer vorfand, bis auf Cruz, der in seinem Bürosessel saß und tief und fest schlief. Stimmte etwas nicht mit ihr, dass es ihr ein fieses Vergnügen bereitete, dem Sessel einen Tritt zu geben, sodass er gegen die Wand des Büroabteils krachte? Freddies Gesichtsausdruck, mit dem er hochschreckte und gleichzeitig realisierte, dass sie ihn beim Schlafen erwischt hatte, war jedenfalls unbezahlbar.

„Auf geht's, Dornröschen. Es gibt Arbeit für uns."

„Das hat dir Spaß gemacht, was?"

„Ich weiß nicht, wovon du sprichst. Wo sind alle hin?"

„Nach Hause ins Bett, wenn sie schlau sind."

„Bist du nicht der Glückliche, der mit dem Lieutenant zusammenarbeiten soll?"

„O ja, und wie glücklich ich mich da schätzen kann. Brauchst du denn gar keinen Schlaf, wie wir anderen Normalsterblichen?"

„Ich kann noch genug schlafen, wenn ich tot bin. Bis dahin lass uns mal in der Leichenhalle vorbeischauen."

„Wenn man von mir verlangt, dass ich vierundzwanzig Stunden durcharbeite, brauche ich etwas zu essen. Richtiges Essen. Keine Sojasprossen und Kraut und solches Zeug, das du als Essen bezeichnest."

Er brauchte eine Dosis Fett für sein inneres Gleichgewicht. Da sie ihn topfit haben wollte, gab sie nach. „Ich werde für dein Essen sorgen, wenn wir das Leichenschauhaus hinter uns haben."

„Das wird Wunder wirken auf meinen Appetit."

In der Gerichtsmedizin trafen sie Lindsey, die, assistiert von ihrem Stellvertreter Dr. Byron Tomlinson, Willies Leiche obduzierte.

„Geben Sie mir etwas, egal was", bat Sam, als sie mit Cruz im Schlepptau den Sezierraum betrat. Er warf einen Blick auf den Y-förmigen Schnitt in Willies Brust und wandte sich ab.

„Soweit ich es bis jetzt beurteilen kann, haben wir es mit einer einzigen Stichwunde in der Brust zu tun, die seine Aorta verletzt hat", erklärte Lindsey.

„Schauen Sie sich den Winkel an." Byron zeigte auf die Wunde. „Dem Eintrittswinkel nach zu schließen, müsste der Täter Linkshänder sein."

„Könnte er von hinten angegriffen worden sein?", fragte Sam.

„Sehr unwahrscheinlich", antwortete Lindsey. „Ich denke, es

handelte sich um eine etwa sechzehn bis zwanzig Zentimeter lange Klinge. Mit einem Stich von hinten erwischt man kaum die Aorta. Ich gehe davon aus, dass der Angreifer von vorn kam und ihm einen Stich beibrachte, der ihn sehr schnell das Bewusstsein verlieren ließ.“

„Und es muss eine ziemliche Sauerei gewesen sein“, fügte Byron hinzu. „Die verletzte Schlagader muss wie ein Geysir gesprudelt haben beim Herausziehen des Messers.“

„Hoffen wir, dass die Spurensicherung uns eine Mordwaffe präsentiert.“ Sam griff nach ihrem Telefon und rief den Patrol Lieutenant an, dann murmelte sie einen Fluch, als sie nur seine Mailbox erreichte.

„Das wäre schon hilfreich“, bestätigte Lindsey. „Wir führen jetzt die toxikologische Analyse und andere Labortests durch. Wir melden uns, falls wir etwas finden.“

„Danke, Doc. Wir sind unterwegs, also rufen Sie mich bitte auf dem Handy an.“

„Ich dachte, Sie stehen unter Hausarrest“, meinte Lindsey.

„Nicht mehr.“

Leise lachend und kopfschüttelnd zeigte Lindsey mit dem Daumen nach oben. „Ich habe keine Ahnung, wie Sie das anstellen, Holland.“

„Charme, Doc. Es liegt nur am Charme.“

Cruz schnaubte vernehmlich, was ihm einen strafenden Blick einbrachte, und folgte ihr aus der Gerichtsmedizin hinaus. „Stimmt was mit deiner Nase nicht?“

„Nichts, was durch ein wenig Schlaf nicht schnell behoben wäre.“

„Gib nicht vor, dass du schlafen würdest, wenn ich dich nach Hause schicke.“ Er und seine Freundin Elin verbrachten ihr halbes Leben damit, es wie die Karnickel zu treiben. Zumindest hatte es den Anschein, wenn er verschlafen und benommen an jedem neuen Tatort aufkreuzte, egal zu welcher Tages- oder Nachtzeit.

„Ich würde schlafen.“ Er zeigte ihr jenes träge, lässige Grinsen, das die Frauen verrückt machte – andere Frauen als sie natürlich. „Hinterher.“

„Igitt. Verschon mich mit den Details und fahr mich nach Georgetown.“

„Was ist in Georgetown?"

„Willies Wohnung."

„Du hast mir Essen versprochen."

„Das wird's auch geben. Bald. Wir müssen die Familie informieren, und das schaffe ich nicht mit vollem Magen."

„Stimmt. Ich auch nicht."

Er verstand. Es gab nichts, was sie beide mehr hassten, als Angehörigen berichten zu müssen, dass einer der ihren ermordet worden war.

„Wie lautet die Adresse?", erkundigte er sich, während er Sams Wagen vom Parkplatz lenkte.

Sam konsultierte ihr Notizbuch, in das sie einige Daten aus dem Führerschein in Willies Brieftasche geschrieben hatte. „3032 K Street, Northwest. Was hast du mit Willies Brieftasche gemacht?"

„Als Beweismittel aufgenommen, alles fotokopiert und anschließend die Brieftasche samt Bargeld darin im Beweismittelschrank eingeschlossen."

„Gut. Hol mir Gonzo ans Telefon."

„Haben Sie sonst noch einen Wunsch, während ich Sie herumkutschiere, Eure Hoheit?"

„Das wäre vorerst alles, aber danke der Nachfrage."

Er prustete los und hatte eine halbe Minute später Gonzo auf dem Lautsprecher.

„Erzähl", forderte Sam ihn auf. „Was hast du bis jetzt?"

„Du musst aufhören, mich mit Cruz' Handy anzurufen. Das macht mich kirre."

Trotz der schrecklichen vor ihnen liegenden Aufgabe sah Sam Freddie mit einem breiten Lächeln an.

„Du versüßt ihr nur den Tag, wenn du solche Sachen sagst", erklärte Cruz seinem Freund.

„Kann ich mir vorstellen."

„Wo bist du im Augenblick?", fragte sie.

„Gleich beim Hauptquartier."

„Bitte Malone, herauszufinden, wem die Kameras in dem Bereich hinter dem Air and Space und den angrenzenden Gebäudeteilen gehören. Ich nehme an, die Kameras sind vom Smithsonian, nicht von uns, daher brauchen wir richterliche

Beschlüsse. Ich will auch so viel Filmmaterial wie möglich aus dem Stadion, besonders vom Parkplatz der Spieler, und alles, was du aus dem Bereich Potomac Avenue kriegen kannst."

„Verstanden. Mach ich."

„Was hast du über Vasquez herausgefunden?"

„Ich fahre mal rechts ran, damit ich meine Notizen zu Rate ziehen kann." Keine Minute später begann er: „Geboren in Santo Domingo in der Dominikanischen Republik am 10. Februar 1985. Die Eltern sind Carlos und Belinda Vasquez. Willie war schon als Kind ein herausragender Baseballspieler und wurde direkt nach der Highschool von den San Diego Padres verpflichtet. Er spielte in verschiedenen Teams der National League, bevor er von den Feds kurz vor Ende der Transferfrist während ihrer ersten Saison in der Major League 2010 unter Vertrag genommen wurde. Seitdem er bei den Feds spielte, entfaltete sich sein ganzes Talent, er hatte einen Batting Average von .325 im Jahr 2010 und .337 im Jahr 2011. Diese Saison war seine bisher beste mit 42 Homeruns, 102 Runs Batted In und 162 Hits. Zweimal war er ein All-Star und wäre höchstwahrscheinlich in naher Zukunft in die Hall of Fame aufgenommen worden."

Sam machte sich Notizen, während Gonzo Willies Leistungen auf dem Spielfeld herunterrasselte.

„Seit fünf Jahren verheiratet mit Carmen Peña Vasquez. Zwei Kinder – Miguel, vier, und Jose, zwei."

„Shit", murmelte Sam und bemerkte, wie Freddie das Lenkrad fester umklammerte.

„Ja, Riesenscheiße."

„Finanzen?"

„Hab ich noch nicht. Viele seiner Konten sind in der Dominikanischen Republik. Ich habe denen Nachrichten geschickt."

„Was sagen sie im Radio?", wollte Sam wissen.

„Die Leute sind extrem sauer. Die Leute auf WFBR, dem Radiosender der Feds, schüren das Feuer noch."

„Irgendwann müssen wir denen mal einen Besuch abstatten."

„Das kann ich machen, wenn du willst."

„Das wäre hilfreich. Erledige das bis halb fünf, dann mach Schluss. Treffen im Hauptquartier morgen früh um Punkt sieben."

„Geht klar. Ich melde mich, falls ich auf etwas stoße. Äh, Lieutenant, kann ich dich wegen etwas sprechen, das nichts mit dem Fall zu tun hat?"

„Natürlich."

„Nicht über die Freisprechanlage, wenn es dir nichts ausmacht. Nichts für ungut, Cruz."

„Kein Problem." Freddie stellte sein Handy entsprechend ein und gab es Sam.

„Was gibt's denn?"

„Ich wollte dir nur sagen, dass ich in den nächsten Wochen möglicherweise Urlaub brauche. Die Sache mit Alex' leiblicher Mutter scheint vor Gericht zu landen." Er berichtete ihr von den jüngsten Entwicklungen.

„Das tut mir leid, Gonzo. Das ist Mist."

„Ja. Ich habe Christina noch nicht viel erzählt, wegen des Wahlkampfes und weil sie so viel zu tun hat. Ich wäre dir daher dankbar, wenn du es noch eine Weile für dich behältst."

Sie begriff, dass er sie darum bat, besonders Nick gegenüber nichts verlauten zu lassen. „Ich verstehe. Lass mich wissen, wenn ich irgendwie helfen kann."

„Möglicherweise brauche ich Leumundszeugen, angefangen mit einem dekorierten Lieutenant und ihrem Mann, dem Senator."

„Was immer wir für dich tun können. Du musst nur fragen."

„Danke. Es ist okay, Cruz zu erklären, was los ist. Ich kann jede Unterstützung gebrauchen, aber ich wollte dich nur über die Auszeit informieren."

„Ich werde es ihm erzählen. Und mach dir wegen der freien Tage keine Gedanken. Das kriegen wir schon hin."

„Danke, Sam. Ich melde mich wieder, nachdem ich beim Radiosender war."

„Bis dann."

Sie gab Freddie das Handy zurück.

„Alles in Ordnung?"

„Er meinte, ich könnte dir ruhig erzählen, dass ihm möglicherweise ein hässlicher Kampf ums Sorgerecht mit Alex' Mutter bevorsteht."

„Ach du Schande. Kann sie das? Monate später auftauchen und Ansprüche geltend machen?"

„Sie ist Alex' Mutter, und laut Gonzo hat sie sich ziemlich viel Mühe gegeben, ihr Leben wieder auf die Reihe zu bekommen."

„Er hat bestimmt große Angst."

„Ein bisschen, und er will erst nach der Wahl mit Christina darüber sprechen."

„Ich werde es niemandem erzählen, keine Sorge."

„Du könntest etwas zu ihm sagen. Er wird seine Freunde brauchen."

„Mach ich." Er fuhr auf den Parkplatz und zeigte dem Wachmann seine Dienstmarke. „Detective Cruz und Lieutenant Holland. Wir wollen zu Mrs. Vasquez."

„Mit welchem Anliegen?"

„Das ist privat."

Der Wachmann studierte die beiden Dienstmarken, bevor er sie Freddie zurückgab. „Sie sind der Cop, der mit dem Senator verheiratet ist."

„Ernsthaft? Das wusste ich gar nicht. Lassen Sie uns rein. Jetzt."

„Kein Grund, gleich gereizt zu sein. Jemand vom Sicherheitsdienst wird Sie in der Lobby empfangen und zum Wohnsitz der Vasquez' geleiten."

„Ausgezeichnet."

Freddie fuhr das Fenster hoch und wartete darauf, dass sich die Schranke hob, dann fuhr er weiter.

„Ich war nicht gereizt."

„Bist du nie."

„Warum glauben die Leute mir ständig sagen zu müssen, mit wem ich verheiratet bin?"

„Vielleicht weil sie befürchten, du könntest es sonst vergessen?"

„Tja, das wäre natürlich möglich."

Das Geplänkel half, sie von der schrecklichen Aufgabe abzulenken, die sie gleich erwartete. Freddie hielt auf einem Besucherparkplatz und stellte den Motor aus, machte jedoch keinerlei Anstalten, aus dem Wagen zu steigen.

„Ich hasse das", sagte er.

„Ich auch. Aber noch weitere fünf Minuten hier herumzusitzen wird es nicht besser machen. Bringen wir es hinter uns, und dann widmen wir uns endlich wieder den Ermittlungen."

Ein weiterer Security-Clown empfing sie in der Lobby, die ganz aus Marmor, Pflanzen und Opulenz bestand. Dieser Mann trug einen gut geschnittenen schwarzen Anzug und einen Ohrstöpselkopfhörer. Während Sam sich fragte, ob der Kerl sich mit diesem Ohrstöpsel noch wichtiger fühlte, bemerkte sie zwei weitere Männer sowie eine Frau, alle in Anzügen, alle mit Ohrstöpseln und Funkgeräten. Das ist reichlich viel offensichtliche Security für ein Apartmentgebäude der Superreichen, dachte Sam und fragte sich, wer denn wohl noch dort wohnte. „Hier entlang", forderte der zu ihrer Begleitung abgestellte Sicherheitsbedienstete. „Wir waren der Ansicht, dass es nur eine Frage der Zeit ist, bis wütende Fans herausgefunden haben, wo Mr. Vasquez wohnt, deshalb haben wir die Sicherheitsmaßnahmen heute verstärkt."

Sam war froh, dass er nicht ihre Zeit verschwendete und ihre Arbeit zu behindern versuchte, wie Leute von privaten Sicherheitsdiensten das oft versuchten. „Wahrscheinlich keine schlechte Idee."

„Geht es Mr. Vasquez gut?", erkundigte er sich mit echter Besorgnis.

„Es steht mir nicht zu, darüber zu sprechen." Er würde bald genug erfahren, dass es Mr. Vasquez alles andere als gutging.

„Ich verstehe." Er führte sie an einem Empfangstresen vorbei zu einer Reihe von Fahrstühlen und benutzte in einem einen Schlüssel, um ins oberste Stockwerk hinauffahren zu können. Der Fahrstuhl machte kein Geräusch, während er nach oben sauste zum Penthouse, das die siebte und achte Etage einnahm.

„Bitte warten Sie hier", forderte er die beiden auf, nachdem sich die Fahrstuhltüren zu einem Flur mit zwei Türen hin geöffnet hatten. Der Security-Mann ging zur linken Tür und klopfte leise an. Er sprach mit gedämpfter Stimme mit dem Bediensteten, der die Tür aufgemacht hatte, ehe er Sam und Freddie heranwinkte. Man führte sie in einen Palast mit atemberaubender Aussicht auf Washington Harbor, Georgetown, die Key Bridge sowie den Arlington National Cemetery auf der anderen Seite des Flusses.

Das Dienstmädchen führte sie in ein Wohnzimmer und kündigte an, sie werde Mrs. Vasquez holen.

„Wow", flüsterte Freddie mit Blick auf die luxuriöse Wohnung. „Baseball war sehr, sehr gut zu ihm."

„Aber echt."

Eine hübsche, zierliche junge Frau mit dunklen Haaren und vom Weinen geröteten Augen kam ins Zimmer gelaufen. „Sind Sie vom Team?" Sie sprach mit deutlich lateinamerikanischem Akzent und sah eher aus wie ein Teenager als wie eine Ehefrau und Mutter. „Haben die Sie geschickt? Haben Sie meinen Willie gefunden?"

„Carmen Vasquez?", fragte Sam.

„Ja." Sie ging zu Sam und ergriff verzweifelt ihren Arm. „Sagen Sie mir, dass Sie ihn gefunden haben. Bitte sagen Sie es."

Sam wünschte in diesem Moment, sie möge an irgendeinem anderen Ort auf dieser Welt sein. „Setzen Sie sich."

„Nein, ich will mich nicht hinsetzen. Ich will wissen, was los ist."

Ein kleiner dunkelhaariger Junge kam ins Zimmer gewatschelt, eine Decke hinter sich herziehend. Seiner Größe nach zu urteilen musste es Miguel sein, der ältere der beiden Söhne. „Mama ... *Qué te pasa? Por qué estás triste? Dónde está papá?*"

Seine Mutter hob ihn auf die Arme, flüsterte ihm etwas zu und gab ihn an das Dienstmädchen weiter.

Sam schaute zu Freddie und sah die unerträgliche Traurigkeit, die sie empfand, in seinem Gesicht. Im Lauf der Jahre hatte sie gelernt, es rasch zu sagen und hinter sich zu bringen. Doch diesmal blieben ihr die Worte im Hals stecken.

Freddie spürte ihre Qual und sprang ihr bei. *„Señora Vasquez, lo siento pero tengo que decircle que su marido fue encontrado asesinado."*

Carmen stieß einen Schrei aus und klammerte sich an Freddies Brust fest. *„Por favor dime que no es verdad. No, no, no."*

„Lo siento. Ojalà pudiera."

Glücklicherweise stand Freddie nah genug bei ihr, um sie aufzufangen, als Carmen ohnmächtig wurde. Behutsam legte er sie auf ein Sofa. „Holen Sie das Dienstmädchen", befahl Sam dem Security-Mann, der die Szene geschockt verfolgt hatte. Er musste nicht Spanisch sprechen, um zu verstehen, was passiert war.

„Bringen Sie einen kalten Waschlappen und ein Glas Wasser. Beeilen Sie sich."

Als Carmen allmählich wieder zu sich kam, war der Security-Mann mit den gewünschten Sachen zurück.

Freddie tupfte Carmen mit dem Waschlappen über das tränenüberströmte Gesicht. *„Toma una respiración profunda."*

„Por favor, dime que no es verdad." Ihre Stimme war kaum mehr als ein Flüstern.

„Lo siento."

„No", sagte Carmen und brach von Neuem zusammen. *„Por favor, no."* Sie schaute zu Sam und wechselte zum Glück ins Englische. „Er kann nicht tot sein. Nicht mein Willie. Es war nicht seine Schuld. Er hat einen Fehler gemacht. Menschen machen ständig Fehler. Wie können sie ihn deswegen umbringen?"

„Das weiß ich nicht", lautete Sams ehrliche Antwort. „Aber ich verspreche, wir werden alles in unserer Macht Stehende tun, um herauszufinden, was passiert ist." Sie konnte sich gerade noch verkneifen, der Frau zu versprechen, dass sie den Mörder finden würden. Zum ersten Mal in ihrer bewegten Karriere hatte sie einen Fall, bei dem Tausende, vielleicht sogar Hunderttausende ein Motiv für einen Mord hatten.

Carmens Blick war fest auf Sam gerichtet. „Ich kenne Sie. Sind wir uns schon einmal begegnet?"

Sam schüttelte den Kopf. „Ich bin mit Senator Cappuano aus Virginia verheiratet. Wahrscheinlich kennen Sie mich daher."

„Ja, wir haben Sie beim Parteitag gesehen. Willie hat Ihren Mann bewundert."

„Mein Sohn hat Ihren Mann bewundert. Er war sehr nett zu ihm während des Camps im Sommer."

„So ist mein Willie." Erneut stiegen ihr Tränen in die Augen. „Er ist zu allen nett und tut niemandem etwas." Mit wässrigen braunen Augen sah sie Sam an. „Wie ..."

„Man hat ihn in die Brust gestochen. Die Gerichtsmedizinerin glaubt, dass er sehr schnell gestorben ist."

Mit der Hand vor dem Mund, um ihre Schluchzer zu dämpfen, schüttelte Carmen Vasquez den Kopf, als wollte sie einfach nicht wahrhaben, was Sam ihr gerade erzählt hatte.

„Gibt es jemanden, den wir für Sie anrufen sollen? Eine Freundin oder ein Familienmitglied?"

Carmen brauchte einen Moment, bis sie sich gesammelt hatte. Sie wischte sich die Tränen ab und setzte sich ein wenig aufrechter. „Gestern noch hätte ich Ihnen eine ganze Liste mit Freunden geben können, hauptsächlich Willies Teamkameraden und deren Frauen oder Freundinnen. Als er gestern Abend nicht nach Hause gekommen ist, habe ich sie alle angerufen und gefragt, ob sie wüssten, wo er sich aufhält. Aber niemand hat sich gemeldet. Der Einzige, der meinen Anruf entgegengenommen hat, war Ray Jestings."

„Wann haben Sie zum letzten Mal mit Willie gesprochen?", fragte Freddie.

„Vor dem Spiel. Er hat ungefähr zwanzig Minuten vor Beginn angerufen."

„Brachte er da irgendwelche Sorgen oder Bedenken wegen des Spiels zum Ausdruck, mal abgesehen vom Stress der Play-offs?", erkundigte Sam sich.

„Nein, er war den ganzen Tag sehr ruhig. Entschlossen. Konzentriert. Er hat den Vormittag mit den Jungs spielend verbracht und ist gegen zwei Uhr zum Stadion aufgebrochen."

„Sind Sie zum Spiel gegangen?"

Carmen verneinte. „Mein jüngster Sohn war krank, deshalb bin ich mit beiden Jungs zu Hause geblieben." Sie machte eine Pause, und wieder füllten sich ihre Augen mit Tränen. „Jetzt bin ich froh, dass ich nicht dort war. Ich war so aufgewühlt, als es passierte. Ich weiß, wie schrecklich er sich gefühlt haben muss, und als sie anfingen, mit Müll nach ihm zu werfen ...“

Sam quälte der Gedanke, ihr berichten zu müssen, dass man ihn in einem Müllcontainer gefunden hatte. Bisher hatten sie dieses Detail für sich behalten.

„Hatte er Probleme mit irgendwem aus dem Team?"

„Nein, alle haben ihn geliebt. Sie haben ihn sogar zu einem der Mannschaftskapitäne in dieser Saison ernannt. Darauf war er sehr stolz. Er hat so lange hart dafür gearbeitet ... Und dann hat er einen Fehler gemacht. Einen einzigen. Und dafür hat ihn jemand umgebracht?"

„Wir wissen noch nichts Genaues", schränkte Sam ein.

„Aber das ist der Grund! Sie haben ihn umgebracht, weil er diesen Ball nicht gefangen hat! Wie soll ich meinen Jungs erklären, dass ihr Papa sterben musste, weil er einen Ball nicht gefangen hat?"

Sam wollte lieber nicht daran denken, wie ihr eigener Sohn von dem sinnlosen Tod des Baseballspielers erfuhr. Wie würde es erst Willies Söhnen ergehen? Sie setzte sich neben Carmen und nahm ihre Hand. „Ich mache das schon eine ganze Weile, lange genug, um die schlimmsten Seiten der Menschheit gesehen zu haben – und die besten. Was ich nie verstanden habe, ist, wie jemand einem anderen Menschen das Leben nehmen kann. Ich hoffe nie den Punkt in meiner Karriere zu erreichen, an dem ich das nachvollziehen kann. Ich habe außerdem gelernt, dass die offensichtlichsten Motive oft gar nichts mit dem zu tun haben, was wirklich geschehen ist. Es besteht durchaus die Chance, dass es niemals einen Sinn für Sie ergeben wird. Wenn wir unseren Job gut machen, werden Sie erfahren, wie es passiert ist, aber den genauen Grund werden Sie möglicherweise nie kennen."

„Was soll ich denn jetzt machen? Er war mein Leben. Willie und unsere Jungs. Sie sind meine Welt." Als sie in sich zusammensackte, legte Sam ihr den Arm um die Schultern, was sie bei Fremden nur sehr selten tat.

„Ich muss wissen, ob Willie ein Handy besessen hat."

„Ja, er hat es stets bei sich gehabt, für den Fall, dass ich ihn erreichen muss."

„Wir haben es bei ihm nicht gefunden, deshalb brauchen wir die Nummer." Sam nahm den Arm von Carmens Schulter, um mitzuschreiben, während Carmen ihr die Nummer diktierte.

„Können wir Ihre oder seine Familie anrufen?", wollte Freddie wissen. „Sie werden wollen, dass sie von den Ereignissen erfahren, bevor sein Tod in den Medien verbreitet wird."

„Ich rufe meinen Bruder an", sagte Carmen, die allmählich vor den Tatsachen zu kapitulieren schien. „Er wird es Willies Familie beibringen und herkommen, um mir beizustehen."

„Wo befindet er sich?", fragte Freddie.

„In der Dominikanischen Republik."

„Wenn Sie möchten, dass ich bis zu seiner Ankunft bei Ihnen

bleibe, dann werde ich das gerne tun", bot Freddie an und warf Sam einen Blick zu.

Nach einer Nacht ohne Schlaf waren sie am Ende ihrer Kräfte und würden sowieso bald Feierabend machen müssen. Carmen nickte kurz.

„Soll ich Ihren Bruder für Sie anrufen?", bot Freddie an.

„Ja, bitte. Ich glaube nicht, dass ich die Worte herausbringen könnte."

„Ich werde es für Sie aussprechen", sagte Freddie.

Bevor Sam ging, nahm sie Freddie beiseite. „Du bist hungrig hergekommen. Soll ich dir was herschicken lassen?"

Er winkte ab. „Danke, ich habe meinen Appetit verloren."

Das konnte sie nachvollziehen. „Sobald der Bruder hier ist, fahr nach Hause. Um sieben treffen wir uns im Hauptquartier. Du hast das gut gemacht mit ihr, Detective."

„Freut mich, dass du das so siehst. Innerlich bin ich gestorben."

„Ich auch."

Er gab ihr den Wagenschlüssel. „Wohin fährst du?"

„Zum Stadion."

Auf der Fahrt zum Stadion der Federals, das nach einem Kreditkartenunternehmen benannt war, von dem Sam noch nie gehört hatte und dessen Namen sie sich auch nie merken konnte, rief sie die Zentrale an. „Lieutenant Holland hier. Ich muss den Schichtleiter der Schutzpolizei sprechen."

„Einen Moment bitte, Lieutenant."

Sie wartete eine ganze Weile und lauschte seltsamer Instrumentalmusik, die in ihr den Wunsch nach Ohrstöpseln weckte. Endlich wurde sie verbunden.

„Stahl."

Wäre sie nicht gefahren, hätte sie die Augen himmelwärts verdreht. „Ich habe nach der Schutzpolizei gefragt, nicht nach den Internen Ermittlungen."

„Was wollen Sie, Holland?"

„Den Schichtleiter der Schutzpolizei sprechen."

„Den haben Sie am Apparat."

„Was machen Sie denn dort?"

„Bin für den Lieutenant eingesprungen, der wegen der Unruhen die ganze Nacht gearbeitet hat. Nicht, dass Sie das was angeht."

„Oh, stimmt ja. Ihr Typen von den Internen Ermittlungen musstet keine Überstunden machen wie wir anderen. Ich hoffe, Sie konnten gut schlafen, während unsere Stadt auseinandergenommen wurde."

„Gibt es einen Grund für diesen Anruf? Wenn nicht, habe ich nämlich noch Besseres zu tun ..."

„Halten Sie den Mund und hören Sie mir zu." War es möglich, zu *hören*, wie jemand violett anlief? Sam lächelte über die Bilder, die sie vor ihrem geistigen Auge sah. „Ich brauche eine gründliche Durchkämmung des gesamten südwestlichen Quadranten der Stadt, von der Potomac Avenue bis zur Independence. Wir suchen eine große Menge Blut. Wird man kaum übersehen können."

„Und Sie erwarten von mir, dass ich unsere ohnehin stark eingeschränkten Kräfte für Sie auf diese absurde Suche schicke?"

„Wir suchen den Tatort eines Mordes, Sie dämlicher Idiot. Schicken Sie die Schutzpolizei los oder ich schicke Ihnen Farnsworth auf den Hals."

„Na klar, Sie brauchen ja bloß mit den Fingern zu schnippen, und schon springt er. Schlafen Sie mit ihm, Holland? Das würde nämlich einiges erklären ..."

Bevor er noch weitere Bemerkungen machen konnte, die Sam dazu brachten, zu verstehen, weshalb jemand einen Mord beging, beendete sie das Gespräch. „Verdammter Bastard." Zur Sicherheit rief sie anschließend ihren Vorgesetzten und Mentor Detective Captain Malone an.

„Holland? Ich hörte, Sie haben einen Mordfall."

„Warum um alles in der Welt leitet das Rattengesicht Stahl die Schicht der Schutzpolizei?"

„Ihnen auch einen guten Morgen. Er ist eingesprungen. Wir sind personell heute extrem unterbesetzt, nachdem alle die ganze Nacht hindurch gearbeitet haben."

„Warum können die nicht noch den ganzen Tag arbeiten? Wir machen das schließlich auch."

„Nicht alle bei der Polizei haben Ihre Hingabe an den Job, Lieutenant."

„Behandeln Sie mich gerade herablassend, Captain?"

„Wäre ich wohl so dumm? Was kann ich für Sie tun?"

Sie berichtete ihm, was sie bis jetzt über den Mord an Vasquez wusste, was nicht viel war, und welche Hilfe sie von der Schutzpolizei benötigte.

„Ich werde mich darum kümmern. Wir müssen uns darüber unterhalten, wie wir mit dieser Geschichte an die Öffentlichkeit gehen."

„Das ist die andere Sache, über die ich mit Ihnen sprechen wollte. Mein nächster Halt sollte das Stadion sein. Aber wenn ich dem Team einen Besuch abstatte, werden die Bescheid wissen. Andererseits würde ich gern die Reaktionen sehen, wenn die Mannschaftskameraden die Nachricht erfahren. Also habe ich mir überlegt, dorthin zu fahren und allen die Neuigkeit zu überbringen, während Sie sich um die Medien kümmern. Übrigens nehme ich Agent Hill mit. Er kennt den Besitzer des Teams, Jestings, und kann mir vielleicht ein bisschen den Zugang erleichtern."

„Der Plan gefällt mir, aber ich würde ihn gern vom Chief genehmigen lassen. Ich rufe Sie in zwanzig Minuten zurück."

„Ich werde warten. Können Sie mich zu Archelotta durchstellen?"

„Bleiben Sie dran."

Der Lieutenant der IT-Abteilung und außerdem der einzige Officer, mit dem Sam einmal eine kurze Beziehung gehabt hatte, meldete sich nach dem dritten Klingeln. „Archelotta."

„Hey, ich bin's, Holland."

„Wie läuft es? Hab gehört, du hast einen neuen Mord."

„Ja, Willie Vasquez."

„Nicht dein Ernst. Mann!"

„Kannst du mal versuchen, ein Signal von seinem Handy zu bekommen? Er hatte es nicht bei sich, als wir ihn gefunden haben."

„Natürlich. Was immer ich für dich tun kann."

Sam nannte ihm die Nummer.

„Ich melde mich, sobald ich etwas habe. Könnte allerdings

eine Weile dauern. Es heißt, die Mobilfunkdienste sind in einigen Gegenden infolge der Unruhen gestört."

„Wir begnügen uns mit dem, was wir kriegen können."

„Alles klar. Wir bleiben in Verbindung."

Da sie Zeit hatte, hielt sie an, um sich ein Sandwich und eine äußerst seltene Cola light zu gönnen. Dies war genau der richtige Zeitpunkt für eine Dosis Koffein. Dreißig Stunden ohne Schlaf setzten ihr allmählich zu. Während sie im Wagen aß, rief sie ihren Dad an.

„Wir haben uns schon gefragt, wann wir von dir hören werden", meldete sich ihre Stiefmutter Celia. „Lange Nacht?"

„Sehr lang und noch nicht vorbei. Wir arbeiten immer noch."

„Du meine Güte. Was für eine schreckliche Sache, und alles nur wegen eines Baseballspiels."

Da sollte Celia erst einmal hören, was noch alles wegen des Baseballspiels passiert war. „Das sehe ich genauso. Ist mein Dad gerade in der Nähe?"

„Bleib dran, Schätzchen."

Sam lächelte über den Kosenamen. Es gefiel ihr, von der liebenswerten Krankenschwester bemuttert zu werden, die ihren gelähmten Vater am Valentinstag geheiratet hatte. Sie dachte an ihre Mutter, die vor Kurzem wieder in ihrem Leben aufgetaucht war und die Kluft überbrücken wollte, die nach Sams Highschoolabschluss zwischen ihnen entstanden war, als ihre Mutter ihren Dad wegen eines anderen Mannes verlassen hatte. Manche Gräben konnten einfach nicht geschlossen werden, zumindest redete Sam sich das gern ein. Und solange sie das glaubte, musste sie sich mit dem Wunsch ihrer Mutter, Zeit miteinander zu verbringen, nicht auseinandersetzen.

„Lieutenant", meldete sich Skip. „Wie läuft es?"

„War schon mal besser. Nachdem letzte Nacht die Stadt auseinandergenommen worden ist, haben wir Willie Vasquez in einem Müllcontainer hinter dem Air and Space gefunden."

„Nicht wirklich ..."

„Traurig, aber wahr. Stich ins Herz."

„Um Himmels willen."

„Musste es gerade seiner Frau beibringen. Schlimm."

„Ist es immer, mein Mädchen. Ich beneide dich nicht darum."

„Zum ersten Mal habe ich einen Mord, für den die ganze Stadt ein Motiv hat."

„Das ist eine harte Nuss, aber ich habe Vertrauen in dich. Du wirst der Sache schon auf den Grund gehen. Armer Scotty. Der wird am Boden zerstört sein."

„Ich weiß. Nick holt ihn von der Schule ab und nimmt ihn den Nachmittag über mit ins Büro."

„Es wird ihm helfen, mit seinem Dad zusammen zu sein."

„Es hilft mir jedenfalls, mit meinem zusammen zu sein, auch wenn es nur ein paar Minuten am Telefon sind."

„Ach, Kind, du verstehst es wirklich, deinen alten Vater zu rühren."

Sam musste über die raue Stimme grinsen, die ihr ein wenig Kraft und Zuversicht gab. „Ich komme morgen früh vorbei."

„Ich werde da sein. Sag deinem Jungen, er soll vorbeischauen, wenn er wieder da ist."

„Mach ich."

„Sag mir, wie ich dir bei diesem Fall helfen kann."

„Auch das werde ich tun. Wir reden später."

Malone rief zehn Minuten später als geplant zurück. Sam war dabei, im Auto einzudösen. „Ich habe mit dem Chief gesprochen", sagte er. „Er hat grünes Licht gegeben. Schicken Sie mir eine Nachricht, sobald Sie beim Team sind, dann werden wir die Pressekonferenz einberufen. Wir setzen überall in der Stadt Leute ein, für den Fall, dass es erneute Unruhen gibt. Und wir schicken die Spurensicherung zum Stadion. Sobald Sie uns mitteilen, dass Sie mit dem Management des Teams sprechen, werden die sich die Umkleidekabine und alle anderen Orte vornehmen, an denen Vasquez sich nach dem Spiel möglicherweise aufgehalten hat. Auf diese Weise kann sich niemand auf die Spurensicherung vorbereiten. Sollte jemand etwas zu verbergen haben, werden unsere Leute es finden. Klingt das gut?"

Es hörte sich auf jeden Fall danach an, als würde es weitere Stunden dauern, bis sie sich endlich hinlegen konnte. „Ja. Ich mache mich jetzt auf den Weg zum Stadion. Ich muss allerdings auf Hill warten, also geben Sie mir eine halbe Stunde."

„Geht klar."

„Und bevor Sie an die Öffentlichkeit gehen, reden Sie mit

Cruz, um sicherzustellen, dass Vasquez' Familie in der Dominikanischen Republik informiert ist."

„Mach ich."

Sam beendete das Telefonat und rief Hill an, der einverstanden war, sich mit ihr auf dem VIP-Parkplatz vor dem Stadion zu treffen. Sie fuhr zum Stadion und bereitete sich während der Fahrt in Gedanken auf das vor, was sie dem Teambesitzer und dem Management sagen würde. Sie schaute auf die Uhr. Halb drei. Nick würde Scotty gerade von der Schule abholen und ihm die unfassbare Nachricht über Willie beibringen. Sam würde alles geben, was sie besaß, einschließlich der goldenen Marke, für die sie so hart gearbeitet hatte, um dem Jungen, den sie liebte, jeden Schmerz zu ersparen.

So ist das also, wenn man Mutter ist. Sie litt bereits mit ihm bei der Vorstellung, wie niedergeschlagen er sein würde, wenn er von Willies Tod erfuhr. Nick würde sich heute Nachmittag um ihn kümmern, und danach würden Sam und er den Jungen gemeinsam trösten.

6

———

Nick wartete vor den Toren der Eliot-Hine-Schule und beobachtete die nach Schulschluss aus dem Gebäude strömenden Schüler. Als Scotty ihnen im Sommer gesagt hatte, dass er gern ganz bei ihnen bleiben wollte, war ihnen nur wenig Zeit geblieben, das vorübergehende Sorgerecht beim Jugendamt zu beantragen und zu entscheiden, welche Schule er besuchen sollte.

Nick und Sam hatten immer wieder das Für und Wider einer öffentlichen und einer Privatschule diskutiert. Sie hatten beide eine öffentliche Schule besucht, daher neigten sie stark dazu, auch Scotty auf einer anzumelden. Doch die Sorge um seine Sicherheit veranlasste sie, sich auch einige der bekannteren Privatschulen der Stadt anzusehen.

Nach einigen schlaflosen Nächten und langen Debatten über ihre erste große elterliche Herausforderung beschlossen sie, Scotty die Entscheidung zu überlassen, denn sie waren zuversichtlich, dass er auf all den von ihnen in Augenschein genommenen Schulen zurechtkommen würde. Er erklärte, Privatschulen seien zu vornehm für ihn und bat darum, die gleiche Schule besuchen zu dürfen wie die anderen Kids aus Capitol Hill. Nick konnte mit der Begründung des Jungen sehr gut leben.

Jetzt wartete er an der Stelle, an der Shelby den Jungen jeden Tag abholte und an der Nick ihn in der ersten Schulwoche täglich erwartet hatte, bis er sicher gewesen war, dass Scotty sich eingewöhnt hatte. Um jeden Tag ab halb drei frei zu sein, war enormes Jonglieren mit den Terminen nötig gewesen, aber das hatte Nick gern in Kauf genommen.

Er hatte lange darauf gewartet, Vater zu werden und die Familie zu haben, die er jetzt so liebte. Zwar hing er an der Karriere, die er von seinem verstorbenen besten Freund John O'Connor übernommen hatte, aber die Familie kam an erster Stelle. Immer.

Scotty kam inmitten einer Gruppe von Jungen aus der Schule, die sich unterhielten, lachten und sich gegenseitig schubsten. Was Kinder eben machten, nachdem sie einen langen Tag im Klassenraum eingesperrt waren. Scotty hatte ein breites Grinsen im Gesicht, und Nick lächelte, während er den Jungen beobachtete, erfreut darüber, dass Scotty rasch Freunde gefunden hatte.

Eigentlich hätte ihn das nicht überraschen sollen. Scotty besaß eine Ausstrahlung, die andere in seine Umlaufbahn zog. Das war eine Gabe, die er mit Nick gemeinsam hatte, der auch stets leicht Freunde gefunden hatte, trotz der entbehrungsreichen, strengen Erziehung durch die Großmutter, die sich nur widerstrebend um ihn gekümmert hatte. Seine Freunde und deren Familien waren seine Rettung gewesen, und mit den meisten Freunden, mit denen er in Lowell, Massachusetts, aufgewachsen war, hielt er bis heute Kontakt.

In nahem, aber respektvollem Abstand folgten Scotty die zu seiner Bewachung abgestellten Agenten. Sie entdeckten Nick sofort und nickten ihm zu. Die Gegend um die Schule war ein Durcheinander aus ankommenden und abfahrenden Bussen, Minivans, Schülerlotsen, Fußgängern und Fahrrädern.

Nick winkte Scotty und freute sich über das strahlende Gesicht des Jungen, als der ihn erblickte. Gab es etwas Besseres als die überraschte, aber begeisterte Miene seines Sohnes, als dieser begriff, dass Nick ihn abholte? Abgesehen von Sam hatte nie jemand Nick so geliebt, wie Scotty es tat.

Der Junge verabschiedete sich rasch von seinen Freunden und lief zu Nick, ohne sich darum zu kümmern, ob die anderen Jungen es sahen oder nicht. In einem oder zwei Jahren würde das eine

Rolle spielen, aber im Augenblick war Nick glücklicher Empfänger öffentlicher Zuneigungsbekundungen.

„Das ist ja eine Überraschung“, rief Scotty.

„Ich dachte, du hast vielleicht Lust, einen Nachmittag im Kongress zu verbringen.“

„Das wäre cool.“ Er hatte Nick schon mehrmals zur Arbeit begleitet, um das Büro und die Mitarbeiter kennenzulernen. „Was ist der Anlass?“

„Darüber reden wir im Büro.“ Bevor Scotty weitere Fragen dazu stellen konnte, sagte Nick: „Hattest du einen guten Tag?“

„Langweilig, wie immer.“ Das behauptete er jeden Tag, und inzwischen war es zu einem Scherz zwischen ihnen geworden.

„Komm schon“, sagte Nick und gab ihm einen Stupser, während er Scotty auf die Rückbank des SUV half. Scottys Bewacher würden in einem zweiten SUV folgen. Nick sehnte sich nach dem Tag, an dem er selbst durch die Stadt fahren konnte und hoffte darauf, dass die Bewachung nach der Wahl enden würde. „Ich bin sicher, dass es auch interessant war.“

„Ich habe ein Wort gelernt, das ich noch nicht kannte.“

„In welchem Fach?“

„Beim Mittagessen“, erwiderte Scotty grinsend. „Bestes Fach des ganzen Tages.“

Lachend stieg Nick nach ihm ein. Scottys Ranzen landete geräuschvoll im Fußraum.

„Welches Wort war es, das du gelernt hast?“

„Blowjob. Was bedeutet es?“

Nick fiel vor Schreck fast aus dem Wagen. „Wer um alles in der Welt hat das benutzt?“

„Dieser Ethan, der immer so tut, als wüsste er alles. Er hat von seinem Football geredet, den jemand ihm geklaut hat, und dass er demjenigen, falls er den Ball nicht zurückgibt, einen Blowjob verpassen würde. Die anderen Jungs haben gelacht, aber ich wusste nicht, was das bedeutet, und ich wollte nicht, dass sie mich für dumm halten. Deshalb wollte ich dich fragen.“

Heiliger Strohsack, dachte Nick. *Was soll ich denn darauf bloß antworten?* „Nun, zunächst einmal hat es nichts mit Football zu tun.“

„Was bedeutet es denn?“

„Es ist, äh, eher etwas Sexuelles."

Scotty verzog das Gesicht auf eine Weise, die Nick fast zum Lachen brachte. „Igitt, eklig."

„Genau, und deshalb willst du es vielleicht lieber noch gar nicht wissen."

„Doch, will ich."

„Glaub mir, Kumpel, das bezweifle ich."

„Bitte. Ich hasse es, wenn alle anderen etwas wissen und ich nicht. Da komme ich mir blöd vor."

Lag denn vor ihm nicht schon ein ausreichend großes Minenfeld an diesem Nachmittag? Und jetzt das! Er sehnte sich nach Sams pragmatischer Herangehensweise in solchen Dingen. Wo war sie, wenn er sie brauchte? Er sagte sich, dass Scotty zwölf war, bald dreizehn, also sicher alt genug – oder bald alt genug –, um die Wahrheit über gewisse Sachen zu erfahren. Ob Nick mit seinen sechsunddreißig Jahren alt genug für eine derartige Unterhaltung war, stand auf einem ganz anderen Blatt.

„Du bringst mich wirklich dazu, es auszusprechen, was?"

„Ich fürchte, ja", erwiderte Scotty mit diesem hinreißenden Lächeln, das Nick gleich bei ihrer ersten Begegnung für den Jungen eingenommen hatte.

„Das ist, wenn ein Mädchen dich küsst, du weißt schon ... da unten."

Zum ersten Mal, seit Nick gezwungen war, Personenschutz zu akzeptieren, war er froh, nicht selber fahren zu müssen. Dadurch kam er in den Genuss, zu sehen, wie Scottys Augen fast aus den Höhlen traten, als er begriff. „Komm schon, Mann. Das machen die nicht wirklich, oder?"

„Doch, machen die. Wenn du Glück hast."

„O mein Gott, das ist das Ekligste, was ich je gehört habe!"

Nick verkniff sich ein Lachen, das Scotty bestimmt nicht gutgeheißen hätte. *Eines Tages wirst du das nicht mehr denken*, hätte er am liebsten gesagt, nahm sich jedoch zusammen.

„Und so was magst du?"

Nick wäre jetzt gern woanders gewesen. Nichts in seinem bisherigen Leben hätte ihn auf diese Unterhaltung vorbereiten können. „Ich berufe mich auf den Fünften."

„Was bedeutet das?"

„Damit ist der fünfte Zusatz zur Verfassung gemeint – das Aussageverweigerungsrecht. Ich weigere mich, dir zu antworten, weil es mir einfach zu peinlich ist."

„Das heißt, es gefällt dir tatsächlich. Das ist abstoßend. Was stimmt nicht mit dir?"

„Äh, nichts."

„Doch."

Nick traten die Tränen in die Augen vor lauter Mühe, nicht hysterisch loszuprusten. Er konnte es kaum erwarten, Sam diese Unterhaltung zu schildern. „Hör zu, Kumpel, ich habe dir die Wahrheit gesagt, weil du mir eine aufrichtige Frage gestellt hast. Und ich will dir immer die Wahrheit sagen. Allerdings solltest du in der Schule nicht mit den anderen Kids darüber sprechen, okay?"

„Aber jetzt weiß ich etwas, was die nicht wissen."

„Stimmt schon, aber ein großer Junge behält solche Sachen für sich. Und ich glaube, du bist ein ziemlich großer Junge."

„Glaubst du wirklich?"

„Ich hätte es dir nicht erklärt, wenn ich der Meinung gewesen wäre, dass du noch zu klein für dieses Thema bist."

Scotty strahlte vor Freude über dieses Kompliment, was ein warmes Gefühl in Nick erzeugte.

„Warum hast du mich abgeholt? Ist etwas passiert?"

„Niemandem aus unserer Familie."

„Wem denn dann?"

„Lass uns im Senate Dining Room ein Eis essen und in Ruhe darüber reden."

„Okay."

Stets intuitiv, fügte Scotty sich, als sie das Capitol erreichten und von ihren Leibwächtern zum Restaurant geführt wurden, das an diesem frühen Nachmittag weitgehend verlassen war. Auch nachdem sie Eisbecher bestellt hatten, blieb Scotty ungewöhnlich still. „Gibt es Probleme mit der Adoption?"

Diese Frage traf Nick wie ein Pfeil ins Herz. Machte Scotty sich darüber Sorgen? „Nein, Kumpel. In der Hinsicht ist alles in Ordnung. Die Sozialarbeiter befürworten sie, und nun warten wir nur noch auf den Gerichtstermin, um es offiziell zu machen." Aufgrund seiner politischen Prominenz hatte man Nick einen schnellstmöglichen Termin zugesichert. Das war das erste Mal, dass er seinen Status und seinen Einfluss bewusst eingesetzt hatte, und er konnte es sehr gut mit seinem Gewissen vereinbaren, es für diesen guten Zweck getan zu haben. „Hast du dir deswegen Sorgen gemacht?"

Scotty zuckte die Schultern. „Eigentlich nicht."

Nick wartete, bis der Junge ihn wieder ansah, und erkannte die Wahrheit in dessen Gesicht.

„Na ja, ein bisschen schon."

Er nahm Scottys Hand und hielt sie fest. „Du musst dir wegen nichts Sorgen machen, das verspreche ich dir. Gäbe es einen Grund, würde ich es dir sagen."

„Würdest du? Ich dachte nämlich, du würdest es mir nicht sagen, damit ich mir keine Sorgen mache."

„Ich will nicht, dass du dir Sorgen machst, aber ich verspreche dir hier und jetzt, dass ich dir stets die Wahrheit sagen werde über wichtige Themen wie dieses – und wenn du mich nach wichtigen Themen fragst, wie zum Beispiel ..."

„Blowjobs?", sagte Scotty und verzog dabei das Gesicht auf eine Weise, die schon eher zu ihm passte.

„Ja, das auch", entgegnete Nick und verzog seinerseits das Gesicht, was Scotty zum Lachen brachte.

Zum Glück kam in diesem Augenblick das Eis und ersparte es Nick, erneut auf dieses Thema eingehen zu müssen.

„Was ist denn nun los?", fragte Scotty zwischen zwei Löffeln voll Eis mit heißer Karamellsoße und Schlagsahne.

Nick stocherte in seinem Eis herum, denn er konnte nichts essen angesichts dessen, was er Scotty gleich beibringen musste. „Weißt du noch, als ich dir sagte, du seist ein großer Junge?"

„Ja."

„Manchmal, wenn man groß ist, passieren Dinge, die nicht leicht zu verstehen oder zu erklären sind."

„Ist das jetzt so ein Fall?"

„Ja, und es fällt mir wirklich schwer, es dir zu erzählen. Willie Vasquez wurde heute Morgen tot aufgefunden." Nie würde Nick den Moment vergessen, in dem Scotty den Inhalt dieser Worte erfasste. Mit lautem Klappern fiel dem Jungen der Löffel aus der Hand.

Als die Tränen kamen, stand Nick auf. Scotty warf sich mit solch herzzerreißendem Schluchzen in seine Arme, dass Nick selbst die Tränen in die Augen stiegen.

Der Kellner trat an den Tisch, doch Nick hob die Hand, damit er zurückblieb und Nick sich ganz auf Scotty konzentrieren konnte.

„Es tut mir leid, Kumpel. Ich weiß, wie sehr du ihn bewundert hast.“

Nach langem Schweigen hob der Junge schließlich sein tränenüberströmtes Gesicht von Nicks Brust. „Ist es passiert, weil er den Ball verfehlt hat?“

„Wir wissen noch nichts. Sam arbeitet an dem Fall, und sie wird alles tun, um herauszufinden, was passiert ist.“

„So viele Leute sind wütend auf ihn. Die Kids in der Schule haben heute darüber geredet. Ich habe ihnen zu erklären versucht, dass es nicht seine Schuld war, aber sie meinten, jemand, der professionell Baseball spielt, sollte einen einfachen Flugball fangen können. In gewisser Hinsicht stimme ich ihnen ja zu, aber ich habe auch mit Willie gelitten.“

„Ein Baseballspieler, selbst ein Profi, ist auch nur ein Mensch, und Menschen machen nun mal Fehler.“

„Du nicht.“

„Sicher mache ich welche“, erwiderte Nick überrascht. „Ich mache dauernd Fehler.“

„Wann denn zum Beispiel?“

Nick suchte nach einer Situation, von der er dem Jungen getrost erzählen konnte. „Willst du den größten Fehler wissen, den ich in meinem Leben gemacht habe?“

Scottys Augen waren nach wie vor feucht, das Gesicht vom Weinen gerötet, aber er nickte, und Nick berichtete gern von seiner Reue, wenn es dazu beitrug, dass sein Sohn sich besser fühlte.

„Ich bin Sam sechs Jahre, bevor wir geheiratet haben, zum ersten Mal begegnet. Wir hatten eine richtig gute Zeit zusammen. Sie gab mir ihre Telefonnummer, und ich rief sie an, weil ich sie wiedersehen wollte. Als sie mich nicht zurückrief, war ich sehr enttäuscht und nahm an, dass sie mich nicht wiedersehen will. Wie sich herausstellte, stimmte das aber gar nicht.“

„Wie hast du es herausgefunden?"

„Als ich sie Jahre später wiedertraf, haben wir darüber gesprochen. Der größte Fehler, den ich jemals begangen habe, war, sie damals nicht aufzusuchen und zu fragen, warum sie nicht zurückgerufen hat. Ich bedaure, dass wir deshalb so viel Zeit verloren haben. Du siehst, jeder macht Fehler, selbst ich und Profibaseballspieler."

„Eins der Kids im Heim meinte immer: ‚Shit happens'. Ich weiß, dass das so eine Art Schimpfwort ist, das wir nicht benutzen sollen, aber ..."

„Es stimmt. Shit passiert wirklich, und manchmal sogar ohne einen Grund wie dieser Ball, der gestern Abend über Willies Kopf hinweggesaust ist."

„Und jetzt ist er wahrscheinlich deshalb tot."

„Sam würde dir erklären, dass es leicht ist, zu diesem offenkundigen Schluss zu kommen. Aber wer weiß, was wirklich geschehen ist?"

„Ich bin froh, dass sie diejenige ist, die den Fall aufklärt. Wenn jemand es schafft, dann sie."

„Da gebe ich dir recht. Ich muss dich um einen Gefallen bitten – du darfst nicht darüber reden, was mit Willie passiert ist, ehe die Polizei es bekannt gegeben hat. Sam hat entschieden, dass ich es dir sagen soll, damit du es nicht von jemand anderem oder aus den Nachrichten erfährst. Ich bin sicher, es wird nicht mehr lange dauern, bis die ganze Stadt darüber spricht, wenn sie es nicht längst tut."

„Ich verstehe. Ich werde nichts sagen."

Nick tätschelte ihm den Rücken und gab ihm einen Kuss auf die Stirn. „Es war schlimm, dir das beibringen zu müssen."

„Ich weiß."

„Möchtest du dein Eis aufessen?"

Scotty schüttelte den Kopf. „Mir ist nicht mehr nach Eis."

„Mir auch nicht."

Hill erwartete sie, als Sam auf den VIP-Parkplatz fuhr. Als er herkam, um ihr die Wagentür aufzuhalten, wollte sie ihm sagen, er solle das lassen. Aber er war ein echter Südstaaten-Gentleman und dachte sich wahrscheinlich gar nichts dabei, einer Frau die Tür aufzuhalten, wo sie das doch sehr gut selbst tun konnte.

„Haben Sie schon schlafen können?", erkundigte er sich.

„Nein. Sie?"

Sie zeigten dem Sicherheitsdienst ihre Ausweise und wurden durchgelassen.

„Nein. Verdammte Geschichte, was?"

„Was ist die Steigerung von ‚verrückt'?"

„‚Unfassbar'."

Sam hielt Ausschau nach der Spurensicherung, konnte aber niemanden vom Team entdecken. Wahrscheinlich befanden sich alle auf der anderen Seite des Gebäudes. „Das ist ein gutes Wort."

„Ein Typ verpasst einen fliegenden Ball und ist zwölf Stunden später tot? Da frage ich mich, in was für einer Welt wir eigentlich leben."

Bevor er ihr eine weitere Tür aufhalten konnte, machte sie sie selbst auf und betrat das palastartige Foyer. „Sie und ich wissen nur zu gut, in was für einer Welt wir leben."

„Auch wieder wahr." Er schien sich gut auszukennen, denn sie gelangten in einen Teil des Stadions, der eher der Lobby eines eleganten Bürogebäudes glich. Am Empfangstresen nannte er seinen Namen und bat darum, Ray Jestings sprechen zu dürfen.

„Er empfängt momentan keine Besucher", erklärte die junge Frau am Empfang. „Ich richte ihm jedoch gern eine Nachricht von Ihnen aus."

Hill sah Sam an, und in einem Augenblick, der schon eher dem Einklang zwischen ihr und Cruz ähnelte, legten beide ihre Dienstmarken auf den Tresen, direkt nebeneinander.

Der Blick der Frau sprang zwischen den Marken hin und her. „FBI und Metro PD", sagte Hill. „Lassen Sie uns rauf zu ihm."

„Ich muss zuerst anrufen."

„Machen Sie es kurz", forderte Sam sie auf. „Wir haben nicht den ganzen Tag Zeit."

Die Rezeptionistin eilte in ein Hinterzimmer, behielt die beiden jedoch von dort aus durch die Glasscheibe im Auge, während sie telefonierte.

Sam schaute sich im Empfangsbereich um, der mit lebensgroßen Fotos von Federals-Spielern geschmückt war sowie einem Foto des Stadions und einem Porträt des gut aussehenden jungen Besitzers des Teams.

„Was ist, wenn wir herausfinden, dass Ihr Freund aus der Kindheit den Mord an Vasquez befohlen hat, nachdem er das wichtigste Spiel in der Geschichte des Vereins vermasselt hat?"

Hill lachte leise. „Wollen Sie damit meine Professionalität infrage stellen, Lieutenant?"

„Niemals."

„Klar ... Wollen Sie meine Hilfe oder nicht?"

„So ungern ich das auch zugebe, aber ich brauche bei diesem Fall jede Hilfe, die ich bekommen kann."

Die Rezeptionistin kehrte etwa zwei Sekunden, ehe Sam ihr gefolgt wäre, zurück. Sam spürte, wie ihre Kräfte sie verließen, und sie musste möglichst viel erledigen, ehe ihr Tank völlig leer war.

„Sie können jetzt hinauf in Mr. Jestings Büro."

„Wow, danke", sagte Sam. „Und um zu dieser vorhersehbaren Entscheidung zu gelangen, waren zehn Minuten nötig?"

„Es tut mir leid", erwiderte die junge Frau mit zitterndem Kinn. „Wir sind alle sehr aufgebracht heute, vor allem Mr. Jestings."

Herrgott noch mal, dachte Sam, während sie Hill zum Fahrstuhl ohne Knöpfe folgte. Offensichtlich hatte der nur ein Ziel.

„Das arme Mädchen", bemerkte Hill, als der Fahrstuhl sie nach oben brachte. „Die haben Sie regelrecht in ein zitterndes Wrack verwandelt."

„Ich hasse Rezeptionistinnen. Die stehen ständig zwischen mir und den Leuten, mit denen ich reden will."

„Sie sind unendlich amüsant, Holland."

„Muss ich Sie daran erinnern, dass es Ihnen nicht gestattet ist, von mir amüsiert zu sein?" Wenn er sich schon wieder in ihrer Nähe aufhalten würde, wollte Sam wenigstens frühzeitig die Grenzen abstecken.

Sein Lächeln erstarb. „Nein, das ist nicht nötig. Mir ist Ihr glücklicher Ehestand schmerzlich bewusst."

Dass Hill das Wort „schmerzlich" benutzte, löste bei Sam ein gewisses Unbehagen aus. Sie betraten die Büroräume des Managements der Feds. Während sie Hill in einen Flur voller

Erinnerungsstücke an das Team folgte, an dessen Ende die nächste Rezeption wartete, schrieb Sam rasch einen Text an Malone, in dem sie ihm mitteilte, dass sie ins Innerste des Heiligtums vorgedrungen waren.

Diesmal stand ein Mann hinter dem Empfangstresen, ungefähr Mitte zwanzig, der aussah, als habe er geweint. „Agent Hill", sagte er. „Es ist schön, ein freundliches Gesicht an einem traurigen Tag wie diesem zu sehen. Wir waren so nah dran. So verdammt nah."

Er hat keine Ahnung, dachte Sam, dass auf das Team viel größere Probleme zukamen als ein verlorenes Spiel.

„Ziemlich derbe Niederlage. Kann ich Ray sprechen? Ich werde seine Zeit nicht lange in Anspruch nehmen."

„Ja, natürlich. Ich habe ihn bereits darüber informiert, dass Sie auf dem Weg nach oben sind." Er sah Sam an, dann wieder Hill.

„Das ist Detective Lieutenant Holland vom Metro PD."

„Die Frau des Senators."

Während sie Carmen Vasquez noch bereitwillig ihren Ehestatus bestätigt hatte, nervte es sie jetzt. Sie liebte es, Nicks Frau zu sein, doch im Beruf wollte sie lieber für ihre Leistungen bekannt sein als dafür, mit wem sie verheiratet war. „Bin ich? Wusste ich gar nicht."

Der junge Mann musterte sie befremdet. „Gehen Sie hinein. Er erwartet Sie."

Im Vorbeigehen klopfte Avery dem jungen Mann auf die Schulter. „Nächstes Jahr."

„Das sagen wir uns schon den ganzen Vormittag."

In einem der größten Büros, das Sam je gesehen hatte, war Ray Jestings das reinste Häufchen Elend. Er saß in einem gigantischen Chefsessel hinter seinem Schreibtisch und starrte hinaus auf das Stadion zu seiner Rechten. Jenseits des Parks reichte die Aussicht über das Capitol hinaus bis nach Maryland.

„Hey, Ray."

„Avery." Jestings stand auf und kam hinter seinem Schreibtisch hervor, um seinen alten Freund zu umarmen. Er war groß und schlank, mit dunklen Haaren, die zu ergrauen begannen. Er sah aus, als hätte auch er nicht viel Schlaf bekommen. „Was bringt dich hierher?"

„Dies ist Lieutenant Holland vom Metro PD. Ich fürchte, wir kommen mit schlechten Nachrichten."

„Ich weiß nicht, ob ich noch weitere schlechte Nachrichten verkrafte." Er sprach mit dem gleichen honigweichen Südstaatenakzent wie Avery.

„Es ist viel schlimmer als ein verlorenes Spiel", sagte Sam, was ihr einen tadelnden Blick von Hill einbrachte. Gut, mochte sein, dass sie ein bisschen gereizt war nach einer langen, schlaflosen Nacht.

„Was ist los, Avery?", fragte Ray, dessen Blick jetzt zwischen Hill und Sam hin- und hersprang.

„Tut mir leid, dir das mitteilen zu müssen, aber Willie Vasquez wurde heute Morgen ermordet aufgefunden", erklärte Hill.

Ray starrte sie beide an, als versuche er zu verstehen, was sein Freund ihm gerade gesagt hatte.

„Ray? Willst du dich nicht lieber setzen?" Hill legte Ray den Arm um die Schultern und führte ihn zu einer Sitzgruppe mit Aussicht auf das Stadion unten.

„Jemand hat Willie umgebracht?" Ray schien ehrlich geschockt und betroffen zu sein von diesen Nachrichten.

„Ich fürchte, ja", bestätigte Avery. „Es tut mir schrecklich leid."

„Die Leute waren wütend wegen dem, was gestern Abend passiert ist. Aber dass jemand ihn gleich umbringt ..."

Ein Klopfen an der Tür ging dem Eintreten von Rays Sekretär voraus, bleich und mit großen Augen. „Mr. Jestings, überall im Gebäude sind Polizisten, die Zutritt zu den Räumen verlangen."

Ray sah Sam mit zusammengekniffenen Augen wütend an. „Ich führe hier ein sauberes Unternehmen, Lieutenant."

„Wenn das der Fall ist, haben Sie ja nichts zu befürchten. Lassen Sie meine Leute rein, damit die ihre Arbeit tun können."

Er nickte seinem Sekretär zu, der hinauseilte und die Tür hinter sich schloss.

„Sie können suchen, wo Sie wollen, aber Sie werden nichts finden, was dieses Unternehmen in Verbindung bringt mit dem, was Willie zugestoßen ist. Er ist ein wertvolles Mitglied dieses Vereins."

„Auch nach dem, was gestern Abend passiert ist?", hakte Sam nach.

„Ganz besonders nach dem, was gestern Abend passiert ist. Niemand wollte den Sieg mehr als Willie. Er war ein ehrgeiziger Wettkämpfer, ein überragender Athlet und Teamkamerad. Wir alle haben mit ihm gefühlt, aber niemand hat sich so elend gefühlt wie er. Der arme Junge war nach dem Spiel in Tränen aufgelöst." Er ließ den Kopf in die Hände sinken. „Ich kann nicht glauben, dass er tot ist."

„Ich würde gern mit Ihrem Geschäftsführer sprechen, mit dem Teammanager, dem Sicherheitsdirektor und allen anderen, die nach dem Spiel gestern Zugang zu Willie hatten."

Jestings sah Hilfe suchend zu Hill. „Lass sie raufkommen", sagte Hill. „Je mehr du bei den Ermittlungen kooperierst, umso weniger müssen wir dich und dein Team behelligen."

„Mich und mein Team? Du kennst mich, Avery. Du weißt, dass ich niemals jemandem wehtun könnte, schon gar nicht einem Baseballspieler, den ich geliebt und respektiert habe."

„Und der Ihr Team um den Sprung in die World Series gebracht hat", unterbrach Sam ihn.

Erneut richtete Ray einen wütenden Blick auf sie. „Und Sie glauben, das wäre mir wichtiger als ein Mann, der eine Frau und zwei kleine Kinder zu Hause hat? Sie glauben, ein Sieg der Mannschaft sei mir wichtiger als seine Gesundheit und Sicherheit?"

„Ich kenne Sie ja überhaupt nicht. Sie müssen mir schon verzeihen, wenn ich die Antworten auf diese Fragen zum jetzigen Zeitpunkt noch nicht habe. Aber Ihr Freund Hill hat recht. Je mehr Sie kooperieren, desto weniger Zeit werden wir hier verbringen müssen, statt dort draußen denjenigen zu jagen, der diese Tat begangen hat."

Nach einem Moment spannungsgeladenen Schweigens stand Ray auf, ging zu seinem Schreibtisch und machte einen Anruf. In müder Haltung lehnte er sich gegen den Schreibtisch. „Aaron, würden Sie bitte Bob und Jamie zu mir hinaufschicken? Danke." Er kehrte zum Sofa zurück. „Ich habe unseren Manager Bob Minor und unsere Physiotherapeutin Jamie Clark gebeten, zu uns zu kommen. Sie waren gestern Abend länger mit Willie zusammen als ich. Unser Geschäftsführer Garrett Collins ist heute nicht da. Der Sicherheitchef Hugh Bixby ist momentan mit der Polizei beschäftigt."

„Sie waren nach dem Spiel mit Willie zusammen?", fragte Sam und nahm sich vor, Collins zu Hause aufzusuchen.

„Ja, aber nur kurz. Er war untröstlich. Wir haben die Medien von der Umkleidekabine ferngehalten, damit ihm deren Fragen erspart blieben."

„Schildern Sie mir genau die Ereignisse von dem Augenblick an, als Willie von der Security vom Spielfeld geführt wurde", forderte Sam ihn auf. „Ich muss wissen, wer bei ihm war, was gesagt wurde, wann er das Stadion verließ und wie."

„Bob und Jamie werden mehr dazu sagen können als ich. Ich war nach dem Spiel nur kurz mit ihm im Trainingsraum."

„Wer waren seine Freunde im Team?", wollte Hill wissen.

„Auch dafür ist Bob der bessere Ansprechpartner. Nach meiner Beobachtung verstand Willie sich mit allen gut. Seine Teamkameraden respektierten und bewunderten ihn. Wir alle. Waren Sie schon bei Carmen?"

„Ja", bestätigte Sam. „Mein Partner und ich waren bei ihr. Ihr Bruder ist auf dem Weg aus der Dominikanischen Republik hierher."

Ray schloss die Augen, konnte jedoch nicht verhindern, dass ihm eine Träne aus dem rechten Auge rollte. Er wischte sie fort und machte die Augen wieder auf. „Sie und Willie hingen sehr aneinander. Ich kann mir nicht mal vorstellen, was sie gerade durchmacht. Wir werden ihr mit Mitteln aus dem Team unter die Arme greifen." Er wandte sich an Hill. „Ich bin mein ganzes Erwachsenenleben in dem Geschäft, aber etwas Derartiges ist noch nie passiert. Ich habe keine Ahnung, was ich jetzt tun soll."

„Zuallererst musst du bei unseren Ermittlungen kooperieren", erklärte Hill. „Und sorg dafür, dass alle anderen in deinem Unternehmen das auch tun."

„Selbstverständlich. Das versteht sich von selbst."

„Mr. Jestings, wissen Sie von jemandem, der vor dem gestrigen Fehler etwas gegen Willie hatte? Jemand, mit dem er Streit oder Probleme hatte?"

„Nein. Wie ich bereits sagte, er war sehr beliebt. Da kommt Bob. Den können Sie fragen. Er wird Ihnen das Gleiche erzählen."

Der grauhaarige Manager war stämmig und dick um die Mitte, und er hatte ein rotes, von der Sonne verbranntes Gesicht. Er trug ein Feds-Baseballcap, eine Teamjacke und dazu Jeans. „Warum sind hier überall Cops?“, wollte Bob von Ray wissen.

Der Teambesitzer deutete auf Sam und Avery. „Das sind FBI Special Agent Avery Hill, ein alter Freund von mir aus Charleston, außerdem MPD Lieutenant Holland.“

Bob schüttelte beiden die Hand und setzte sich neben Ray. „Was können wir für euch tun, Leute?“

„Mr. Minor“, sagte Sam. „Ich bedaure sehr, Ihnen mitteilen zu müssen, dass Willie Vasquez heute Morgen tot aufgefunden wurde.“

„*Was?* Tot?“ Bob sah zu Ray, der düster nickte. „O mein Gott. Was ist passiert?“

„Er wurde in die Brust gestochen“, antwortete Sam.

„Wo ist das passiert?“

„Wir geben derzeit noch keine Einzelheiten preis.“

„Wir haben das Recht zu erfahren, was mit unserem Freund und Kollegen geschehen ist“, erwiderte Bob, in dessen blauen Augen ein Anflug von Zorn aufflackerte.

„Und wir haben das Recht, unsere Ermittlungen zu schützen“, konterte Sam. Sie liebte es, wenn Leute von ihren Rechten anfingen, als stünden die über den Rechten der Opfer. In Sams Welt stand gar nichts über dem Recht des aktuellen Opfers. „Wir müssen jeden einzelnen Schritt von Mr. Vasquez nachvollziehen, von dem Zeitpunkt, als er durch das Sicherheitspersonal vom Spielfeld geführt wurde bis zu dem Moment, in dem er das Stadion verlassen hat.“

Ray stand erneut auf und ging zum Telefon. „Aaron, bringen Sie Hugh herauf, ja?“

„Mr. Minor“, sagte Sam, „als wir mit Mrs. Vasquez gesprochen haben, erzählte sie uns, sie habe gestern Abend wiederholt versucht, Sie und die anderen Spieler zu erreichen, als ihr Mann nicht nach Hause kam. Sie berichtete, niemand außer Mr. Jestings habe sich gemeldet, was sie zu der Vermutung veranlasste, dass Willies Freunde ihm wegen seines Fehlers den Rücken gekehrt hätten.“

Bobs Gesicht wurde noch roter als ohnehin schon. „Das ist

nicht wahr! Ich habe gestern Abend *siebenhundert* Anrufe erhalten. Das ist eine Sieben mit zwei Nullen. Vor dem Spiel habe ich mein Telefon ausgeschaltet und erst heute Morgen wieder eingeschaltet. Wenn Carmen Vasquez mich angerufen hat, dann erfahre ich erst jetzt davon. Ich bin mir sicher, unsere Spieler waren mit dem gleichen Problem konfrontiert – ein Ansturm von Anfragen ihres Managements, der Medien und mitfühlender Freunde."

„Wie erklären Sie sich, dass auch keine der Ehefrauen Carmens Anruf entgegengenommen hat?"

„Lieutenant", sagte er in herablassendem Ton, der Sam sofort auf die Nerven ging. „Die Leute waren aufgebracht wegen dem, was im Spiel passiert ist. Willies Fehler hat das Team um die Teilnahme an der World Series gebracht. So sehr wir ihn auch mochten, das ist eine Tatsache. Die Leute waren aufgebracht."

„War jemand wütend genug auf ihn, um ihn umzubringen?"

Er behielt die Fassung, doch seine Empörung über ihre Frage war unmissverständlich. „Niemand aus meinem Team war wütend genug, um ihn umzubringen."

Nach einem Klopfen an der Tür trat eine große blonde Frau ein. Ihre blauen Augen waren gerötet vom Weinen. Wie alle anderen in der Stadt nahmen diese Leute ein verlorenes Baseballspiel einen Tick zu ernst. „Man hat mir ausgerichtet, dass du mich sprechen willst?", wandte sie sich an Ray.

Er stellte Jamie Clark Sam und Hill vor. „Jamie ist die Physiotherapeutin des Teams." Er fragte Sam: „Soll ich es ihr sagen?"

„Nur zu." Das machte eine Person weniger, der Sam es beibringen musste.

„Was sagen?", wollte Jamie wissen und schaute von Ray zu Bob.

„Willie ist letzte Nacht ermordet worden", erklärte Ray.

Ihre Beine gaben nach. „Nein. Nein, nein, *nein.*"

Ray fing sie auf und Bob eilte zu ihnen, um auf dem Sofa für Jamie Platz zu schaffen.

Sam nahm Blickkontakt zu Hill auf. Interessant, dachte sie, dass Jamie auf die Nachricht exakt genauso reagiert wie Carmen Vasquez. Wirklich sehr interessant. Inzwischen arbeitete sie lange genug mit Hill zusammen, um zu wissen, dass auch er ihr

Verhalten seltsam fand. Das verriet die Art und Weise, wie er Jamies heftige Reaktion wahrnahm sowie das angedeutete skeptische Stirnrunzeln.

„Miss Clark", sagte Sam, nachdem jemand Wasser für die Frau gebracht hatte. „Unser herzliches Beileid. Wie Sie sich vorstellen können, müssen wir viele Dinge im Zuge unserer Ermittlungen klären, und da wäre es für uns hilfreich, alles zu erfahren, was Sie uns über Mr. Vasquez' Verhalten berichten können, nachdem er vom Spielfeld geführt worden ist."

Sie zupfte ein Taschentuch aus der Box, die Ray ihr hinhielt, und wischte sich die Tränen ab. „Ich weiß nicht genau, was zwischen dem Spielfeld und dem Trainingsraum vorgefallen ist, aber nach dem Spiel gestern Abend war ich mit Willie zusammen. Möglicherweise war ich das letzte Mitglied der Feds, das ihn lebend gesehen hat."

„Warum sagen Sie das?", wollte Sam wissen.

Nachdem sie sich eine weitere volle Minute genommen hatte, um ihre Fassung zurückzugewinnen, antwortete Jamie mit leiser Stimme: „Willie litt in dieser Saison an Beschwerden in der Oberschenkelmuskulatur, deshalb arbeiteten wir in den vergangenen Monaten eng zusammen und wurden Freunde. Für gewöhnlich fahre ich nach den Spielen mit der Metro nach Adams Morgan, wo ich wohne. Diesmal bot Willie an, mich zu fahren, weil die Stadt nach dem Spiel durchdrehte." Ihre Stimme brach, und sie kämpfte erneut mit den Tränen. „Es muss ungefähr zwei Stunden nach Spielende gewesen sein, als wir aufbrachen. Die Team-Security brachte uns zu seinem Wagen. Brauchen Sie auch Informationen zu seinem Wagen? Er hat sich vor einigen Wochen erst einen neuen Lincoln gekauft."

„Haben wir", sagte Sam. „Trotzdem danke."

„Als Sie aufbrachen", fragte Hill, „befanden sich da noch viele Menschen vor dem Stadion?"

„Einige, aber die Tumulte hatten sich zu dem Zeitpunkt schon vom Stadion wegbewegt."

„Niemand außer dem Sicherheitspersonal hat Sie also mit ihm wegfahren sehen?", hakte Sam nach.

Sie schüttelte den Kopf. „Ich habe niemanden gesehen, den ich kannte, als die Security uns hinausbegleitete."

„Keine traurigen Fans, die einen Blick auf Willie zu erhaschen hofften?", fragte Sam.

„Ich habe niemanden gesehen. Das heißt aber nicht, dass sie nicht da waren. Ich war auf Willie konzentriert. Er war so aufgewühlt. Ich habe mir Sorgen gemacht, ob er fahren kann, aber er hat mich beruhigt, er würde mich sicher nach Hause bringen."

„Hat er von seiner Frau oder seiner Familie gesprochen?", wollte Hill wissen.

„Er meinte, er sei traurig, ihnen als Versager gegenüberzutreten zu müssen. Ich habe versucht ihm klarzumachen, dass er kein Versager sei, dass er eine überragende Saison gespielt habe und niemand ihm wegen eines Fehlers die Schuld geben würde. Er meinte, natürlich sollten sie ihm die Schuld geben. Wem denn sonst? Nichts, was ich sagte, schien ihn trösten zu können."

„Helfen Sie mir, etwas zu verstehen, Miss Clark", bat Sam. „Da ist ein bei seinen Mannschaftskameraden allseits beliebter und respektierter Baseballspieler. Und doch verlässt er lieber mit Ihnen das Stadion als mit einem seiner angeblichen Freunde aus dem Team. Erklären Sie mir, warum er mit Ihnen zusammen war und nicht mit den anderen Spielern."

Sam spürte, dass die Frau liebend gern etwas Schnippisches erwidert hätte, sich jedoch zusammenriss, vermutlich wegen der beiden Polizisten ebenso wie wegen der Anwesenheit ihrer Chefs. „Nach dem ... Fehler kam Willie vom Spielfeld und ging direkt in den Trainingsraum. Er betrat die Umkleidekabine erst, nachdem alle anderen schon weg waren. Er schaffte es nicht, seinen Teamkameraden unter die Augen zu treten. Ich selbst kehrte in mein Büro im Trainingsraum zurück, als das Spiel endete. Dort fand ich ihn, deshalb blieb ich bei ihm, bis er zum Aufbruch bereit war. Ich hielt das für das Beste. War es doch, oder, Bob?"

Er tätschelte ihr mit einer fast väterlichen Geste das Knie. „Es war richtig so. Ray und ich waren nach dem Spiel kurz bei ihnen im Trainingsraum. Aber wir mussten uns beide um andere Dinge kümmern, und da Willie ohnehin nichts zu trösten schien, gingen wir wieder, um uns mit der Presse und dem Rest des Teams auseinanderzusetzen."

„Ich frage mich, warum man Willie ohne Personenschutz hat gehen lassen", wandte Sam sich an Ray.

„Er wollte keine Eskorte nach Hause. Er meinte, dies sei seine Stadt, und die Leute seien seine Fans, vor denen er sich nicht verstecken wollte."

„Warum haben Sie nicht darauf bestanden?", fragte Sam.

„Es ging ja alles ziemlich turbulent zu", meinte Ray. „Die Fans machten Randale. Jeder unserer Security-Mitarbeiter hatte alle Hände voll mit dem Geschehen im und um das Stadion zu tun. Und ich hatte auch größere Sorgen als eine Diskussion mit einem Spieler, der meine Hilfe nicht wollte. Glauben Sie mir, jetzt wünsche ich, ich hätte darauf bestanden."

„Ich würde mich gern einen Moment allein mit Miss Clark unterhalten, bitte", erklärte Sam.

„Warum?", wollte Ray wissen.

„Darum."

Als ihm dämmerte, dass Sam ihm den Grund für ihren Wunsch nicht verraten würde, stand er auf und gab Minor ein Zeichen, ihm zu folgen.

Nachdem die beiden Männer den Raum verlassen hatten, richtete Sam ihre Aufmerksamkeit wieder auf Jamie. „Sie haben über Ihre berufliche Beziehung zu Mr. Vasquez gesprochen und Ihre Hilfe bei seinen verschiedenen Verletzungen. War Ihr Verhältnis rein professionell?"

Die Frau sah zwischen Hill und Sam hin und her. „Ich bin mir nicht ganz sicher, was Sie meinen. Ich sagte doch, wir sind Freunde geworden. Wir haben die ganze Saison eng zusammengearbeitet."

„Was ich wissen will", präzisierte Sam, während sich bei ihr gleichzeitig bleierne Müdigkeit bemerkbar machte, „ist, ob Sie eine Liebesbeziehung zu Mr. Vasquez unterhalten haben."

Clark wurde knallrot, ihre Augen weiteten sich.

Als sie schließlich antwortete, stieß sie die Worte eher hervor, statt sie zu sprechen. „Er war *verheiratet* und hatte *Kinder*."

„Und?"

„Und die Antwort auf Ihre abstoßende Frage lautet: Nein, wir hatten keine über den rein professionellen Aspekt hinausgehende Beziehung, von persönlichen Gesprächen während unserer Trainingsessions mal abgesehen."

„Persönliche Gespräche worüber?"

„Das Team, seine Performance auf dem Spielfeld, seine Muskelschmerzen, seine Kinder. Das Übliche halt, worüber Leute reden."

„Die Unterhaltungen drehten sich nur um ihn und seine Familie et cetera?"

„Meistens, ja."

„Sind Sie verheiratet?", fragte Sam.

„Nein."

„Verlobt oder in einer Beziehung?"

„Ich weiß nicht, was das mit dem zu tun haben soll, was Willie passiert ist."

„Das entscheiden wir."

„Nichts von beidem."

„Gingen Ihre Gefühle für Mr. Vasquez über Ihre rein berufliche Beziehung hinaus?"

Plötzlich brach Jamie von Neuem in Schluchzen aus, das ihr das Sprechen unmöglich machte. Sam hätte sie am liebsten angeschrien, sie solle die Frage beantworten, damit sie endlich von dort verschwinden konnten. Stattdessen musste sie warten, bis Jamie wieder sprechen konnte.

„Er bedeutete mir etwas als Freund", brachte sie zwischen den Schluchzern hervor. „Er war mein Freund."

„Sie können die anderen wieder hereinlassen", wandte Sam sich an Hill.

Er stand auf und machte die Tür für Ray und Bob auf.

„Was geschah, nachdem Sie das Stadion verlassen hatten?", fragte Hill, als alle sich wieder gesetzt hatten.

„Der Verkehr und die Menschenmengen waren schlimm. Es war absehbar, dass es unheimlich viel Zeit kosten würde, mich zu fahren, deshalb stieg ich an einer Metrostation aus."

„An welcher?", wollte Sam wissen.

„Ich, äh … ich glaube, es war L'Enfant Plaza."

Sam nahm sich vor, das Überwachungsvideo der Umgebung um die Metrostation zu besorgen. „Was würden Sie sagen, um welche Uhrzeit er Sie abgesetzt hat?"

„Es war kurz vor Mitternacht. Ich habe befürchtet, den letzten Zug nicht mehr zu erwischen, aber Willie meinte, die hätten wahrscheinlich ohnehin Verspätung wegen des Spiels."

„War er angesichts der Unruhen um Ihre Sicherheit besorgt?"

Sie bejahte. „Er wollte mich nicht absetzen, aber ich wusste, dass er es eilig hatte, zu Carmen nach Hause zu kommen, deshalb bestand ich darauf. Mir wäre nicht im Traum eingefallen, dass er in Gefahr sein könnte."

„Haben Sie ihn wegfahren sehen?", fragte Sam.

Jamie überlegte. „Nein, ich bin zur Station gegangen, ohne mich noch einmal umzudrehen."

Sam reichte ihr eine Karte. „Falls Ihnen noch etwas einfällt, was wir wissen sollten, können Sie mich unter meiner Mobilfunknummer anrufen." Sie stand auf, und Hill folgte ihrem Beispiel.

„Ihr haltet uns auf dem Laufenden, oder?" Rays Frage war vorrangig an Hill gerichtet.

„Wir tun unser Bestes", versprach der FBI-Agent. „Wenn du deine Leute bitten könntest, bei unseren Ermittlungen zu kooperieren, würden wir viel Zeit sparen."

„Du hast mein Wort darauf, dass Ihr deren volle Kooperation bekommen werdet."

„Ihr Geschäftsführer", sagte Sam, ihre Notizen konsultierend.

„Garrett Collins", meinte Ray. „Was ist mit ihm?"

„Sie haben erwähnt, er sei heute nicht hier. Würden Sie uns bitte seine Adresse geben, damit wir mit ihm sprechen können?"

Ray drückte einen Knopf auf seinem Schreibtisch. „Ich werde Aaron bitten, Sie Ihnen zu geben."

„Und Ihr Sicherheitschef?"

„Hugh Bixby", antwortete Ray.

Aaron kam herein.

„Können Sie bitte Garretts Adresse heraussuchen? Und wo um alles in der Welt ist Hugh?"

„Er ist mit der Polizei in der Umkleidekabine", antwortete Aaron, dessen Blick nervös durch den Raum huschte.

„Ich werde auf ihn warten, um mit ihm zu reden, wenn Sie Collins übernehmen wollen", wandte Hill sich an Sam.

„Gut, eine Befragung schaffe ich noch, bevor ich zusammenklappe. Wir treffen uns um sieben im Hauptquartier?"

„Ich werde da sein."

Sam ging zur Tür, blieb jedoch stehen, als sich der Boden

unter ihren Füßen bewegte. Im nächsten Moment war Hill da, umfasste ihren Arm und verhinderte auf diese Weise, dass sie hinfiel.

„Das war's, Lieutenant", erklärte er und führte sie zum Fahrstuhl. „Die Schicht ist vorbei."

Sam befreite sich aus seinem Griff. „Lassen Sie mich los. Mir geht's gut."

Die Fahrstuhltür öffnete sich, und sie traten ein. „Ihnen geht es überhaupt nicht gut. Ich werde Sie nach Hause fahren."

„Auf keinen Fall."

„Seien Sie nicht dumm. Sie sind zu müde und werden Ihren Kollegen nur noch mehr Arbeit bescheren, indem Sie auf dem Weg nach Hause einen Unfall bauen. Ich fahre Sie, und anschließend fahre ich zurück und rede mit Bixby."

Ihre Sicht verschwamm, und ihre Muskeln verweigerten ihr den Dienst bei ihrem verzweifelten Versuch, ihn abzuschütteln. „Was ist mit Collins?"

„Um den kümmere ich mich auch."

„Wir müssen die Bilder der Überwachungskameras an meine Leute von der Nachtschicht, Carlucci und Dominguez, übergeben."

„Ich werde dafür sorgen, dass sie es bekommen und ihnen erklären, wonach sie suchen sollen."

„Nein, das machen Sie nicht. Ich kümmere mich selbst um meine Leute."

„Meinetwegen. Wie Sie wollen."

„Was ich will, ist ein großer Streit in diesem Augenblick, nur fehlt mir dazu die Kraft."

„Wir können den Streit morgen austragen. Ich freue mich schon darauf."

Er begleitete sie zu seinem Wagen, hielt ihr die Beifahrertür auf und schloss sie, nachdem Sam eingestiegen war. Als er vorn um den Wagen ging, dachte sie an ihren eigenen Wagen und wollte fragen, ob es in Ordnung war, ihn über Nacht auf dem Parkplatz stehen zu lassen. Doch das würde Energie kosten, die sie momentan einfach nicht aufbrachte.

Entschlossen, wach zu bleiben, bis sie zu Hause war und ins Bett fallen konnte, legte Sam den Kopf zurück an die gepolsterte

Kopfstütze. Das war ein Fehler, denn sie bekam erst wieder etwas mit, als Hill die Wagentür auf ihrer Seite öffnete und Anstalten machte, sie aus dem Wagen zu heben.

„Hände weg", befahl sie und schlug nach ihm. „Ich kann gehen."

„Gut."

„Ja, es geht mir gut. Danke fürs Mitnehmen."

„Wollen Sie, dass ich Sie morgen früh abhole?"

„Nein, ich will nicht, dass Sie mich morgen früh abholen. Verschwinden Sie. Sie hätten verschwinden sollen."

„Es tut mir leid, wenn meine Beförderung Ihnen Unannehmlichkeiten bereitet hat."

„Sie hat mir Unannehmlichkeiten bereitet, und jetzt hauen Sie ab, um Himmels willen, bevor mein Mann nach Hause kommt und glaubt, dass Sie in sein Territorium eindringen – wieder einmal."

„Mal ehrlich, Sam, wir sind doch erwachsen. Ich dringe nirgendwo ein."

„Erzählen Sie ihm das." Sam ermahnte sich im Stillen, sie solle aufhören zu reden und ins Haus gehen, ehe sie diese Situation noch unangenehmer machte, als sie ohnehin schon war.

Ihre Haustür ging auf und Shelby kam heraus, in einem pinkfarbenen Jogginganzug und glitzernden pinkfarbenen Laufschuhen. Sie lief die Rampe hinunter auf den Gehsteig.

„Agent Hill", begrüßte sie Sams Begleiter mit einem strahlenden Lächeln. „Schön, Sie wiederzusehen."

„Gleichfalls."

„Ist alles in Ordnung mit Ihnen, Sam?", erkundigte Shelby sich und sah sie genauer an.

„Wird schon wieder, sobald ich ein wenig geschlafen habe. Später." Sam schleppte sich die Rampe hinauf und ins Haus, wobei sie die Tür für Shelby einen Spaltbreit offen ließ. Dann trottete sie die Treppe hinauf und steuerte auf die Dusche zu.

Bevor sie ins Bett fiel, rief sie Nick an, um zu erfahren, wie sein Gespräch mit Scotty gelaufen war.

„Hey, Babe. Wir sind auf dem Heimweg. Wo bist du?"

„Zu Hause und noch ungefähr zwei Minuten bei Bewusstsein. Wie geht es dem Jungen?"

„Inzwischen besser, aber wir hatten ein gutes Gespräch. Nicht dass irgendetwas von dem, was ich ihm erkläre, einen Sinn für ihn ergeben kann."

„Ich bin sicher, du warst toll. Mein Dad will ihn sehen. Würde es dir etwas ausmachen, noch bei ihm vorbeizuschauen, wenn ihr hier seid?"

„Nein, kein Problem. Du glaubst nicht, worüber wir außerdem gesprochen haben."

„Worüber denn?"

„Das spare ich mir auf, bis du hellwach bist", erwiderte er lachend, damit sie wusste, dass es sich nicht um etwas Ernstes handelte.

„Ich freue mich schon darauf, es zu hören. Richte ihm bitte aus, dass es mir leidtut, dass ich ihn heute Abend nicht mehr sehe. Aber ich kann nicht länger wach bleiben."

„Das ist okay. Leg dich hin und schlaf. Ich liebe dich, Babe."

„Ich dich auch." Mit letzter Kraft verband sie ihr Handy mit dem Ladekabel auf dem Nachttisch und schaltete den Fernseher ein, um zu erfahren, was über Vasquez berichtet wurde. Sie zwang sich, die Augen offen zu halten, als sie erkannte, dass Farnsworth gerade erst mit der Pressekonferenz begann, von der sie gedacht hätte, dass sie längst vorbei wäre. Es musste irgendeine Verzögerung gegeben haben.

Die Kameras zeigten Chief Farnsworth, der blass und erschöpft wirkte, als er auf den Platz vor dem Eingang des Hauptquartiers trat. Die lokalen Medien hatten sich eingefunden und warteten wie eine Meute hungriger Hunde auf einen fleischigen Knochen. Jedes Mal, wenn Sam in deren Nähe kam, richteten sich ihre Nackenhaare auf, als wäre sie ein angriffslustiger Hund. Und angriffslustiger Hund gegen hungrigen Hund war nie eine gute Kombination. Welch eine Erleichterung, sich diesmal nicht mit denen auseinandersetzen zu müssen.

Der Chief betrat das Podium. „Um halb neun heute Morgen wurde eine Leiche im Bereich des National Air and Space Museum an der Independence Avenue, Ecke Seventh Avenue, gefunden. Das Opfer, ein Lateinamerikaner Ende zwanzig, hat einen Stich in die Brust bekommen. Der Mann wurde inzwischen identifiziert als Willie Vasquez."

Er verstummte angesichts des erschrockenen Raunens, das durch die Menge ging.

Und dann bestürmten sie ihn mit Fragen.

Sam wusste aus Erfahrung, dass er wegen des Durcheinanders der vielen Stimmen niemanden richtig verstehen konnte.

Er hob die Hände, um alle zum Schweigen zu bringen. „Wie Sie sich bestimmt vorstellen können, liegt eine gewaltige Aufgabe vor uns. Wir müssen herausfinden, wo Mr. Vasquez ermordet wurde und von wem. Die ganze Stadt war wütend auf ihn wegen eines Fehlers bei einem Baseballspiel. Unser Ziel wird es sein, den Mörder möglichst schnell der Justiz zuzuführen und gleichzeitig erneute Gewaltausbrüche in der Stadt zu verhindern. Ich werde jetzt einige Fragen entgegennehmen."

„Wissen Sie schon, wann er ermordet wurde?", meldete sich Darren Tabor vom *Washington Star* zu Wort.

„Noch nicht. Dr. McNamara und ihr Team versuchen in diesem Augenblick, den Todeszeitpunkt einzugrenzen."

„Können Sie uns mehr über den Fundort erzählen?", wollte ein anderer Reporter wissen.

„Noch nicht."

„Wurde das Team schon informiert?"

„Ja."

„Wie viele Verhaftungen gab es im Lauf der Nacht?"

„Die letzte Zahl, die ich gehört habe, belief sich auf über dreihundert. Wir haben zahlreiche Anklagen erhoben, die von Brandstiftung und Vandalismus bis zu mutwilliger Sachbeschädigung reichen. Unsere Spezialeinsatzkräfte, die Kollegen vom MPD, dem FBI und der Nationalgarde haben geholfen, die Gewalt unter Kontrolle zu bekommen, ehe sie noch weiter um sich greifen konnte."

Er machte eine Pause und schien seine Worte sorgfältig zu wählen. „Ich möchte hinzufügen, dass ich es, abgesehen von der Trauer über Mr. Vasquez' Tod, äußerst schockierend finde, wie angebliche Fans unseres Baseballteams auf die unglückliche Niederlage mit Gewalt reagiert haben. Ich hege die Hoffnung, dass die Bürger unserer Stadt in Zukunft vorher nachdenken, ehe sie ihre Frustration über ein Baseballspiel abreagieren. Das ist alles."

„Gut gesprochen, Sir", murmelte Sam, schaltete den Fernseher aus und nahm ihr Telefon, um Carlucci und Dominguez den Einsatzbefehl zu erteilen. Sie bekam Gigi an den Apparat. „Hör zu", sagte Sam und berichtete mit geschlossenen Augen von der Videoüberwachung und wonach sie suchen sollten. Das würde eine lange, öde Schicht werden für die Detectives, aber es musste gemacht werden. „Sorg dafür, dass der Streifendienst weiter nach Blutspuren und dem Wagen sucht."

„Wir kümmern uns darum, Lieutenant."

„Danke." Sie beendete das Gespräch und sank hinab in die Tiefe.

7

—————

I st alles in Ordnung mit Sam?", fragte Shelby den ach so heißen Avery Hill, der Sam mit einem seltsamen Ausdruck auf dem Gesicht hinterherschaute.

„Die wird schon wieder, wenn sie ein bisschen geschlafen hat. Ihr ist schwindelig geworden, deshalb habe ich sie gefahren."

„Das war nett von Ihnen. Und? Wie geht es Ihnen?"

„Ganz gut. Und Ihnen?"

„Großartig. Ich liebe meinen neuen Job."

„Und wie läuft Ihr anderes ‚Projekt'?"

Shelbys Miene verfinsterte sich bei der Erinnerung an ihr Gespräch vor einiger Zeit, als er im Zuge einer Ermittlung ihren Reproduktionsmediziner befragt hatte und nebenbei erfahren hatte, dass sie ein Baby zu bekommen versuchte. „Leider keine Neuigkeiten."

„Das tut mir leid."

Sie zuckte mit den Schultern. „Es wird passieren, wenn es passieren soll." An die Alternative mochte sie nicht denken. Auf die eine oder andere Weise würde sie Mutter werden. Scotty um sich zu haben hatte die Sehnsucht ein wenig gedämpft, nur musste sie sich jeden Tag ins Gedächtnis rufen, dass er nicht ihr Kind war. „Sam meinte, Sie hätten vielleicht Lust, sich irgendwann mal auf einen Kaffee mit mir zu treffen."

„Äh, klar, wenn Sie möchten."

„Ich dachte, Sie wollten wegziehen."

„Das war der Plan, aber dem Direktor schwebte etwas anderes vor, was mich vorläufig in der Stadt halten wird."

„Ich bin froh, dass Sie bleiben."

„Oh. Tja, ich sollte mich wieder an die Arbeit machen."

„Danke, dass Sie Sam nach Hause gebracht haben."

„Kein Problem."

Shelby sah sich mit einem seltenen Moment der Unentschlossenheit konfrontiert. Sollte sie ihn zu einem Date drängen oder ihn ziehen lassen und es beim nächsten Mal erneut versuchen? Er sah so gut aus. Traumhaft. Diese Augen, diese Haare, dieser Akzent ... am liebsten hätte sie sich auf ihn gestürzt. Bei diesem Gedanken hätte sie fast angefangen zu kichern.

„Na ja, wir sehen uns", sagte er.

„Wollen Sie meine Telefonnummer nicht?", fragte sie – die Worte waren heraus, bevor sie darüber nachdenken konnte, ob es eine gute Idee war, noch aufdringlicher zu sein als ohnehin schon.

Er musterte sie mit ausdrucksloser Miene, lange genug, dass es ihr unangenehm wurde. „Klar", sagte er schließlich. „Das wäre gut."

„Sie haben ja auch lange genug darüber gegrübelt."

„Das liegt nicht an Ihnen ..."

Shelby konnte sich ein Lachen nicht verkneifen. „Das müssen Sie sagen, *nachdem* wir miteinander ausgegangen sind. Nicht vorher."

Das entlockte ihm immerhin ein kleines Lächeln, was Wunder wirkte in seinen ernsten Zügen. „Das muss ich mir merken."

Sie zog ihr Handy hervor. „Wie lautet Ihre Nummer? Ich schicke Ihnen meine."

Er nannte ihr seine Telefonnummer.

„Hab ich. Der nächste Schritt kommt von Ihnen, Agent Hill."

„Ich weiß Ihre ehrliche Erläuterung der Spielregeln sehr zu schätzen."

„In meinem fortgeschrittenen Alter werde ich der Spielchen zwischen Mann und Frau allmählich müde. Ich mag es offen und ehrlich."

„Das ist ziemlich erfrischend."

Shelby lächelte und wollte gerade eine weitere geistreiche

Bemerkung formulieren, als Nicks Secret-Service-Bewacher in die Ninth Street einbogen und die beiden schwarzen SUVs am Bordstein hielten.

Avery stand neben ihr und beobachtete, wie die Agenten Nick und Scotty begleiteten, nachdem die zwei aus dem ersten Wagen gestiegen waren.

Nick warf einen Blick auf Avery, und sein normalerweise freundliches Gesicht verhärtete sich vor Unmut.

Was hat das denn zu bedeuten?, dachte Shelby, während Nick und Scotty auf sie zukamen.

„Was machen Sie hier, Hill?", wollte Nick wissen.

„Senator, ich freue mich auch, Sie zu sehen. Ich habe Ihre Frau nach Hause gefahren."

„Warum musste sie gefahren werden?"

„Weil sie völlig k.o. war. Ich hielt es nicht für sicher, sie fahren zu lassen."

Nick musterte den anderen misstrauisch. „Stimmt das?"

Averys Lippen bildeten vor beherrschter Wut eine schmale Linie, und Shelby merkte, dass er liebend gern etwas erwidert hätte, sich aber zusammennahm.

„Wie war es im Capitol, Kumpel?", erkundigte Shelby sich bei Scotty, in der Hoffnung, die Spannung zu lösen.

„Es war cool. Wir haben Eis gegessen im Senate Dining Room."

„Wow, das klingt gut."

„Ich muss wieder an die Arbeit", sagte Avery. „Wir sehen uns."

„Hill?", rief Nick dem Agenten hinterher.

„Ja?"

„Danke, dass Sie Sam nach Hause gefahren haben."

„Kein Problem."

Nachdem Avery in seinen Wagen gestiegen und davongefahren war, wandte Shelby sich an Nick. „Was hatte das denn zu bedeuten?"

„Ich mag diesen Typen nicht."

„Wie kommt's?", wollte Shelby wissen, überrascht von der ungewöhnlichen Feindseligkeit, die sie bei ihm wahrnahm.

„Einfach so."

„Man sollte einen Grund haben, wenn man jemanden nicht mag", erklärte Scotty seinem Dad.

„Ich habe meine Gründe."

Shelby hätte zu gern erfahren, was für Gründe das waren, beschloss jedoch, nicht weiter nachzufragen, besonders da Scotty sie beide genau beobachtete. Sie legte den Arm um den Jungen, der jetzt schon fünf Zentimeter größer war als sie. „Bereit fürs Abendessen?"

„Was gibt es denn?"

„Wie wäre es mit Spaghetti?"

„Cool." Diese Antwort hatte sie erwartet, nur klang diesmal nicht die Begeisterung mit, die er sonst für alles italienische Essen aufbrachte.

„Geh und wasch dir die Hände. Ich komme gleich nach."

Scotty nahm seinen Ranzen von Nick entgegen und trottete mit gesenktem Kopf die Rampe zum Haus hoch.

„Geht es ihm gut?", fragte Shelby Nick.

„Haben Sie das von Willie Vasquez gehört?

„Nein, was ist mit ihm?"

„Es kam gerade im Radio, deshalb kann ich Ihnen wohl getrost erzählen, dass er letzte Nacht ermordet wurde."

„O nein. Gütiger Himmel."

„Scotty hat es schwer getroffen. Er hat sehr viel von Willie gehalten, besonders nachdem er ihn in einem Baseballtrainingslager im vergangenen Sommer kennengelernt hat."

„Was für eine Tragödie. Und alles nur, weil er einen Flugball nicht gefangen hat."

„Sam würde uns jetzt ermahnen, keine Schlüsse zu ziehen, solange wir noch nicht mehr wissen."

„Arbeitet sie an dem Fall?"

Er bejahte. „Sobald sie genug geschlafen hat, wird sie an der Sache wieder dran sein."

„Darf ich Sie noch etwas anderes fragen?"

„Klar."

„Agent Hill hat mich gefragt, ob ich mit ihm Kaffee trinken gehe." Nick brauchte nicht zu wissen, dass sie vor einiger Zeit diejenige gewesen war, die gefragt hatte. „Würde es Sie stören, wenn ich es tue?"

„Nein, nein, machen Sie das ruhig. Amüsieren Sie sich. Unbedingt." Er ging auf das Haus zu. „Ich schaue mal lieber nach Scotty."

Verwirrt von Nicks widersprüchlichen Aussagen, folgte Shelby ihm hinein. *Männer*, dachte sie und fragte sich, ob sie jemals verstehen würde, wie die tickten.

Die WFBR-FM-Studios lagen neben dem Stadion in der Potomac Avenue. Als „Feds Baseball Radio" übertrug der Sender alle Spiele des Teams und brachte regelmäßig Interviews mit den Spielern und dem Management. WFBR war in den vergangenen drei Saisons ein wichtiger Teil der Präsenz des Teams in der Stadt geworden.

Am Empfangstresen bat Gonzo, den Geschäftsführer sprechen zu dürfen, und wurde in das Büro von James Settle geführt. Er stellte sich vor und zeigte seine Dienstmarke.

„Was kann ich für Sie tun, Detective?"

„Willie Vasquez wurde heute Morgen ermordet aufgefunden."

Settle starrte Gonzo an, als hätte er nicht richtig gehört. „Himmel", flüsterte er. „Wie?"

„Ein Stich in die Brust."

„Was können wir tun?"

„Wir haben heute Morgen die Big-Ben-Show gehört und würden gern mit ihm reden."

„Ich werde sehen, ob er noch im Haus ist."

Während Settle telefonierte, betrachtete Gonzo die Erinnerungsstücke des Teams in den Regalen und an den Wänden.

„Er ist auf dem Weg nach oben", sagte Settle schließlich. „Er steckt doch nicht in irgendwelchen Schwierigkeiten, oder?"

„Ich würde mit ihm gern über einige der Anrufer von heute Morgen sprechen."

Sie warteten in unbehaglichem Schweigen, bis Big Ben den Raum betrat. Seinem Namen alle Ehre machend, war Ben Markinson groß und kräftig, mit lockigem Wuschelkopf und wildem Bart. „Du wolltest mich sehen, Jim?", fragte er mit einer Stimme, die fürs Radio gemacht war.

Settle deutete auf Gonzo. „Das ist Detective Gonzales vom Metropolitan Police Department. Er hat ein paar Fragen wegen der Sendung heute Morgen an dich."

Die Hände in die Hüften gestemmt, starrte Big Ben Gonzo finster an. „Weswegen denn?"

„Willie Vasquez wurde heute Morgen ermordet aufgefunden."

„Ach ja? Hat er sich wohl selbst zuzuschreiben nach dieser armseligen Vorstellung gestern Abend."

Gonzo starrte ihn fassungslos an. „Sie finden, Mord sei eine angemessene Bestrafung dafür, dass er einen Flugball nicht gefangen hat?"

„Einen *leichten* Flugball."

„Verzeihen Sie", sagte Gonzo spöttisch. „Natürlich, einen *leichten* Flugball."

Ben trat von einem Fuß auf den anderen. „Na ja, ich sage nicht, dass er verdient hat zu sterben, aber meine Güte, Detective, wie konnte er denn bloß *diesen* Ball nicht erwischen?"

„Da ich mich nicht auf dem Spielfeld befunden habe, als der Ball geschlagen wurde, kann ich Ihnen darauf keine Antwort geben. Niemand weiß doch, was ihm in genau diesem Moment durch den Kopf ging, oder?"

„Vermutlich nicht", brummte Ben zerknirscht.

„Viele Ihrer Zuhörer hatten eine Menge zu sagen heute Morgen."

„Die waren alle sauer – und zu recht."

„Waren einige von denen wütend genug, um einen Mord zu begehen?"

„Woher zum Geier soll ich das wissen? Ich rede ständig mit vielen von denen in meiner Sendung, aber ich kenne die doch nicht persönlich."

„Haben Sie denn mal jemanden von denen getroffen?"

„Hier und da bei Veranstaltungen, aber woher soll ich wissen, ob sie ihn umgebracht haben oder nicht?"

„Sind regelmäßige Anrufer darunter, die Sie schon kennen?"

„Eine Menge."

Gonzo hielt ihm seinen Notizblock samt Kugelschreiber hin.

„Ich wäre Ihnen sehr verbunden, wenn Sie eine Liste derer erstellen würden, die heute Morgen am Telefon besonders wütend waren."

„Na sicher, ich hab ja auch reichlich Zeit."

„Gib ihm, was er braucht, Ben", mischte Settle sich ein.

Ben nahm den Notizblock mit an den Konferenztisch und setzte sich umständlich. „Du könntest ebenso gut Marcy heraufbitten." Zur Erklärung wandte er sich an Gonzo: „Das ist meine Produzentin."

„Ich rufe sie an", meinte Settle.

Gonzo setzte sich Ben gegenüber und richtete sich darauf ein, noch eine Weile dort zu sein.

Da Garrett Collins in der Nähe von Sams Zuhause, nämlich in der Sixth Street, wohnte, beschloss Hill auf dem Weg zum Stadion dort Halt zu machen und mit ihm zu reden. Als Geschäftsführer kontrollierte Collins alles, was mit den Spielern und ihren Verträgen zu tun hatte. Das Gleiche galt für das Trainer-Team. Die Person, die das Team aufgestellt hatte, das einer Meisterschaftssaison so nahe gekommen war, war vermutlich am wütendsten von allen, dass Willie den Ball nicht gefangen hatte.

Aber war er wütend genug gewesen, um einen Mord zu begehen? Das würde sich noch zeigen.

Collins wohnte in einer Straße mit modernsten Backstein-Reihenhäusern. Avery parkte vor der Nummer 26, hinter einem schwarzen Mercedes SUV mit Feds-Aufkleber auf der Heckscheibe. Ihm fiel auf, dass sämtliche Jalousien heruntergelassen waren, als wollte der Bewohner das Tageslicht aussperren. Hill stieg die Stufen zum Eingang hinauf und klingelte.

Da niemand aufmachte, probierte Avery es mit dem Türklopfer aus Metall. Nachdem auch das zu keinem Ergebnis führte, rief er Ray Jestings auf dessen privatem Handy an.

„Avery? Hast du Neuigkeiten für mich?"

„Dein Geschäftsführer macht nicht auf. Kannst du versuchen, ihn dazu zu bringen, mich hereinzulassen?"

„Ja, mach ich."

„Sag ihm noch nichts wegen Willie. Das will ich tun.“

„Okay.“

„Danke.“

Avery lehnte sich gegen das schmiedeeiserne Geländer, die Arme vor der Brust verschränkt. Während er gegen die Müdigkeit ankämpfte, die ihn inzwischen leicht benommen machte, dachte er daran, wie Nick Cappuano ihn vorhin auf dem Gehsteig angesehen hatte. Als wollte er ihn am liebsten auf der Stelle ausweiden. Avery vermutete, dass sie aneinandergeraten wären, wenn der Junge seinen Vater nicht genau beobachtet hätte.

Erschöpft fuhr er sich durch die Haare. Trotz seiner Bemühungen, sie zu vergessen, war er noch genauso fasziniert von der wundervollen Sam Holland wie bei ihrer ersten Begegnung, lange bevor er gewusst hatte, dass sie verheiratet war mit einem der beliebtesten Senatoren des Landes.

Und nun hatte er versuchsweise ein Date mit Sams Assistentin. Fantastisch. Das machte die ohnehin schon komplizierte Situation noch schwieriger.

Das Geräusch von Schlössern, die im Haus entriegelt wurden, veranlasste Avery, Haltung anzunehmen.

Garrett Collins sah übel aus. Anders konnte man ihn nicht beschreiben, als er die Tür aufmachte.

„Mr. Collins, ich bin Special Agent Avery Hill vom FBI.“ Er zeigte Collins seine Dienstmarke, der sie misstrauisch betrachtete.

„Was kann ich für Sie tun?“

„Darf ich eine Minute hereinkommen?“

„Äh, das ist eher keine gute Idee.“

„Warum denn?“

„Das Haus ist ein bisschen unaufgeräumt.“

„Ach, ich bin mir sicher, ich habe schon Schlimmeres gesehen.“ Da Collins weiterhin zögerte, fügte Avery hinzu: „Entweder Sie lassen mich hinein oder ich verhafte Sie und wir fahren in die Innenstadt. Ihre Entscheidung.“

Diese Ansage erzeugte den ersten Lebensfunken in den Augen des anderen. „Mich verhaften? Weswegen, verdammt noch mal?“

„Zuallererst wegen Mordes an Willie Vasquez.“ Avery warf ihm das hin, um die Reaktion des Mannes zu sehen.

„Willie ist tot?“, fragte Collins mit kaum hörbarer Stimme.

„Kann ich jetzt reinkommen, oder sollen wir das in meinem Büro besprechen?"

Widerstrebend, zumindest kam es Avery so vor, trat Collins zurück und ließ ihn in ein Wohnzimmer, das völlig verwüstet war. Spiegel, Lampen, der Fernseher … nichts war verschont geblieben. An der Wand lehnte ein hölzerner Baseballschläger, was Avery zu der Annahme verleitete, dieser sei benutzt worden, um die maximale Zerstörung anzurichten.

Avery sah Collins an. „Was um alles in der Welt ist hier passiert?"

„Ich war ein wenig … frustriert, als ich vor einer Weile nach Hause kam."

„Und da haben Sie Ihr eigenes Zuhause zu Kleinholz gemacht?"

„Besser als auf die Leute loszugehen, die mich in die Stimmung gebracht haben, Sachen zu zerstören, meinen Sie nicht?"

„Ja, vermutlich."

„Was ist mit Willie passiert?"

„Er bekam einen Stich in die Brust. Mehr geben wir momentan an Informationen nicht heraus. Haben Sie ihn gestern Abend nach dem Spiel gesehen?"

„Nein, habe ich nicht." Collins sagte das mit zusammengebissenen Zähnen und es war nicht schwer zu erraten, dass Willies Patzer zu dieser Zerstörungsorgie geführt hatte.

„Haben Sie mit ihm gesprochen?"

„Nein."

„Haben Sie versucht, ihn zu erreichen?"

Avery folgte Collins weiter durchs Haus in die Küche, wo der Gastgeber Anstalten machte, Kaffee zu kochen. Er hielt eine Kanne hoch und fragte Avery, ob er welchen wolle.

„Zu einem Koffeinkick sage ich nicht Nein."

„Ich habe nicht versucht, ihn zu erreichen, weil ich ihm nichts zu sagen hatte. Sechzehn Millionen Dollar pro Jahr, und alles, was er tun musste, war, diesen *gottverdammten Ball zu fangen.*" Collins drehte sich zu Avery um. „Wie konnte er einen leichten Flugball nicht fangen? Der Kerl ist ein Kandidat für die Hall of Fame, verdammte Kacke."

„War."

„Bitte?"

„Er *war* ein Kandidat für die Hall of Fame."

„Ja", räumte Collins seufzend ein. „Er war es. Er hätte noch ein paar Saisons gebraucht, um dahin zu kommen." Er schaltete die Kaffeemaschine ein. „Verstehen Sie mich nicht falsch. Es tut mir leid, dass er tot ist. Er war ein netter Kerl. Ich mochte ihn. Ich respektiere, was er ins Spiel und ins Clubhouse gebracht hat. Aber ich bin stocksauer, dass er diesen leichten Ball nicht gefangen hat. Ich werde nie begreifen, wie das passieren konnte."

„Wussten Sie von irgendwelchen Problemen, die er auf oder abseits des Spielfelds gehabt hat?"

„Er hat schon die ganze Saison mit Problemen im Oberschenkel gekämpft, hatte es aber unter Kontrolle. Haben Sie mit Jamie gesprochen?"

„Ja, vorhin. Sie war völlig am Boden, als sie die Nachricht erfuhr. Angesichts ihrer Reaktion fragen wir uns, ob da mehr war zwischen Willie und ihr."

„Wie meinen Sie das?"

„Lief da etwas zwischen den beiden?"

„Das weiß ich nicht. Sie haben viel Zeit miteinander verbracht. Es gab auch Gerede, aber die Leute reden nun mal."

„Wissen Sie sonst noch von irgendwelchen Problemen in Willies Leben?"

„Ich begreife nicht, warum Sie solche Fragen stellen, wo doch wohl klar sein dürfte, dass irgendein wütender Fan ihn umgebracht hat."

Avery nahm von Collins einen Becher stark duftenden schwarzen Kaffee entgegen. „Wir werden nicht dafür bezahlt, das Offensichtliche zu schlussfolgern. Wissen Sie irgendetwas, was für unsere Ermittlungen von Bedeutung sein könnte?"

„Carmens Bruder hatte Schwierigkeiten in der Dominikanischen Republik. Willie hat ihn ein paarmal auf Kaution aus dem Gefängnis geholt, aber dann hat er kein Geld mehr geschickt, was Carmens Familie wütend gemacht hat. Marco hat ein paar Drohungen gegen Willie ausgestoßen."

„Was für Drohungen?"

„Solche, die Willie dazu bewogen haben, ein richterliches

Verbot zu erwirken gegen den Kerl, um ihn von seiner Familie fernzuhalten.“

„Ist der Schwager denn hier gewesen?“

„Ich glaube, es gab im letzten Winter einen heftigen Streit, während der Spielpause. Ich kenne die Einzelheiten nicht, doch ich wurde darüber unterrichtet, dass er persönliche Probleme mit seinem Schwager hat und der Sicherheitsdienst informiert sei, für den Fall, dass der Typ sich Willie im Stadion zu nähern versuche.“

Avery machte sich Notizen, während Collins sprach.

„Wollen Sie nach dem, was letzte Nacht passiert ist, wirklich den Schwager unter die Lupe nehmen? Am Ende werden Sie ja doch herausfinden, dass es jemand aus Wut über unsere Niederlage getan hat, die Willie zu verantworten hatte.“

„Wir prüfen alle Aspekte. Wie lange sind Sie noch im Stadion geblieben, nachdem das Spiel zu Ende war?“

„Ich war bis gegen fünf heute Morgen dort.“

„Was haben Sie in dieser Zeit gemacht?“

„Bob Minor und ich haben uns den Medien gestellt. Das war spaßig. Wie eine Wurzelbehandlung ohne Novocain. Anschließend habe ich einige Zeit in der Umkleidekabine beim Team verbracht, dann habe ich mich mit Ray Jestings getroffen, dem Teambesitzer.“

„Sind Sie jemandem begegnet, der wütend genug war wegen Willies Fehler, um ihm Gewalt anzutun?“

Collins starrte ihn ungläubig an. „*Alle* wollten ihm Gewalt antun. Die Leute waren stocksauer.“

„War jemand sauer genug, diesem Drang nachzugeben?“

„Ich würde gern denken, dass das nicht der Fall war. Aber wer weiß? So knapp waren wir noch nie an der World Series. Die Leute wollten es so sehr.“

„War irgendwer auffallend konkret in Bezug auf Willie?“

„Rick Lind war ziemlich sauer. Der hat uns zwei Outs gebracht und brauchte noch eins von Willie, aber der ließ ihn im Stich.“

Avery schrieb Linds Namen auf und machte einen Kreis darum. „Wenn Ihnen sonst noch etwas einfällt, was von Bedeutung sein könnte, rufen Sie mich an.“ Er überreichte ihm seine Visitenkarte und trank seinen Becher aus. „Danke für den Kaffee.“

„Kein Problem."

Auf dem Weg durch das zerstörte Wohnzimmer knirschte Glas unter seinen Füßen. Er mochte Sport wie jeder andere, aber das sprengte jeden Rahmen. Wer zertrümmerte denn sein eigenes Zuhause wegen eines Baseballspiels? Diese Frage beschäftigte ihn auf der ganzen Fahrt zurück zum Stadion, wo er mit Hugh Bixby sprechen wollte.

Im Foyer vor dem Verwaltungsbereich des Stadions fragte Avery die gleiche Rezeptionistin wie vorher nach Bixby.

„Mal sehen, ob ich ihn finden kann", sagte sie.

Um die Wartezeit zu überbrücken, rief Avery seinen Deputy an, Special Agent George Terrell. Da Avery bei der Beförderung zum Leiter der Abteilung vorgezogen worden war, gab es zwischen ihnen bei aller Professionalität und Kollegialität doch einen unterschwelligen Groll.

„Was gibt's?", meldete Terrell sich.

„Wir helfen dem MPD im Fall Vasquez."

„Wie sind wir denn da hineingeraten?"

„Ich kenne Ray Jestings, den Teambesitzer, deshalb habe ich unsere Unterstützung angeboten. Bei einer ganzen Stadt mit einem Motiv brauchen die jede Hilfe, die sie bekommen können."

„Stimmt auch wieder."

„Der Geschäftsführer des Vereins hat erwähnt, Vasquez habe vor etwa einem Jahr ein Problem mit seinem Schwager gehabt. Könntest du dich darum mal kümmern?"

„Klar. Wie heißt der Kerl?"

„Marco. Es gab einen richterlichen Beschluss, damit der Typ sich von Vasquez und dem Stadion fernhält."

„Ich werde sehen, was ich herausfinden kann."

„Danke."

Die Leitung war tot, und Avery steckte das Telefon wieder in seine Jackentasche. Er und sein Stellvertreter würden nie beste Freunde werden. Aber sie konnten zusammenarbeiten, wenn es nötig war. Es war nicht Averys Schuld, dass Direktor Hamilton ihn statt Terrell befördert hatte. Avery hoffte, dass Terrell das auch irgendwann begreifen würde.

„Mr. Bixby hält sich in der Umkleidekabine auf", informierte die Rezeptionistin ihn.

„Wie komme ich dorthin?"

„Warten Sie, ich hole jemanden, der mich an der Rezeption vertritt, und begleite Sie."

Zehn Minuten später führte die junge Frau ihn durch ein Labyrinth aus Gängen und Treppen hinunter zu einem Tunnel. Vor einer roten Tür tippte sie einen Zugangscode ein.

In der Umkleidekabine war die Spurensicherung mit der Untersuchung der Spinde und der Ausrüstung beschäftigt, unter der Aufsicht eines Mannes in Hemd und Krawatte. Er hatte kurz geschorene blonde Haare, und seine Figur verriet, dass er früher einmal Athlet gewesen sein mochte. Seinem roten Gesicht nach zu urteilen, war Mr. Bixby ziemlich aufgebracht.

„Verzeihen Sie, Mr. Bixby ..."

„Was wollen Sie? Ich habe zu tun."

Die Rezeptionistin wich vor diesem harschen Tonfall unwillkürlich zurück. „Das ist Special Agent Hill vom FBI."

Das FBI-Akronym half, wie üblich. Bixby ließ die Hände von den Hüften sinken, und seine Miene entspannte sich ein wenig. „Vielleicht können Sie mir ja verraten, was zur Hölle hier eigentlich los ist."

Zur Rezeptionistin gewandt sagte Avery: „Danke, dass Sie mir den Weg gezeigt haben."

„Gern geschehen." Sie eilte davon, als hätte ihr jemand Feuer unterm Hintern gemacht.

Avery fand es interessant, dass sie von Bixby eingeschüchtert war. „Sie haben noch nicht mit Mr. Jenkins gesprochen?"

„Er hat angerufen, aber ich hatte mit den Cops zu tun, die hier in mein Stadion eingefallen sind, deshalb habe ich den Anruf verpasst."

„Willie Vasquez wurde ermordet."

„Ermordet."

„Das habe ich gerade gesagt."

„Wie?"

„Stich in die Brust."

Bixby betrachtete die Szene in der Umkleidekabine. „Darum geht's also."

„Ja."

„Wonach suchen Sie?"

„Das wissen wir erst, wenn wir es gefunden haben."

„Wenn Sie andeuten wollen, dass ein Mitglied unseres Vereins etwas damit zu tun hat ..."

„Ich deute überhaupt nichts an. Ich ermittle in einem Mordfall und beginne mit dem Ort, an dem Mr. Vasquez zuletzt lebend gesehen wurde. Wann haben Sie ihn zum letzten Mal gesehen?"

Bixby stieß die Luft aus. „Ob Sie es glauben oder nicht, das war, als er den Ball verfehlt hat. Danach war ich schwer damit beschäftigt, meine Leute auf genau das vorzubereiten, was dann auch tatsächlich passiert ist."

„Waren Sie die ganze Nacht hier?"

Er nickte. „Ich bin die ganze Zeit hier gewesen." Er sah Avery an. „Und warum ermittelt das FBI in dieser Sache?"

„Wir haben dem Metro PD unsere Hilfe angeboten, und sie haben angenommen. Es ist eine ganz schön schwierige Aufgabe, einen Mörder zu finden, wenn die ganze Stadt ein Motiv hat."

„Darauf wette ich. Brauchen Sie mich noch? Ich muss meine Mitarbeiter darüber informieren, was passiert ist."

„Im Augenblick nicht, aber ich wäre Ihnen dankbar, wenn Sie sich für die Dauer unserer Ermittlungen zur Verfügung halten würden." Avery gab ihm eine Visitenkarte. „Rufen Sie mich an, falls Ihnen noch etwas einfällt, was wichtig sein könnte."

„Das werde ich." Er betrachtete die Visitenkarte. Dann schaute er sich um, ob niemand sie hören konnte, und sagte zu Avery: „Wenn ich Ihnen etwas verrate, was ich aufgeschnappt habe, bekomme ich keinen Ärger, oder?"

„Ich werde mein Möglichstes versuchen, um das zu verhindern. Aber versprechen kann ich nichts."

Bixby dachte darüber nach und schien sich zu quälen mit der Entscheidung. „Letzte Nacht", begann er langsam, „nachdem der Staub sich gelegt hatte, hörte ich einen meiner Leute über Lind reden."

„Was ist mit ihm?"

„Er war stocksauer auf Vasquez. Ernsthaft wütend. Offenbar zog er darüber her, dass *er* seinen Job gemacht habe und Vasquez die Sache hätte klarmachen müssen. Die Niederlage würde man Lind in die Schuhe schieben, dabei müsste Vasquez die Schuld bekommen. Solche Sachen." Er zeigte auf umgeworfene Stühle in einer Ecke der Umkleidekabine, von denen einer aussah, als sei er gegen die Betonwand geschleudert worden. „Angeblich hat Lind Feuerholz aus diesem Stuhl gemacht, unter anderem."

Avery schaute von seinem Notizbuch auf. „Unter anderem?"

„Ich habe nicht alles gehört, was gesagt wurde."

„Könnten Sie diejenigen, deren Gespräch Sie gehört haben, bitten, hier herunterzukommen?"

„Das könnte mir besagten Ärger einbringen."

„Es tut mir leid, aber dies ist eine Mordermittlung. Was soll ich machen?"

Seufzend nahm Bixby sein Funkgerät, das an seinen Gürtel geklemmt war, und bestellte mehreren Leuten, alles stehen und liegen zu lassen und in die Umkleidekabine zu kommen. „Die sind gleich da."

Avery und Bixby warteten in verlegenem Schweigen und schauten den Detectives von der Spurensicherung dabei zu, wie sie jeden Zentimeter der Umkleidekabine durchkämmten. Sieben Minuten später kamen vier Männer durch den Tunnel. Sie waren von unterschiedlicher Größe, aber alle muskelbepackt, und sie sahen verärgert aus, weil man sie von ihrer Arbeit weggeholt hatte.

„Was ist denn?", wollte einer wissen.

Hill gab Bixby mit einem Kopfnicken zu verstehen, dass er die Leute in Kenntnis setzen durfte. „Das ist Agent Hill vom FBI. Er hat mich gerade darüber informiert, dass Willie Vasquez ermordet wurde."

Die vier Männer tauschten Blicke.

„Was hat das mit uns zu tun?", wollte der gleiche Mann wissen. Er schien der Sprecher der Gruppe zu sein.

„Wie heißen Sie?", fragte Avery ihn.

„Jim", antwortete er zögernd und sah zu Bixby, der ihm zunickte.

„Jim weiter?"

„Morris."

„Ich habe gehört, wie du gestern Abend über Lind geredet hast", erklärte Bixby. „Darüber, wie stinksauer er auf Vasquez war."

„Du glaubst doch nicht ..."

„Wir glauben gar nichts", schaltete Avery sich ein. „Wir wollen bloß wissen, was Sie vielleicht von dem gehört haben, was Lind über Vasquez gesagt hat."

„Er war scheißwütend, und das zu Recht."

„Können Sie mir genauer sagen, was Sie Lind sagen gehört haben über Vasquez oder was Sie gesehen haben, was er getan hat?", bat Avery.

„Wird er erfahren, dass wir mit Ihnen gesprochen haben?", wollte Jim wissen. „Ich will nicht, dass er wütend auf mich ist."

„Das müssen Sie verstehen, Agent Hill", sagte Bixby. „Unser Job ist es, das Stadion ebenso zu sichern und zu beschützen wie die Spieler und dafür zu sorgen, dass die Fans hier in Sicherheit die Veranstaltung genießen können. Daher läuft es unserer Überzeugung zutiefst zuwider, mit einem Außenstehenden über einen der Spieler zu sprechen."

„Ich verstehe und respektiere Ihren Standpunkt. Aber ein Mann ist ermordet worden – ein Mann, der eine Frau und zwei kleine Kinder hinterlässt, die sich darauf verlassen, dass sie Antworten von uns bekommen. Sollten Sie also etwas wissen, was uns helfen könnte, den Angehörigen diese Antworten zu geben, ist dies nicht der geeignete Zeitpunkt, um sich darüber Sorgen zu machen, dass jemand anschließend wütend auf Sie sein könnte."

„Er meinte, wenn er eine Waffe hätte, würde er Vasquez persönlich über den Haufen schießen", meldete sich ein anderer zu Wort.

„Ihr Name?"

„Kyle Davidson."

Avery notierte ihn sich. „Sie haben gehört, dass Lind diese Worte gesagt hat?"

„Ja, Sir. Er lief in der Umkleidekabine auf und ab, Türen knallend und fluchend. Er war völlig außer Kontrolle, deshalb bat Minor uns, nach unten zu gehen, für den Fall, dass es Ärger gibt."

Interessant, dachte Avery, dass Minor den Zwischenfall mit Lind während unseres Gesprächs nicht erwähnt hat. Er machte eine weitere Notiz.

„Mussten Sie eingreifen?"

Kyle schüttelte den Kopf. „Wir hielten uns bereit für den Fall, dass wir gebraucht werden, aber Lind kriegte sich wieder ein, bevor wir uns einschalten mussten."

„Haben noch andere Spieler ihrem Unmut Luft gemacht?", fragte Avery.

„Cecil Mulroney war auch ziemlich stinkig", sagte Jim. „Er ist der Left Fielder, der den Ball gefangen hat, nachdem Vasquez ihn verpasst hatte."

Avery wusste, wer Mulroney war, unterbrach den anderen jedoch nicht.

„Der sagte ständig, er könne nicht fassen, dass Willie den Ball verfehlt hat, und dass er wieder in der Little League spielen sollte, um zu lernen, wie man einen Ball fängt."

„Hat irgendeiner von Ihnen Vasquez nach dem Spiel gesehen?", erkundigte Avery sich.

„Ich", sagte Kyle. „Ich gehörte zu den Sicherheitsleuten, die ihn vom Spielfeld geführt haben."

„Wurde dabei irgendetwas gesprochen?"

Er verneinte. „Was gab es auch zu sagen? Wir haben ihn hier hereingeführt, und er ist gleich im Trainingsraum verschwunden und hat die Tür hinter sich zugeknallt."

„Haben Sie ihn danach noch einmal gesehen?"

„Nein, er kam nicht mehr raus, bis ich ins Stadion gerufen wurde, um die Fans in den Griff zu bekommen."

„Er ist also ohne Schutz zurückgeblieben?"

„Er hat sich in einem abgeschlossenen Raum befunden. Ich war nicht der Meinung, dass er dort in Gefahr sei." Kyle sah zu Bixby, dann zu Avery. „Es ist doch nicht hier passiert, oder?"

„Nein", antwortete Avery. „Wir konnten seine Spur bis zur L'Enfant-Metrostation verfolgen. Er ist mit Miss Clark bis dort gefahren und hat sie abgesetzt, damit sie noch einen Zug erwischen konnte."

Jim und Kyle tauschten verstohlene Blicke, die Avery jedoch nicht entgingen.

„Möchten Sie noch etwas hinzufügen?"

„Die zwei waren ziemlich eng", bemerkte Jim. „Verbrachten viel Zeit miteinander und arbeiteten angeblich an seinen Problemen mit dem Oberschenkel. Die Leute haben schon geredet."

„Und was haben die Leute gesagt?", wollte Avery wissen.

„Na, dass die beiden sich ziemlich nahegestanden haben. Es hieß, da sei mehr zwischen ihnen."

„Haben Sie eine Liebesbeziehung oder dergleichen vermutet?"

„Ich habe nie irgendwas vermutet", erwiderte Jim und hob dabei die Hände. „Ich habe nur gesagt, dass die anderen etwas vermutet haben."

„Die anderen dachten, sie hätten was miteinander", erläuterte Bixby. „Aber meines Wissens hat sie nie jemand darauf angesprochen." Er zuckte die Schultern. „Sie sind beide erwachsen, und wenn sie was miteinander haben wollen, wen juckt's, solange es ihre Arbeit nicht beeinträchtigt."

„Wenn es herausgekommen wäre, hätte das eine Menge Ärger für Willie und das Team bedeuten können", sagte Avery. „Es fällt mir schwer zu glauben, dass die Affäre allgemein bekannt war und sich niemand darum scherte."

„Möglicherweise war es dem Management nicht egal", räumte Bixby ein. „Aber wir werden nicht dafür bezahlt, dass wir uns darum scheren, wen die Spieler vögeln. Wäre das der Fall, wäre unser Job wohl noch viel komplizierter, als er ohnehin schon ist."

Die anderen Männer nickten zustimmend.

„Die Spieler waren in der Hinsicht also schwer beschäftigt?", hakte Avery nach.

Auf diese Frage folgten weitere nervöse Blicke.

„Es herrscht kein Mangel an Frauen, die daran interessiert sind, Zeit mit den Spielern zu verbringen", gab Bixby zu.

„Sehr diplomatisch ausgedrückt", entgegnete Avery. „Wir belassen es vorerst mal dabei. Sollte es nötig sein, behalte ich mir jedoch das Recht vor, näher auf dieses Thema einzugehen." Er zog Visitenkarten für die vier Männer aus der Tasche. „Wenn Sie glauben, dass sonst noch etwas für unsere Ermittlungen von Bedeutung sein könnte, rufen Sie mich bitte an."

„Ihr Jungs könnt wieder an eure Arbeit gehen", sagte Bixby.

„Danke, dass Sie mir Ihre Zeit geopfert haben."

Als sie wieder allein waren, meinte Bixby: „Werden Sie wegen dieser Geschichte mit Lind sprechen?"

„Wir werden uns ganz sicher mit ihm unterhalten müssen."

„Werden Sie ihm verraten, dass wir Sie darauf gestoßen haben?"

„Ich sehe keine Veranlassung dazu, das zu erwähnen. Bestimmt gab es eine Menge Zeugen für seinen Ausbruch. Jeder hätte uns davon berichten können."

„Gut", sagte er und schien sehr erleichtert zu sein. „Das ist wirklich gut."

„Haben Sie aus irgendeinem Grund Angst vor Mr. Lind?"

„Nicht physisch, falls Sie das meinen. Aber er hat hier großen Einfluss. Gerade auch beim Management. Wenn er wollte, könnte er mir und meinen Mitarbeitern Schwierigkeiten machen."

„Ich verstehe. Ich werde alles tun, um Ihre Namen aus dem Gespräch herauszuhalten."

„Dafür wäre ich Ihnen dankbar, und meine Leute auch."

Avery schüttelte Bixby die Hand. „Haben Sie eine Visitenkarte, für den Fall, dass ich noch einmal Kontakt zu Ihnen aufnehmen muss?"

Bixby nahm eine Karte aus seiner Brieftasche. „Werden Sie mich auf dem Laufenden halten?"

„Nach besten Kräften."

„Danke."

„Hill."

„Ja?"

„Lind ... er ist ein Hitzkopf. Er tickt nicht ganz sauber, wenn Sie mich fragen."

„Gut zu wissen. Noch mal danke für Ihre Hilfe." Avery verließ die Umkleidekabine und folgte den Ausgang-Schildern durch das Labyrinth aus Gängen, die ihn schließlich auf den Parkplatz hinausführten. Dummerweise war es nicht der Parkplatz, auf dem er seinen Wagen abgestellt hatte. Als er außen um das Stadion herumging, dachte er daran, wie viel sich in vierundzwanzig Stunden verändern konnte. Diese Stille jetzt war das krasse Gegenteil zum Wutgebrüll der Fans, das auf Vasquez' unglücklichen Patzer gefolgt war.

Avery war nicht bei dem Spiel dabei gewesen, aber er hatte es im Fernsehen in seinem Hotelzimmer gesehen. Irgendwann würde er sich darum kümmern müssen, einen dauerhaften Wohnsitz in der Hauptstadt zu finden. Nach diesem Fall, nahm er sich vor. Dann würde er sich eine Wohnung besorgen.

Er rief das MPD an und bat die Zentrale, ins Kommissariat durchgestellt zu werden.

„Detective Dominguez.“

„Hier spricht Agent Hill. Ich habe mich gefragt, ob ich ein paar Informationen loswerden kann, die bei der Vasquez-Ermittlung hilfreich sein können.“

„Selbstverständlich. Was haben Sie?“

„Wir müssen Garrett Collins, den Geschäftsführer, überprüfen lassen, einschließlich seiner Finanzen. Das Gleiche gilt für Rick Lind, einen der Pitcher.“

„Sonst noch jemand?“

Avery dachte einen Moment darüber nach. „Ja, Jamie Clark, die Physiotherapeutin und Bob Minor, den Manager.“

„Machen wir.“

„Gibt es schon Informationen über Vasquez' Finanzen?“

„Noch nicht. Die Verbindungen zu den Banken in der Dominikanischen Republik scheinen unterbrochen zu sein. Wir arbeiten daran.“

„Hat das Material aus den Überwachungskameras schon etwas erbracht?“

„Auch noch nicht.“

„Was ist mit seinem Wagen? Wurde der inzwischen gefunden?“

„Nach dem suchen wir noch, genauso wie nach den Blutspuren.“

„Na, dann lasse ich euch mal weiterarbeiten. Danke für das Update.“

„Kein Problem. Danke für die Hinweise. Werden Sie beim Meeting um sieben da sein?“

„Ja.“

„Gut, bis dann.“

So gern er sich mit Rick Lind unterhalten hätte, wollte er doch zuerst mit Sam sprechen. Morgen war auch noch ein Tag, und bis sieben Uhr war es nicht mehr lange. Da er dringend Nahrung und Schlaf brauchte, stieg er in seinen Wagen und fuhr „nach Hause“ zu seinem Hotel.

8

Als Nick Scotty endlich ins Bett gebracht hatte, war es zehn Uhr. Nach einem Besuch bei Celia und Skip hatte Nick den ganzen Abend mit seinem Jungen verbracht und über Willie und was mit ihm passiert war gesprochen. Scotty war ein sehr sensibler Junge, in vieler Hinsicht schon weise, und Nick hatte ihm so viele Fragen beantwortet, wie er konnte. Doch einige Fragen würden wohl nie zufriedenstellend beantwortet werden, selbst wenn es Sam und ihrem Team gelingen sollte, die Puzzleteile zusammenzufügen und zu rekonstruieren, was mit Willie geschehen war.

Nick hatte eine dicke Mappe mit Unterlagen mit nach Hause genommen, die er vor den morgigen Sitzungen durchsehen musste, doch als Scotty die Fragen ausgegangen waren, hatte er keine Kraft mehr gehabt. Er nahm sich vor, morgen früh vor den Sitzungen rasch hineinzuschauen.

Christina hatte den ganzen Tag damit zugebracht, die Wahlkampftermine zweier ganzer Tage umzulegen, damit Nick den Präsidenten bei seinem Top-Secret-Besuch der Truppen in Afghanistan begleiten konnte. Angesichts des Mordes an Vasquez und Sams Ermittlungen – sowie Scottys Trauer – wünschte Nick, er hätte diese Reise nicht zugesagt. Er wollte nicht unterwegs sein, wenn daheim so viel los war, aber er hatte einen Job zu erledigen.

Er durfte die Chance nicht ungenutzt lassen, die in Afghanistan stationierten Truppen aus Virginia zu besuchen.

Nie würde er Sam gegenüber dieses kleine bisschen Angst zugeben, das er verspürt hatte, als Nelsons Stab ihm die Reise vorgeschlagen hatte. In einem riesigen Flugzeug, auf dem überall die US-Flagge zu sehen war, in ein Kriegsgebiet zu fliegen, hatte er sich bisher eher nicht vorstellen können. Allerdings bestand sein ganzes Leben derzeit aus Momenten, die er sich vorher nicht hatte vorstellen können, und in der *Air Force One* mitzufliegen würde eine weitere unvergessliche Sache in einem an unvergesslichen Ereignissen reichen Jahr sein.

Er duschte und rasierte sich, bevor er sich zu Sam ins Bett legte und sich an sie schmiegte. Er wünschte, sie würde aufwachen, aber er wollte sie nicht stören. Seine Hand berührte einen Wollpullover, und da merkte er, dass sie noch vollständig bekleidet war. Offenbar war sie so müde gewesen, dass sie sich nicht einmal mehr ausgezogen hatte. Immerhin hatte sie ihre Schuhe abgestreift.

Er hielt den Atem an, als sie sich umdrehte und die Hand nach ihm ausstreckte, im Schlaf irgendetwas murmelnd. Nick legte den Arm um sie und strich mit der anderen Hand über ihre Haare. „Schsch, es ist alles in Ordnung, Babe", flüsterte er.

„Wie spät ist es?"

„Fast elf."

„Oh, Gott sei Dank. Ich dachte, es ist schon Zeit zum Aufstehen."

„Tut mir leid, wenn ich dich aufgeweckt habe."

„Hast du nicht. Das war meine Blase."

„Warum gehst du nicht und kümmerst dich darum, während ich dir deinen Platz im Bett warmhalte?"

„Okay." Sie stand auf und schleppte sich ins Badezimmer. Als sie wenige Minuten später zurückkehrte, wartete Nick schon sehnsüchtig.

„Zieh doch mal deine dicken Sachen aus, damit du es bequemer hast."

„Machst du mich gerade an?"

Lachend erwiderte er: „Diesmal nicht."

„Das ist enttäuschend."

„Du brauchst Schlaf dringender als Sex.“

„Wer sagt das?“

Er half ihr aus dem Pullover und der Jeans. „Dein Ehemann, der stets weiß, was am besten für dich ist.“ Als sie nackt war bis auf die Unterwäsche, machte er ihr wieder Platz im Bett.

Sie legte sich zu ihm und kuschelte sich an ihn. Ihre warmen, nackten Brüste wurden an seine Brust gepresst, und da merkte er, dass sie die Unterwäsche auch schon abgestreift hatte. Er sagte sich, dass diese Nacht zum Schlafen sei und für nichts anderes. *Red dir das nur schön weiter ein*, dachte er, ihren Rücken streichelnd, während ihre Hand seinen Bauch liebkoste.

Seine Reaktion folgte prompt und vorhersehbar, wie immer, wenn sie nur in der Nähe war. „Samantha ...“

„Was?“

„Schlaf wieder ein.“

„Das werde ich auch. Mir bleiben noch etliche Stunden, bevor ich wieder im Hauptquartier sein muss. Jede Menge Zeit zum Schlafen.“ Während sie sprach, wanderte ihre Hand abwärts, und all seine Bemühungen, nicht an Sex zu denken, wurden zunichte gemacht, als ihr Handrücken seine Erektion berührte.

„*Sam.*“

„Ich hab doch gar nichts gemacht.“

„Hast du wohl. Du weißt genau, was du getan hast.“

„Ich kann nichts dafür, dass ich an etwas anderes als an Schlaf denken muss, wenn ich nackt mit dir im Bett liege.“

„Ich hätte unten schlafen sollen, dann hätte ich dich nicht gestört.“

„Nein, hättest du nicht. Du gehörst genau hierher.“

Er drehte sich auf die Seite, um sie anzusehen, und sie nutzte die Gelegenheit, ihn sinnlich und feucht zu küssen. „Du hast dir die Zähne geputzt.“

„Und?“

„Dann war das eine zielgerichtete Attacke.“

„Ich bekenne mich schuldig.“

„Na ja, wenn du dir schon solche Mühe gegeben hast ...“ Was sollte er sonst machen, als ihren Kuss zu erwidern? Sie grinste dicht an seinen Lippen, und er drückte Sam fester an sich. Doch ganz gleich, wie nah er ihr sein mochte, es war nie nah genug.

Als könnte sie seine Gedanken lesen, schlang sie die Arme und Beine um ihn, sodass er gefangen war, an ihre nackte Haut geschmiegt, ihren Duft nach Vanille und Lavendel einatmend, der ihn immer wieder aufs Neue erregte. Es war *ihr* Duft, der Duft seiner Frau, seiner einzigen Liebe.

Ohne den Kuss zu unterbrechen, umfasste er ihre Brüste und rieb die Knospen mit den Daumen, was Sam ein Stöhnen entlockte. Und dann saugte sie an seiner Zunge, was sein Verlangen anfachte. Er drehte sich mit ihr zusammen, sodass er auf ihr lag.

Wie jedes Mal empfing Sam ihn, indem sie ihre Beine um seine Hüften schlang. Nie zuvor hatte er sich bei irgendwem so zu Hause gefühlt wie bei ihr. Ihr Schlafbedürfnis im Hinterkopf behaltend, sorgte er für mehr Tempo, als ihm lieb war, und drang mit einer geschmeidigen Bewegung seiner Hüfte tief in sie ein, direkt ins Paradies.

Sie unterbrach den Kuss und sog scharf die Luft ein.

„Ist alles in Ordnung?", erkundigte er sich und verließ sich darauf, dass seine rigide Selbstbeherrschung lange genug anhielt, bis sie geantwortet hatte.

„Hm, und wie. Ich liebe das. Liebe dich."

„Ich liebe dich auch. Mehr als alles."

Sie bewegten sich zusammen, als wären seit Jahren ein Liebespaar, nicht erst seit Monaten. Andererseits hatten sie inzwischen viel Übung, seit sie kurz vor Weihnachten wieder zusammengefunden hatten. Er beugte den Kopf herunter, fand ihren Nippel und zupfte und saugte daran, was Sam jedes Mal wild machte.

Ihre inneren Muskeln zogen sich um seinen Penis zusammen. Auf diese Weise ließ sie ihn wissen, wie sehr ihr gefiel, was er tat. Also tat er es noch einmal und noch einmal und noch einmal, bis sie gemeinsam zu einem überwältigenden, aufwühlenden Höhepunkt gelangten, der überhaupt nicht mehr enden zu wollen schien. Zumindest ihm kam es so vor. Er hatte keine Ahnung, was Sam so anders machte als die anderen Frauen, mit denen er es getan hatte. Nichts in seinem Leben war vergleichbar mit dem unfassbaren Verlangen, das sie in ihm zu wecken vermochte. Und wenn er tausend Jahre alt wurde, er würde nie genug von ihr bekommen.

„Schlaf wird dermaßen überschätzt", sagte sie nach langem, zufriedenem Schweigen.

„Das sagst du immer, und dann kriegst du zu wenig und wir müssen darunter leiden."

Sie kniff ihn in den Po, was ihn erschreckte und dazu führte, dass er noch tiefer in sie eindrang. Sam schnappte nach Luft und grub die Nägel in sein Hinterteil, damit er genau dort blieb, wo er war.

„Genug, du sexbesessenes Weib. Heute Nacht bekommst du es nur einmal."

„Im Ernst?"

„Ja. Ich bin dein Ehemann, ich habe das Sagen." Er wusste genau, dass diese Worte sie auf die Palme bringen würden – und sie hoffentlich von jedem Gedanken an Sex ablenkten, damit sie weiterschlafen konnte.

„Und ich bin die kleine Frau, die immer tut, was ihr Mann ihr sagt."

Belustigt von ihrer Erwiderung schob er die Hand unter sie und drückte ihre Pobacken zur Erinnerung an andere, noch nicht lange zurückliegende Aktivitäten im Bett. Seit er entdeckt hatte, dass seine wundervolle Frau geradezu den Verstand verlor, wenn er ihr den Hintern versohlte, nutzte er jede Gelegenheit, um die Lust in ihr zu entfachen. „Noch nicht, aber wir arbeiten an deinem Gehorsam."

Dieser Bemerkung folgte ein weiteres Zusammenziehen ihrer inneren Muskeln, was ihm eine steinharte Erektion bescherte, obwohl er doch eigentlich das Gegenteil hatte erreichen wollen.

Sie lachte, und ihre Lippen streiften sein Ohr, was ihn noch stärker erregte. Möglicherweise wäre es eine gute Idee, endlich zuzugeben, dass er vollkommen machtlos war, was sie anging. Aber er musste eigentlich gar nichts zugeben. Sie wusste es ja längst. Wie könnte sie auch nicht, wenn der Beweis mit jeder Sekunde in ihr härter wurde?

Sie ließ ihre Hände über seinen Po gleiten und tauchte mit dem Mittelfinger zwischen seine Backen, was ihm um ein Haar den zweiten Orgasmus bescherte.

„Sam, verdammt, was machst du mit mir?", fragte er, während sie mehrere Male gegen seinen Eingang drückte, ehe sie die Hand weiter nach unten schob und die Unterseite seiner Hoden streichelte.

„Ich beweise bloß, dass du keineswegs immer das Kommando hast."

„Als ob es da eines Beweises bedürfte."

„Betrachte es als kleine Erinnerung." Sie schob ihm die Zunge ins Ohr, während ihr Mittelfinger wieder hinaufwanderte, um ihn ein bisschen mehr zu necken. Mit jedem weiteren Monat, der verging, waren sie wagemutiger geworden. Sobald er dachte, es könnte nicht noch aufregender werden zwischen ihnen, bewies sie ihm das Gegenteil, indem sie, wie in diesem Augenblick zum Beispiel, mit der Fingerspitze in ihn eindrang.

Glühende Leidenschaft loderte in ihm auf und trieb ihn dazu, Sam hart und schnell zu nehmen. Und er hatte den Verdacht, dass das von Anfang an ihr Ziel gewesen war. Innerhalb kürzester Zeit kam er erneut, noch intensiver als beim ersten Mal. Glücklicherweise gelangten sie gleichzeitig zum Höhepunkt, denn sie hatte ihm die letzte Kraft geraubt.

Während er auf ihr lag, noch schwer atmend und pulsierend, machte sie das mit seinem Ohr schon wieder, weshalb er beinahe um Gnade gewinselt hätte.

„Sag mir Bescheid, sobald du wieder das Kommando haben willst", flüsterte sie ihm ins Ohr und brachte ihn damit zum Lachen.

„Du hast mich zu deinem willigen Sklaven gemacht."

Das brachte wiederum sie zum Lachen. „Habe ich, nicht wahr?"

„Du weißt genau, was du mit mir gemacht hast."

„Nichts, was du nicht schon mit mir gemacht hättest."

„Du weckst in mir den Wunsch nach Rache."

„Ich bitte darum."

„Ich werde mir ernsthaft Gedanken darüber machen." Er hob den Kopf, der bis dahin auf ihrer Brust geruht hatte, und küsste sie. „Du musst schlafen."

„Ich weiß", erwiderte sie und strich ihm die Haare aus der Stirn; diese Geste rührte ihn stets aufs Neue. Niemand hatte ihn je so geliebt wie sie. „Aber wir haben die Zeit sehr sinnvoll verbracht."

„Du wirst keine Klagen von mir hören." Widerstrebend zog er sich aus ihr zurück, warf sich auf den Rücken und streckte die Hand nach ihr aus.

Sie kam in seine Arme, legte den Kopf auf seine Brust und die Hand auf seinen Bauch. „Machst du diese wichtige Reise mit dem Präsidenten?"

„Sieht ganz danach aus."

„Oh. Okay."

Er drückte sie fester. „Wird schon alles gut gehen, Babe. Das verspreche ich dir."

„Wenn du es sagst. Wie geht es dem Jungen?"

„Er hat viele Fragen und ist noch fassungslos. Es war ein harter Nachmittag und Abend, aber wir haben es bewältigt."

„Tut mir leid, dass ich nicht da sein konnte, um zu helfen."

„Er wusste ja, wo du bist und was du machst. Einmal meinte er, er sei froh, dass du nach Willies Mörder suchst, denn wenn jemand den finden könne, dann du."

„Ich hoffe, ich werde ihn nicht enttäuschen. Wir haben noch einen riesigen Berg Arbeit vor uns. Denn wo sollen wir überhaupt anfangen, wenn so viele Leute einen Hass auf ihn hatten?"

„Ich nehme an, ihr macht es, wie ihr es immer macht und wartet darauf, dass irgendein Hinweis auftaucht."

„Ja, vermutlich. Hoffentlich ist über Nacht ein Hinweis aufgetaucht, der uns morgen in eine Richtung führt."

Er küsste sie auf die Stirn und streichelte ihr Gesicht. „Und jetzt schalte mal dein Gehirn aus und schlaf eine Weile, wenn du kannst."

„Mach ich, aber zuerst musst du mir von der lustigen Sache erzählen, die mit Scotty passiert ist."

Nick lachte. „Du glaubst nicht, wonach er mich gefragt hat."

„Was denn?"

„Blowjobs."

Sam hob den Kopf von seiner Brust und er wünschte, das Licht wäre an, damit er ihren Gesichtsausdruck sehen könnte. „Willst du mich auf den Arm nehmen? Wo zum Geier hat er das aufgeschnappt?"

„In der Schule, wo sonst?"

„Ich wusste, wir hätten ihn zu den Quäkern schicken sollen. Ich wette, die reden da nicht über solche Sachen."

„Alle Jungs reden über so was, egal auf welcher Schule sie sind."

„Er ist zu jung, um an Blowjobs zu denken."

„Er ist nicht zu jung, aber zum Glück denkt er anders darüber als wir. Als ich ihm nämlich erklärt habe, was das bedeutet, war er angewidert."

„Du hast ihm erklärt, was es bedeutet?"

„Selbstverständlich. Ich kann ihn doch nicht wie ein kleines Kind behandeln."

„Stimmt auch wieder. Was genau hast du denn gesagt?"

„Dass man das so nennt, wenn ein Mädchen einen da unten küsst."

„Ach du Schande!" Sie stieß einen Protestlaut aus und presste ihr Gesicht an seine Brust. „Ich sterbe, echt!"

Er fuhr ihr durch die Haare. „Tu das nicht. Ich brauche dich viel zu sehr."

„Er fand es eklig, ja?"

„Jap. Er meinte, wer auf so was steht, mit dem stimmt was nicht. Worauf ich erwiderte, mit mir stimme durchaus alles."

„Das hast du nicht! O mein Gott, Nick! Jetzt weiß er, dass wir das tun. Besser gesagt, dass *ich* das tue."

„Na und? Gehört zum Leben. Warum sollen wir denn so tun, als passiere das nicht zwischen uns?"

„Du liebe Zeit", sagte sie seufzend und bettete den Kopf wieder auf seine Brust. „Ich bin nicht dafür geschaffen, Mutter zu sein."

„Und ob du das bist", widersprach er amüsiert. „Die Herausforderung besteht darin, dass wir direkt mit der beginnenden Pubertät konfrontiert sind und uns nicht in den Jahren davor darauf einstellen konnten. Jetzt müssen wir bereit sein, denn das geht schnell und heftig los, ob es uns nun gefällt oder nicht."

„Ich würde mich gern aus diesen Vokabel-Erläuterungen ausklinken."

„Kein Problem", sagte er grinsend, „dann kümmere ich mich eben um alles in der Penis-Abteilung."

„Das wäre schrecklich nett von dir. Warst du sehr erschrocken, als er dich danach gefragt hat?"

„Absolut, und gleichzeitig musste ich mich zusammenreißen, um nicht zu lachen. Du hättest mal sein Gesicht sehen sollen, als ich es ihm erklärt habe. Ich wünschte, du wärst dabei gewesen, um mir beizustehen."

„Na, ich wäre dir keine große Hilfe gewesen, weil ich dauernd gekreischt hätte. Ich hätte nie gedacht, dass ich einmal dankbar dafür sein würde, wegen eines Mordes nicht zu Hause sein zu können."

Er drückte sie an sich, glücklich darüber, sie zu haben, ihren Sohn, ihr gemeinsames Leben. Er hatte alles, wovon er je geträumt hatte, und es war besser, als er es sich je hätte ausmalen können. „Ich liebe dich, Babe."

„Hm, ich liebe dich auch."

Noch lange, nachdem sie eingeschlafen war, lag er wach und genoss es, ihren Kopf auf seiner Brust zu spüren.

Sam wachte eine ganze Weile später von einem Geräusch im Flur auf. Mühsam stieg sie aus dem Bett, zog einen Bademantel an und ging nachschauen. Als sie aus dem Schlafzimmer trat, wäre sie fast über Scotty gestolpert, der zusammengekauert vor der Tür saß.

Sam kniete sich neben ihn und legte ihm die Hand auf den Rücken. „Hey, Kumpel, was ist los?"

„Ich hatte einen Albtraum", sagte er schniefend.

Sie fragte sich, wie lange er dort schon saß. „Du hättest hereinkommen können."

„Ich wollte euch nicht stören."

„Du hättest uns nicht gestört." Sam nahm ihn in den Arm, und er drückte sie und schluchzte herzzerreißend. Prompt stiegen Sam die Tränen in die Augen. So aufgewühlt hatte sie ihn noch nie erlebt. „Du kannst uns gar nicht stören. Wann immer du uns brauchst, komm rein. Verstanden?"

Er nickte und klammerte sich an sie. In diesem Moment begriff Sam, dass er zwar schnell wuchs, in vieler Hinsicht aber noch ein kleiner Junge war, der nach wie vor eine Mutter brauchte. Liebend gern füllte sie diese Rolle für ihn aus.

„Soll ich dich wieder zurück in dein Bett bringen?"

Er schüttelte den Kopf und drückte sie noch fester.

„Ich bleibe auch bei dir."

„Echt?"

„Klar. Komm, es ist kalt hier draußen." Sie half ihm auf, brachte ihn ins Bett und deckte ihn mit seiner Red-Sox-Decke zu, für die er sich nach langem Hin und Her zwischen Sport und Superhelden entschieden hatte. Die Wände seines Zimmers waren mit Postern tapeziert, was in dem staatlichen Heim, aus dem er kam, verboten gewesen war. Nick hatte auf so vielen Postern bestanden, wie an die Wände passten. Im Schein des Nachtlichts wachte Spiderman von der Decke aus über sie. „Rück mal ein Stück, Mister. Jetzt komme ich."

Er kicherte, während sie eine kleine Show daraus machte, in sein Bett zu steigen und dabei „aus Versehen" ein paar seiner kitzligen Stellen berührte, was ihn erst recht zum Lachen brachte. Sein Lachen war ihr jedenfalls lieber als die Tränen, die untypisch waren für ihn.

„Kuschel dich an mich, mir ist kalt", forderte sie ihn auf.

Er schmiegte sich an sie, und Sam legte die Arme um ihn. Ihre Wange ruhte an seinen seidigen Haaren.

„Möchtest du darüber reden?", fragte sie.

„Nein."

„Du brauchst keine Angst zu haben. Du bist hier sicher, das weißt du, oder?"

„Ja, das weiß ich."

„Ging es um Willie?"

„Ja, auch …"

„Es tut mir leid, dass du traurig bist. Was mit Willie passiert ist, sollte niemandem zustoßen."

„Ich verstehe nicht, wie jemand ihn wegen eines verfehlten Balls töten kann."

„Ich verstehe es genauso wenig, aber manche Leute steigern sich bei einem Sportereignis sehr hinein. Die verlieren komplett die Kontrolle."

„Ich habe online gelesen, dass er Kinder hat. Kleine Kinder."

„Ja", bestätigte Sam gequält.

„Hast du sie kennengelernt?"

„Eines der beiden. Miguel. Er ist vier.“

„Es ist so traurig, dass er sich an seinen Dad nicht erinnern wird. Meine Mom und mein Grandpa sind gestorben, als ich sechs war, und ich erinnere mich kaum noch an sie. Er ist erst vier.“

Gerührt von seinem Mitgefühl und seinem Kummer, drückte Sam ihn fester an sich. „Ich wünschte, ich könnte dich irgendwie aufmuntern.“

„Das Kuscheln hilft schon.“

Sam lächelte. „Mir auch. Du solltest versuchen, wieder einzuschlafen, damit du morgen nicht superdupermüde bist.“

„Versprichst du mir, dass du nicht gehst?“

„Ich verspreche es. Und ich verrate dir noch ein kleines Geheimnis.“

„Welches?“

In verschwörerischem Flüsterton sagte Sam: „Du kuschelst viel besser als Nick.“ In Wahrheit kuschelte natürlich niemand besser als ihr Mann, aber das brauchte Scotty ja nicht zu wissen.

Er lachte, und genau auf diese Reaktion hatte sie gehofft.

„Das darfst du ihm nicht erzählen.“

„Mach ich auch nicht. Keine Sorge.“ Während er sich in ihren Armen entspannte, strich sie in kreisenden Bewegungen über seinen Rücken.

„Sam?“

„Hm?“

„Es ist wirklich schön, wieder eine Mom zu haben.“

Du lieber Himmel, er würde sie zum Weinen bringen! „Es ist das absolut Beste, einen Sohn zu haben, der so lieb ist wie du. Ich wusste gar nicht, wie toll Söhne sein können.“ Sie küsste ihn auf den Kopf. „Hab dich lieb, Kumpel. Versuch zu schlafen. Ich bin bei dir, versprochen.“

Sie kraulte seinen Rücken noch lange, nachdem er in ihren Armen wieder eingeschlafen war.

Als Sams Wecker um sechs klingelte, merkte Nick, dass er allein im Bett lag. Er fuhr sich durch die Haare, streckte sich und stand auf, um sich eine Jogginghose zu holen, bevor er sich auf die Suche nach seiner Frau machte.

Im Flur sah er, dass Scottys Tür einen Spalt offen stand und spähte hinein, um nachzuschauen, ob der Junge seine Decke wieder weggestrampelt hatte wie in den meisten Nächten.

Zu seinem Erstaunen entdeckte er Sam und Scotty eng aneinandergekuschelt. Beide schliefen tief und fest. Er betrachtete die zwei eine Weile, zutiefst gerührt davon, dass sie bei dem Jungen schlief, den sie beide sehr liebten. Er betrat das Zimmer und fragte sich, was er letzte Nacht verpasst hatte.

Er beugte sich herunter, um ihr einen Kuss auf die Wange zu geben. „Sam." Da sie sich nicht rührte, küsste er sie erneut. „Samantha." Er sprach leise, um Scotty nicht zu wecken.

„Hmm?"

„Es ist sechs, Liebes", flüsterte er.

„Nein, ist es nicht."

„Doch", sagte er leise lachend und strich ihr die Haare aus dem Gesicht. „Was war denn los?"

„Er hatte einen Albtraum. Ich hab ihn auf dem Flur jammern gehört. Er wollte nicht ins Schlafzimmer kommen, um uns nicht zu stören."

Scotty schlief weiter, während sie miteinander flüsterten.

„Der Ärmste. Er hätte doch ruhig reinkommen können."

„Das habe ich ihm auch gesagt."

„Wie spät war es?"

„Ich habe keine Ahnung. Vielleicht sollten wir ihn heute Morgen ein bisschen länger schlafen lassen. Shelby kann ihn nachher zur Schule bringen, wenn er wach ist."

„Klingt gut. Du musst los zu deinem Meeting."

„Ich habe ihm versprochen, dass ich nicht weggehe."

„Ich werde ihm sagen, dass du geblieben bist, bis du zur Arbeit musstest. Er weiß, dass du einen Job zu erledigen hast."

Sichtlich widerstrebend befreite Sam sich aus Scottys Umarmung und stand auf. Behutsam deckte sie ihn wieder zu und gab ihm einen Kuss auf die Stirn. „In Zeiten wie diesen hasse ich es, einen Job zu haben, der so viel von meiner Zeit beansprucht."

Im Flur nahm er sie in den Arm. „Ich habe es schon gesagt und sage es noch mal – ich habe deinen Job immer gehasst."

„Ich weiß, ich weiß." Sie stellte sich auf Zehenspitzen, um ihn zu küssen. „Muss unter die Dusche."

„Willst du ein bisschen Gesellschaft?"

Sie grinste über seinen Versuch, eine vollkommene Unschuldsmiene aufzusetzen. „Reden wir hier über dich oder hast du noch jemand anderen, den du schickst?"

„Sehr witzig, Samantha." Er gab ihr einen Klaps auf den Po und schob sie ins Badezimmer, wo er die Tür abschloss – vorsichtshalber. „Apropos ‚jemand anderer'", sagte er, während er ihr dabei zusah, wie sie ihren Bademantel auszog. Er zog seine Jogginghose aus und warf sie auf einen Wäscheberg auf dem Fußboden. „Ich habe deinen Freund Hill gestern Abend unten auf der Straße getroffen, nachdem er dich nach Hause gebracht hat."

„Er ist nicht mein Freund, sondern mein Kollege." Sie lehnte sich in die Dusche, um das Wasser anzustellen, und bot ihm dabei einen spektakulären Blick auf ihren spektakulären Po. „Und er hat mich nach Hause gebracht, weil ich zu müde war, um sicher fahren zu können. Mehr steckte nicht dahinter."

„Zumindest für dich nicht."

Sie drehte sich zu ihm um, nackt und wütend und absolut wundervoll. „Was zur Hölle soll das nun wieder bedeuten?"

Er ging zu ihr, legte den Arm um sie und drückte sie fest an sich. „Es bedeutet, dass ich diesen Kerl wirklich nicht mag, wie du sehr wohl weißt."

„Und wie du sehr wohl weißt, habe ich keinen Einfluss darauf, wen Direktor Hamilton mit der Leitung seiner Abteilung Kriminalpolizeiliche Ermittlungen betraut."

„Nein, hast du nicht, aber wahrscheinlich könnte ich da was machen."

Sie starrte ihn mit offenem Mund an, dann verengten sich ihre Augen vor Wut zu schmalen Schlitzen, womit er natürlich gerechnet hatte. „Wage es ja nicht, seine Karriere zu manipulieren! Das ist unter deinem Niveau."

In diesem Fall war es das nicht, aber klugerweise behielt er diesen Gedanken für sich, da es ihm bereits gelungen war, sie wütend zu machen. Nick starrte finster zurück und stieg zu ihr unter die Dusche. „Ich hasse es, wenn du mir den Spaß verdirbst."

„Ich hasse es, wenn du dich wegen nichts wie ein eifersüchtiger Narr benimmst. Und P.S.: Er ist an Shelby interessiert, nicht an mir."

„Er ist an *dir* interessiert und geht nur deshalb mit ihr aus, weil sie nah an *dir* dran ist."

„Sag ihr das um Himmels willen bloß nicht. Ich glaube, sie mag ihn wirklich."

„Irgendwen muss es ja geben."

„Du bist ein Idiot, weißt du das?" Sie kniff ihn in die Brustwarzen und zog an seinen Brusthaaren, was ihm die Tränen in die Augen trieb.

„Autsch! Das tut weh!"

„Gut. Mit wem stehe ich denn hier nackt unter der Dusche? Mit ihm oder mit dir?"

„Du solltest lieber nicht nackt mit ihm unter der Dusche stehen."

„Ach, du machst mich wahnsinnig! Hör auf, dich wie ein eifersüchtiger Idiot zu benehmen. Das ertrage ich nicht."

„Und ich ertrage die Vorstellung nicht, dass ein anderer Kerl hinter dir her ist. Das macht mich wahnsinnig."

„Ich habe es schon einmal gesagt und ich werde es wieder und wieder und wieder sagen, bis du es endlich kapierst, du großer Dummkopf – er bedeutet mir *nichts*. Also hör auf, Probleme zu konstruieren, wo es keine gibt, und schlaf lieber mit deiner Frau, bevor du noch irgendetwas von dir gibst, was dir eine Menge Ärger einbringt."

„Ich will aber nicht mit meiner Frau schlafen. Die ist bösartig und beschimpft mich."

Sie verdrehte ihre wundervollen blauen Augen. „Soll das eine Herausforderung sein?"

„Das kannst du auffassen, wie du willst", erwiderte er mit gespieltem Desinteresse. Er liebte es, sie aufzustacheln und wütend zu machen. Er füllte seine Hände mit Seife und machte die Augen zu, um sein Gesicht zu waschen. Plötzlich spürte er ihre Lippen an seinem Glied und schluckte prompt Seifenwasser, das er sofort wieder hustend ausspie. Die Seife aus den Augen blinzelnd, entdeckte er Sam auf den Knien. „Heiliger Strohsack! Was zum Geier?"

„All das Gerede von Blowjobs letzte Nacht hat mich inspiriert."

„Sam, warte …"

„Halt den Mund. Du hattest die Chance, es auf deine Weise zu machen. Aber du hast gesagt, du willst nicht, also habe ich jetzt das Kommando."

„Sam ..." Wow, sie war wirklich gut in dem, was sie da tat, genau das richtige Maß an Saugen und Einsatz ihrer Zunge sowie ihrer Hand. Verdammt, sie machte ihn erneut zu ihrem Sexsklaven, indem sie erst sachte ihre Lippen um ihn schloss und ihn dann tief in ihren Mund aufnahm. „Shit", murmelte er und behielt nur mit Mühe die Beherrschung.

Sam umschloss mit der Hand seine Hoden und drückte sanft zu, und damit war es um ihn geschehen. Nachdem sie ihn sauber geleckt hatte, stand sie auf und sah ihn triumphierend an. „War keine so große Herausforderung. Nächstes Mal kämpfst du vielleicht ein bisschen härter."

„Ich werde das im Hinterkopf behalten", sagte er, noch immer außer Atem, während sie anfing, ihre Haare zu waschen und sich zu reinigen.

„Ich muss los, Senator. Schönen Tag noch."

„Sam."

„Was?"

Er streckte die Hand nach ihr aus. „Komm her."

Mit skeptischer Miene kam sie näher. „Warum?"

Er küsste sie zärtlich. „Ich liebe dich."

„Das weiß ich. Ich liebe dich auch, selbst wenn du dich wie ein Idiot benimmst."

„Hill ist mir völlig egal, und dir auch, das weiß ich."

„Warum fängst du dann immer wieder mit ihm an?"

„Weil es mir Spaß macht, dich zu ärgern." Er wackelte mit den Brauen, um seine Worte zu unterstreichen.

Sie starrte ihn ungläubig an. „Moment mal, du hast mich bloß aufgezogen?"

Nick zuckte grinsend die Schultern. „Ach, Babe, das wäre doch wohl schrecklich gemein von mir, oder?"

Sie kniff die Augen zusammen, piekste ihm den Zeigefinger in den Bauch und stieg aus der Dusche. „Das bedeutet Krieg", rief sie über die Schulter.

„Ich freue mich schon darauf."

. . .

In seinem zehnten trockenen Monat wusste Terry seinen neuen Alltag zu schätzen. Er wohnte inzwischen beinahe bei seiner Freundin Dr. Lindsey McNamara in Adams Morgan. Er liebte es, neben ihrem wunderschönen Gesicht auf dem Kissen aufzuwachen. An manchen Morgen, wie diesem, blieben sie so lange sie konnten im Bett liegen, lachten zusammen, redeten und liebten sich langsam und hingebungsvoll, bis er zwar zutiefst befriedigt war, ihm aber keine Zeit mehr blieb für sein AA-Meeting, das er an den meisten Tagen vor der Arbeit besuchte.

Er würde zum Mittags-Meeting in Capitol Hill gehen oder zu einem anderen nach der Arbeit, falls er aus dem Büro nicht wegkam. Terry versuchte ein Meeting pro Tag zu schaffen, doch wegen des vollen Terminkalenders während des Wahlkampfes ließ er hin und wieder einen Tag aus. Allerdings nicht viele.

Seine hart erkämpfte Nüchternheit gehörte zu den wichtigsten Dingen in seinem neuen Leben, das um Längen besser war als sein altes, nutzloses Dasein. Ihm fehlten die Worte, es zu beschreiben. Und der beste Teil daran war mit Abstand seine Beziehung zu Lindsey, gefolgt von seinem Job als Nick Cappuanos stellvertretender Stabschef.

Nachdem er geduscht und sich rasiert hatte, fand er eine Tasche aus der Reinigung in dem Kleiderschrank, in dem Lindsey Platz für seine Anzüge gemacht hatte. Obwohl er nach wie vor eine eigene Wohnung hatte, hielt er sich nur selten dort auf, höchstens um die Blumen zu gießen, die Post zu holen und Rechnungen zu bezahlen.

Er band sich gerade seine rote Seidenkrawatte um, als Lindsey mit frischem Kaffee ins Badezimmer kam, genau so zubereitet, wie er ihn mochte – schwarz mit einer Spur Zucker. „Danke, Schatz, und danke, dass du meine Sachen aus der Reinigung abgeholt hast. Du bist zu gut zu mir.“

Sie tätschelte ihm die Wange und küsste ihn. „Du bist genauso gut zu mir“, sagte sie mit einem Augenzwinkern, das eine nicht allzu subtile Anspielung war auf den Bonus-Orgasmus, den er ihr beschert hatte, ehe er sie aus dem Bett hatte aufstehen lassen.

„Sind die Zeitungen schon gekommen?“ Er hatte alle wichtigen Zeitungen abonniert und ließ sie jetzt an ihre Adresse schicken, da er morgens meistens bei ihr war.

„Die liegen auf dem Küchentisch. Was steht auf dem Programm heute?"

„Wir haben eine Wahlkampfveranstaltung in Arlington nach der Arbeit. Es dürfte nicht allzu spät werden, falls du noch Lust hast, irgendwo Essen zu holen."

„Das hört sich gut an. Byron hat heute Morgen Frühschicht, deshalb muss ich ohnehin bis um sieben arbeiten."

„Perfekt." Er überraschte sie, indem er ihr den Arm um die Taille legte und an seine Brust zog. Sanft knabberte er an ihrem Hals, was sie erschauern ließ. „Habe ich dir heute schon gesagt, dass ich dich liebe?"

„Bloß ein paarmal."

„Ich lasse nach."

„Das wollte ich auch schon ansprechen."

Terry hatte eine solche Beziehung wie diese noch nie geführt. Sie redeten und lachten und nahmen sich gegenseitig auf den Arm. Außerdem liebten sie sich leidenschaftlich und lachten sogar im Bett. Das Fundament dieser Beziehung bildete gegenseitiger Respekt und Bewunderung. Demütig gab er sich jeden Tag aufs Neue Mühe, sich ihre Liebe zu verdienen. Die Vorstellung, ihre Achtung oder Liebe zu verlieren, sorgte dafür, dass er nüchtern blieb. So einfach war das.

Sie hob die Hände an sein Gesicht. „Ich liebe dich auch."

Er schaute in ihre hellgrünen Augen, auf ihre Sommersprossen um die Nase und die rosa Lippen, die nach dem Kuss ganz leicht geschwollen waren. Er wickelte sich ihre rote Mähne um die Faust und zog sanft, um sie für einen weiteren Kuss in Position zu bringen. „Wenn ich daran denke, wie ich vor noch einem Jahr gelebt habe ... ich hatte keine Ahnung, dass das Leben so wundervoll sein kann."

„Mein Leben war völlig in Ordnung vorher, aber jetzt ist es noch viel besser als perfekt."

Sie lächelten einander liebevoll an, sodass er beinahe seinen Tag voller Meetings und Wahlkampf vergessen hätte. „Nach der Wahl möchte ich mal eine Woche aus der Stadt verschwinden. Bist du dabei?"

„Ja, bitte. Ich weiß schon gar nicht mehr, wann ich zuletzt Urlaub hatte."

„Dann lass uns bald etwas buchen. Ich suche etwas heraus." Er ließ ihr Haar los, sodass es seidig weich durch seine Finger glitt. Sie nahm seine Hand und führte ihn in die Küche. „Irgendwelche Vorlieben, was unser Urlaubsziel angeht?"

„Heißer Sand. Drinks mit Papierschirmchen. Sehr klares blaues Wasser."

„Okay", sagte er, amüsiert über ihre prompte Antwort. Nichts anderes hatte er von ihr erwartet. „Deine Einstellung gefällt mir."

„Bagel?", fragte sie und hielt die Tüte von ihrem gemeinsamen Einkauf am Abend zuvor hoch.

„Gern. Danke." Während er auf den Toaster wartete, überflog er die Schlagzeilen der *Washington Post,* des *Washington Star* sowie der *New York Times.* Er schlug den *Star* auf, um die Nachrichten aus der Politik zu studieren, und ein Artikel auf Seite zwei weckte seine Aufmerksamkeit: Verbindung zwischen Feuer in Thailand und U.S.-Firma.

Er las den Bericht über den Brand in einer Fabrik, dem im Sommer mehr als dreihundert junge Frauen zum Opfer gefallen waren. Die Ermittlungen hatten eine Verbindung zum Textilgiganten Lexicore ergeben.

Terry gab einen erschrockenen Laut von sich, als ihm der Name Lexicore ins Auge sprang. „O nein", flüsterte er. „Heilige Scheiße."

Lindsey trug zwei Teller mit Bagels, dick bestrichen mit Frischkäse, zu ihm an den Küchentresen. „Terry? Was ist denn? Was ist los?"

„Erinnerst du dich an das Feuer in Thailand im letzten Sommer, bei dem all diese jungen Frauen umgekommen sind?"

Sie nickte. „Waren da nicht die Türen von außen verriegelt oder etwas in der Art?"

„Genau."

„Grauenhaft. Was ist damit?"

„Die Fabrik gehört zu Lexicore."

„Die große U.S.-Firma?"

„Exakt die. Mein Dad kennt den Chef des Unternehmens gut und ist Großaktionär. Als mein Bruder gestorben ist, hat er Nick eine Lebensversicherung in Höhe von zwei Millionen Dollar hinterlassen, und den größten Teil davon hat mein Dad für Nick investiert – unter anderem in Lexicore."

„O nein", sagte Lindsey erschrocken. „Um Himmels willen."

„Und jetzt berichtet die Presse über die Verbindung zu Lexicore. Ausgerechnet kurz vor den Wahlen." Er zog sein Handy aus der Tasche und suchte die Nummer seines Vaters aus seiner Kontaktliste.

„Guten Morgen, mein Sohn", meldete Graham sich. „Das ist eine nette Überraschung."

„Dad, wir haben ein Riesenproblem."

9

Sam erreichte das Hauptquartier fünfzehn Minuten vor dem Meeting, das sie anberaumt hatte, und konnte es kaum erwarten, nach einer Nacht mit ausreichendem Schlaf die Ermittlungen wieder aufzunehmen. Trotz der Unterbrechungen während der Nacht fühlte sie sich ausgeruht, mit neuer Energie aufgeladen und entschlossen, echte Fortschritte in dem Fall zu machen.

Ihr erster Halt war das Kommissariat, um mit den Detectives von der Nachtschicht, Carlucci und Dominguez, zu sprechen. „Was habt ihr, Ladys?"

„Guten Morgen, Lieutenant", begrüßte Carlucci sie, ein Gähnen unterdrückend. „Den Autopsiebericht sowie Fotos von Dr. McNamara, die letzte Nacht hereingekommen sind. Das Opfer starb infolge einer einzigen Stichwunde in die Brust, die seine Aorta verletzt hat. Die Gerichtsmedizinerin grenzt den Todeszeitpunkt zwischen zwei und vier gestern Morgen ein."

Sam öffnete den Umschlag, schaute die Fotos durch und überflog Lindseys Bericht. Stirnrunzelnd erkannte sie, dass darin nichts stand, was sie nicht bereits wusste.

„Wir haben uns die ganze Nacht die Bänder der Überwachungskameras angesehen", fuhr Carlucci fort, „und wir haben die Szene gefunden, in der Miss Clark an der Metrostation L'Enfant Plaza abgesetzt wurde. Das Opfer hat sich wieder in den Verkehr auf der Maryland Avenue eingefädelt, und das war's."

„In welche Richtung ist er gefahren?"

„Richtung Georgetown."

„Was immer auch geschehen sein mag, es ist zwischen L'Enfant und Georgetown passiert."

„Das ist aber ein ziemlich großes Gebiet", bemerkte Dominguez.

„Schon irgendetwas Neues über den Wagen oder die Blutspuren?"

„Weder noch", antwortete Carlucci. „Aufgrund seiner Befragungen des Teampersonals gestern Abend hat Agent Hill uns gebeten, Nachforschungen über einige Leute anzustellen, auch über deren finanzielle Situation."

Es ärgerte Sam, dass Hill ihren Leuten Aufträge erteilte, aber das laut zu äußern wäre kindisch und kontraproduktiv, deshalb unterließ sie es. „Ist etwas dabei herausgekommen?"

„Der Geschäftsführer Garrett Collins steckt bis zum Hals in Schulden." Carlucci reichte Sam einen Ausdruck, der eine finanziell düstere Situation dokumentierte.

„Sieh mal an, was haben wir denn hier?", sagte Sam, die dreiseitige Liste von Kreditinstituten überfliegend. „Der Typ verdient siebenstellig und bezahlt seine Kabel-TV-Rechnung nicht?"

„Das haben wir auch gesagt."

Einer Ahnung folgend meinte Sam: „Bringt ihn zur weiteren Befragung her."

„Was ist mit dem Meeting?", wollte Dominguez wissen.

„Ihr könnt später dazustoßen, falls ihr rechtzeitig zurück seid. Bevor ihr aufbrecht, druckt mir noch ein Foto vom lebenden Willie aus, im Trikot, ja?"

„Geht klar."

Carlucci übergab ihr zwei Minuten später das Foto und machte sich mit ihrer Partnerin auf den Weg, um Collins zu holen.

Gleich nachdem die zwei fort waren, kam Hill ins Kommissariat. Er sah gut aus in seinem dunklen Anzug mit lavendelfarbener Krawatte. Ein anderer Mann hätte mit dieser Krawatte vielleicht feminin gewirkt, doch er hatte absolut nichts

Feminines an sich. Erneut sah er sie auf diese intensive Weise an, die er so gut beherrschte. „Sie sehen ausgeschlafen aus, Lieutenant."

„Ausgeschlafen und bereit loszulegen. Ich habe gerade Carlucci und Dominguez losgeschickt, um Garrett Collins zu holen."

Er schien verblüfft zu sein von dieser Nachricht. „Warum? Ich habe gestern mit ihm gesprochen, und er kam mir absolut nicht verdächtig vor. Außerdem hat er ein überzeugendes Alibi, denn er war nach dem Spiel bis fünf Uhr morgens im Stadion."

„Das ist nach unserem geschätzten Todeszeitpunkt. Aber er steckt bis zum Hals in Schulden", berichtete Sam und gab ihm den Ausdruck über Collins Finanzen.

„Holla", bemerkte Hill, während er die Informationen las.

„Ich fand, das macht eine erneute Befragung sinnvoll."

„Da stimme ich Ihnen zu. Nachdem ich von Ihnen weggefahren bin, habe ich bei ihm in der Sixth Street vorbeigeschaut. Er hat mit einem Baseballschläger sein Wohnzimmer zerlegt. Alles war zertrümmert, auch der sehr teuer aussehende Flachbildschirm."

„Wow. Hat er sich dazu geäußert?"

„Nur dass er seinen Frust lieber an Sachen ausgelassen hat als an Menschen."

„Diesem Verhalten und seinen Finanzen nach zu urteilen hat er nicht bloß ein rein berufliches Interesse an diesem Spiel gehabt."

„Es lohnt sich auf jeden Fall, das genauer zu untersuchen. Collins hat eine richterliche Verfügung erwähnt, die Willie gegen Carmens Bruder erwirkt hatte. Ich habe meinen Deputy gebeten, dieser Sache nachzugehen. Ich werde Sie darüber informieren, was wir finden."

Sam wusste nicht recht, wie sie zu diesen Einmischungen in ihre Ermittlungen stehen sollte, doch sie sagte nichts, da Hill schließlich eine echte Hilfe gewesen war.

„Wir müssen uns außerdem Rick Lind vornehmen", meinte er.

„Den Pitcher? Warum?"

„Allen Berichten zufolge war er wütend über Vasquez' Fehler, nicht nur wegen der Niederlage, sondern weil damit auch Linds Rekord zunichte gemacht worden war."

„Wie wütend?"

„Er hat aus einigen Möbeln in der Umkleidekabine Kleinholz gemacht und nach dem Spiel eine Weile herumgetobt. Vor jeder Menge Zeugen."

„Wir unterhalten uns nach dem Meeting mit ihm."

„Macht es Ihnen etwas aus, wenn ich dabei bin?"

Wie sollte sie ihm beibringen, dass es ihr sehr wohl etwas ausmachte? Je weniger Zeit sie mit ihm verbrachte, desto besser – für alle Beteiligten. „Wir übernehmen jetzt. Ich weiß Ihre Hilfe wirklich zu schätzen, aber Sie haben vermutlich Besseres zu tun, als sich mit toten Baseballspielern herumzuschlagen."

„Im Augenblick nicht. Es läuft gerade ruhig in meiner Abteilung."

Ehe Sam etwas einfiel, wie sie ihn auf höfliche Weise abblitzen lassen konnte, kam Freddie herein. Er sah völlig geschafft aus.

„Hast du überhaupt nicht geschlafen?", wollte Sam wissen.

„Ein paar Minuten hier und da. Carmens Bruder, Eltern, Tanten und Cousinen sind gegen fünf aufgetaucht. Ich war die ganze Nacht mit ihr zusammen auf. Und es war eine harte Nacht."

„Ihr Bruder ist hier? Welcher?"

„Eduardo."

„Oh", sagte Sam enttäuscht. Zu schade, dass es nicht Marco war. Das hätte die Dinge für sie einfacher gemacht. „Fahr nach Hause."

Er musterte Hill misstrauisch. Ihr Partner mochte den Agenten ebenso wenig wie ihr Mann. „Ist schon in Ordnung. Ein paar Stunden schaffe ich noch."

„Nicht nötig. Wir haben heute wieder ausreichend Leute. Schlaf dich aus und komm morgen früh wieder."

„Alles klar. Wenn du dir sicher bist."

„Bin ich."

„Tja", meinte Hill, nachdem Freddie gegangen war, „sieht aus, als bräuchten Sie heute einen neuen Partner."

„Ja, sieht ganz danach aus." Sie ging zum Konferenzraum, entschlossen, Hill zu ignorieren und diese komische Sache zwischen ihnen, um sich ganz auf die Arbeit zu konzentrieren.

„Lieutenant", rief Jeannie McBride ihr aus dem Kommissariat hinterher.

„Was ist?"

„Man hat Vasquez' Wagen gefunden, zumindest das, was davon übrig war."

„Wo?"

„In der New York Avenue. Die IT hat ein Signal seines Handys erwischt, das sie zu seinem Wagen geführt hat. Der sieht anscheinend ziemlich mitgenommen aus."

Großartig, dachte Sam. „Die Spurensicherung soll hinfahren und ihn untersuchen. Ist der Wagen mit Absperrband gesichert worden?"

„Ja, ich habe darum gebeten."

„Fahr hin und hab ein Auge auf alles. Ich will nicht, dass Fehler gemacht werden."

„Alles klar, ich werde mich darum kümmern."

„Nimm Tyrone mit", sagte Sam und meinte damit Jeannies Partner.

Sam betrat den Konferenzraum und steuerte direkt auf die Tafel zu, an die sie Fotos von Willie in seinem Trikot sowie Fotos vom Müllcontainer und von der Autopsie geheftet hatte. Sie war damit beschäftigt, die zeitliche Abfolge zu ergänzen, während sich der Raum allmählich mit Leuten füllte. Die Detectives Gonzales und Arnold kamen zusammen mit der Staatsanwältin Charity Miller herein, deren Stilettoabsätze auf dem Fußboden klapperten.

Sam nickte der Staatsanwältin zu, die auch eine gute Bekannte war. „Willkommen, Miss Miller."

„Hallo, Lieutenant. Ich wollte mir nur den Stand der Ermittlungen anhören."

„Ich auch", meldete sich Chief Farnsworth zu Wort, der mit Captain Malone hereinkam.

„Leg los, Gonzo", forderte Sam ihren Kollegen auf.

„Ich habe mich mit James Settle getroffen, dem Geschäftsführer von WFBR sowie mit Ben Markinson, dem Moderator der Morgenshow, der gestern Morgen zu einem verbalen Aufruhr aufgestachelt hat. Er hat mir eine Liste mit Leuten gegeben, die besonders aufgebracht waren. Da es sich mehrheitlich nur um Vornamen handelt, wird es schwer, die aufzuspüren."

„Tu, was du kannst, aber investiere nicht zu viel Zeit." Sam wandte sich an Hill. „Sie können uns berichten, was Sie gestern getan haben."

„Nachdem der Lieutenant und ich uns mit dem Teambesitzer Ray Jestings, dem Manager Bob Minor und der Physiotherapeutin Jamie Clark getroffen haben, habe ich anschließend allein den Geschäftsführer Garrett Collins in dessen Haus in der Sixth Street besucht." Avery berichtete vom Zustand, in dem er Collins Haus vorgefunden hatte, und von der später recherchierten finanziellen Situation des Mannes.

„Die Finanzen nähren den Verdacht, dass der Mann nicht nur ein rein berufliches Interesse an dem Spiel hatte", ergänzte Sam. „Die Detectives Carlucci und Dominguez sind gerade unterwegs, um ihn für ein gründlicheres Gespräch herzubringen."

„Ich habe mir die Finanzen von Minor und Clark angesehen", meinte Gonzo. „Bei beiden konnte ich nichts Ungewöhnliches entdecken."

„Wie steht's mit Vasquez?", erkundigte sich Sam.

„Wir warten immer noch auf eine Rückmeldung der Banken in der Dominikanischen Republik."

Sam sah zum Chief. „Wen kennen wir, der da mal ein bisschen Einfluss geltend machen könnte?"

„Vielleicht könnte ich helfen. Ich werde mit Forrester sprechen", bot Charity an, auf den Bundesanwalt anspielend.

„Sagen Sie mir Bescheid", bat Sam.

„Ich habe mich außerdem mit Hugh Bixby getroffen, dem Security-Chef des Teams", fuhr Avery fort. „Er hat Willies Schwager erwähnt, mit dem Willie offenbar irgendein Problem hatte. Es gab da eine richterliche Verfügung, um den Schwager vom Stadion fernzuhalten. Mein Deputy kümmert sich um diese Geschichte."

„Der Schwager heißt Marco Peña", sagte Sam und machte sich eine Notiz wegen der richterlichen Verfügung. „Ich werde mir von Carmen berichten lassen, was da los war. Wir fahren zu ihr, sobald wir hier fertig sind."

„Sollte der Sicherheitschef des Teams nicht den Namen von

jemandem wissen, dem es juristisch untersagt wurde, in Kontakt mit einem der Spieler zu treten?", meinte Gonzo.

„Bixby hat mir den Eindruck vermittelt, als gebe es unter den Spielern reichlich Drama wegen Frauen", erzählte Avery. „Er hat eine Bemerkung gemacht, dass eine Armee nötig sei, um den romantischen Großtaten der Spieler nachzuspüren. Möglicherweise gab es Dutzende richterliche Verfügungen, und deshalb konnte er sich auch nicht mehr an den Namen des Schwagers erinnern."

„Ich könnte herausfinden, ob es welche gab", bot Malone an.

„Das wäre hilfreich, danke", sagte Sam, und dann kam ihr ein anderer Gedanke. Sie ging zum Telefon an der Wand und wählte eine interne Nummer. „Hey, Archie, danke für deine Hilfe bei der Suche nach Vasquez' Telefon. Du hast nicht zufällig die Daten ausgelesen, oder?"

„Natürlich habe ich. Ich wollte dir den Ausdruck gerade runterbringen."

„Ausgezeichnet", sagte Sam. „Danke. Wo ich dich schon mal am Apparat habe – ich könnte heute ein paar Leute zum Sichten von Filmmaterial aus Überwachungskameras gebrauchen. Wir suchen nach Aufnahmen von Willies Lincoln MKZ oder von ihm selbst. Wir haben nach wie vor keinen Tatort und verfolgen seine Spuren über ein ziemlich weites Gebiet der Stadt. Kannst du jemanden entbehren?"

„Schick den Film rauf, dann setze ich meine verfügbaren Leute daran."

„Du bist der Beste. Nochmal danke." Sie legte auf und kehrte zu ihrem Platz am Kopf des Konferenztisches zurück. „Ich liebe es, mit Leuten zusammenzuarbeiten, die immer einen Schritt vorausdenken. Archie hat Willies Handy ausgelesen und bringt uns die Daten." Zu Detective Arnold sagte sie: „Ich will, dass du dich heute damit beschäftigst. Und bring das noch verbliebene Filmmaterial, das Dominguez und Carlucci nicht geschafft haben, rauf in die IT-Abteilung. Die schauen sich den Rest an."

„Wird gemacht."

„Gonzo, du fährst Streife und findest endlich den Tatort. Willie wurde irgendwo zwischen L'Enfant Plaza und Georgetown umgebracht. Sieh zu, ob du irgendetwas entdeckst, was uns weiterbringt."

„Mach ich."

„Ich wollte noch einige andere Dinge erwähnen, auf die Bixbys Leute mich gestoßen haben", meldete Hill sich erneut zu Wort. „Ich habe dem Lieutenant schon berichtet, dass man sich Rick Lind ansehen sollte. Er war sehr wütend auf Vasquez, hat Möbel in der Umkleidekabine zertrümmert und mit den Türen geknallt. Er meinte, wenn er ein Gewehr hätte, würde er Vasquez erschießen. Bixby hat außerdem erwähnt, dass Cecil Mulroney seinen Unmut über Vasquez besonders laut kundgetan hat. Die andere Sache, von der die Security-Leute mir erzählt haben, ist, dass jeder eine mehr als nur berufliche Beziehung zwischen Vasquez und Clark, der Physiotherapeutin, vermutet hat. Aber niemand hat etwas deswegen unternommen."

„Das wäre wohl ziemlich schlechte Publicity für Willie gewesen, wenn herausgekommen wäre, dass er etwas mit seiner Physiotherapeutin hat", meinte Farnsworth.

„Das denke ich auch", pflichtete Hill ihm bei. „Willie hatte den Ruf eines hart arbeitenden Familienmenschen. Eine Affäre hätte sein Image zerstört und seine Sponsorenverträge gefährdet."

„Apropos Sponsorenverträge", sagte Sam. „Wir müssen uns anschauen, mit welchen Unternehmen er zusammengearbeitet hat und welche Auswirkungen sein kolossaler Patzer auf diese Deals gehabt hätte. Wenn ich mit Carmen spreche, werde ich in Erfahrung bringen, wer sein Agent und sein Manager waren. Wir müssen uns auch einmal eingehender mit Miss Clark über die wahre Natur ihrer Beziehung zu Vasquez unterhalten. Vielleicht ist sie entgegenkommender, wenn wir sie erwischen, ohne dass ihre Bosse draußen vor der Tür stehen. Zuerst möchte ich aber erneut zu Ray Jestings, um zu erfahren, ob die Gerüchte über die Affäre bis zu ihm vorgedrungen sind. Falls ja, will ich wissen, warum er nichts unternommen hat – und warum er gestern kein Wort darüber verloren hat."

„Das wüsste ich auch gern", meinte Hill.

„Dorthin fahren wir zuerst."

• • •

Nick frühstückte mit Scotty, aber Shelby brachte den Jungen zur Schule, damit Nick nicht zu spät kam zu seiner Fraktionssitzung. Inzwischen ging es Scotty ein wenig besser, aber er war noch nicht ganz wieder der Alte.

Er hoffte, dass Scotty seine Verzweiflung über den Mord an Willie in einigen Tagen überwunden haben würde. Allerdings machte er sich Sorgen, der Vorfall könnte Erinnerungen an die dunkle Zeit nach dem Tod seiner Mutter und seines Großvaters geweckt haben. Nick plante, Scottys früheren Vormund, Mrs. Littlefield, im Lauf des Tages anzurufen und sie zu fragen, wie sie über die Situation dachte.

Er betrat sein Büro um halb neun, wo Christina und Terry ihn bereits erwarteten, beide mit finsteren Mienen.

„Was ist los?", wollte er wissen und legte seine Tasche auf den Schreibtisch, der einst John O'Connor gehört hatte.

„Wir haben ein kleines Problem", begann Christina.

„Es ist ein großes Problem", korrigierte Terry sie und erläuterte Lexicores Verbindung zu der Fabrik in Thailand, in der die vielen jungen Frauen im vergangenen Sommer umgekommen waren.

„Was hat das mit mir zu tun?", fragte Nick.

„Weißt du noch, als du meinen Dad gebeten hast, das Geld zu investieren, das John dir hinterlassen hat?"

Plötzlich wurde Nick klar, worauf das Ganze hinauslief, und ihm wurde schlecht vor Bestürzung. Er sank in seinen Bürosessel und versuchte die entsetzliche Tragweite zu verarbeiten. Ihm gehörte ein Teil des Unternehmens, dem wiederum die Fabrik gehörte, in der über dreihundert Frauen bei einem Feuer während der Arbeit, die unter beklagenswerten Bedingungen stattfand, ums Leben gekommen waren. „O Gott", murmelte er.

„Mein Dad ist unterwegs", meinte Terry. „Er ist völlig außer sich. Er hatte keine Ahnung, dass Lex mit dieser Fabrik etwas zu tun hat, bis es heute Morgen in der Zeitung stand. Laut Trevor", fuhr Terry fort, den Leiter ihrer Kommunikationsabteilung erwähnend, „wird gerade wie verrückt auf Twitter verbreitet, dass Lexicore diese Fabrik gehörte. Lexicore und Thailand sind momentan die heißen Themen bei Twitter."

„Was wird passieren, sobald mein Name mit Lexicore in Verbindung gebracht wird?", fragte Nick und wollte angesichts des

Verlustes so vieler Menschenleben nicht an seinen Wahlkampf, seinen Ruf oder seine Rolle als aufgehender Stern in der Partei denken. Aber wie sollte er nicht an diese Dinge denken, nur noch zwei kurze Wochen vor der Wahl?

„Ich wünschte, ich wüsste es", erwiderte Terry. „Die gute Nachricht, falls man überhaupt von guten Nachrichten sprechen kann, ist, dass die Verbindung zur thailändischen Fabrik vermutlich für die meisten Lexicore-Investoren eine Überraschung ist."

„Als Erstes müssen wir die Aktien loswerden", erklärte Nick.

„Du würdest einen großen finanziellen Verlust erleiden, wenn du das tust", warnte Christina ihn. „Der Kurs ist abgestürzt, seit die Nachricht heute Morgen veröffentlicht wurde."

„Wen interessiert denn das Geld? Für mich ist es ohnehin verloren. Ich muss die Aktien verkaufen, bevor die Presse sich auf mich stürzt."

„Dafür könnte es schon zu spät sein", verkündete Graham O'Connor, der sichtlich aufgewühlt eintrat. „Das ist alles meine Schuld, Nick. Ich hatte keine Ahnung, dass Lexicore Fabriken in Thailand besitzt. Ich habe es nicht gewissenhaft genug geprüft."

„Wie viel hast du in Lexicore investiert?", wollte Terry von seinem Vater wissen.

„Eine Million von Nick", antwortete Graham zerknirscht. „Und zwei Millionen von meinem Geld."

Diese Information war für Nick wie ein Schlag in die Magengrube. Die Hälfte des Geldes, das John ihm hinterlassen hatte, war möglicherweise weg.

„Es tut mir schrecklich leid." Grahams Stimme bebte. „Ich werde es wiedergutmachen, irgendwie."

„Das Geld ist mir egal." Nick sah seinen guten Freund nicht gern derartig am Boden zerstört. „Das ist meine geringste Sorge. Viel wichtiger ist die Frage, warum ein U.S.-Unternehmen solche Zustände in seinen Fabriken gestattet. Meine zweite Frage – und die kommt mit weitem Abstand hinter der ersten – lautet: Was steht uns politisch bevor?"

„Das ist schwer zu sagen", gestand Terry. „Soweit ich das einschätzen kann, haben wir zwei Optionen. Du könntest die Initiative ergreifen und dich reuig zeigen. Sag, dass du keine

Ahnung hattest von der Verbindung zwischen Lexicore und der Fabrik in Thailand und dass du die Aktien sofort verkauft hast, als du mit der Nachricht konfrontiert wurdest."

„Wie sieht meine andere Option aus?"

„Sag nichts. Vielleicht taucht dein Name in dem Zusammenhang nie auf."

Nick dachte über beide Optionen nach und die jeweiligen möglichen Konsequenzen. Seinem Charakter entsprach es, ehrlich und offen zu sein bei all seinen Handlungen. Doch wenn er zugab, Aktien von Lexicore besessen zu haben, konnte ihn das die Wahl kosten. Verschwieg er es und die Presse bekam Wind davon, würde ihn das ebenfalls die Wahl kosten. Schönes Dilemma.

„Lass mich dafür geradestehen", schlug Graham vor.

„Wie meinst du das?", fragte Nick.

„Ich werde öffentlich erklären, dass du mir dein Erbe zur Verwaltung anvertraut hast, weil du zu beschäftigt warst, um dich selbst darum zu kümmern. Deshalb hattest du keine Ahnung."

„Stehe ich dadurch nicht wie ein Tölpel da, weil ich nicht darauf geachtet habe, was aus meinem Geld wird?"

„Ich könnte sagen, dass dich die Art und Weise, wie du zu dem Geld gekommen bist, zu tief berührt hat und du deshalb gar nicht wissen wolltest, was ich damit mache."

„Was in gewisser Hinsicht ja auch stimmt", sagte Nick. Abgesehen von einem flüchtigen Blick auf die monatlichen Auszüge hatte er mit der Verwaltung der Aktienkonten nichts zu tun gehabt.

„Das ist gar keine schlechte Idee", meinte Terry.

„Mir gefällt die Vorstellung nicht, dass du meine Kämpfe für mich austrägst", sagte Nick zu Graham gewandt.

„Ich habe nichts zu verlieren."

„Nur deinen guten Ruf", erinnerte Nick ihn.

„Ach." Graham zuckte die Schultern. „Wen kümmert es? Ich kandidiere für kein Amt, im Gegensatz zu dir."

„Ich glaube, Senator O'Connors Idee ist deine beste Option", meldete Christina sich zu Wort.

„Ich unternehme morgen eine kurze Reise mit dem Präsidenten", sagte Nick. „Wenn wir uns für Grahams Plan entscheiden, lasst uns warten, bis ich weg bin. Wenn ich mit dem Präsidenten außerhalb des Landes und nicht zu erreichen bin, wird die ganze Geschichte vielleicht gar nicht groß aufgebauscht."

„Gute Überlegung", meinte Terry. „Wir können erklären, dass wir nicht autorisiert sind, die privaten Affären des Senators zu kommentieren."

„Benutz doch bitte nicht das Wort ‚Affäre'", riet Graham und lachte schallend.

Nick erklärte: „Ja, bitte überleg dir ein anderes Wort, sonst brockst du mir Schwierigkeiten mit meiner Frau ein."

„Zur Kenntnis genommen." Zum ersten Mal seit dem Beginn der angespannten Unterhaltung huschte auch über Terrys Gesicht der Anflug eines Lächelns.

„Glaubst du wirklich, das wird funktionieren?", fragte Nick Graham.

„Etwas Besseres fällt mir nicht ein."

„Mir auch nicht. Na schön, dann lasse ich dich dafür geradestehen und spreche dir meinen Dank aus."

„Was soll's, ich habe dich in diese Situation gebracht, also hole ich dich auch wieder da heraus."

Nick schaute auf seine Uhr. Noch zehn Minuten bis zu seiner Fraktionssitzung.

„Kann ich dich einen Moment allein sprechen, Senator?", bat Graham.

„Selbstverständlich." An Terry und Christina gewandt sagte Nick: „Danke, Leute, für eure Ideen."

Nachdem sie den Raum verlassen hatten, kam Nick hinter seinem Schreibtisch hervor und setzte sich in den zweiten Besuchersessel neben Graham. „Was gibt es?"

„Ich habe gestern einen Anruf von Thomas' Anwalt erhalten", berichtete Graham und meinte damit seinen Enkel, der wegen des Mordes an seinem Vater, Senator John O'Connor, im Gefängnis saß.

„Was hat er gewollt?"

„Thomas möchte mich sehen."

„Oh. Wow. Wie stehst du dazu?"

„Ich weiß nicht. Ich kann mir nicht vorstellen, was er mir zu sagen hat. Schließlich gibt er mir die Schuld an allem. Wenn ich seinen Vater nicht gezwungen hätte, Thomas und dessen Mutter geheim zu halten, wäre all das nicht geschehen. Verdammt, ich gebe mir ja selbst auch die Schuld. Die drei zu trennen war der größte Fehler, den ich je begangen habe."

„Sei nicht zu streng mit dir selbst, Graham. Damals herrschten andere Zeiten. Du hast getan, was du damals für richtig hieltest."

Er sah zu Nick, und zum ersten Mal wirkte er wie ein alter Mann. „Schon damals wusste ich, dass es nicht richtig war, John von seinem Kind fernzuhalten. Trotzdem tat ich es – für mich und für ihn. Ich liebte meine Arbeit. Ich liebte alles daran. Aber ich bin zu weit gegangen bei dem Versuch, meine Karriere zu schützen auf Kosten derer, die ich liebte. Am Ende hat John für meine Fehler mit seinem Leben bezahlt."

Nick beugte sich herüber und legte Graham die Hand auf den Unterarm. „John hat für seine eigenen Fehler bezahlt, nicht für deine. Thomas war wütend, weil sein Vater seine Mutter betrogen hat. Deshalb hat er ihn umgebracht."

„Aber wenn ich John nicht gezwungen hätte, getrennt von Patricia zu leben, hätten sie vielleicht ein normales Leben führen können, und er hätte nicht das Bedürfnis gehabt, sie zu betrügen."

„Ich glaube nicht ..." Nick verstummte, aus Respekt vor Graham und dem Wunsch, Johns Vermächtnis zu schützen – für immer.

„Was? Sag es. Was es auch sein mag."

Seine Worte sorgsam wählend, erklärte Nick: „Ich glaube nicht, dass John einer Frau treu gewesen wäre, nicht einmal Patricia."

„Mag sein. Ich habe nie verstanden, wie aus ihm ein derartiger Schürzenjäger werden konnte. Wir haben ihn jedenfalls nicht so erzogen."

„Mir kam es immer so vor, als sei er auf der Suche nach etwas, ohne es je wirklich finden zu können."

„Er hat zumindest nie das gefunden, was dich und Sam verbindet oder was seine Mutter und ich haben. Es macht mich traurig, daran zu denken, dass ihm das verwehrt geblieben ist."

„Er hat ein sehr erfülltes Leben geführt und würde nicht wollen, dass du bei dem Gedanken an ihn traurig bist."

„Ich weiß. Trotzdem ... Wenn ich mir überlege, dass ich damit gedroht habe, ihn zu enterben, wenn er sich nicht von den beiden fernhält, macht mich das ganz krank. Als hätte ich es jemals übers Herz bringen können, ihn zu enterben."

Nichts, was Nick sagen könnte, würde helfen, dass Graham sich angesichts dieser lange zurückliegenden Dinge besser fühlte. „Was wirst du tun wegen Thomas?"

„Wahrscheinlich werde ich ihn besuchen. Immerhin ist er mein Enkel."

„Möchtest du, dass ich dich begleite?"

Grahams Miene hellte sich auf. „Das würdest du tun?"

„Selbstverständlich würde ich das tun."

„Nach der Wahl", sagte Graham. „Sorgen wir erst einmal für deine Wiederwahl, danach hören wir uns an, was er will."

„Klingt vernünftig. Ich sage es nur ungern, aber um neun ist die Fraktionssitzung. Ich muss los."

Graham stand auf. „Du darfst deine Kollegen nicht warten lassen." Er legte Nick die Hand auf die Schulter. „Ich hole dich aus diesem Lexicore-Schlamassel heraus und bringe dir dein Geld zurück."

„Mach dir wegen des Geldes keine Gedanken. Millionär zu sein war nicht annähernd so lustig wie es gewesen wäre, wenn John noch leben würde und mir geholfen hätte, das viele Geld durchzubringen."

Graham lächelte. „Ich werde mit meinem Broker über die ganze Situation sprechen. Ich werde dafür sorgen, dass der Rest deines Geldes sicher angelegt ist. Natürlich würde ich es dir nicht übelnehmen, wenn du mir das Geld nicht länger anvertrauen willst."

„Das wird nicht passieren, also rede gar nicht erst davon."

„Wohin reist du mit dem Präsidenten?"

„Kann ich dir nicht verraten", erwiderte Nick grinsend.

„Ah, gut, ich kann mir ausrechnen, welches Ziel am wahrscheinlichsten ist, daher sage ich nur: Pass auf dich auf und Gott segne dich."

„Danke." Nick umarmte ihn. „Pass du auch auf dich auf und richte Laine liebe Grüße aus."

„Mach ich."

· · ·

Sam erlaubte Hill zu fahren, weil sie Zeit brauchte, um über alles nachzudenken, was während des Meetings besprochen worden war. Auf dem Weg zum Stadion hörten sie Big Ben Markinson auf WFBR, der bei seinen Zuhörern wildeste Spekulationen anheizte über das, was Willie Vasquez passiert war.

„Tut mir ja leid", meinte ein Anrufer, „aber der Bastard hat es sich selbst zuzuschreiben. Er hat uns die World Series vermasselt."

„Und du meinst, dafür hat er den Tod verdient?", hakte Big Ben nach.

„Sagen wir mal so – niemand wird groß um ihn trauern."

„Nicht mal seine Frau oder seine zwei kleinen Kinder oder seine Eltern?"

„Du weißt, was ich meine, Ben. Warum wirst du plötzlich gefühlsduselig? Gestern warst du genauso sauer wie alle anderen auch."

„Das war, bevor ich wusste, dass jemand den armen Kerl umgebracht hat. Natürlich sind wir alle niedergeschlagen wegen des Spiels, aber Willie ist tot. Ich meine … tut mir leid, aber ich finde nicht, dass er den Tod verdient hat wegen eines nicht gefangenen Balls."

„Du bist weich geworden, Mann."

„Deine Meinung. Nimm einen anderen in die Leitung, Marcy."

Der nächste Anrufer war nicht viel nachsichtiger, drückte aber immerhin ein wenig Mitgefühl für Willies Frau und seine Kinder aus.

„Die Leute sind ernstlich nicht bei Trost", stellte Sam fest. „Echt jetzt."

Als sie das Stadion erreichten, schickte die gleiche Rezeptionistin wie gestern sie hinauf in die Vorstandsetage, mit dem Fahrstuhl ohne Knöpfe.

„Woher weiß der Fahrstuhl, wohin er fahren soll?", fragte Sam und studierte das Feld aus roten Lämpchen, das für irgendwen irgendeine Bedeutung hatte. Für sie jedenfalls nicht.

„Ich glaube, er hat nur ein Ziel."

„Überlassen Sie diesmal mir das Reden da drin."

„Selbstverständlich, Lieutenant. Anders würde ich es gar nicht haben wollen."

Sie verkniff sich einen Kommentar zu seinem Sarkasmus.

Tatsächlich vermisste sie Freddie und sein Geschleime. Morgen würde alles wieder normal laufen.

Die Fahrstuhltüren öffneten sich. Rays Assistent Aaron erwartete sie. „Hier entlang, bitte."

„Was hat es mit der VIP-Behandlung auf sich?", wollte Sam wissen.

„Ray hat uns gebeten, im Zuge Ihrer Ermittlungen vollständig zu kooperieren", erwiderte Aaron. „Und das tun wir."

„Das ist sehr erfrischend", sagte Sam. „Bei unserer Arbeit wird uns selten Kooperationsbereitschaft entgegengebracht."

Aaron klopfte einmal und betrat Rays Büro. Ray saß mit Bob Minor an seinem Konferenztisch. Sam war froh, beide dort zu sehen, da sie auch an Minor Fragen hatte.

„Gibt es Neuigkeiten?", erkundigte Ray sich und sah seinen Freund Hill an. Ray war über Nacht gealtert und sah aus, als hätte er überhaupt nicht geschlafen.

„Nein, aber wir haben noch Fragen", antwortete Sam.

„Ich habe auch Fragen – warum haben Sie meinen Geschäftsführer verhaftet?"

„Er wurde nicht verhaftet, sondern für eine Befragung ins Hauptquartier gebracht."

„Warum?"

„Wir haben Unregelmäßigkeiten in seinen Finanzunterlagen gefunden, für die wir Erklärungen benötigen."

„Was für Unregelmäßigkeiten?"

„Die Art, wo man so gut wie pleite ist."

„Wie ist das möglich?", meinte Ray ungläubig. „Er verdient mehrere Millionen Dollar im Jahr."

„Das beantwortet schon eine meiner Fragen."

„Als ich gestern mit ihm gesprochen habe", meinte Hill, „habe ich die Einrichtung seines Wohnzimmers völlig demoliert vorgefunden. Er hat alles mit einem Baseballschläger zertrümmert. Warum?"

„Mal abgesehen davon, dass er das wichtigste Spiel seiner Karriere wegen eines Fehlers eines seiner bestbezahlten Spieler verloren hat?", konterte Minor spöttisch.

„Könnte Collins auf das Spiel gewettet haben?", fragte Sam.

Die beiden Männer tauschten Blicke. „Mir liegen keine Informationen darüber vor", antwortete Ray.

„Mir auch nicht", sagte Minor. „Wenn er auf das Spiel gewettet hat, hat er damit seinen Job und seine Karriere riskiert. Das ist die schnellste Methode, um lebenslang im Baseball gesperrt zu werden."

Sam wusste, dass mehr hinter der Collins-Geschichte steckte, aber hier würde sie nicht weiterkommen. „Lassen Sie uns über Jamie Clark sprechen und ihre Beziehung zu Willie."

„Was ist damit?", fragte Ray sichtlich verblüfft.

„Man sagte uns, es sei allgemein bekannt gewesen, dass zwischen den beiden mehr war als nur eine Therapeutin-Spieler-Beziehung."

Ray wirkte geschockt. „Hat wer gesagt?"

„Das spielt keine Rolle", meldete Hill sich zu Wort. „War es dir bekannt?"

„Nein", sagte Ray.

Alle Augen richteten sich auf Minor, der angesichts des durchdringenden Blicks des Teambesitzers nervös wurde.

„Wusstest du davon, Bob?", fragte Ray.

„Ich habe vermutet, dass da was läuft", gestand Bob zögernd. „Die haben ziemlich viel Zeit miteinander verbracht."

Rays Gesicht lief dunkelrot an. „Und du hast nie etwas gesagt?"

„Ich fand, es ging mich nichts an."

„Ging dich nichts an", wiederholte Ray. „Als hätten wir einen derartigen Skandal um einen unserer herausragendsten Spieler gebrauchen können, der noch dazu das Image eines hingebungsvollen Familienvaters hatte."

„Gerade wegen der Familie habe ich ja den Mund gehalten", verteidigte Bob sich. „Wegen Carmen. Niemand wollte, dass sie wegen der Dummheit ihres Mannes verletzt wird."

„Ist Miss Clark heute hier?", wollte Sam wissen.

„Nein", antwortete Bob. „Sie hat sich frei genommen."

„Wir brauchen ihre Adresse."

„Wofür?", fragte Bob.

„Was glauben Sie?", entgegnete Sam, allmählich verärgert über ihn.

„Sie hatte nichts zu tun mit dem Mord", behauptete Bob.

„Und das wissen Sie woher?"

„Ich kenne sie! Sie ist keine Mörderin!"

„Wenn das der Fall ist, hat sie ja nichts zu befürchten. Aber Sie werden verzeihen, wenn Ihre Beteuerungen uns nicht davon abhalten, sie und ihre Beziehung zu Willie genauer unter die Lupe zu nehmen." An Ray gewandt sagte sie: „Können Sie mir bitte ihre Privatadresse geben?"

„Selbstverständlich", versprach Ray und griff nach dem Hörer.

„Die von Rick Lind auch, wenn du schon dabei bist", sagte Avery.

„Was wollen Sie von ihm?", fragte Bob.

„Wir würden, zum Beispiel, mit ihm gern über seinen Ausraster nach dem Spiel in der Umkleidekabine sprechen", erklärte Sam. „Sie wissen schon, den Ausraster, den Sie in unserem Gespräch gestern zu erwähnen vergaßen."

Bobs ohnehin rötliches Gesicht lief dunkel an vor Wut. „Er war ja wohl zu recht wütend! Die Niederlage und der Patzer werden auch ihm angekreidet. Aber das heißt noch lange nicht, dass er Willie getötet hat."

„Vielleicht nicht, aber es wäre ganz nett gewesen, wenn Sie uns davon berichtet hätten, als wir Sie danach gefragt haben, ob jemand seiner Wut Luft gemacht hat", argumentierte Sam.

„Ich habe dir gesagt, du sollst kooperativ sein", sagte Ray, sichtlich unzufrieden mit seinem Manager.

„Ich habe mir nichts weiter dabei gedacht!", verteidigte Bob sich. „Natürlich war Lind wütend. Viele Leute waren wütend."

„Einschließlich Mulroney?", fragte Hill.

„Was haben Sie über den gehört?", wollte Bob wissen.

„Nur dass er einiges über Vasquez zu sagen hatte nach dem Spiel", antwortete Hill.

Bob starrte ihn finster an. „Haben Sie auch nur die leiseste Ahnung, was Willie seinen Teamkameraden angetan hat, indem er diesen Ball nicht gefangen hat? Haben Sie eine Ahnung davon, wie hart wir alle gearbeitet haben, um überhaupt bis zu diesem Punkt zu kommen? Alles, was er tun musste, war diesen gottverdammten Ball zu fangen! *Wir zahlen ihm sechzehn Millionen Dollar pro Jahr, damit er den gottverdammten Ball fängt!*"

„Das reicht, Bob", meinte Ray. „Die Leute waren verständlicherweise aufgebracht. Ist doch klar."

„Mag sein", räumte Sam ein. „Aber als wir Sie gestern danach gefragt haben, ob jemand besonders aufgefallen ist mit seiner Art und seinen Äußerungen, haben wir genau solche Informationen gemeint."

„Wir entschuldigen uns, es versäumt zu haben, diese Information weiterzugeben", sagte Ray. „Wir waren geschockt von der Nachricht über Willies Tod. Der gestrige Tag war hart, um es mal milde auszudrücken. Ich hoffe, Sie akzeptieren es, wenn ich mich für meine Mitarbeiter entschuldige."

Wie jedem Cop gefiel auch Sam ein bisschen Unterwürfigkeit, aber der Kerl übertrieb. Gerade als sie das laut aussprechen wollte, ging die Bürotür auf, und eine große, modeldünne Blondine kam hereingerauscht, als gehöre ihr das Büro. *Ah,* dachte Sam, *die Ehefrau.* Elle Kopelsman Jestings, Dame der Gesellschaft, Wohltäterin und Zeitungsherausgeberin – ihr gehörte das Büro tatsächlich. Direkt hinter ihr folgten zwei Muskelmänner, die eineiige Zwillinge zu sein schienen. Die zwei Fleischberge postierten sich links und rechts der Tür und behielten Elle im Auge.

Sehr interessant, dachte Sam, *dass sie diesen augenfälligen Personenschutz hat.*

Die Frau ging zu Hill, der aufgestanden war und sie mit einer Umarmung begrüßte.

„Schön, dich wiederzusehen, Avery." Sie sprach mit kultivierter, vornehmer Stimme, die reich klang – wenn eine Stimme denn reich klingen konnte. „Schreckliche Umstände."

„Ich freue mich auch, dich zu sehen, Elle. Ich glaube, du kennst Lieutenant Holland vom Metro PD noch nicht?"

Elle richtete ihre unfassbar blauen Augen auf Sam. „Jeder kennt Lieutenant Holland und ihren äußerst gut aussehenden Ehemann, den Senator."

Sam war sich nicht sicher, ob sie diese raubtierhafte Art mochte, mit der Elle über Nick sprach. Wenn Sam so über ihn redete, war das eine Sache, aber eine andere Frau ... „Nett, Sie kennenzulernen", entgegnete Sam und schüttelte ihr die Hand.

„Oh, ich bin ganz *begeistert*, Sie kennenzulernen. Ich habe gerade erst letzte Woche zu Ray gesagt, dass wir Sie und den Senator unbedingt zu einer unserer Dinnerpartys einladen müssen.“

„Wir sind gerade zu sehr damit beschäftigt, einen Mordfall aufzuklären und eine Wahl zu gewinnen, um über gesellschaftliche Veranstaltungen zu sprechen“, erwiderte Sam.

Ihrer verblüfften Miene nach zu urteilen war Elle es nicht gewohnt, dass ihre Einladungen zu derartigen Anlässen zurückgewiesen wurden. „Ich bitte um Verzeihung für die Störung. Ich bin hergekommen, um zu erfahren, ob es irgendetwas Neues über Willie gibt. Es ist so eine schreckliche Tragödie.“

„Ja, ist es“, bestätigte Sam. „Wenn es Ihnen nichts ausmacht, würden wir unser Gespräch mit Ihrem Gatten und Mr. Minor zum Abschluss bringen.“ Sam hätte es niemals zugegeben, doch genoss sie den Augenblick sehr, in dem Elle begriff, dass Sam sie zum Gehen aufforderte.

Ray stand auf und begab sich zu seiner Frau. Er legte ihr die Hand auf den Rücken und führte sie zur Tür.

„Warum behelligen die dich, wenn klar ist, dass ein verrückter Fan ihn getötet hat?“, fragte Elle laut genug, dass alle sie hören konnten.

„Weil sie gründlich sind, Schatz. Gib uns ein paar Minuten, ich komme gleich.“

„Na schön“, gab Elle in frostigem Ton nach. In ihrem Missfallen schwang all das mit, was Sam an reichen Leuten, die glaubten, die Welt gehöre ihnen, am meisten hasste. Sie fragte sich, ob der arme Ray, der eigentlich ganz nett wirkte, dafür würde büßen müssen, dass er dreist genug gewesen war, sie aus dem Büro zu geleiten – ein Büro, in das ihr Vater ihn überhaupt erst gesetzt hatte.

Die zwei Muskelpakete folgten ihrer Chefin wie treue Hunde hinaus.

Ray kehrte an seinen Platz hinter dem Schreibtisch zurück. „Entschuldigen Sie die Unterbrechung.“

„War Ihnen das Problem zwischen Willie und seinem Schwager bekannt?“, fragte Sam ihn und verspürte keine Lust mehr, weitere Zeit mit Höflichkeiten zu vergeuden.

Die beiden Männer nickten.

„Einer von Carmens Brüdern ist ein Unruhestifter", sagte Ray. „Er hatte Drogenprobleme und wurde mehrmals verhaftet. Ständig musste Willie ihn auf Kaution aus dem Gefängnis herausholen. Während des Frühjahrstrainings drehte Willie ihm den Geldhahn zu und erwirkte eine gerichtliche Verfügung, um den Schwager von sich, Carmen und den Kindern fernzuhalten. Anscheinend sorgte Willies Weigerung, ihm weiterhin Geld zu geben, in Carmens Familie für einen großen Riss. Ihre Eltern fanden, sie und Willie sollten dem Bruder helfen."

„Sorgte es auch für eine Kluft zwischen Willie und Carmen?", fragte Sam.

„Das weiß ich nicht", antwortete Ray.

Bob zuckte die Schultern. „Er sprach nicht darüber, abgesehen davon, dass er die Security über die gerichtliche Verfügung informierte."

„Wie viele Ihrer Spieler haben solche gerichtlichen Verfügungen erwirkt?"

Ray sah zu Bob, der die Schultern zuckte.

„Ich würde sagen, alle haben mindestens eine", antwortete Bob. „Wenn die eine Nacht mit einer Frau verbringen, ist der Spieler am nächsten Tag verheiratet und hat drei Kinder am Hals. Manche von den Frauen verstehen ohne juristischen Nachdruck nicht, dass es vorbei ist."

Sam setzte ganz oben auf ihre Liste, die Details der gerichtlichen Verfügungen der Mitglieder des Teams zu klären. „Das wäre fürs Erste alles", erklärte sie und stand auf. „Ich möchte sie beide bitten, die Stadt nicht zu verlassen und sich für weitere Fragen zur Verfügung zu halten, sollten diese sich ergeben."

„Wie lange?", wollte Bob wissen.

„So lange, wie es dauert."

10

———

Bewaffnet mit den Privatadressen von Jamie Clark, Rick Lind und Cecil Mulroney verließen Sam und Hill das Stadion und fuhren zu Carmen nach Georgetown. Unterwegs schickte Sam eine Nachricht an Captain Malone und bat ihn, sich vordringlich um den Bericht über die gerichtlichen Verfügungen zu bemühen.

„Warum hat Elle diesen auffälligen Personenschutz?"

„Seit die Feinde ihres Vaters versucht haben, sie als Kind zu entführen. Boris und Horace sind schon seit Jahren bei ihr."

Vor dem Haupttor zu Carmens Gebäude waren mehrere Blumensträuße abgelegt worden, und Kerzen flackerten in der Brise. Ein Foto von Willie im Trikot der Feds war an die Backsteinmauer geheftet worden.

„Bisschen mickrige Trauerbekundung", stellte Sam fest.

„Besonders wenn man bedenkt, dass wir vor zwei Tagen hier ein Meer von Blumen und Trauernden vorgefunden hätten, wenn ihm da etwas zugestoßen wäre."

„Richtig."

Die Bewachung rund um den Apartmentkomplex war seit dem Vortag gelockert worden, und man schickte sie gleich zu dem Fahrstuhl, der sie hinauf in Carmens Wohnung im obersten Stockwerk brachte. Ein muskulöser Mann lateinamerikanischer Herkunft öffnete die Tür und musterte die beiden misstrauisch.

„Was wollen Sie?"

„Lieutenant Holland, Metro PD, und FBI Special Agent Hill. Wir wollen zu Mrs. Vasquez."

„Sie empfängt momentan niemanden."

„Uns schon." Sam begann einen Anstarr-Wettkampf, den sie gewann, als er sich umdrehte und die Tür offen ließ.

Drinnen fanden sie mehrere Erwachsene verschiedenen Alters im Wohnzimmer, außerdem die Vasquez-Kinder. Überall auf dem Fußboden verstreut lagen Spielzeuge, und der Couchtisch war beladen mit Essen. Die Erwachsenen sprachen in rasend schnellem Spanisch, dem Sam nicht folgen konnte. Doch die Blicke in ihre und Hills Richtung waren sehr wohl zu verstehen. Diese Leute misstrauten Cops zutiefst.

Der Mann, der die Tür geöffnet hatte, kehrte mit Carmen zurück, um die er den Arm gelegt hatte. Sie sah Sam und Hill mit glasigen Augen an.

Als die zwei kleinen Jungen ihre Mutter entdeckten, stießen sie Schreie aus und rannten zu ihr. Doch die Familienmitglieder schnappten sie und hoben sie auf die Arme, ehe sie Carmen erreichten.

Carmen beobachtete die Szene mit einer gewissen Teilnahmslosigkeit und schaute ihre Kinder erst an, als eines anfing zu weinen.

„Hat man ihr Medikamente verabreicht?", fragte Hill.

„Der Doktor hat ihr etwas gegeben, damit sie schlafen kann."

„Wie lange ist das her?", wollte Sam wissen.

„Das war gegen fünf heute Morgen."

Seitdem war genug Zeit vergangen, entschied sie, um eine vernünftige Unterhaltung mit Carmen führen zu können.

„Wir würden sie gern allein sprechen", erklärte Sam.

„Ich lasse sie nicht allein", stellte der Mann mit ausgeprägtem Akzent klar.

„Und Sie sind?"

„Ihr älterer Bruder. Eduardo Peña."

„Wer sind all diese Leute?"

„Unsere Eltern, zwei Tanten und ein Cousin. Sie sind mit mir zusammen gestern hier angekommen, um Carmen und den Kindern beizustehen."

Da Sam begriff, dass sie den Bruder nicht loswerden würde,

sagte sie: „Na schön. Aber nur Sie. Bringen Sie uns in ein Zimmer, wo wir ungestört reden können."

„Hier entlang."

Er führte sie in ein Arbeitszimmer hinter der Küche und setzte seine Schwester auf einen Stuhl, bevor er zurückging und die Tür zumachte.

Carmen starrte mit ausdrucksloser Miene vor sich hin.

Sam setzte sich ihr gegenüber und zog den Stuhl zu ihr heran. „Carmen", begann sie und legte ihre Hand auf die Hand der anderen Frau, die eiskalt war.

Carmen sah Sam mit leeren Augen an. „Wissen Sie, wer meinen Mann umgebracht hat?"

„Noch nicht, aber wir arbeiten wirklich hart daran, um aufzuklären, was passiert ist. Ich muss Ihnen noch einige Fragen stellen und hoffe, dass Sie sich in der Lage fühlen, sie zu beantworten."

Carmen nickte leicht mit dem Kopf.

„Sie haben noch einen anderen Bruder?", begann Sam.

„Ja", bestätigte Carmen. „Marco."

„Was hat der mit all dem zu tun?", mischte Eduardo sich in scharfem Ton ein.

„Mr. Peña, wir würden gern mit Ihrer Schwester sprechen", erinnerte Hill ihn. „Nicht mit Ihnen. Seien Sie still oder verlassen Sie den Raum."

Dem feindseligen Blick nach zu urteilen, den er Hill sandte, war Eduardo es nicht gewohnt, dass man in diesem Ton mit ihm sprach.

„Willie hatte Probleme mit Marco?", fragte Sam.

Carmen biss sich auf die Unterlippe und nickte, ihre Augen füllten sich mit Tränen. „Marco steckte in Schwierigkeiten und Willie half ihm ein paarmal mit Geld und Anwälten. Nach dem jüngsten Vorfall wollte er ihm nicht mehr helfen."

„Welcher jüngste Vorfall?"

„Ich verstehe nicht, was das mit der Sache zu tun hat", meldete Eduardo sich wieder zu Wort.

Sam sah zu Hill, der den Mann bereits zur Tür bugsierte.

„Sie können mich nicht hinauswerfen! Das ist das Zuhause

meiner Schwester. Sie können nicht hier auftauchen und uns herumschubsen. Das ist Schikane."

„Wenn Sie nicht wegen Behinderung einer polizeilichen Ermittlung verhaftet werden wollen", sagte Sam, „schlage ich vor, Sie halten den Mund und gehen raus, bevor ich sauer werde."

„Und das wollen Sie ganz bestimmt nicht", fügte Hill hinzu. „Sie hat eine rachsüchtige Seite." Er machte die Tür auf und „half" Eduardo hinaus auf den Flur. „Geben Sie uns ein paar Minuten mit Ihrer Schwester, dann sind wir auch schon wieder weg."

Eduardo wollte noch etwas sagen, doch Hill machte die Tür einfach wieder zu.

Sam richtete ihre Aufmerksamkeit erneut auf Carmen. „Der Vorfall, den Sie angesprochen haben ... was ist da passiert?"

„Marco hatte sich mit einigen üblen Leuten eingelassen, und er schuldete ihnen viel Geld. Ich kenne die Einzelheiten nicht, nur dass Willie sich weigerte, ihm noch mehr Geld zu geben. Marco meinte, sie würden ihn umbringen, wenn er das Geld nicht besorgt, aber Willie gab nicht nach."

„Waren Sie mit seiner Entscheidung einverstanden?"

„Ich, äh, na ja ... nein. Ich war damit nicht einverstanden. Wir haben uns deswegen gestritten. Ich habe nicht verstanden, warum Willie meinem Bruder nicht helfen wollte. Er hatte doch so viel Geld."

Sam fand es interessant, dass sie sagte, Willie habe viel Geld, nicht sie beide. „Wie hat er reagiert, als Sie ihn davon zu überzeugen versuchten, Marco doch das Geld zu geben?"

„Er wurde wütend. Er sagte, einmal müsse Schluss sein. Er schwimme nicht im Geld. Dass er jetzt welches habe, heiße nicht, dass das in zehn Jahren noch genauso sei. Er meinte, mit Glück könne er noch zehn Jahre spielen, und wenn wir alles Geld jetzt ausgeben, was würde dann später aus uns werden?"

Sam konnte Willies kluge Überlegungen gut nachvollziehen. „Wissen Sie, wie viel er Marco in der Vergangenheit gegeben hat?"

„Fast eine Million."

Sam musste ihren Schock über die Höhe der Summe verbergen. Wer konnte es Willie verdenken, dass er diesen Blutsauger nicht länger durchschleppen wollte? „Wozu brauchte Marco das Geld?"

„Er hatte einige üble Fehlinvestitionen gemacht." Carmen schien sich beinahe für das mangelnde Urteilsvermögen ihres Bruders zu schämen.

„Hatte er Ärger mit der Polizei?"

Sie nickte. „Er hatte Drogenprobleme. Das war einer der Gründe, weshalb Willie ihm kein Geld mehr geben wollte. Er befürchtete, Marco würde es für Drogen ausgeben."

„Und? Tat er das?"

„Ich weiß es nicht. Willie hat mir seit Jahren verboten, ihn zu sehen."

„Was passierte, als Willie sich weigerte, ihm noch mehr Geld zu geben?"

„Marco wurde richtig wütend. Meine ganze Familie war wütend auf uns."

„Das muss die Beziehung zwischen Ihnen und Willie belastet haben."

Sie senkte den Blick. „Ja."

„Ich weiß, es ist schwierig für Sie, Carmen, aber ich muss wissen, was in Willies Leben los war, um Leute, die er kannte, als Verdächtige ausschließen zu können."

„Was müssen Sie wissen?", fragte Carmen mit bebendem Kinn.

„Haben Sie und Willie sich gestritten?"

Mit dem Kopf nickend antwortete sie: „Oft. Ich wollte Marco das Geld geben, damit meine Familie aufhört, wütend auf uns zu sein."

„Waren die Streitereien ungewöhnlich für Sie und Willie?"

„Wir haben nur wegen meines Bruders und wegen des Geldes gestritten. Wir hatten so viel davon", sagte sie, auf den luxuriös eingerichteten Raum deutend. „Was hätte es denn ausgemacht, ihm etwas davon abzugeben?"

„Was führte zu der gerichtlichen Verfügung?"

„Ich weiß nicht, was das ist."

„Das ist eine richterliche Anordnung, die Marco zwingt, sich von Ihnen und Willie und Ihrer Familie fernzuhalten."

„Er ... ich ... davon wusste ich nichts."

Sam hätte sich am liebsten geohrfeigt für ihr ungeschicktes Vorgehen. „Es tut mir leid. Ich hatte angenommen, Sie wüssten davon. Das war taktlos von mir."

Carmen brach zusammen und schüttelte den Kopf, während ihr die Tränen übers Gesicht liefen. „Er ist vor Gericht gegangen, um meinen Bruder von uns fernzuhalten?"

„Es tut mir schrecklich leid, dass Sie auf diese Weise davon erfahren mussten."

Sie schüttelte weiter den Kopf. „Wie konnte er das tun, ohne mir davon zu erzählen? Marco hat einige Fehler gemacht, aber er ist mein Bruder. Er gehört zur Familie."

Sam verstand beide Seiten des Problems, schwieg dazu jedoch.

„Ich werde ihn nie mehr fragen können, warum er das getan hat. Das letzte Mal, als ich mit ihm gesprochen habe ..." Sie schluchzte. „Wir stritten wegen des Geldes. Er meinte, wir würden nach dem Spiel darüber reden, aber ich wusste, dass das nicht passieren würde. Er wollte nie darüber reden."

„Besitzen Sie ein gemeinsames Girokonto?", erkundigte Sam sich.

„Ja. Warum?"

„Hätten Sie Ihrem Bruder einen Scheck ausstellen können, ohne dass Willie davon wusste?"

„Das vermute ich, aber ich hätte es nicht getan. Willie wäre sehr wütend auf mich gewesen."

„Carmen, ich weiß, es ist schmerzlich, aber ich muss Sie fragen, ob Willie Ihnen gegenüber je gewalttätig war."

„Nein! Nie! Etwas Derartiges hätte er nicht getan. Er hat mich geliebt. Wir hatten eine schwierige Phase in letzter Zeit wegen Marco, aber davor waren wir immer glücklich. Immer."

„Eine letzte Frage. Können Sie mir sagen, wer sein Agent und sein Manager waren?"

„Sein Agent war George McPhearson. Ich versuche mich gerade an den Namen seines Managers zu erinnern. Charlie Irgendwas. George wird das wissen."

„Wissen Sie, wie wir George erreichen können?"

„Seine Agentur befindet sich in New York. Ich glaube, der Name seines Unternehmens ist identisch mit seinem Namen."

„Wir werden ihn finden. Danke, dass Sie mit uns gesprochen haben und uns herauszufinden helfen, was mit Willie passiert ist."

„Glauben Sie, dass Sie denjenigen verhaften werden, der ihn umgebracht hat?"

Unter normalen Umständen wäre Sam zuversichtlich gewesen und hätte Carmen versichert, dass der Täter mit hoher Wahrscheinlichkeit gefasst wurde. In diesem Fall jedoch konnte sie das nicht mit Überzeugung äußern. „Das hoffe ich. Wir tun alles, was wir können. Das verspreche ich."

„Danke."

Sam und Hill schwiegen im Fahrstuhl, der sie nach unten in die Lobby brachte. Carmen hatten sie in der Obhut ihrer Familie zurückgelassen.

„Der Bruder hat was von einem Gangster", bemerkte Hill.

„Ich glaube, er ist es gewohnt, seinen Willen zu bekommen. Es gefiel ihm nicht, dass wir ihm gesagt haben, was er zu tun hat."

„Ja, da haben Sie wahrscheinlich recht."

„Anscheinend hat sie gleich zwei Gangster-Brüder. Wir sollten uns Marco auch mal genauer ansehen."

„Da bin ich Ihnen einen Schritt voraus. Mein Deputy George hat ihn gestern überprüft, nachdem ich von der gerichtlichen Verfügung gehört hatte. Ich habe gerade eine Nachricht von ihm erhalten." Hill las von seinem Handy ab: „Marco hat ein beachtliches Vorstrafenregister in der Dominikanischen Republik. Drogen, Diebstahl, Einbruch, Bandenkriminalität. Ist ein vielbeschäftigter Typ. Ich kann es nicht glauben, dass Willie ihm fast eine Million Dollar gegeben hat und der Kerl noch mehr wollte. Dazu braucht es Nerven."

„Und trotzdem verstehe ich, dass Carmen den Frieden wahren wollte", wandte Sam ein. „Ihm einfach das Geld geben und alle damit glücklich machen."

„Willie war klug genug, um an die Zukunft zu denken. Man hört so viele Geschichten über Profisportler, die in jungen Jahren das viele Geld durchbringen und später im besten Alter nichts mehr haben."

„Schwer zu glauben, dass Leute mit so viel Geld irgendwann mal knapp bei Kasse sind."

„Leute, die vorher nie Geld hatten, neigen dazu, es mit vollen Händen auszugeben, sobald sie welches haben."

„Stimmt. Also, wo können wir Marco Peña finden?"

„Wir konnten ihn in der Dominikanischen Republik aufspüren. Mein Deputy konnte für den Zeitraum der vergangenen Woche keine Anzeichen dafür finden, dass er sich nicht dort aufgehalten hat. Zuletzt ist er im April in die USA gereist. Trotzdem sollte jemand von uns hinfliegen und ihn aufsuchen."

„Ich sage es nur ungern, denn ich habe stets behauptet, dass ich nie ein solcher Cop werde, aber ich kann nicht. Nick verlässt für ein paar Tage die Stadt, und ich kann meinen Sohn nicht allein lassen. Die Nachricht von Willies Tod hat ihn hart getroffen und …"

„Ist schon in Ordnung, Sam. Sie brauchen nichts zu erklären. Ich fliege."

„Sind Sie sicher? Haben Sie denn Zeit? Technisch gesehen ist es ja nicht einmal Ihr Fall."

„Der Direktor lässt mir viel Spielraum bei der Entscheidung, an welchen Fällen ich persönlich arbeite und was ich delegiere. Dieser Fall interessiert mich, vor allem wegen meiner Beziehung zu Ray. Es macht mir also nichts aus, zu fliegen."

„Das wäre eine große Hilfe. Danke." Und es würde ihrem begrenzten Reisebudget eine größere Ausgabe ersparen. Ihr fiel allerdings auf, dass sie schon wieder in seiner Schuld stand. Das häufte sich allmählich. Sie fragte sich, wann er jemals im Gegenzug dafür etwas von ihr erwarten würde.

„Kein Problem", sagte er, während sie in seinen Wagen einstiegen. „Wohin jetzt?"

„Ich möchte Jamie Clark noch einmal sprechen."

„Was ist der schnellste Weg nach Adams Morgan?"

„Um diese Tageszeit über die Whitehurst nach Rock Creek. Fahren Sie an der Calvert Street ab."

„Wie Sie meinen."

„Ich werde Sie hinführen", sagte Sam und dirigierte ihn, während sie über das Treffen mit Carmen und die nächsten Schritte mit Jamie nachdachte. „Ich mag Carmen. Ich mag mir nicht vorstellen, dass er sie betrogen hat."

„Ich weiß. Ich würde ihr das ungern beibringen müssen."

„Das wäre fast schlimmer, als ihr zu erzählen, dass er umgebracht wurde", sagte Sam. Sie schaute aus dem Seitenfenster auf die vorbeifliegende Stadt und ging in Gedanken alle Informationen durch, die sie bisher zusammengetragen hatten. „Wenn er fremdgegangen ist, hoffen wir mal, dass wir nicht diejenigen sein werden, von denen sie es erfährt.“

„Falls es wirklich irgendein Fan war, der Rache für den Patzer nehmen wollte, werden wir möglicherweise nie herausfinden, wer es war“, sagte Hill nach längerem Schweigen.

„Der Gedanke ist mir auch schon gekommen. Allerdings gab es genügend Chaos in Willies Leben und in dem der Leute rund um das Team, dass es sich lohnt, sein Umfeld genauer unter die Lupe zu nehmen. Wenn wir bloß unsere Zeit verschwenden, werden wir das schnell genug merken.“

„Ich habe nicht den Eindruck, dass wir nur unsere Zeit vergeuden.“

„Ich auch nicht“, sagte Sam. „Als Willie den Ball nicht fing, ging für irgendwen irgendwas den Bach hinunter, und das hat diesen Jemand wütend genug gemacht, um ihn umzubringen. Oder aber die ganze Sache hat überhaupt nichts mit dem verfehlten Ball zu tun und der Patzer hat lediglich jemandem die Gelegenheit geboten, das perfekte Verbrechen zu begehen.“

„Auch eine Möglichkeit.“

„Ich muss mal sehen, wie weit wir mit Collins sind.“ Als sie nach ihrem Handy griff, klingelte es. Sie schaute auf das Display und sah Darren Tabors Nummer. Ihr erster Impuls war es, den lästigen Reporter zu ignorieren, aber da er in der Vergangenheit gut zu ihr gewesen war, nahm sie den Anruf entgegen. „Ich hab zu tun, Darren.“

„Ich weiß, und es tut mir auch leid, Sie behelligen zu müssen. Ich brauche nur die Bestätigung eines Details, um es in ein Update der Vasquez-Story einbauen zu können.“

„Welches Detail?“

„Ist es wahr, dass er in einem Müllcontainer gefunden wurde?“

Sams Herzschlag verlangsamte sich, während sie rotsah. „Wer hat Ihnen das erzählt?“

„Sie wissen, dass ich meine Quellen nicht preisgeben kann.“

„Verraten Sie es mir, sofort, Darren. War es jemand aus dem Hauptquartier?“

„Könnte sein. Ist es also wahr?“

„Hören Sie mir gut zu. Hören Sie?"

„Ja, ja. Erschießen Sie nicht den Überbringer der Nachricht, Lieutenant."

„Wir haben dieses Detail zurückgehalten, weil wir es später vielleicht noch brauchen. Ich bitte Sie daher aus beruflicher und aus kollegialer Sicht, es nicht zu veröffentlichen. Wir haben seiner Frau auch nichts davon gesagt, und ich fände es schlimm, wenn sie das aus den Medien erfährt."

„Ach, kommen Sie schon, Sam. Sie machen mir das Leben echt schwer."

„Wie wäre es damit? Sobald wir den Fall abgeschlossen haben, bekommen Sie die Exklusivstory. Haben wir einen Deal?"

„Oh, na schön. Aber vergessen Sie nicht, dass Sie mir etwas schulden."

„Das werde ich nicht", versprach sie aufatmend. „Verraten Sie mir eines, Darren. War Stahl derjenige, der Sie angerufen hat?"

„Das sage ich nicht. Sie wissen, dass ich das nicht kann."

„Na gut. Wir bleiben in Kontakt." Sie beendete das Telefonat, „Scheißkerl" murmelnd.

„Haben Sie eine undichte Stelle?", erkundigte Hill sich.

„Eher so was wie eine Ratte", erwiderte Sam, rief die Zentrale an und bat, sofort zum Chief durchgestellt zu werden.

„Lieutenant", meldete sich der Chief. „Haben Sie Neuigkeiten für mich?"

„Noch nicht, aber wir gehen einer Reihe vielversprechender Spuren nach." „Vielversprechend" war vielleicht ein bisschen übertrieben, aber das brauchte er ja nicht zu wissen. „Der Grund für meinen Anruf ist, dass wir erneut eine undichte Stelle im Hauptquartier haben. Darren Tabor rief mich gerade an und wollte wissen, ob es stimmt, dass wir Willie in einem Müllcontainer gefunden haben. Dieses Detail haben wir aber unter Verschluss gehalten, für den Fall, dass wir es später brauchen. Ich wüsste also gern, wie das passieren konnte – schon wieder."

„Ich auch", entgegnete er in einem Ton, der ihr verriet, dass er ebenfalls wütend darüber war.

„Sie wissen genauso gut wie ich, dass es Stahl war. Er würde mich durch die Sabotage meiner Ermittlungen liebend gern schlecht dastehen lassen. Ich will Ihnen nicht vorschreiben, wie Sie Ihren Job zu machen haben, aber ...“

Sein bellendes Lachen unterbrach ihre Wutrede. „Nur zu, lassen Sie sich nicht von mir aufhalten.“

„Lassen Sie von Archie die Telefonverbindungen überprüfen. Ich wette, der entscheidende Anruf kam von Stahl.“

„Sie glauben, er wäre dumm genug, aus diesem Gebäude einen Reporter anzurufen?“

„Ich halte ihn für arrogant genug, zu glauben, dass er nie erwischt wird.“

„Da könnten Sie allerdings recht haben.“

„Ich habe in diesen Dingen immer recht. Lassen Sie Archie die Überprüfung durchführen?“

„Ja!“

„Und werden Sie mir berichten, was er herausfindet?“

„Auf keinen Fall.“

„Das ist nicht fair.“

„Das Leben ist nicht fair. Gehen Sie wieder an die Arbeit. Finden Sie den Mörder.“

„Ich bin dabei.“ Sie klappte ihr Handy zu. „Ich hoffe, er überführt diesen Mistkerl.“

„Was ist das eigentlich für eine Geschichte mit diesem Stahl?“, wollte Hill wissen, während er durch den dichten Nachmittagsverkehr navigierte.

„Ich wünschte, das wüsste ich. Er hasst mich aus tiefstem Herzen, und zwar schon immer. Es ist natürlich nicht besser geworden dadurch, dass ich zum Lieutenant befördert worden bin und man mir seinen Posten gegeben hat. Er wurde zur Rattenbande versetzt“, erzählte sie, auf die Abteilung Interne Ermittlungen anspielend. „Und seitdem sitzt er mir ständig im Nacken.“

„Sie haben früher unter seiner Leitung gearbeitet?“

„Ja, und das waren gute Zeiten, verglichen mit jetzt. Er hat mich damals schon genervt, das können Sie mir glauben.“

Hill lachte. „Ich wette, Sie sind ihm auch ganz schön auf die Nerven gefallen.“

„Ich? Jemandem auf die Nerven fallen? Das trifft mich jetzt aber.“

„Na klar doch", sagte er.

„Er ist echt ein Trottel. Könnte seinen eigenen Hintern nicht in einer Horde Affen finden und sollte ganz bestimmt keine Abteilung leiten."

Lachend erwiderte Hill: „Woher haben Sie denn diesen Spruch?"

„Welchen?"

„Das mit der Affenhorde."

„Hab ich mir ausgedacht. Aber Sie haben's kapiert, oder?"

„Sie sind vielleicht eine, Holland. Ehrlich."

„Das bekomme ich öfter zu hören." Sam wagte einen Blick in seine Richtung und stellte fest, dass er konzentriert auf den Weg achtete. Vielleicht war es doch möglich für sie beide, eine kollegiale Beziehung zu gestalten, ohne die Andeutung eines romantischen Interesses. Sie hoffte es sehr, denn wenn Hill in der Stadt blieb, konnte sie diese Art von Drama nicht auch noch gebrauchen.

„Was haben Sie getan, um den Zorn von Lieutenant Stahl auf sich zu ziehen?"

„Tja, zunächst einmal bin ich Skip Hollands Tochter. Die zwei haben zusammen bei der Polizei angefangen. Mein Dad wurde Deputy Chief, während Stahl über den Rang eines Lieutenant nie hinauskam. Das hat er meinem Dad stets übelgenommen. Als ich dann bei der Polizei ziemlich rasch aufstieg, hasste er mich allein schon wegen meines Nachnamens. Es machte die Sache nicht unbedingt besser, dass ich unter seinem Kommando aufsässig war."

„Ach was. Sie und aufsässig? Kann ich mir gar nicht vorstellen."

„Halten Sie den Mund. Und ob Sie sich das vorstellen können."

Als sie das Viertel Adams Morgan erreichten, dirigierte Sam ihn zu Jamies Apartmentgebäude an der Columbia Road. Sie parkten und stiegen drei Stockwerke nach oben.

„Für die Physiotherapeutin eines Major-League-Baseballteams habe ich mir etwas Luxuriöseres vorgestellt", bemerkte Hill, als sie den dritten Stock erreichten.

„Ich weiß. Das hier ist ganz hübsch, aber nichts Besonderes."

„Stimmt. Wurden ihre finanziellen Verhältnisse überprüft?"

„Ich konnte nichts Ungewöhnliches finden."

Sam klopfte an die Tür und legte das Ohr daran, konnte jedoch keine Geräusche von drinnen hören. Sie klopfte erneut, diesmal mit der Faust, und hörte prompt schlurfende Schritte.

„Wer ist da?"

„Lieutenant Holland", rief Sam und hielt ihre Marke vor den Spion. „Und Agent Hill."

Mehrere Schlösser wurden entriegelt, dann ging die Tür auf. Die Frau, die ihnen öffnete, hatte nur noch wenig Ähnlichkeit mit derjenigen, die sie gestern gesehen hatten. Den geschwollenen Augen, der roten Nase und dem unordentlichen Äußeren nach zu urteilen, war sie in einem Zustand der Trauer und hatte wohl kaum geschlafen.

„Was machen Sie hier?"

„Wir müssen noch einmal mit Ihnen sprechen", sagte Sam. „Können wir bitte reinkommen?"

„Äh, ja. Ich denke schon. Ich bin nicht richtig angezogen."

„Wir werden Ihre Zeit nicht lange in Anspruch nehmen."

Jamie ließ die beiden eintreten. Das Wohnzimmer war schlicht eingerichtet mit einem Sofa, einem Zweiersofa und einem kleinen Fernsehschrank. Keine Fotos, kein Nippes, nichts Persönliches von Jamie. Sam fragte sich, ob das eine dieser möbliert vermieteten Wohnungen war.

Sie und Hill setzten sich auf das Sofa, während Jamie auf dem Zweiersofa Platz nahm und die Füße unter sich zog. „Haben Sie herausgefunden, was mit Willie passiert ist?"

„Noch nicht", gestand Sam. „Wir arbeiten noch daran. Deshalb wollten wir Sie sprechen."

„Warum mich?"

„Wir haben von mehreren Leuten aus dem Umfeld des Teams gehört, Sie und Willie hätten eine besonders enge Beziehung gehabt."

„Na und? Das habe ich Ihnen gestern auch erzählt. Wir waren gute Freunde."

„Wir haben von anderen gehört, es sei allgemein bekannt gewesen, dass Sie und Willie ... wie soll ich das sagen? Sich näherstanden als Freunde."

Jamies Miene wirkte für einen Moment völlig ausdruckslos, ehe Zorn ihre Wangen rötete. „Die behaupten, wir hätten eine Affäre gehabt.“

„Es gibt Spekulationen in dieser Richtung, ja.“

Jamie starrte eine ganze Weile schweigend vor sich hin. „Wissen Sie, was mich wahnsinnig macht?“

„Was?“

„Dass Männer und Frauen nicht Freunde sein können, ohne dass das sofort zu falschen Vermutungen führt.“

„Sie bleiben also dabei, dass es keine Affäre gab?“, fragte Sam.

„Ich habe gestern gesagt, dass es keine Affäre gab.“

„Aber da befanden sich Ihre Bosse vor der Tür. Wir hatten gehofft, Sie würden in privater Umgebung ein wenig offener sein.“

„Es gibt nichts zu erzählen! Wir waren Freunde! *Kollegen*. Wir arbeiteten die ganze Saison hindurch eng zusammen, und später, als er versuchte, in der Saisonpause fit zu bleiben. Ich verstehe nicht, warum das zu einer Affäre aufgebauscht wird.“

„Die Leute sehen zwei Personen viel Zeit miteinander verbringen und ziehen ihre Schlüsse daraus“, meinte Hill.

„Es gab keine Affäre. Er hing an seiner Frau und seinen Kindern. Er war mein Freund, und ich liebte ihn. Als Freund, mehr nicht.“

Sam fing an, ihr zu glauben. „Hat er mit Ihnen über seine Frau oder seine Familie oder über Probleme zwischen den beiden gesprochen?“

„Ab und zu. Ich wusste von der Situation mit Carmens Bruder. Das belastete die zwei. Er wollte ihm das Geld ja geben, nur befürchtete er, es in ein Fass ohne Boden zu werfen. Es musste einfach irgendwann aufhören, verstehen Sie? Und er hatte dem Bruder schon viel Geld gegeben.“

„Wissen Sie, wie viel genau?“, fragte Sam, einer leisen Ahnung folgend.

„Ich glaube, annähernd eine Million.“

„Das ist eigentlich ein zu persönliches Detail, um es einer Kollegin anzuvertrauen, finden Sie nicht?“, fragte Sam.

„Er war hin- und hergerissen in dieser Sache. Er hat so hart dafür gearbeitet, dorthin zu kommen, wo er war, und eine solche Menge Geld zu verdienen, von der andere nur träumen können.

Und alle in seinem Leben wollten ein Stück von dem Kuchen haben."

„Wer denn noch außer Carmens Bruder?"

„Ihre Eltern, der andere Bruder, seine Eltern, seine Geschwister, seine Cousins, die Freunde, mit denen er in der Dominikanischen Republik aufgewachsen ist. Das schmerzte ihn, denn er war nicht der Typ, der zu den Leuten, die er liebte, Nein sagen konnte. Aber er meinte, er fühle sich zeitweise mehr wie ein Banker statt wie ein Baseballspieler. Ich hatte den Eindruck, dass er glaubte, niemand interessiere sich für *ihn*. Die interessierten sich alle nur für sein Geld."

„Schloss das Carmen ein?"

Jamie schürzte die Lippen, als überlege sie, wie viel sie preisgeben sollte. „Carmen genoss den Luxus, den Willie ihr gern bot."

„Aber?"

„Kein Aber."

„Gehörte sie für ihn zu den Leuten, die mehr an seinem Geld interessiert waren als an ihm?"

„Das weiß ich nicht. So sprach er über sie nicht mit mir. Als Mutter seiner Kinder begegnete er ihr stets respektvoll."

„Er hat seine Kinder geliebt." Sam wollte einschätzen, wie Jamie auf die Erwähnung von Willies Kindern reagierte.

Ihre Augen füllten sich mit Tränen. „Er betete diese Jungs an. Er meinte, alles, was er tue, tue er für sie, damit sie ein besseres Leben führen können, als er es gehabt hatte."

„Ist er in armen Verhältnissen aufgewachsen?"

„In äußerst armen. Er hat so hart gearbeitet. Ganz egal, was irgendwer sagt, er war der am härtesten arbeitende Spieler des Teams. Niemand wollte diesen Sieg mehr als er. Ich verstehe nicht ... ich weiß nicht, wie er diesen Ball verfehlen konnte. Es war schockierend."

„Wer waren seine Freunde im Team?"

„Bis zu jenem Abend hätte ich geantwortet: alle. Besonders nahe stand er Chris Ortiz. Sie sind beide in ärmlichen Verhältnissen in der Dominikanischen Republik aufgewachsen und haben dank Baseball den Weg herausgefunden. Sie hatten viel gemeinsam."

„Wissen Sie, wo wir Ortiz finden können?"

„Wahrscheinlich in seinem Winterhaus in Fort Myers. Er fliegt dort immer direkt nach Saisonende hin und kommt erst zum Frühjahrstraining zurück. Ich glaube, ich habe seine Nummer gespeichert. Ich kann nachsehen, wenn Sie möchten."

„Ja, bitte."

Jamie verließ dem Raum und kehrte eine Minute später mit einem Blatt Papier zurück, das sie Sam gab.

„Sollte Ihnen noch etwas einfallen, was von Bedeutung sein könnte, rufen Sie mich bitte an", sagte Sam und gab ihr erneut eine Karte, für den Fall, dass sie die andere von gestern verloren hatte.

„Das werde ich."

An der Tür drehte Sam sich noch einmal zu Jamie um. „Mein Beileid zum Verlust Ihres Freundes."

„Danke."

Als sie wieder im Wagen saßen, meinte Hill: „Wohin jetzt?"

„Zurück zum Hauptquartier, um mit Collins zu reden. Und danach will ich Lind sehen."

„Sie haben Jamie geglaubt, als sie behauptete, es habe keine Affäre gegeben."

Sam fand es interessant, dass er das nicht als Frage formulierte, sondern als Tatsache. „Ja, habe ich. Wie steht's mit Ihnen?"

„Ich auch. Aber ich dachte auch: Selbst wenn es eine Affäre gegeben hat, warum sollte sie ihn umbringen? Weil er den Ball nicht gefangen hat? Was hätte das mit ihr zu tun gehabt oder mit dem, was zwischen den beiden war oder eben nicht war?"

„Richtig. Es hatte nichts mit ihr zu tun, außer dass das Team seine Chance verlor, in die World Series zu kommen."

„Wir können sie also von der Liste unserer Verdächtigen streichen."

„Ich bin noch nicht bereit, irgendwen ganz von der Liste zu streichen." Sam rief im Kommissariat an und erreichte Detective Arnold. „Wie sieht es mit den Handy-Daten aus?"

„Geht nur langsam voran. Viele eingehende Anrufe vor und nach dem Spiel."

„Und rausgehende Telefonate?"

„Nur mit seiner Frau."

„Befindest du dich in der Nähe eines Computers?"

„Jap. Was brauchst du?"

„Die Nummer der Agentur George McPhearson in New York City. Eine Sportler-Agentur."

„Bleib dran."

Sam hörte das Klacken der Tastatur, als er die Suche startete.

„Bereit?"

Sam schrieb die Nummer, die er ihr diktierte, in ihr Notizbuch. „Danke. Melde dich, falls dir bei den Handy-Daten irgendetwas auffällt."

„Mach ich."

Sam beendete das Gespräch und tippte die Nummer der Agentur McPhearson ein.

„Es gibt diese fantastische neue Erfindung namens Smartphone", meinte Hill. „Damit kann man Telefonnummern suchen und anschließend direkt über die Website anrufen."

Während sie dem Klingelsignal am anderen Ende der Leitung lauschte, erwiderte sie: „Warum soll ich mich mit einem Smartphone herumärgern, wenn mir jederzeit smarte Leute zur Verfügung stehen?"

„Agentur George McPhearson. Mit wem darf ich Sie verbinden?"

„Mit Mr. McPhearson."

„Der ist zurzeit nicht zu sprechen. Möchten Sie zu seiner Mailbox weitergeleitet werden?"

„Nein. Hier spricht Lieutenant Holland von der Polizei in Washington, D.C. Ich rufe an wegen des Mordes an Willie Vasquez. Stellen Sie mich durch zu McPhearson. Sofort."

„Bitte bleiben Sie in der Leitung."

„Wieder eine Rezeptionistin zerfetzt", bemerkte Hill neben ihr.

„Meine ganz besondere Gabe."

„Büro Mr. McPhearson."

„Lieutenant Holland von der Polizei in Washington, D.C. Ich rufe an wegen des Mordes an Willie Vasquez. Bitte stellen Sie mich umgehend zu Mr. McPhearson durch."

„Es tut mir leid, aber er befindet sich in einer Besprechung und darf nicht gestört werden."

„Lassen Sie mich Ihnen erklären, wie das läuft. Hören Sie zu?"

„Äh, ja ..."

„Ich werde jetzt auflegen und danach meine Kollegen in New York City anrufen. Die schicken Ihnen zwei uniformierte Polizisten vorbei, die direkt in Mr. McPhearsons grandios wichtige Besprechung marschieren werden. Die bringen ihn dann in Handschellen in Gewahrsam, damit wir ihm die Fragen stellen können, die wir ihm stellen müssen. Es sei denn ... *Sie holen ihn auf der Stelle ans Telefon!* Haben Sie irgendwas von all dem nicht verstanden?"

„Bitte bleiben Sie dran."

Hill lachte hinter dem Steuer leise in sich hinein.

„Hat mich schon wieder in die verdammte Warteschleife geschickt."

In der Leitung klickte es. „George McPhearson."

„Ah", machte Sam. „Endlich."

„Es gefällt mir nicht, dass Sie meine Mitarbeiter einschüchtern."

„Und mir gefällt nicht, von Leuten abgeblockt zu werden, die glauben, dass eine Besprechung wichtiger ist als Gerechtigkeit für einen toten Mann. In meiner Welt ist *nichts* wichtiger als das."

„Was wollen Sie?"

„Verraten Sie mir, wer Willie Vasquez wegen eines verfehlten Baseballs tot sehen wollte."

„Abgesehen von jedem Einzelnen in der Hauptstadt und der ganzen Umgebung?"

„Ja, abgesehen von denen. Sponsoren zum Beispiel oder zornige Agenten, die von einem lukrativen neuen Vertrag profitiert hätten, nachdem Willie die World Series gewonnen hätte. Wir sind daran interessiert, mit solchen Leuten zu sprechen."

„Wollen Sie mir vorwerfen, ich hätte etwas damit zu tun?"

„Sollte ich?"

„Selbstverständlich nicht! Er war nicht nur mein Klient. Er war auch mein Freund. Es bricht mir das Herz, was mit ihm passiert ist – auf dem Spielfeld und nachher. Er gehörte zu den am härtesten arbeitenden und hingebungsvollsten Athleten, mit denen ich je zusammenzuarbeiten das Vergnügen hatte."

„Hat Ihre PR-Abteilung Ihnen diesen rührseligen kleinen Text geschrieben oder ist Ihnen das ganz allein eingefallen?"

„Was zur Hölle ist eigentlich Ihr Problem?"

Sam hielt das Telefon vom Ohr weg, während er hineinbellte, und fragte sich, ob er in diesem Ton auch mit ihr gesprochen hätte, wenn sie vor ihm gestanden hätte. Um seinetwillen hoffte sie, dass die Antwort Nein lautete. „Mord ist mein Problem, Mr. McPhearson. Ich will wissen, wer in Willies Umfeld etwas zu gewinnen hatte durch einen Sieg der Feds. Ich denke da an Sponsoren oder gar einen Manager, oder eben einen Agenten, für die ein großer Deal auf dem Weg in die World Series drin gewesen wäre."

Er schwieg so lange, dass Sam sich bereits fragte, ob er aufgelegt hatte. „Hallo? McPhearson?"

„Ich bin hier."

„Und?"

„Für uns alle hing einiges von diesem Spiel ab, Lieutenant", sagte er in müderem, versöhnlicherem Ton. „Hätte das Team es in die World Series geschafft, hätten Verträge gewinkt, nicht nur für Willie, sondern auch für andere Spieler der Feds."

„Wen aus dem Team vertreten Sie denn sonst noch?"

„Lind, Mulroney, Hattie, Smith und Ortiz."

„Wer von denen hatte am meisten zu verlieren?"

„Willie."

„Und als Nächster?"

„Lind."

„Haben Sie seit dem Spiel mit ihm gesprochen?"

„Ich habe ihm ein paar Nachrichten hinterlassen, aber noch nichts von ihm gehört."

„Was ist mit Ihnen? Viel zu verlieren gehabt?"

„Natürlich, aber ich vertrete auch sechs Spieler der Giants, also ist es für mich in jedem Fall in Ordnung."

„Drohten irgendeinem Sponsor große Verluste, weil Willie den Ball nicht gefangen hat?"

„Nicht genug, um ihn deswegen gleich umzubringen. Die haben mehrere große Namen unter Vertrag, um das Risiko zu streuen."

„Genau wie die Agenten, was?"

„Ja, könnte man wohl so sagen."

„Warum waren Sie nicht bei dem Spiel, an dem so viele Ihrer Klienten teilnahmen?"

„Ich war da und bin gleich im Anschluss zurück nach New York geflogen."

Sams Handy piepte und kündigte einen anderen Anrufer an, den sie ignorierte. „Was ist mit Willies Manager?"

„Charlie Engal. Er hält sich für einen Monat mit seiner Frau in Europa auf, wo sie ihren dreißigsten Hochzeitstag feiern."

„Während der Baseball-Playoffs?"

„Als er geheiratet hat, hat er noch keine Baseballprofis gemanagt. Was wollen Sie von mir hören?"

„Ich würde Ihnen gern meine Nummer geben, für den Fall, dass Ihnen noch etwas einfällt, was für unsere Ermittlungen relevant sein könnte."

„Äh, klar. Warten Sie, ich besorge mir etwas zu schreiben. Okay, legen Sie los."

Sam nannte ihm die Nummer. „Und vielleicht bringen Sie Ihren Mitarbeitern bei, dass sie Anrufe der Polizei gleich zu Ihnen durchstellen."

„Sie müssen unsere Ignoranz verzeihen. Wir bekommen nicht oft Anrufe von der Polizei."

Das Handy piepte erneut. Wer auch immer sie zu erreichen versuchte, probierte es gerade erneut. „Diesmal werde ich es Ihnen nachsehen. Aber wenn ich nochmal anrufe und wieder auf eine Mauer stoße, werde ich nicht mehr so nachsichtig sein. Danke für Ihre Zeit."

Sam beendete das Gespräch, bevor er noch etwas erwidern konnte. Es gefiel ihr, das letzte Wort zu haben.

„Dem haben Sie's gegeben", meinte Hill.

„Ich mag es nicht, wenn mir jemand bei meinen Ermittlungen in die Quere kommt. Die denken immer, was sie gerade machen sei wichtiger als das, was ich tue." Ihr fielen die Anrufe wieder ein, die sie ignoriert hatte. Sie schaute in die Liste der letzten Anrufer. Mist. Sie waren beide von Scottys Schule. Sam rief sofort zurück.

11

Hier spricht Sam Holland. Ich meine ... Cappuano. Sie haben mich angerufen?"

„Ah, ja, Mrs. Cappuano. Ihr Sohn Scotty befindet sich im Krankenzimmer. Er klagt über Bauchschmerzen und hat uns gebeten, Sie zu benachrichtigen."

„Oh, äh, gut. Ich hole ihn gleich ab."

„Wir werden es ihm ausrichten. Danke."

„Fahren Sie schneller", wandte sie sich an Hill. „Mein Sohn ist krank in der Schule. Ich muss ihn abholen."

„Klar."

Sam bekam selbst Magenschmerzen vor Nervosität. Es gab viele Leute, die sie anrufen könnte, damit sie Scotty abholten – Shelby, eine ihrer Schwestern, ihre Stiefmutter, Nick, sogar Scottys Bewacher vom Secret Service könnten ihn nach Hause bringen. Aber da Scotty darum gebeten hatte, sie zu informieren, kam niemand anderes infrage. An der letzten Ampel vor dem Parkplatz des Hauptquartiers sagte Sam zu Hill: „Sie fliegen in die Dominikanische Republik und gehen der Sache dort nach?"

„Ja."

„Halten Sie mich auf dem Laufenden."

„Sie mich auch. Ich hoffe, Ihrem Sohn geht es bald besser."

„Danke." Sam stieg aus und lief zum Parkplatz. Sobald sie in ihrem Wagen saß, rief sie Nick an, erreichte aber nur seine

Mailbox. „Hey, Babe, ich wollte dir nur mitteilen, dass ich jetzt unterwegs bin, um Scotty von der Schule zu holen. Er hat Magenschmerzen. Ich melde mich wieder. Ich lieb dich."

Sam nahm einen Umweg über Capitol Hill, um dem Mittagsverkehr auszuweichen. Als sie endlich widerrechtlich vor der Schule parkte und in das Gebäude rannte, war ihr Blutdruck bedenklich hoch. Im Sekretariat telefonierte die Rezeptionistin. Sam unterdrückte ihren Impuls, auch hier ihre üblichen Rezeptionistinnen-Fähigkeiten auszuspielen. Bis sie merkte, dass die Frau ein Privatgespräch führte.

„Mein Kind ist krank", machte Sam sich bemerkbar.

Die Frau besaß tatsächlich die Nerven, den Zeigefinger zu heben.

Im Ernst? Sam hätte ihr am liebsten das Telefon aus der Hand gerissen – und den Finger gebrochen. Das Einzige, was sie davon abhielt, war die Tatsache, dass Scotty hier weiterhin zur Schule gehen sollte. „Mein Kind ist krank", wiederholte sie, diesmal lauter.

Die Frau warf ihr einen genervten Blick zu. „Ich muss Schluss machen. Melde mich später noch mal."

„Wo finde ich das Krankenzimmer?"

„Ich werde Sie dort anmelden. Der Name Ihres Sohnes?"

„Scott Cappuano." Der Klang seines neuen Namens brachte Sam zum Lächeln – im Inneren. Der Rezeptionistin zuzulächeln weigerte sie sich schlicht.

Die nahm den Hörer des Hausapparats und wählte einen Nebenanschluss an. „Scott Cappuanos Mutter ist hier, um ihn abzuholen."

Scott Cappuanos Mutter ist hier.

Ihre Knie gaben beinahe nach angesichts der Emotionen, die diese harmlosen Worte, die ihr unendlich viel bedeuteten, in ihr auslösten. Da ihr tatsächlich Tränen in die Augen traten, wandte sie sich ab vom Tresen und rang um Fassung. Sie fühlte sich, als würde jemand ihr Herz zusammenpressen. Und dann kam Scotty ins Sekretariat, seinen Schulranzen hinter sich herschleppend. In diesem Moment war nichts mehr wichtig außer dem, was er brauchte. Seine Bewacher vom Secret Service folgten in respektvollem Abstand.

„Hey, Kumpel", sagte sie und wollte mit ihm zur Tür gehen.

„Sie müssen noch unterschreiben, dass Sie ihn abgeholt haben, Mrs. Cappuano", informierte die Rezeptionistin sie, auf einen Ordner auf dem Tresen zeigend.

„Oh, richtig." Sam ließ Scotty los, unterschrieb und führte Scotty hinaus. Draußen atmete sie mehrmals tief durch. Wer hätte gedacht, dass es eine derartig emotionale Angelegenheit sein könnte, sein Kind von der Schule abzuholen? Sie legte ihm den Arm um die Schultern. „Was ist los?"

„Nichts."

Diese einsilbige Antwort war ganz untypisch für ihn, deshalb blieb Sam stehen und sah ihn an. Geschockt stellte sie fest, dass ihm Tränen in den Augen standen. Sie legte ihm die Hände auf die Schultern und beugte sich herunter, um ihm in die Augen sehen zu können. „Was ist los?"

Er sah zur Schule. „Nicht hier."

Von plötzlicher Sorge erfüllt sagte sie: „Komm." Mit einem vorsichtigen Blick zu den Agenten, die ihnen aus der Schule folgten, führte sie ihn zu ihrem Wagen. Sie hatte ihn bereits angeschnallt und saß selbst im Wagen, ehe die beiden darauf bestehen konnten, Scotty nach Hause zu fahren. „Was ist passiert?"

„Ein paar Kids haben gesagt, Willie sei ein Loser gewesen, weil er den Ball nicht gefangen hat. Sie meinten, er hat verdient, was mit ihm passiert ist."

„O Mann." Sie ahnte bereits, worauf das Ganze hinauslief. „Was hast du dazu gesagt?"

„Ich habe ihnen erklärt, dass er einen Fehler gemacht hat, aber niemand es verdient, dafür zu sterben."

„Da hast du recht."

„Sie waren anderer Meinung. Dieser eine Junge, Nathan Cleary ..."

„Was ist mit dem?"

„Er hat mich in den Bauch geboxt."

„*Was?* Ist das dein Ernst? Ich gehe sofort wieder da rein und werde mich mal mit dem Rektor der Schule unterhalten." Ganz zu schweigen von Scottys Bewachern. Wieso hatten die zugelassen, dass ein anderer Junge ihn schlug?

Scotty hielt sie am Arm fest, um sie am Aussteigen zu hindern. „Nein, Sam. Das geht nicht."

„Was meinst du damit? Du wurdest in der Schule angegriffen. Da kannst du aber drauf wetten, dass ich deswegen Stunk machen werde."

„Wenn du das machst, werden die anderen Kids mich hassen. Er ist beliebt, und ich bin immer noch neu. Du kannst keinen Stunk machen. Das geht einfach nicht."

Sam war es nicht gewohnt, dass jemand ihr sagte, sie könne irgendetwas nicht machen, besonders wenn es darum ging, ihre Familie zu beschützen.

„Bitte."

Dieses eine, mit leiser Stimme gesprochene Wort, ganz untypisch für ihn, ließ sie innehalten. „Okay, gut. Aber sollte er dich noch einmal schlagen, werde ich mich einmischen."

„Er hat mich diesmal überrumpelt. Wenn er mich noch einmal schlägt, schlage ich zurück."

„Ja, das wirst du, und wenn du deshalb von der Schule suspendiert wirst, gehen wir Eis essen und feiern deine erste Suspendierung."

Das entlockte ihm die Andeutung eines Lächelns.

„Du bist also nicht krank?"

Er schüttelte den Kopf. „Mein Magen tut weh von dem Schlag."

Alarmiert sagte Sam: „Soll ich dich lieber zu Dr. Harry fahren?"

„*Nein*", erwiderte er voll vorpubertärer Verachtung.

Ein weiterer Gedanke kam ihr, einer, von dem sie hoffte, dass er ihn aufheiterte. „Möchtest du heute Nachmittag mit mir zur Arbeit kommen?"

Seine Augen wurden groß. „Kann ich dir helfen herauszufinden, was mit Willie passiert ist?"

Sie startete den Motor. „Absolut. Ich kann jede Hilfe gebrauchen, Kumpel."

„Du bist nicht wütend, weil ich vorgegeben habe, krank zu sein, damit du kommst und mich abholst?"

„Ich bin nicht wütend, weil du aufgebracht und durcheinander warst. Aber ich will nicht, dass du mich anrufen lässt, weil du mal Langeweile hast. Verstanden?"

„Ja, verstanden. Ich konnte einfach nicht dableiben, nach dem, was passiert war."

„Ich hoffe, diesem kleinen Tyrannen Nathan geht der Arsch auf Grundeis aus Angst, dass er einen Riesenärger bekommt, wenn deine knallharte Cop-Mom erfährt, was er getan hat."

Scotty prustete vor Lachen, und das wärmte ihr Herz. „Du kennst vielleicht Schimpfwörter."

„*Arsch* ist doch kein richtiges Schimpfwort."

„Es ist vulgär. Hat Mrs. Littlefield gesagt."

Sein früherer Vormund hatte dem Jungen strenge Werte vermittelt, und denen gerecht zu werden erwies sich als Herausforderung für Sam. „Wenn Mrs. Littlefield das sagt, muss es wohl stimmen. Aber in meiner Welt sind Körperteile nicht vulgär." Sie diskutierten die Vulgarität verschiedener Körperteile während der ganzen Fahrt zum Hauptquartier und lachten dabei die meiste Zeit. Seine Bewacher folgten ihnen in einem ihrer typischen schwarzen SUVs. Sam bog auf den Parkplatz ein und hielt auf ihrem üblichen Platz. „Bleib hier, Kumpel, ich bin gleich wieder da."

„Okay."

Sam stieg aus, ging zu dem SUV und klopfte an die Scheibe.

Die Scheibe wurde heruntergelassen, und dahinter kam ein weiblicher Agent am Steuer sowie ein männlicher Agent auf dem Beifahrersitz zum Vorschein. Sam konnte sich an die Namen nicht erinnern, aber die Gesichter kannte sie.

„Darf ich Ihnen eine Frage stellen?"

„Selbstverständlich, Lieutenant", antwortete die Frau.

„Wie ist es möglich, dass meinem Sohn in den Magen geboxt wird, wenn zwei Bundesagenten ihn bewachen?"

„Wir haben versucht, auf Abstand zu bleiben, damit er wenigstens annähernd normale Erfahrungen machen kann", berichtete der Mann. „Der Zwischenfall mit dem anderen Jungen ist sehr schnell eskaliert. Wir bedauern, dass es passiert ist und wir nicht nah genug waren, um es zu verhindern."

Sam merkte seiner Miene und seinem Ton an, dass es ihm wirklich leidtat. Beiden. „Okay, sorry, ich wollte Sie nicht anfahren. Aber ich muss wissen, dass er ständig in Sicherheit ist, damit ich funktionieren kann."

„Tut uns leid, dass wir Sie enttäuscht haben", meinte die Frau. „Es wird nicht wieder vorkommen."

„Wie heißen Sie?"

Sie tauschten einen nervösen Blick. Zweifellos befürchteten sie, von Sam gemeldet zu werden.

„Ich bin Toni, und er ist Brice."

„Danke, dass Sie Scotty im Auge behalten, Toni und Brice. Er wird den Nachmittag mit mir verbringen. Sie können es sich gern im Empfangsbereich bequem machen, aber hinten, wo wir arbeiten, kann ich Sie nicht gebrauchen."

„Wir müssen ihn ständig sehen können, sobald er sich nicht mehr in Ihrem Haus aufhält", gab Brice zu bedenken.

„Da finden wir sicher eine Lösung, wo doch seine Mutter Polizistin ist."

Toni schüttelte den Kopf, was ihren Pferdeschwanz hüpfen ließ. „Wir müssen ihn im Auge behalten können. Ständig."

„Na schön", gab Sam genervt nach. Sie wusste, wie es war, wenn man einen Job zu erledigen hatte und dass es oft genug unangenehm für alle Beteiligten sein konnte. „Aber kommen Sie mir bloß nicht in die Quere."

„Wir werden unser Bestes tun, um unauffällig zu bleiben", versprach Brice.

Sam war auf dem Rückweg zu ihrem Wagen, als Nick anrief.

„Hey, Babe."

„Was ist mit dem Jungen?"

„Eine Schlägerei in der Schule."

„*Was?* Was zum Kuckuck …"

„Genauso habe ich auch reagiert." Sie berichtete ihm in einer knappen Version von dem Vorfall in der Schule.

„Wie konnte das passieren, wo er doch Bewacher hat?"

„Anscheinend waren sie nicht nah genug an ihm dran, um diese rasch eskalierende Situation zu stoppen."

„Aber das ist ihr Job."

„Ich glaube, sie ziehen da eine schmale Grenze zwischen seiner Sicherheit und der Möglichkeit, dass er ein normales

Schulleben führt. Keine Sorge, ich habe schon mit denen darüber gesprochen."

„Das kann ich mir vorstellen", sagte er, in sich hineinlachend. „Wo ist er jetzt?"

„Bei mir für den Nachmittag. Er wird mir helfen, den Mord an Willie aufzuklären."

„Hast du denn Zeit dafür?"

„Natürlich habe ich die. Er ist mein Sohn."

„Ja, das ist er."

„Es war nur ziemlich komisch alles."

„Was denn?"

„Einen Anruf von der Schule zu bekommen, dass er krank sei und darum gebeten hat, dass ich ihn abhole. Und dann ruft die Tussi im Sekretariat das Krankenzimmer an und sagt: ‚Scott Cappuanos Mutter ist hier, um ihn abzuholen'. Da war ich irgendwie zu Tränen gerührt."

„Ah, Liebes. Das ist süß. Du bist jetzt eine Mom."

„Endlich."

„Ich wünschte, ich könnte dich umarmen."

„Das wäre schön. Später?"

„Unbedingt. Ich habe noch einen Termin nach der Arbeit, aber es sollte nicht allzu spät werden. Ich könnte nämlich auch eine Umarmung gebrauchen. Es war ein ziemlich beschissener Tag bis jetzt."

„Was ist los?", wollte Sam wissen, verblüfft, das zu hören. Er war doch immer positiv und gut gelaunt.

„Das erzähle ich dir, wenn wir uns sehen. Hab dich lieb. Richte meinem Jungen aus, dass ich ihn auch lieb habe. Und ich werde den anderen Jungen, der ihn geschlagen hat, verprügeln, wenn er das will."

Lächelnd erwiderte sie: „Das habe ich ihm auch schon angeboten und wurde höflich zurückgewiesen."

„Vielleicht könntest du bei der nächsten Schulfeier mal deine Waffe und deine Dienstmarke sehen lassen, damit der andere Junge weiß, mit wem er es zu tun bekommt."

„Ja, ich glaube, das werde ich machen, Senator. Mir gefällt Ihre Art zu denken."

„Ich finde einfach, wir sollten etwas tun."

„Vielleicht rufe ich die Eltern des Jungen an."

„Das ist eine gute Idee. Aber achte darauf, dass du sagst: Hier spricht Lieutenant Holland vom Metro PD, ich würde gern mit Ihnen über Ihren Sohn, den kleinen Tyrannen, sprechen."

„Und über eine mögliche Anzeige wegen Körperverletzung."

Lachend meinte er: „Damit solltest du ihre Aufmerksamkeit bekommen. Hey, Scotty könnte mich heute Abend zu meiner Wohltätigkeitsgala begleiten."

„Das würde er bestimmt gerne. Ich könnte ihn mit seinen Bewachern nach Hause schicken, damit er sich umziehen kann."

„Ich hole ihn gegen halb sechs ab, dann können wir zusammen hinfahren."

„Ich werde es ihm ausrichten."

„Bis bald. Pass gut auf meine Familie auf."

„Mach ich. Und P.S., ich liebe dich auch." Sam beendete das Telefonat und öffnete die Beifahrertür für Scotty. „Das war Nick gerade am Telefon. Er hat angeboten, Nathan für dich zu vermöbeln, wenn du das gerne möchtest."

„So kurz vor der Wahl wäre das vielleicht nicht gut für ihn", erwiderte Scotty trocken, schon ganz der Sohn eines Politikers.

Gemeinsam gingen sie auf den Eingang des Hauptquartiers zu. „Mag sein, aber er würde sich danach bestimmt besser fühlen. Wir würden beide den Jungen gern spüren lassen, wie sich das anfühlt, was er mit dir gemacht hat."

„Es ist cool, dass ihr zwei wütend deswegen seid."

„Und wie wir das sind. Was ist die Steigerung von sauer?"

„Äh ... Ich suche nach dem richtigen Wort ... Zornig?"

„Zornig. Das ist ein gutes Wort. Aber wir brauchen mehr Wumms. Scheißwütend klingt besser."

„Scheiße ist ein Schimpfwort."

„Ach was!"

„Doch. Frag Mrs. L."

Sam seufzte dramatisch. „Deren Standards sind mir echt zu hoch."

„Was du nicht sagst." Scotty verdrehte die Augen.

„Nimmst du mich auf den Arm?"

„Ja, ich glaube schon."

Sie schauten sich grinsend an, und Sam war froh, dass er

anscheinend den Trübsinn wegen des Vorfalls in der Schule hinter sich gelassen hatte. „Nick hat sich gedacht, du möchtest vielleicht mit zu seiner Wohltätigkeitsgala in Arlington heute Abend."

Seine Augen leuchteten. Er liebte jede Sekunde, die er mit Nick verbringen konnte, selbst wenn sie etwas unternahmen, was die meisten Kids langweilig finden würden. „Und wie!"

„Vorher musst du aber nach Hause, um deine Arbeitskleidung anzuziehen", sagte sie und meinte damit die Khakihosen, Blazer, Hemden und das Sortiment aus Krawatten, die sie ihm für seine Auftritte bei Wahlkampfveranstaltungen gekauft hatten. Er hatte die Sachen „Arbeitskleidung" getauft, was Sam und Nick köstlich amüsierte.

„Das ist kein Problem."

„Ich werde mit deinen Bewachern reden, damit sie dich zum Umziehen nach Hause fahren. Nick meinte, er würde dich gegen halb sechs abholen, damit ihr gemeinsam hinfahren könnt."

In der Lobby begegneten sie Chief Farnsworth. „Hey, Leute", begrüßte er sie und musterte die Secret-Service-Agenten, die ihnen folgten. „Wie läuft's?" Er schüttelte Scotty die Hand.

Sam legte Scotty die Hände auf die Schultern. „Ich habe einen Deputy für den Nachmittag, wenn Sie einverstanden sind."

„Natürlich. Alles okay?"

„Er fühlte sich nicht gut in der Schule, aber jetzt geht es ihm schon viel besser. Stimmt's, Kumpel?"

Der liebevolle Blick, mit dem er sie ansah, rührte sie zutiefst. „Mir geht's viel besser."

„Hast du Lust, dir mit dem alten Onkel Joe anzusehen, was in der Aufnahme los ist? Wir könnten ein Verbrecherfoto von dir machen und deine Fingerabdrücke nehmen."

„Darf ich, Sam?", fragte Scotty mit vor Begeisterung glänzenden Augen.

Sam schenkte dem Chief ein dankbares Lächeln. „Sind Sie sicher, dass Sie dafür Zeit haben?"

„Bin ich."

„Dann viel Spaß und benimm dich", sagte sie zu Scotty.

„Ich benehme mich immer", erwiderte er empört.

Ja, dachte sie, während sie hinterherschaute, wie er mit dem

Chief davonging, der ihm den Arm um die Schultern gelegt hatte – er war ein guter Junge. Deshalb war es ihm auch nicht in den Sinn gekommen, zurückzuschlagen, als der Tyrann ihn geschlagen hatte. Beim nächsten Mal würde er wissen, wie er sich selbst zu verteidigen hatte. Sie würde dafür sorgen, dass es kein nächstes Mal mit diesem Jungen geben würde, aber es gab immer andere.

Sie kehrte zurück ins Kommissariat, wo sie zu ihrer Überraschung Freddie antraf. „Was machst du hier?"

„Konnte nicht schlafen, deshalb bin ich wieder hergekommen."

„Du siehst fertig aus."

„Danke für das Kompliment. Ich habe Arnold bei den Telefonverbindungen geholfen. Kann ich sonst noch was tun?"

„Wir müssen uns mit Garrett Collins unterhalten, außerdem mit Rick Lind, wenn dir danach ist."

„Von mir aus gern."

„Gib mir ein paar Minuten, ich finde dich dann." Sie ging in ihr Büro und überflog den Stapel Nachrichten, die nichts mit dem aktuellen Fall zu tun hatten, weshalb sie sie beiseitelegte.

Ein Klopfen an der Tür ließ sie aufsehen. Es war Lieutenant Archelotta. „Hast du eine Minute Zeit, Sam?"

„Mehr aber auch nicht", erwiderte sie. „Was gibt's?"

Zu ihrem Erstaunen schloss er die Tür hinter sich. „Ich war vorhin in der Lieutenants-Lounge ..."

„Wir haben eine Lieutenants-Lounge? Wo zum Henker ist die?"

„Im dritten Stock."

„Warum hat mir das noch keiner erzählt?"

„Steht im Lieutenants-Handbuch."

„Es gibt ein *Handbuch?*"

„Ehrlich, Sam, du bist chaotisch", bemerkte er lachend.

„Ja, ich weiß. Also ..."

„Ich habe Stahl über den Fall Vasquez reden gehört und dass Willie in einem Müllcontainer gefunden wurde."

Sam fühlte Wut in sich aufsteigen. „Was hat er darüber gesagt?"

„Dass es symbolhaft sei und ausgleichende Gerechtigkeit. Ich glaube, das waren die Worte, die er benutzt hat. Dann bat der Chief mich, zu überprüfen, ob heute von hier aus Anrufe an den *Washington Star* gingen. Tja, man könnte sagen, dass ich zwei und zwei zusammengezählt habe."

„Gab es einen Anruf beim *Star*?", fragte Sam.

„Einen, aus der Lieutenants-Lounge."

Sam sprang auf. „Wir müssen das Telefon auf Fingerabdrücke untersuchen."

„Schon geschehen."

„Ausgezeichnet. Du bist gut, Archie. Wirklich gut." Die Doppelbedeutung dieser Worte klang nach, bis Sam sich räusperte und ihre schmutzigen Gedanken vertrieb. „Willst du Farnsworth erzählen, was du gehört hast?"

„Wenn es dazu führt, Stahl loszuwerden, dann werde ich es ihm ganz bestimmt erzählen."

„Wir müssen es richtig anstellen, um die Chance, diesen Bastard dranzukriegen, nicht zu vertun. Lass uns warten, bis du die Ergebnisse wegen der Fingerabdrücke bekommen hast. Danach präsentieren wir dem Chief das ganze hübsche Paket."

„Guter Plan."

„Konntest du sehen, mit wem er in der Lounge gesprochen hat?"

„Nein, sonst wäre ich aufgeflogen", antwortete Archie. „Ich halte dich auf dem Laufenden."

„Danke für die Information."

„Gern geschehen. Ich weiß, dass er es auf dich abgesehen hat, seit man dir seinen Posten gegeben hat. Deshalb fand ich, du könntest ein bisschen Munition gegen ihn gebrauchen."

„Da hast du recht."

„Ich kann nicht glauben, dass er blöd genug war, um von einem Apparat in diesem Haus anzurufen."

„Arroganz, schlicht und einfach. Es ist ihm nicht in den Sinn gekommen, dass man ihn ertappen könnte."

„Ich hoffe, wir kriegen ihn dran. Ich hasse Cops wie ihn, die uns alle schlecht aussehen lassen."

„Geht mir auch so. Danke noch mal, Archie."

„Jederzeit."

Bevor sie das Büro verließ, rief sie Gonzo auf seinem Handy an, um seinen Lagebericht zu hören.

„Hey, Lieutenant. Was gibt's?"

„Hast du was von draußen zu berichten?"

„Bis jetzt noch nichts. Wir haben Streifenpolizisten ausschwärmen lassen für die Suche nach Blutspuren."

„Hast du irgendetwas von Carlucci wegen des Transports von Collins gehört?"

„Nur dass der einen heftigen Wutanfall bekommen hat. Meinte, er habe nichts verbrochen und plärrte etwas von einem wasserdichten Alibi. Das Übliche."

„War von Anwälten die Rede?"

„Hat sie nicht erwähnt. Beckett hat Collins in Verhörraum zwei bringen lassen, dort wartet er auf dich."

„Gut, danke. Halte mich wegen des Bluts auf dem Laufenden." Sie beendete das Gespräch und kehrte ins Kommissariat zurück. „Cruz, reden wir mit Mr. Collins."

„Bring mich auf den neuesten Stand."

Sam erzählte ihm von Collins finanzieller Situation und dem Zustand seines Zuhauses, als Hill ihn am Tag zuvor dort aufgesucht hatte.

„Wer zertrümmert denn seine eigenen Sachen derartig?", bemerkte Cruz.

„Lass es uns herausfinden."

Als Sam und Freddie den Verhörraum betraten, sprang Collins auf. „Was zur Hölle soll das? Ich habe doch gestern mit Agent Hill gesprochen …"

„Setzen Sie sich, Mr. Collins."

„Ich verlange zu erfahren, was los ist!"

„Setzen Sie sich, Mr. Collins", wiederholte Sam ihre Aufforderung, diesmal mit mehr Nachdruck.

Er ließ sich wütend auf den Stuhl sinken.

„Und jetzt fangen wir noch mal von vorn an, ja? Ich bin Lieutenant Holland. Dies ist mein Partner Detective Cruz. Er wird unser Gespräch aufzeichnen." Sie nickte Freddie zu, der das Aufnahmegerät einschaltete, das auf der einen Ecke des Tisches stand.

Freddie nannte Uhrzeit und Datum. „Lieutenant Holland,

Detective Cruz, Befragung von Garrett Collins, Geschäftsführer der D.C. Federals, zur Mordsache Willie Vasquez."

„Ich hatte nichts zu tun mit dem, was Willie passiert ist! Das habe ich Hill schon gesagt."

„Und er war geneigt, Ihnen zu glauben", sagte Sam.

„Was soll das dann alles?"

„Wir würden gern erfahren, warum der Geschäftsführer eines Major League Baseballteams so gut wie pleite ist." Sie warf den Bericht über seine Finanzen vor ihm auf den Tisch.

„Woher wissen Sie davon?"

„Wir sind gern gründlich. Angesichts dieses Finanzberichtes und des Schadens in Ihrem Haus, den Agent Hill gesehen hat, fragen wir uns, was tatsächlich für Sie von diesem Spiel abhing."

Er wand sich kaum merklich, doch Sam entging es nicht. „Haben Sie auf das Spiel gewettet, Mr. Collins?"

„Sie wissen, dass ich das nicht kann. MLB-Spielern und Angestellten der Teams ist es nicht gestattet, auf Spiele zu wetten."

„Trotzdem hat diese Regel nicht verhindert, dass es in der Vergangenheit geschehen ist, oder?"

„Nein."

Sam ließ das folgende Schweigen wirken und sandte ihm auf diese Weise die Botschaft, dass sie auf eine Erklärung von ihm wartete.

„Sie verstehen das nicht", sagte er schließlich.

„Was verstehe ich nicht?"

„Wir sollten das Spiel gewinnen. Wir hätten das Spiel gewinnen sollen. Er musste nur diesen Ball fangen. Einfach nur den Ball fangen. Haben Sie eine Ahnung, was das für uns alle für Konsequenzen gehabt hätte?"

„Welche Konsequenz hätte es für Sie gehabt?"

„Das Team, das ich aufgestellt habe, hätte an der World Series teilgenommen."

„Und darüber hinaus?"

„Nichts darüber hinaus! Ich habe das in jeder nur erdenklichen Hinsicht gebraucht."

„Warum?"

„Weil es meine Chance war, die Dinge zum Guten zu wenden! Sie müssen verstehen … Ich brauchte diesen Sieg."

„Das sagten Sie bereits. Aber den Grund haben Sie uns immer noch nicht verraten."

Er trank einen Schluck aus dem Glas Wasser auf dem Tisch und wischte sich eine Schweißperle von der Stirn. „Vor einigen Jahren musste ich durch eine ziemlich hässliche Scheidung. Die hat mich finanziell erledigt. Seitdem versuche ich wieder auf die Füße zu kommen."

„Sie verdienen viel Geld, Mr. Collins. Wieso haben Sie Geldprobleme und können nicht mal Ihren Kabelanschluss bezahlen?"

Er ließ den Kopf in die Hände sinken, und seine Schultern zuckten.

Sam sah zu Freddie und verdrehte die Augen. Er reagierte nicht, was ungewöhnlich war, aber er musste auch sehr erschöpft sein.

„Sind Sie spielsüchtig, Mr. Collins?"

„Ja", gestand er, gedämpft durch die Hände vor dem Gesicht.

„Und haben Sie auf den Ausgang der National League Championship Series gewettet?"

Das Gesicht nach wie vor hinter den Händen verborgen, nickte er.

„Wie viel?"

„Mehr, als ich mir zu verlieren leisten konnte. Und jetzt ..."

„Was jetzt?"

„Stecke ich in richtig großen Schwierigkeiten."

„Was für Schwierigkeiten?"

„Alle möglichen Arten von Schwierigkeiten. Ich muss viel Geld auftreiben und weiß nicht, wie. Andernfalls ..."

„Andernfalls?"

„Das weiß ich nicht genau, und ich möchte es auch lieber nicht herausfinden."

„Wer sind die Leute, bei denen Sie Schulden gemacht haben?"

„Wenn ich Ihnen das verrate, bin ich ein toter Mann."

„Entweder Sie sagen mir, um wen es sich handelt, oder ich lasse Sie gehen, damit die Sie finden können. Dann finden Sie selbst heraus, was passiert, wenn Sie diese Leute verarschen."

„Ich kann es Ihnen nicht sagen, und nach Hause kann ich auch nicht."

„Haben Sie irgendetwas mit Mr. Vasquez' Tod zu tun?"

„Nein! Was hat es denn für mich nach dem Spiel noch für einen Unterschied gemacht, ob er tot oder lebendig war? Ihn umzubringen hätte mein aktuelles Problem nicht gelöst."

Sam war geneigt, ihm zu glauben, und besaß auch keine Geduld mehr. Sie wandte sich an Freddie: „Detective Cruz, würden Sie bitte dafür sorgen, dass Mr. Collins nach Hause gebracht wird?"

Collins sprang auf. „Das können Sie nicht machen! Die werden herausfinden, wo ich war und mit wem ich geredet habe. In dem Moment, als Sie mich in Gewahrsam genommen haben, haben Sie mich gebrandmarkt. Wenn Sie mich jetzt nach Hause schicken, werde ich die Nacht nicht überleben."

„Das ist nicht mein Problem."

„*Wieso ist das nicht Ihr Problem?*" Spucketröpfchen flogen und verfehlten Sams Gesicht, da sie sich wegduckte. „Sind Cops denn nicht dazu da, sich um Menschen zu kümmern?"

„Ich kümmere mich um Menschen – Menschen, die sich selbst helfen, indem sie mir die Informationen geben, die ich benötige. Das sind die Menschen, um die ich mich kümmere."

„Gut!" Er lehnte sich zurück und schien sich geschlagen zu geben. „Ich werde es Ihnen verraten. Nur bringen Sie mich nicht von hier weg. Bitte!"

Sam erkannte Todesangst, wenn sie sie sah, und dieser Mann hatte eindeutig Angst. „Ich höre."

„Wenn ich es Ihnen erzähle, versprechen Sie mir dann, mich zu schützen?"

„Ich werde tun, was ich kann. Hängt von der Qualität der Information ab und ob sie glaubwürdig ist oder nicht."

„Sie ist glaubwürdig. Ich habe einen Buchmacher, der Wetten für mich platziert. Ich habe seinen Namen und seine Telefonnummer."

Sam schob ihm ihren Notizblock und Kugelschreiber über den Tisch. „Schreiben Sie beides auf."

„Ich weiß die Nummer nicht aus dem Kopf. Ich brauche mein Handy. Man hat es mir weggenommen, als man mich hierherbrachte."

Sam stand auf und ging zu Freddie. „Hol das Handy", bat sie ihn mit leiser Stimme.

Er nickte und verließ den Raum.

Sam kehrte an den Tisch zurück und nahm den Block, auf den Collins den Namen des Buchmachers geschrieben hatte. Antonio Sandover. Bei dem Namen läuteten bei ihr die Alarmglocken, nur wusste Sam nicht, warum. „Ich bin gleich wieder da", sagte sie zu Collins, bereits auf dem Weg hinaus.

Auf dem Flur traf sie Malone, der offenbar auf dem Weg zu ihr war. „Ich habe die Information zu den richterlichen Verfügungen anderer Teammitglieder, um die Sie gebeten haben. Hoffentlich hatten Sie nicht vor, heute Abend zu schlafen, es sind nämlich eine ganze Menge."

„Sehr gut. Können Sie mir die auf meinen Schreibtisch legen?"

„Gern."

„Antonio Sandover – warum klingelt da bei mir was?"

„Das FBI hat ihn im Visier. Schutzgelderpressung und andere Delikte. Wir haben vor einigen Wochen ein Memo dazu bekommen."

Sam schnippte mit den Fingern. „Das ist es." Sie zückte ihr Handy.

„Ich habe gesehen, wie der Chief Fingerabdrücke von Ihrem Scotty nimmt", berichtete Malone grinsend. „Ich habe ein paar Fotos gemacht, die ich Ihnen per E-Mail schicken werde."

„Oh, cool. Danke."

„Er ist ein süßer Junge, und immer höflich."

„Ich wünschte, das hätte er mir zu verdanken."

„Da kann er sich vermutlich glücklich schätzen, dass Sie ihn erst relativ spät zu sich genommen haben."

„Urkomisch, wirklich."

Malone unternahm keinen Versuch, seine Heiterkeit zu verbergen.

„Lachen Sie sich nur kaputt." Sam fand Hills Nummer in ihrer Kontaktliste und drückte die Anruftaste. Als er sich meldete, sagte sie: „Erzählen Sie mir etwas über Antonio Sandover."

„Was ist mit ihm?"

„Ihr vom FBI habt ihn im Visier?"

„Ja, wir bereiten eine Klage vor wegen illegalen Glücksspiels,

Schutzgelderpressung und anderen möglichen Straftaten. Warum?"

„Collins hat mit ihm zu tun. Es geht um viel Geld. Er wettet auf NLCS-Spiele."

„Soll das ein Witz sein? Er riskiert eine lebenslange Sperre im Baseball, indem er auf sein eigenes Team wettet?"

„Offensichtlich, und jetzt hat er Angst davor, was mit ihm passieren könnte und bettelt uns an, ihn in Gewahrsam zu behalten."

„Du meine Güte. Wie bringen Leute sich bloß in derartige Schwierigkeiten, vor allem, wenn sie so viel Geld verdienen wie Collins?"

„Vermutlich ist er der Typ, der nie zufrieden ist, egal wie viel er hat."

„Wir werden ihn in Schutzhaft nehmen müssen. Er könnte uns nützlich sein. Ich werde mal ein paar Anrufe machen und melde mich gleich wieder bei Ihnen."

„Danke."

„Das FBI will ihn drankriegen", informierte sie Malone.

„Dann könnte der Mord an Willie Collins das Leben gerettet haben?"

„Durchaus möglich."

„Wir leben in einer seltsamen, verdrehten Welt, Lieutenant."

„Haben Sie das gerade erst bemerkt, Captain?"

Sie grinsten einander an, dann kehrte Sam zurück in den Verhörraum. „Hier kommt der Deal – das FBI sammelt Beweismaterial gegen Sandover. Sie können denen möglicherweise helfen und genießen im Gegenzug Schutzhaft."

„Denen helfen? Was heißt das?"

„Beim Zusammentragen von Beweismaterial gegen Sandover."

„Sie haben wohl den Verstand verloren! Wollen Sie mich umbringen lassen?"

„Eigentlich wollte ich dafür sorgen, dass Sie am Leben bleiben. Sie haben zwei Möglichkeiten – helfen Sie dem FBI und begeben Sie sich in Schutzhaft. Oder Sie marschieren hier raus und verteidigen sich selbst, mit unseren besten Wünschen."

„Das ist alles? Das sind meine Optionen?"

„Das ist alles, was ich habe."

„Ziemlich beschissene Optionen.“

„Ein kluger Mann wie Sie hätte sich das vielleicht überlegen sollen, bevor er Geschäfte mit einem bekannten Kriminellen macht.“

„Das wäre doch alles nicht passiert, wenn Willie diesen gottverdammten Ball gefangen hätte!“

„Tja, hat er aber nicht. Also, was soll’s sein? Arbeiten Sie mit uns zusammen oder verteidigen Sie sich selbst?“

Collins sackte in sich zusammen. „Wahrscheinlich bin ich so oder so tot, was spielt das dann noch für eine Rolle?“

„Das FBI wird sich darum kümmern, dass alles Mögliche für Ihre Sicherheit getan wird.“

„Verzeihen Sie, dass ich das nicht allzu beruhigend finde.“

„Ich habe nicht den ganzen Tag Zeit, Mr. Collins. Wie lautet Ihre Entscheidung?“

Er stieß die Luft aus und schien allmählich zu begreifen, dass das Leben, wie er es gekannt hatte, vorbei war. Er ließ die Schultern hängen, und seine frisierten Haare fielen ihm in die Stirn. „Ich werde mit dem FBI zusammenarbeiten.“

„Ich werde es weitergeben. Bleiben Sie sitzen.“

„Ja, klar. Als hätte ich eine andere Wahl.“

Ausnahmsweise empfand Sam nicht das Bedürfnis, zusätzlich Salz in die Wunde zu streuen, deshalb verließ sie den Raum wieder und ging in ihr Büro, wo sie auf Hills Anruf wartete.

Freddie kam mit Collins’ Handy herein, das in einer Asservatentüte steckte. „Soll ich ihm das immer noch bringen?“

„Besorg dir Antonio Sandovers Nummer von diesem Telefon.“

Freddie stieß einen leisen Pfiff aus. „Was hat Collins denn mit dem zu schaffen?“

„Baseballwetten, was sonst.“

„Im Ernst? Er wettet auf sein eigenes Team?“

„Scheint so.“

„Verdächtigst du ihn, den Mord an Willie begangen zu haben?“

„Nein.“ Sam seufzte. Wie angenehm wäre es gewesen, dem Geschäftsführer des Teams, für den es um viel mehr ging als irgendwer ahnte, den Mord nachweisen zu können. Leider war in ihrer Welt wenig angenehm und schon gar nicht einfach. „Er hat Willie nicht umgebracht, weil es für ihn ohnehin nichts mehr geändert hätte. Nein, er ist bloß nach Hause gefahren und hat sein Wohnzimmer zerlegt. Finde die Nummer und leg das Telefon zurück in die Asservatenkammer. Danach treffen wir uns hier, um mit Rick Lind zu sprechen."

„Einverstanden."

Sie nutzte die freie Minute, um eine Online-Recherche über Lind zu starten und einige Seiten an Informationen über den Mann auszudrucken. Als Sams Telefon klingelte, nahm sie Hills Anruf entgegen. „Ich höre."

„Ich schicke meinen Deputy, Special Agent Terrell, um Collins abzuholen. Er wird drei weitere Agenten für den Transport bei sich haben."

„Ich werde es Collins ausrichten."

„Ich nehme um fünf einen Flug in die Dominikanische Republik. Sobald ich Marco aufgespürt habe, melde ich mich wieder."

„Wir machen uns jetzt auf den Weg, um mit Lind zu sprechen."

„Ich habe vergessen zu erwähnen, dass Bixby mir erzählt hat, Lind habe Probleme."

„Was für Probleme?"

„Wut, zum Beispiel. Man kann ihn schnell auf die Palme bringen."

„Gut zu wissen. Danke noch mal, dass Sie die Reise machen."

„Gerne."

Sie klappte ihr Handy zu, steckte es in die Hosentasche und machte sich auf die Suche nach Cruz.

Auf dem Weg aus dem Hauptquartier schaute sie nach Scotty und dem Chief, um die beiden darüber zu informieren, dass sie los musste.

Scotty strahlte, als er sie in die Aufnahme kommen sah. „Sam! Sieh dir das an!" Er hielt die Hände hoch, um ihr die schwarzen Fingerkuppen zu präsentieren. „Und hier ist mein Verbrecherfoto."

„Mensch, du darfst doch nicht *lächeln,* wenn du verhaftet worden bist."

„Die Prominenten lächeln auf ihren Polizeifotos, weil sie

wissen, dass es im TV zu sehen sein wird, und da wollen sie nicht wie die letzten Loser rüberkommen."

„Wer hat dir das erzählt?"

„Onkel Joe."

Sam lächelte dem Chief zu, der so entspannt wirkte wie seit Tagen nicht. „Du musst um halb sechs zu Hause und umgezogen sein, weil Nick dich dann abholt", erinnerte sie Scotty und schaute zu seinen Bewachern, die ihr zunickten. „Und sorg dafür, dass du zwischendurch deine Hausaufgaben machst."

„Mach ich." Er umarmte sie. „Danke, dass du mich von der Schule abgeholt hast."

Während Sam die Umarmung erwiderte, fragte sie sich, ob sie sich irgendwann an die überwältigende Liebe zu diesem Kind in ihrem Leben gewöhnen würde. „Gern geschehen." Sie küsste ihn auf den Kopf und ließ ihn los. „Danke, Chief."

„Es war mir ein Vergnügen", erwiderte der mit einem liebevollen Lächeln für Scotty.

Der Mann, der nie eigene Kinder gehabt hatte, betrachtete Scotty als Ersatzenkel und freute sich offenbar über diesen Familienzuwachs.

„Wir sehen uns."

12

Lind wohnte in Potomac, einer vornehmen Gemeinde an der Ringautobahn in Maryland. Sams Recherche zufolge war er verheiratet und hatte drei Kinder – zwei Söhne und eine Tochter. Er hatte das Fördersystem der University of California durchlaufen und war direkt vom College von den San Diego Padres verpflichtet worden. Er hatte dann in mehreren Teams der National League gespielt, ehe er bei den Feds in ihrer ersten Saison als Major League Team gelandet war.

Dort hatte er seine Berufung als Closer gefunden – der auf die letzten Outs spezialisierte Pitcher –, dessen Stern in den letzten zwei Saisons aufgestiegen war.

Während Freddie fuhr, las Sam gründlich die ausgedruckten Seiten und stieß auf eine Verhaftung vor zwei Jahren wegen eines häuslichen Vorfalls, der jedoch keine juristischen Folgen gehabt hatte. Sie rief Malone an und erkundigte sich nach Einzelheiten. „Bleiben Sie dran", meinte er, und sie hörte im Hintergrund das Klappern der Computertastatur. „Offenbar hat seine Frau die Polizei gerufen, weil er sie bedroht hat. Die haben ihn in Gewahrsam genommen und über Nacht dabehalten, ihn aber wieder freigelassen, weil seine Frau keine Anzeige erstatten wollte."

„Interessant. Danke für die Info. Ich werde berichten, was er zu sagen hatte."

„Klingt gut."

Freddie lenkte den Wagen weiter durch den Verkehr, und Sam nutzte die Gelegenheit, um sich auch die vielen richterlichen Verfügungen genauer anzusehen, die die Spieler der Feds erwirkt hatten. Bei den meisten ging es um aufdringliche Frauen, die den Spielern nachstellten. Willies Verfügung gegen seinen Schwager fiel dagegen aus dem Rahmen, da sie sich gegen ein Familienmitglied richtete statt gegen einen Fan.

"Warum bist du so still?", fragte sie ihren Partner, während sie die Details zu Willies Verfügung gegen Marco Peña überflog.

„Ich bin nicht still. Ich fahre."

„Doch, du bist still. Was ist los?"

„Nichts."

„Wenn du sagst, nichts ist los, stimmt immer etwas nicht."

„Hör auf so zu tun, als würdest du mich so gut kennen."

Sam warf ihm einen vernichtenden Blick zu. Sie war sich ziemlich sicher, dass ihn außer seiner Mutter und vielleicht seiner Freundin niemand besser kannte als sie. „Soll ich es dir beweisen?"

„Lass es lieber."

„Na komm schon, Freddie. Was ist los?"

„Es war eine harte Nacht, das ist alles."

„Ist dir ihr Schicksal nahegegangen?", fragte sie, auf Carmen anspielend.

„Natürlich. Sie hat gerade ihren Mann verloren und muss sich um ihre zwei kleinen Kinder kümmern in einem Land, das nicht ihre Heimat ist. Ihre Kinder sind amerikanische Staatsbürger, deshalb ist sie unschlüssig, was sie jetzt, nach Willies Tod, tun soll. Wir haben uns eine Weile unterhalten, während wir auf die Ankunft ihrer Familie gewartet haben. Es war … es war eine lange Nacht."

Und ihr sensibler Partner war von der Trauer der jungen Witwe sicher mehr betroffen als die meisten anderen. „Es war gut, dass du bei ihr geblieben bist. Das ging weit über deine Pflicht hinaus."

Er tat ihr Lob mit einem Schulterzucken ab, genau wie sie es erwartet hatte.

„Irgendwer musste bei ihr bleiben. All ihre Freunde haben

sich von ihr abgewandt, nachdem ihr Mann den Ball nicht gefangen hat."

„Das hat sie verletzt."

„Und wie. Die Frauen und Freundinnen halten zusammen, besonders während der Saison, wenn die Männer dauernd unterwegs sind. Ich hatte den Eindruck, dass die anderen Frauen Carmen Trost geboten haben, während sie ihre Kinder weit weg von ihrer Heimat und Familie großgezogen hat. Aber als sie diese Freundinnen am dringendsten brauchte ..."

„Wurde sie von ihnen im Stich gelassen."

„Ja."

„Es ist eine in jeder Hinsicht miese Situation."

„Ich wünschte, ich könnte mehr für sie tun."

„Bei der Suche nach dem Mörder ihres Mannes zu helfen wird dazu beitragen, dass sie mit der Geschichte irgendwann abschließen kann."

„Ich kann gar nicht glauben, dass du das Wort ‚abschließen' benutzt. Du hasst dieses Wort."

„Stimmt." Sie hasste das Wort, weil die Familien von Mordopfern nie ganz abschließen konnten mit dem, was geschehen war. Sie lebten für den Rest ihres Lebens im Schatten des Gewaltverbrechens. „Wir tun für sie, was wir können. Wir tun unser Bestes."

„Ich weiß."

Das Beste, was er tun konnte, würde ihm nicht genügen, vermutete Sam und schwor sich, ihren Partner in den nächsten Tagen genau im Auge zu behalten. Normalerweise zogen sie eine feine Grenze zwischen ihrem Privat- und ihrem Berufsleben, und irgendwie gelang es ihnen, die Balance zu halten. In Zeiten wie diesen jedoch sah Sam in Freddie mehr den lieben kleinen Bruder, den sie nie gehabt hatte, als den Partner, den sie ausgebildet hatte und seit Jahren förderte. Nicht dass sie ihm das je verraten würde ...

Sie fuhren in das Montgomery County und erreichten Potomac, eine der wohlhabendsten Städte im Land. „Ich staune über die Häuser hier draußen", bemerkte Sam. „Kannst du dir vorstellen, in einem solchen Haus zu leben?" Sie zeigte auf eine

Tudor-Monstrosität, die in der Hauptstadt einen ganzen Häuserblock eingenommen hätte.

„Nie im Leben."

„Selbst wenn ich es mir leisten könnte, würde ich nicht so weit draußen leben wollen, wo nichts los ist."

„Du würdest hier draußen verrückt werden."

Natürlich wohnte Lind in einer Siedlung mit bewachtem Eingangstor, und natürlich mussten sie sich wieder mit dem Miet-Cop im Wachhäuschen auseinandersetzen, um hereingelassen zu werden.

„Öffnen Sie einfach das Tor, Barney Fife, bevor ich mich bei Ihrem Vorgesetzten über Sie beschwere", riet Sam ihm.

„Wer zum Geier ist Barney Fife?", fragte der junge Mann perplex.

„Machen Sie das verdammte Tor auf. Wir ermitteln in einem Mordfall, und Sie behindern uns."

„Wenn ich deswegen Ärger bekomme ..."

„Sie haben zwei Sekunden, oder die blöde Schranke wird meine neue Motorhaubendeko."

Mit finsterem Blick legte der Wachmann einen Schalter um, und die Schranke ging hoch.

Freddie trat aufs Gaspedal und ließ eine kleine Staubwolke zurück. „Gut gemacht", lobte Sam ihn. „Ich habe von diesen gottverdammten Wachleuten die Nase gestrichen voll."

„Verwende den Namen des Herrn nicht nutzlos", ermahnte er sie mit weniger Überzeugung als sonst. Allerdings hätte Sam sich mehr Sorgen gemacht, wenn er es überhaupt nicht gesagt hätte.

„Verzeihung."

„Du könntest wenigstens versuchen, ein Mindestmaß an Aufrichtigkeit in deine Entschuldigung zu legen."

„Was? Jetzt entschuldige ich mich auch noch falsch? Dir kann ich es auch nie recht machen."

Das freundschaftliche Frotzeln entsprach schon eher dem Verhältnis zwischen ihnen als dieses eiserne Schweigen.

Rick Linds Haus war eine weitere Monstrosität aus Sandstein, mit cremeweißen Ziersockeln und einem eleganten schwarzen Sportwagen in der Auffahrt.

„Park bloß nicht zu nah an dem Ding", warnte Sam ihn, als

Freddie neben dem anderen Wagen hielt. „Die Haftpflichtversicherung des Departments reicht bestimmt nicht mal für die Reparatur eines Kratzers an der Karre aus."

„Ich glaube, das ist der neueste Porsche."

„Hm, woran erkennst du das?"

„Am Schild auf dem Heck", meinte er, darauf deutend, während sie aus Sams eckigem, im eigenen Land produzierten Wagen stiegen, der neben dem glänzenden schwarzen Gefährt plump wirkte.

„Mein armes Auto kriegt einen Minderwertigkeitskomplex", sagte Sam, drückte an der Haustür auf den Klingelknopf und lauschte den Glockenklängen im Inneren. „Wie bei Christian Pattersons Haus. Erinnerst du dich noch daran?"

„Ich erinnere mich, wie er am Vormittag im Bademantel die Tür geöffnet hat, weil er sich mit seiner Frau vergnügt hatte."

„Ich frage mich, ob sie die einmal pro Monat gestatteten Besuche zum ehelichen Vollzug nutzen, jetzt, wo er im Gefängnis sitzt."

Freddie kicherte. „Klar fragst du dich das."

Sam drückte erneut auf den Klingelknopf, und wieder waren die nervigen Glockenklänge zu hören. „Stell dir mal vor, du schläfst, wenn das Ding loslegt. Das muss laut sein wie eine Luftschutzsirene. Oh, wow, da kommt jemand."

Die Tür schwang auf, und vor ihnen stand eine dürre Frau mit braunen, schulterlangen gelockten Haaren, die aussahen wie frisch frisiert. Sie war adrett gekleidet mit einem maßgeschneiderten pinkfarbenen Oxford-Hemd, figurbetonend enger Jeans und Lederstiefeln.

„Kann ich Ihnen helfen?"

Sie hielten ihre Dienstmarken hoch. „Ich bin Lieutenant Holland, Metro PD. Mein Partner, Detective Cruz. Wir suchen Rick Lind."

„Tun wir das nicht alle?", erwiderte die Frau mit einem müden Seufzer.

Sam und Freddie tauschten einen Blick. „Was hat das zu bedeuten?", fragte Sam.

„Ich habe von meinem Mann weder etwas gehört noch gesehen seit dem Abend, an dem sie das Spiel verloren haben. Als

Sie meinten, Sie seien Cops, hatte ich gehofft, Sie wüssten vielleicht etwas über ihn und seien deshalb hergekommen.“

„Haben Sie ihn als vermisst gemeldet?“ Sam fragte sich, warum niemand ihr von einer Vermisstenanzeige eines Spielers der Feds berichtet hatte.

„Noch nicht.“

„Warum nicht?“

„Weil er das schon früher gemacht hat. Wenn es nicht nach seinen Vorstellungen läuft, taucht er unter.“

„Für wie lange?“

„Normalerweise für einen Tag oder so. Dies ist bis jetzt der längste Zeitraum.“

„Haben Sie irgendeine Idee, wo er sein könnte?“

„Ich habe jeden angerufen, mit dem er zusammen sein könnte, aber niemand hat ihn gesehen.“

„Wie heißen Sie?“

„Carla Lind.“

Sam schrieb den Namen in ihr Notizbuch. „Ist das sein Wagen?“ Sie deutete auf das schwarze Auto.

„Ja, sein ganzer Stolz“, antwortete Carla mit einer Spur Bitterkeit.

„Hätten Sie etwas dagegen, wenn wir für einen Moment reinkommen?“

„Äh, nein.“ Sie führte die beiden in eines dieser nutzlosen Wohnzimmer, die angeblich dem Besuch vorbehalten waren, in Wahrheit aber von niemandem genutzt wurden.

„Wie gelangt er an Spieltagen zum Stadion und wieder zurück?“, erkundigte Sam sich, als sie und Freddie auf dem einen und Carla auf einem anderen Sofa saßen.

„Normalerweise fährt er, aber diesmal hatte er einen Fahrdienst engagiert, um im Fall eines Sieges trinken zu können.“

„Waren Sie bei dem Spiel?“

„Ja. Meine Kinder und ich waren in der Loge des Teambesitzers, zusammen mit den anderen Familien.“

„Haben Sie Ihren Mann nach dem Spiel gesehen?“

„Nein. Wir sind unmittelbar nach Willies Patzer gegangen. Wir waren besorgt wegen der Krawalle. Wie sich gezeigt hat, war es genau die richtige Entscheidung, gleich zu verschwinden.“

„Ich nehme an, Ihr Mann besitzt ein Handy?", fragte Sam.

„Ja, auch wenn mir das überhaupt nichts gebracht hat."

„Wenn Sie ihn anrufen, klingelt es oder springt sofort die Mailbox an?"

„Es klingelt."

Sam sah Freddie an.

„Könnten wir bitte die Nummer bekommen, Ma'am? Wir lassen es durch unseren IT-Experten orten."

Carlas Blick wanderte zwischen Sam und Freddie hin und her. „Ich weiß nicht, ob das so eine gute Idee ist."

„Warum?"

„Wenn er in eine seiner ... Launen verfällt, ist es besser, ihn allein zu lassen, bis es wieder vorbei ist."

„Wenn Ihr Mann in irgendwelchen Schwierigkeiten steckt", erklärte Sam, „könnte die Zeit knapp werden, um noch ein Signal zu empfangen, bevor der Akku leer ist."

Die Ellbogen auf die Knie gestützt, biss Carla sich auf den Daumennagel, während sie ihre Optionen abwägte. „Sie setzen die Nummer nur ein, um herauszufinden, ob mit ihm alles in Ordnung ist?"

„Wofür sollten wir die Nummer denn sonst benutzen?"

„Ich will nur nicht, dass er in Verlegenheit gebracht wird durch das, was immer er auch gerade tut."

„Was vermuten Sie denn, was er tut?"

„Na ja, er neigt zu ... riskantem Verhalten, wenn eine dieser Stimmungen ihn überkommt."

„Inwiefern riskant?"

„Zum Beispiel wird er high."

„Was nimmt er dann?"

„Kokain. Bisher ist es uns gelungen, dieses Problem vor dem Team geheimzuhalten, und so würden wir es gern auch weiterhin halten."

„Detective Cruz, ich glaube, wir haben berechtigten Grund zu der Annahme, um Mr. Linds Sicherheit besorgt zu sein. Deshalb müssen wir sein Handy orten. Würden Sie bitte umgehend Lieutenant Archelotta kontaktieren, um das zu veranlassen?"

„Ja, Ma'am." Freddie stand auf und verließ das Zimmer.

Carla schaute ihm mit ängstlicher Miene hinterher. „Sie

werden Ricky doch nicht verraten, dass ich Sie gebeten habe, ihn aufzuspüren, oder?"

„Ich sehe keinen Grund dazu. Einer seiner Mannschaftskameraden wurde ermordet. Im Zuge der Ermittlungen ist Ricks Name mehrfach aufgetaucht."

Carla wurde blass. „Wer wurde ermordet? Wovon reden Sie da?"

„Sie haben noch nicht gehört, dass Willie Vasquez nach dem Spiel ermordet wurde?" Lebte sie hinter dem Mond?

„O mein Gott! Nein! Ich wusste ja um die Wut und den Hass auf das Team nach dieser tragischen Niederlage. Deshalb bin ich in den vergangenen Tagen einfach allem aus dem Weg gegangen. Ich habe weder Anrufe entgegengenommen noch die Nachrichten gesehen. Ich gestehe, dass ich mich ein wenig verkrochen habe." Sie hob die zitternden Hände vors Gesicht. „Die arme Carmen. Sie muss außer sich sein."

„So kann man es auch formulieren. Sind Sie mit ihr befreundet?"

„Wir sind gute Bekannte, aber ich habe zu keiner der Ehefrauen ein super enges Verhältnis. Wer hat schon Zeit, wenn er sich um drei Kinder und einen Ehemann mit Problemen kümmern muss?"

„Sie haben seine Stimmungen erwähnt. Gibt es einen medizinischen Ausdruck dafür?"

„Wahrscheinlich", antwortete sie und ließ die Schultern ein wenig hängen. „Aber wir haben nie eine Diagnose stellen lassen. Wenn man Profisportler mit einem Millionenvertrag und Sponsorenverträgen ist, will niemand hören, dass man irgendetwas anderes als vollkommen ist. Rick kämpft im Verborgenen gegen seine Dämonen. Wir kämpfen gemeinsam gegen sie."

„Vor einigen Jahren haben Sie die Polizei wegen eines häuslichen Vorfalls gerufen."

Ihre freundliche Miene verhärtete sich. „Ich habe nie Anzeige erstattet. Ich verstehe nicht, was das mit dieser Situation zu tun hat."

„War er damals auch in einer seiner Stimmungen?"

Carla zögerte eine ganze Weile, als wäge sie ihre Worte

sorgfältig ab. „Ihm war ein schwerwiegender Patzer unterlaufen, und das hat ihn aus der Bahn geworfen."

„Wie sah das konkret aus?"

„Ein weiterer Kokainexzess und ein paar Nutten – in meinem Haus. Die wollten nicht verschwinden, daher rief ich die Cops. Damit bin ich die Nutten losgeworden, aber ich brauche wohl nicht zu erwähnen, dass mein Mann nicht allzu glücklich darüber war, dass ich unser Privatleben öffentlich gemacht habe."

Der Vorfall lag zwar Jahre zurück, doch Sam merkte deutlich, dass die Empörung darüber noch längst nicht verblasst war.

„Ich muss das fragen, als Ehefrau und Frau – warum sind Sie noch mit ihm zusammen?"

„Weil", antwortete sie seufzend, „ich der einzige Grund bin, weshalb er überhaupt noch am Leben ist. Wenn er nicht gerade eine seiner Phasen hat, ist er süß und liebevoll und ein wunderbarer Vater."

„Sie wissen, dass bei richtiger Medikamentierung …"

Carla hob die Hand. „Da rennen Sie bei mir offene Türen ein. Seit Jahren dränge ich ihn, sich behandeln zu lassen. Aber er hat Angst, dass er damit seine Karriere zerstört. Und angesichts der begrenzten Zeit, die ihm bleibt, es im Baseball zu etwas zu bringen und möglichst viel Geld zu verdienen, will er es nicht riskieren. Also leben wir mit seinen Dämonen und tun unser Bestes, sie unter Kontrolle zu halten."

Freddie kam zurück. „Archie kümmert sich darum."

Sam wandte sich wieder an Carla. „Ich muss Sie das fragen … Willies Fehler führte auch dazu, dass Rick eine Mitschuld an der Niederlage vorgeworfen wurde. Könnte Ihr Mann aufgebracht genug gewesen sein, um auf Willie loszugehen?"

Carla machte den Mund auf, um zu protestieren, aber zunächst kam nichts heraus. „Sie … Sie glauben, er hat Willie *umgebracht?"*

„Ich habe lediglich gefragt, ob Sie glauben, dass er wütend genug gewesen sein könnte, um auf Willie loszugehen."

„Ich … ich weiß es nicht. Ich wünschte, meine Antwort könnte lauten: Absolut nicht. Aber …" Sie brach ab. „Ich weiß es nicht."

„Waren sie befreundet?"

„Sie waren gute Teamkameraden, verbrachten aber außerhalb

des Stadions keine Zeit miteinander. Rick ist ein ganzes Stück älter als Willie. Abgesehen von Baseball hatten sie nicht viele Gemeinsamkeiten."

„Sie müssen mir Anhaltspunkte geben, wo wir Rick möglicherweise finden können."

Sie fuhr sich mehrere Male durch die Haare. „Kommt drauf an. Er könnte in einem schmierigen Hotel in Chinatown abgestiegen sein oder ebenso gut im Ritz."

„Hoffentlich führt sein Handy uns zu ihm." Sam schrieb ihre Handynummer auf die Rückseite ihrer Visitenkarte und gab sie Carla. „Falls Sie von ihm hören, rufen Sie mich bitte an. Jederzeit, Tag oder Nacht."

„Mach ich."

„Ich werde auch mit der Montgomery County Police sprechen, damit die einen Officer hier postieren, für den Fall, dass Rick wieder nach Hause kommt."

„Danke."

„Gibt es jemanden, den Sie anrufen können, damit er bei Ihnen bleibt, bis wir Licht in die Sache gebracht haben?", wollte Sam wissen.

„Ich werde meine Schwester anrufen. Die wohnt in Bethesda."

Zufrieden darüber, dass Carla Unterstützung haben würde, stand Sam auf. „Wir bleiben in Verbindung." Draußen sagte Sam: „Wir müssen eine Fahndung nach Rick Lind herausgeben."

„Das habe ich bereits an Malone weitergegeben."

„Gute Arbeit."

„Außerdem habe ich Kontakt zum Montgomery County aufgenommen, damit sie einen Officer herschicken, der auf Linds Rückkehr vorbereitet ist."

„Bist du mir eigentlich stets einen Schritt voraus, und ich merke es nicht?"

„Oft."

„Ich will mit Bob Minor und Ray Jestings sprechen. Ich will wissen, ob dem Team klar war, dass sich ein psychisch kranker Spieler in ihrer Mitte befunden hat."

„Wie hätten sie das nicht merken sollen?"

„Was meinst du damit?", fragte Sam, ein wenig erschrocken über seine Heftigkeit.

„Ich habe nicht viel Zeit mit meinem Dad verbracht, seit er wieder aufgetaucht ist, aber es ist offensichtlich, dass er irgendein Problem hat. Das hätte ich erkannt, selbst wenn ich nichts über seine Geschichte gewusst hätte. Verstehst du?"

„Ja, ich verstehe, was du meinst. Aber dein Dad kommt inzwischen zurecht, oder?"

„Es scheint so. Allerdings gibt es Momente ... da bekommt man einen kurzen, flüchtigen Einblick in seine manische Seite. Das ist unheimlich. Ich weiß, dass Mom es auch bemerkt, aber wir reden nicht darüber."

Sie stiegen in den Wagen, und erneut fuhr Freddie. „Machst du dir Sorgen um ihn?", erkundigte Sam sich, als sie auf dem Rückweg in die Stadt waren.

„Ich bin eher besorgt um meine Mom und was aus ihr wird, wenn er einen weiteren Zusammenbruch erleidet. Sie ist jetzt so glücklich – glücklicher, als ich sie je zuvor erlebt habe. Ich will nicht, dass ihr das wieder genommen wird."

„Nimmt er seine Medikamente?"

„Soweit ich weiß, ja. Es ist nicht gerade ein Thema, das beim Abendessen zur Sprache kommt. Ich würde ihn gern danach fragen, aber eine solche Beziehung haben wir nicht."

„Würde deine Mutter ihn fragen?"

„Auch darüber sprechen wir nicht."

Sam dachte mit wachsendem Unbehagen über die Situation nach. Es war ein großes Wagnis gewesen für Freddie und seine Mutter, seinen Dad wieder in ihr Leben zu lassen, nachdem dieser die Familie vor über zwanzig Jahren ohne ein Wort verlassen hatte. Er hatte ihnen nach seiner Rückkehr gestanden, dass er ihnen seine bipolare Störung verschwiegen hatte. Freddie hatte mit der Situation gehadert und seinen Dad anfangs nur sehr zögernd wieder an sich herangelassen. Sam wollte nicht, dass er erneut verletzt wurde, sollte sein Vater nicht in der Lage sein, die Beziehung aufrechtzuerhalten.

Ihr Handy klingelte, und sie nahm den Anruf von Gonzo entgegen.

„Ich glaube, ich habe deinen Tatort gefunden."

„Wo?"

Er nannte eine Adresse, von der Sam wusste, dass sie nahe

dem Office of Personnel Management – dem Amt für Personalverwaltung der Vereinigten Staaten – in der E Street lag.

„Fahr nach Foggy Bottom", wandte sie sich an Freddie. Zu Gonzo sagte sie: „Absperren. Wir sind in Kürze da."

„Schon geschehen. Ich werde dort sein."

Sam rief Lindsey an und bat sie, zum Tatort zu kommen, um eine Blutprobe zu nehmen für einen DNA-Abgleich, mit dessen Hilfe sie feststellen konnten, ob es Willies Blut war. Danach rief sie Deputy Chief Conklin an, der alle möglichen Kontakte in die Regierung hatte. „Ich brauche die Aufnahmen der Überwachungskameras vor dem OPM und den umliegenden Gebäuden in der E Street Northwest."

„Ich kümmere mich gleich darum", versprach Conklin. „Ich nehme an, Sie wollen auch die Spurensicherung dort haben. Ich werde die informieren."

„Sie sind der Beste. Danke." Sie beendete das Gespräch und rief Ray Jestings an. „Wussten Sie, dass Rick Lind psychisch krank ist?", fragte sie ohne Einleitung.

„Äh, na ja …"

„Ja oder nein. Wussten Sie es?"

„Ja, ich wusste es."

„Wer noch?"

„Der Teamarzt Dr. Leonard und die meisten aus dem oberen Management des Teams. Was hat das mit allem zu tun?"

„Lind wurde nicht mehr gesehen, seit er das Stadion neulich abends verlassen hat."

„Wer hat Ihnen das gesagt?"

„Mrs. Lind. Sie hat seit dem Spiel nichts mehr von ihm gehört."

„Warum hat sie uns nicht darüber informiert?"

„Muss ich Ihnen den Grund wirklich nennen?"

Jestings gab ein gequältes Seufzen von sich. „Ich weiß nicht, was Sie von mir hören wollen. Wir wussten, dass er Probleme hat. Wir wussten, dass er diese Probleme im Griff hat. Der Doktor behielt seine Situation genau im Auge. Was hätten wir denn sonst noch machen sollen?"

„Wussten seine Mannschaftskameraden von seinem Gesundheitszustand?"

„Ihnen war bekannt, dass er zu Wutanfällen neigte, und sie haben einen Bogen um ihn gemacht, besonders, wenn er im Spiel gepatzt hatte."

Wieder einmal wunderte Sam sich über die Sportkultur. Die Feds hatten die Wahrheit unter Verschluss gehalten und damit möglicherweise Linds Mannschaftskameraden gefährdet, nur weil der Kerl einen unglaublichen Fastball werfen konnte. „Wie kann ich Dr. Leonard erreichen?"

„Der hält sich in seinem Winterdomizil in Jamaika auf. Ich kann ihn bitten, sich mit Ihnen in Verbindung zu setzen, wenn Sie wollen."

„Ich melde mich wieder, falls ich mit ihm sprechen muss."

„Was immer wir für Sie tun können."

„Wir bleiben in Verbindung." Sam beendete das Gespräch. Dieser Fall regte sie allmählich auf. „Diese Leute sind lächerlich. Die gestatten einem Mann mit erheblichen Aggressionsproblemen, eine der stressigsten Positionen im Team einzunehmen, und verschweigen seinen Mitspielern, dass er an einer nicht gerade unbedeutenden psychischen Erkrankung leidet."

„Sie wissen es", erwiderte Freddie. „Wenn sie auch nur ein bisschen Zeit mit ihm verbracht haben, wissen sie, dass etwas mit ihm nicht stimmt. Solange er seinen Job gut macht und seine Wut sich nicht gegen einen von ihnen richtet, ist ihnen sein ‚Problem‘ genauso gleichgültig wie dem Management."

„Nachdem wir uns den Tatort angesehen haben, werde ich Chris Ortiz anrufen. Er war Willies engster Freund im Team. Vielleicht kann der ein wenig Licht in die Beziehungen der Spieler untereinander bringen."

„Wir verbringen ganz schön viel Zeit damit, das Team und dessen Management zu durchleuchten. Was macht dich so sicher, dass es kein geistesgestörter Fan war, der ihn umgebracht hat?"

„Das könnte sehr gut sein, aber wie ich Hill gegenüber schon erwähnt habe, als er mir die gleiche Frage gestellt hat: Es gab genug Chaos in Willies Leben und in dem anderer Leute aus dem Umfeld des Teams, dass ich da einfach einer Ahnung folge."

„Da bin ich aber froh, dass dein *anderer* Partner genauso denkt wie ich."

Der Sarkasmus war nicht zu überhören. „Er ist nicht mein anderer Partner, und er ist nicht wie du. Du bist mir viel lieber.“

„Klar, weil du auf mir herumhacken kannst. Mit einem FBI-Agenten ist das nicht so einfach, was? Den kann man nicht so leicht zu seinem willigen Sklaven machen.“

Sam versuchte sich nicht anmerken zu lassen, wie richtig er mit seiner Einschätzung lag. „Du bist nicht mein williger Sklave.“ Ihr fiel ein, dass Nick die gleiche Formulierung gebraucht hatte für das, was sie mit ihm im Bett gemacht hatte.

„Oh, bitte. Verschone mich, wenigstens hin und wieder.“

„Das ist nicht meine Absicht.“

„Natürlich nicht“, sagte er amüsiert.

„Ist es Mist, mit mir zusammenzuarbeiten? Sag die Wahrheit.“

„Ach, halt den Mund, Sam. Du weißt, dass ich dich bloß auf den Arm nehme. Jetzt werd mal nicht gleich ernst.“

„Beantworte mir die Frage.“

„Es ist überhaupt nicht Mist, mit dir zusammenzuarbeiten, aber es gefällt dir schon, ein bisschen auf mir herumzuhacken. Ist mir egal, was du sagst. Du wirst mich jedenfalls nicht vom Gegenteil überzeugen.“

„Das ist eben unser Ding. Unser Groove.“

„Es ist ein guter Groove, und ich würde nichts daran ändern wollen.“

„Nein?“

„Natürlich nicht. Wir passen gut zusammen. Wir machen unsere Arbeit gut.“

„Ja, stimmt. Es gibt niemanden, den ich lieber als Partner hätte. Das weißt du, oder?“

„Nicht mal Hill?“

„Den schon gar nicht. Er ist ein guter Polizist, aber er ist kein Freddie Cruz.“

„Ach Menno“, sagte er lachend.

„Kann ich dir etwas anvertrauen, was du niemandem erzählen darfst? Schwör auf einen Stapel Bibeln. Nicht mal Elin darfst du es sagen.“

„Du weißt, dass du mir vertrauen kannst.“

„Ja, das weiß ich, aber das hier ist echt heikel.“

„Raus damit.“

„Ich glaube, Nick fliegt morgen mit dem Präsidenten nach Afghanistan.“

Freddie richtete den Blick von der Straße kurz auf sie. „Du *glaubst* es?“

„Er kann mir nicht sagen, wohin die Reise geht, deshalb habe ich meine eigenen Schlüsse gezogen.“

„Wow. Das ist cool. Er wird in der *Air Force One* mitfliegen.“

„Das ist der Teil, den er am aufregendsten findet.“

„Wer nicht?“

„Ich zum Beispiel. Ich würde lieber zu Hause bleiben, statt im Präsidentenflugzeug mitzufliegen – oder in irgendeinem Flugzeug.“ Sie machte eine lange Pause. „Die Vorstellung von ihm in diesem riesigen Zielobjekt mit den Stars and Stripes auf der Seite.“

„Ich bin sicher, die zählen auf das Überraschungsmoment, um sie heil dort hineinzubringen.“

„Zweifellos. Mir macht auch weniger das Hineinkommen Sorge, sondern das Herauskommen. Sobald ich daran denke, bricht mir der kalte Schweiß aus.“

„Es geht bestimmt alles gut, Sam. Mensch, es ist der Präsident. Der Typ hat mehr Schutz als irgendjemand sonst.“

„Trotzdem ...“

Er legte seine Hand auf ihre und drückte sie. „Es wird alles gut gehen, und die Reise wird Wunder wirken für seinen Wahlkampf und seine Karriere.“

„Ich weiß.“ Seine Worte trösteten sie genau wie seine Hand auf ihrer. „Danke, dass ich es dir erzählen konnte.“

„Jederzeit.“

Sie hielten in der E Street gegenüber dem OPM-Gebäude. Mehrere Streifenwagen parkten am Straßenrand, und Sam war froh, den Van der Gerichtsmedizin zu sehen. „Hoffen wir mal, dass das unser Tatort ist“, sagte sie, während sie und Freddie sich unter dem gelben Absperrband duckten, das einer der Polizisten ihnen hochhielt.

Lindsey kniete schon am Boden und nahm eine Probe aus einer riesigen Blutlache, die schon dunkler geworden war, nachdem sie bereits eine Weile den Elementen ausgesetzt war.

„Was ist die gute Nachricht, Doc?“

Lindsey richtete sich auf und machte eine Reihe von Fotos. „Die Konsistenz ist so, wie ich es nach über vierundzwanzig Stunden erwarte. Und die Menge passt auch zu einer verletzten Aorta. Die DNA wird den Beweis erbringen. Ich bringe die Probe ins Labor und mache Dampf."

„Dafür wären wir Ihnen sehr dankbar."

Als Lindsey sich entfernte, trat Lieutenant Haggerty, Leiter der Spurensicherung, zu Sam. „Was haben wir hier?" Er schaute auf die Blutlache. Als ehemaliger Marine war er kompakt gebaut und trug sein braunes Haar kurzgeschoren.

„Wir hoffen, es handelt sich um den Willie-Vasquez-Tatort. Können Sie Ihre Leute veranlassen, auch die Gegend gründlich abzusuchen? Ich würde was drum geben, wenn wir endlich die Mordwaffe fänden."

„Wir werden mal sehen, was wir finden. Was hat es mit dem Verschwinden von Lind auf sich?"

„Da sind wir uns noch nicht sicher."

„Ist er ein Verdächtiger im Mordfall Vasquez?"

„Auch das wissen wir nicht. Ich werde Sie beizeiten informieren. Halten Sie mich auf dem Laufenden darüber, was Sie finden." Als sie von ihm wegging, klingelte ihr Handy. „Was ist denn jetzt schon wieder, Darren?"

„Ich habe im Polizeifunk gehört, dass Sie nach Lind fahnden."

„Und?"

„Ist er ein Verdächtiger im Mordfall Vasquez?"

Sams Kopf begann zu kribbeln und zu pulsieren, ein Zeichen dafür, dass sie schnellstmöglich ihr Migränemedikament nehmen musste. „Kein Kommentar."

„Wir bringen die Tatsache, dass die Polizei ihn sucht. Das ist ja eine öffentliche Information."

„Tun Sie, was Sie tun müssen."

„Darf ich den Müllcontainer nach wie vor nicht erwähnen?"

„Nicht, wenn Sie die Exklusivstory von mir wollen, die ich Ihnen versprochen habe."

„Sie sind eine knallharte Verhandlungspartnerin, Lieutenant."

„Ich muss Schluss machen, Darren." Sie steckte ihr Telefon ein und schaute auf die Uhr. Nach fünf. Vermutlich blieben ihr noch ein paar Stunden, bevor Nick und Scotty von der Wohltätigkeitsgala wieder zu Hause waren.

„Wohin jetzt?", wollte Freddie wissen, als sie wieder im Wagen saßen.

„Zum Hauptquartier." Sie fuhren einige Minuten schweigend, und Sam dachte über ihre nächsten Schritte in diesem Fall nach – unter anderem. „Wenn wir dort sind, besorgst du mir bitte die Nummer der Familie Cleary aus Capitol Hill? Die haben ein Kind namens Nathan."

„Mach ich. Um was geht's da?"

„Der Junge hat Scotty heute in der Schule geschlagen."

„Im Ernst?"

„Bedauerlicherweise."

„Ich hoffe, du wirst ihm die Dienstmarke um die Ohren hauen."

„Ein bisschen vielleicht."

Freddie prustete. „Wenn ich dir die Telefonnummer besorge, darf ich dann mithören, wenn du anrufst?"

„Das wäre nur fair, nehme ich an."

„Klasse. Für diese Momente lebe ich."

Zusammen betraten sie das Hauptquartier, und während Freddie die Telefonnummer der Clearys suchte, rief Sam Chris Ortiz in seinem Winterquartier in Florida an. Die Frau, die sich meldete, sprach kein Englisch. Sam formulierte holprig ihre Bitte, mit Señor Ortiz sprechen zu dürfen.

„*Un momento, por favor.*"

„Hallo?"

„Spreche ich mit Chris Ortiz?"

„Ja. Wer ist denn da?"

„Lieutenant Sam Holland, Metro PD."

„Es geht um Willie."

„Ja. Haben Sie ein paar Minuten Zeit?"

„Klar."

„Carmen meinte, Sie seien sein engster Freund gewesen im Team. Trifft diese Einschätzung zu?"

„Ja. Wir sind zusammen in der Dominikanischen Republik aufgewachsen. Als wir beide anfingen, bei den Feds zu spielen, kam es uns wie ein glücklicher Zufall vor. Es war schön, jemanden aus der Heimat in der Mannschaft zu haben."

„Haben Sie Willie nach dem Spiel neulich abends noch gesehen?"

„Nein. Ich habe mich erkundigt, wo er sei, und man sagte mir, er halte sich im Trainingsraum auf und warte, bis die Umkleidekabine leer sei. Ich wollte zu ihm gehen, aber dann dachte ich, dass er wohl lieber in Ruhe gelassen werden wollte. Mir wäre es jedenfalls auch so gegangen. Später an dem Abend habe ich dann noch mehrmals versucht, ihn anzurufen, hab aber nur seine Mailbox erreicht. Als ich hörte, was passiert war ... ich kann es immer noch nicht glauben. Es ist ein Schock. Und traurig. Wirklich, wirklich traurig. Seine Kinder sind noch ganz klein."

„Waren seine Mannschaftskameraden wütend auf ihn?"

„Die ganze Geschichte ist schwer zu ergründen. Willie war einer der besten Center Fielder im Baseball. Dem entging nicht viel, deshalb ist es auch so schwer zu glauben, dass er einen einfachen Flyball nicht fängt. Dieses Spiel zu gewinnen hätte uns allen unendlich viel bedeutet. Es ist der Traum, verstehen Sie?"

„War irgendwer wütend genug, um ihm etwas antun zu wollen?"

Nach einer langen Pause antwortete Ortiz: „Sie suchen den Täter im Team?"

„Wir suchen überall."

„Eine Menge Leute waren nach dem Spiel wütend auf Willie, einschließlich derer, die ihn nicht persönlich kannten. Was ist denn mit den Tausenden Fans, die auf die Straße gingen, um ihrem Zorn Ausdruck zu verleihen?"

„Die sehen wir uns auch an. Trotzdem möchte ich von Ihnen wissen, welchen Eindruck Sie von denen hatten, die Willie nahestanden und ob jemand unter ihnen war, der zornig genug war, um ihm etwas anzutun."

„Alle waren furchtbar aufgebracht. Die Leute waren fassungslos. Wie hatte das passieren können? Diese Frage habe ich in der Nacht immer wieder gehört. Niemand hat das verstanden. Ob es Wut gab? Na klar, verdammt. Ich war auch sauer auf ihn, und er ist mein Freund. Die Öffentlichkeit sieht in uns einen Haufen überbezahlter Sportler, und das sind wir auch. Absolut.

Aber wir sind auch entschlossene Wettkämpfer. Wir wollen gewinnen. Für den Rest unseres Lebens werden wir diesen Moment vor Augen haben und uns nach dem Warum fragen. Warum hat er den Ball nicht gefangen?"

„War jemand ganz besonders wütend?"

„Ich bin mir sicher, Sie haben bereits erfahren, dass Lind neben der Spur war, wie üblich."

„Was meinen Sie mit ‚wie üblich'?"

„Mit dem stimmt halt etwas nicht. Niemand hat mir je erzählt, was für ein Problem er genau hat, aber man muss kein Arzt sein, um zu merken, dass er seine Wut nicht unter Kontrolle hat. Neben anderen Dingen."

„Was für anderen Dingen?"

Er zögerte und räusperte sich. „Ganz unter uns?"

„Wenn das, was Sie mir zu sagen haben, als Beweismaterial anzusehen ist, dann wird es ganz bestimmt nicht unter uns bleiben. Ansonsten schon."

Seufzend sagte Ortiz: „Er mag die Frauen. Daheim spielt er den glücklichen Familienmenschen, aber auf Tour ... da sieht die Sache anders aus. Er hat eine Frau in jeder Stadt."

Sam dachte an Carla Lind und was sie durchgemacht hatte, damit ihr Mann fit genug blieb, um sich dem Spiel zu widmen, das er liebte. Das Spiel, das ihn reich gemacht hatte. „Ist das üblich unter den Spielern?"

„Ich würde die Frage gern mit Nein beantworten, aber es gibt durchaus einige, die in dieser Hinsicht herumkommen. Allerdings niemand dermaßen wie Lind. Ich mische mich nicht in die Angelegenheiten anderer Leute, aber Carla tut mir schon leid. Sie scheint eine nette Frau zu sein und hat nicht die geringste Ahnung von dem, was ihr Mann treibt, sobald sie nicht in seiner Nähe ist. Ich hasse das."

„War Willie auf Tour auch beschäftigt?"

„Nicht dass ich wüsste. So war er nicht."

„Wie war er denn?"

„Geradeheraus und aufrichtig. Man bekam das, was man sah. Das mochte ich immer an ihm. Auch nachdem er Erfolg hatte, ist er der gleiche Typ geblieben, mit dem ich aufgewachsen war. Ich würde gern glauben, dass Ruhm und Reichtum uns nicht sehr verändert haben. Nach außen hin vielleicht nicht. Wir haben beide Häuser und Autos, Sachen halt. Doch wer sind wir hinter all diesen Dingen? Da hat sich nichts geändert. Zumindest konnte ich das bei ihm nicht feststellen."

„Es gab Gerede über eine mögliche Affäre zwischen Willie und Jamie Clark."

„Auf keinen Fall", sagte Ortiz und klang höhnisch. „Wer immer das behauptet, spinnt komplett. Die zwei waren Freunde, mehr nicht."

Sam war selbst auch schon zu diesem Schluss gekommen, aber sie war trotzdem froh über seine Einschätzung. „Waren Ihnen seine Probleme mit Carmens Bruder bekannt?"

„Wir haben vor einer Weile darüber gesprochen. Er hat mich einmal gefragt, ob meine Familie – und die meiner Frau – genauso ständig hinter meinem Geld her seien, wie es bei ihm der Fall war."

„Und? Waren sie?"

„Kein Vergleich zu Willies Familie. Sowohl in meiner Familie als auch in der Familie meiner Frau gibt es einige, die sich nicht scheuen, uns um Geld zu bitten. Aber Willies Familie – und Carmens – übertrieb es ständig. Die haben ihn wie eine Bank behandelt, und als er den Geldhahn zudrehte, wurde es hässlich."

„Inwiefern?"

„Er hatte einen Streit mit Carmens Bruder Marco während des Frühjahrstrainings. Der tauchte auf unserer Anlage in Fort Myers auf und fing Streit an, als Willie gerade vom Spielfeld kam. Ein paar von uns mussten dazwischengehen, damit die Sache nicht eskalierte."

„Wurde die Polizei gerufen?"

„Ja, ich glaube, irgendwer aus dem Team rief sie."

Sam machte sich eine Notiz bezüglich einer Kopie des Polizeiberichts aus Fort Myers. „Haben Sie gehört, was zwischen den beiden gesagt wurde?"

„Marco hat ihm Vorwürfe gemacht, was Familie bedeute und dass Willie vergessen habe, woher er komme. Als sie Kids waren, hing Willie mit Marco herum. So hat er Carmen kennengelernt."

Da Sam das zum ersten Mal hörte, machte sie auch hierzu eine Notiz. „Hat er Ihnen etwas über diesen Streit mit Marco erzählt?"

„Nur dass er deswegen geknickt war und dass sie früher beste Freunde waren, bevor Willie erfolgreich wurde. Jetzt ginge es Marco nur noch um Geld."

„Das muss hart für ihn gewesen sein."

„War es auch. Für uns alle. Sie müssen verstehen – wir sind alle ganz gewöhnliche Typen, die das große Glück hatten, es im Baseball zu etwas zu bringen. Viele Jungs, mit denen wir aufgewachsen sind, waren mindestens genauso gut und schafften es nicht, groß rauszukommen. Diejenigen, denen es gelungen ist … na ja, niemand bereitet einen darauf vor, wie man mit dem plötzlichen Reichtum umgeht. Das gilt besonders für Leute wie mich und Willie, die mit nichts aufgewachsen sind."

„Haben Sie gehört, dass irgendwer aus dem Team ihm nach dem Spiel offen gedroht hat?"

„Lind. Der war ganz schön aufgebracht, aber das ist er ja meistens. Wir schenken seinen Schimpftiraden keine Beachtung mehr."

„Was haben Sie ihn sagen hören?"

„Dass er den Bastard umbringen würde, sollte er ihn in die Hände bekommen, und dass es gut sei, dass er sich wie ein Feigling verstecke. Solche Sachen."

„Haben Sie seit dem Spiel mit Lind gesprochen?"

„Nein, aber das ist nicht ungewöhnlich. Wir sind nicht befreundet."

„Haben Sie zufällig gesehen, wie Lind das Stadion nach dem Spiel verlassen hat?"

„Nein, aber nachdem der Medienscheiß erledigt war, zog jeder seines Weges."

„Hat Lind sich denn den Medien gestellt?", erkundigte Sam sich.

„Ich glaube, er hat sich geweigert, aber zitieren Sie mich da nicht."

Sam machte sich eine Notiz, zu überprüfen, ob Lind nach dem Spiel interviewt worden war. „Noch jemand, der sich außergewöhnlich über Willie aufgeregt hat?"

„Cecil Mulroney war auch ziemlich sauer."

„Wissen Sie, wo ich den außerhalb der Saison erreichen kann?"

„Der ist auf seiner Ranch in Texas. Bleiben Sie dran, ich hole eben die Nummer."

Während Sam wartete, wurde ihr klar, dass es ein Fehler gewesen war, den Spielern während der laufenden Ermittlung zu gestatten, die Stadt zu verlassen. Vermutlich hätte sie ohnehin nicht durchsetzen können, dass das gesamte Team in der Stadt blieb. Doch es gar nicht erst versucht zu haben war eine weitere Sache, die sie auf die Müdigkeit infolge einer schlaflosen Nacht schieben konnte.

„Bereit?", meldete Ortiz sich wieder.

„Legen Sie los." Sie schrieb die Nummer auf. „Ich gebe Ihnen meine, für den Fall, dass Ihnen noch etwas einfällt, was für unsere Ermittlung wichtig sein könnte."

„Gern. Sie werden Mulroney nicht verraten, wer Ihnen seine Nummer gegeben hat, oder?"

„Ich kann sagen, ich hätte sie vom Team."

„Dafür wäre ich Ihnen dankbar. Wir müssen nächstes Jahr schließlich wieder zusammen spielen, und da kann ich keinen Streit mit meinen Mannschaftskameraden gebrauchen."

„Das verstehe ich, und ich bedanke mich für die Zeit, die Sie mir geopfert haben. Mein Beileid zum Verlust Ihres Freundes."

„Danke. Es ist schon verrückt, wenn man sich überlegt, dass irgendwer Willie höchstwahrscheinlich wegen eines Baseballspiels ermordet hat."

„Ja, verrückt. Rufen Sie mich an, wenn Ihnen noch etwas einfällt."

„Mach ich."

Sam beendete das Gespräch, lehnte sich zurück und legte die Füße auf den Schreibtisch. Sie starrte die Wand an und ließ alles Revue passieren, was sie über Willie erfahren hatte, über das Team, den Profisport, die Kultur rund um die Spiele, die Familienmitglieder sowie den vermissten Mannschaftskameraden. All das rechtfertigte noch keinen Mord.

Ihr war von Anfang an klar gewesen, dass das Ende dieser Ermittlung völlig offen war. Der Fall konnte irgendwann ungelöst zu den Akten gelegt werden. Möglich war aber auch, dass die Spur zu jemandem führte, den Willie gekannt hatte – jemand, der wütend über seinen Patzer war. Vielleicht war es auch ein

Familienmitglied, das ein Anrecht auf Willies Reichtum zu haben glaubte. Oder aber es war eine reine Zufallstat, die sich aus den Unruhen nach seinem Fehler ergeben hatte.

Im Lauf der Jahre hatte Sam gelernt, ihren Instinkten zu vertrauen. Die hatten sie bisher nie im Stich gelassen. Alles in ihr drängte sie dazu, sich auf die Menschen im Umfeld des ermordeten Spielers zu konzentrieren. Es gab einfach zu viel Hass und Unzufriedenheit in seinem Leben, um den Mord als Zufallstat eines aufgebrachten Fans abzuschreiben. So wütend die Fans auch gewesen sein mochten, die meisten von ihnen waren keine Mörder. Trotzdem war Sam noch nicht bereit, auch eine willkürliche Tat auszuschließen.

Und dann war da noch die Tatsache, dass das Team zu neu war in der Stadt, um wegen einer Niederlage einen Mord zu begehen. Andere, weit etabliertere Teams hatten längere Phasen der Erfolglosigkeit erlebt, ohne dass es wegen eines Fehlers auf dem Feld zu einem Mord gekommen wäre. Wenn die Fans der Red Sox Bill Buckner nach seinem Patzer in der World Series am Leben gelassen hatten, würden die Fans der Feds doch nicht gleich Willies Blut fließen sehen wollen, oder?

Sie stand auf und ging an ihre Bürotür.

„Alle in den Konferenzraum. In fünf Minuten. Cruz, hol Charity und Archie her."

Es wurde Zeit, alles noch einmal gründlich von vorn durchzugehen.

13

W ie weit sind wir mit Vasquez' Finanzen?", wandte Sam sich an Charity, nachdem alle im Raum versammelt waren.

„Man hat Forrester gleich für morgen früh Informationen versprochen. Sobald ich die habe, melde ich mich bei Ihnen."

„Gut, danke. Archie, wie sieht es mit den Aufnahmen der Überwachungskameras aus?"

„Bisher noch nichts, aber wir haben das Material erst zur Hälfte gesichtet. Ich habe drei Leute darangesetzt, trotzdem geht es nur langsam voran."

„Wir bekommen noch mehr vom vermutlichen Tatort."

„Bring es mir, sobald ihr es habt. Ich werde Leute von der Tag- und von der Nachtschicht damit betrauen."

Sam sah zu Freddie, der ihr zunickte, um ihr zu signalisieren, dass er sich darum kümmern würde.

„Die gerichtlichen Verfügungen könnten eine Sackgasse sein", sagte Sam. „Bei den meisten geht es um allzu enthusiastische Frauen, die kein Nein akzeptieren wollten. Die auffällige Ausnahme bildet Willies Schwager, Marco Peña. Agent Hill ist in die Dominikanische Republik gereist, um ihn aufzuspüren und sich hoffentlich mit ihm über seine Probleme mit Willie zu unterhalten. Ich werde mir heute Abend noch einmal die gerichtlichen Verfügungen genauer ansehen. Wir haben heute

Nachmittag außerdem erfahren, dass der Closer der Feds, Rick Lind, seit dem Spiel verschwunden ist."

Diese Neuigkeit sorgte für allgemeines Raunen im Raum.

„Ein zweites Opfer?", fragte Gonzo und sprach damit Sams Gedanken aus.

„Ich bin mir nicht sicher." Sam legte den anderen dar, was sie von Linds Frau über dessen Krankheit erfahren hatten.

„Jeder in seiner Umgebung wusste demnach, dass er krank war, aber sie hielten alle den Mund, weil er einen hundert Meilen pro Stunde schnellen Fastball besser werfen konnte als irgendwer sonst in dem Spiel?", fasste Gonzo zusammen.

„Anscheinend."

„Dieser Fall verleidet mir jegliches Interesse am Profisport", brummte Gonzo.

„Wie lautet unser Plan, was Lind betrifft?", fragte Malone von seinem üblichen Platz im hinteren Teil des Raumes.

„Es gibt eine Fahndung im Großraum Washington nach ihm, und sein Verschwinden ist inzwischen bis in die Medien vorgedrungen. Seine Frau konnte uns keine Tipps geben, wo er sich aufhalten könnte. Immerhin habe ich aus ihr herausbekommen, dass ein solches Verschwinden nichts Neues ist, und sie weiß nie, wo er gesteckt hat, wenn er wieder auftaucht. Ich habe die Fahndung nur veranlasst wegen dieser Sache mit Willie und weil wir einen Mörder haben, der sich möglicherweise an denjenigen rächt, denen die Niederlage der Mannschaft zuzuschreiben ist."

„Wie kommst du darauf?", wollte Freddie wissen. „Vasquez war doch derjenige, der den Ball nicht gefangen hat."

„Lind hatte zuvor reichlich Chancen, das Spiel zu entscheiden, bevor der Ball überhaupt getroffen wurde", erklärte Gonzo.

„Genau", bestätigte Sam. „Der Hauptvorwurf galt Vasquez, weil er einen leichten Ball nicht gefangen hat. Aber vergessen wir nicht, dass Lind tatsächlich vorher etliche Möglichkeiten hatte, das Spiel zu beenden, es aber nicht schaffte."

„Wenn sie also beide verschwunden sind und Lind unter Umständen auch ermordet wurde, schließt das eine zufällige Tat eines aufgebrachten Fans aus", gab Freddie zu bedenken.

„Exakt", sagte Sam. „Ich werde Carlucci und Dominguez den

Fahrdienst ausfindig machen lassen, mit dem Lind zum Stadion gefahren ist, um herauszufinden, ob es nach dem Spiel noch Kontakt zu ihm gegeben hat. Irgendwer muss ihn doch gesehen haben, wie er das Stadion verließ. Außerdem werde ich mich an den Teambesitzer wenden, damit er seine Securityleute befragt, wer Lind denn nach dem Spiel als Letzter gesehen hat." Sie fasste ihre Unterhaltung mit Chris Ortiz zusammen. „Und wenn ich es schaffe, nehme ich mir auch Cecil Mulroney vor." Zu Arnold sagte sie: „Gibt es endlich Ergebnisse zu den Telefonverbindungen?"

„Nichts Auffälliges bis jetzt, aber ich habe erst die Hälfte der sechshundert Anrufe durchgesehen, die er nach dem Spiel erhalten hat."

„Wie gelangen die Leute an die Telefonnummer eines Baseballprofis?", meinte Jeannie.

„Unser guter Freund Ben Markinson bei WFBR hat die Sendung nach dem Spiel moderiert und die Telefonnummer im Radio genannt, damit die Fans ihn anrufen und ihren Unmut über seine Vorstellung zum Ausdruck bringen konnten", erklärte Gonzo.

„Dafür müsste man ihn doch irgendwie belangen können", sagte Sam.

„Ich werde mir etwas einfallen lassen", versprach Malone. „Jeannie, wie weit sind wir mit Willies Wagen?"

„Die Spurensicherung hat ihn untersucht und bringt ihn jetzt ins Labor. Wir konnten außerdem sein Handy ausfindig machen, es wird auf Fingerabdrücke und GPS-Ortungen geprüft."

„Wir brauchen dringend eine heiße Spur", erklärte Sam. „Hoffen wir, dass uns das weiterbringt. Danke an alle. Haltet mich auf dem Laufenden."

Während Sam ihre Sachen einsammelte, verließen die anderen den Raum.

Jeannie blieb zurück. „Du klingst frustriert", sagte sie, als sie und Sam alleine waren. „Das passt gar nicht zu dir."

„Komisch, dabei habe ich das Gefühl, ständig frustriert zu sein in dem Job."

Jeannie grinste. „Dann verbirgst du es aber ganz gut. Tja, also ... ich habe mich gefragt ... Könnte ich dich mal wegen einer persönlichen Sache sprechen?"

Sam war sofort beunruhigt. Sie und Jeannie hatten gemeinsam viel durchgestanden, besonders nachdem Jeannie bei einer früheren Ermittlung gekidnappt und vergewaltigt worden war. Dem weiblichen Detective ging es inzwischen viel besser, trotzdem achtete Sam ständig auf Anzeichen einer posttraumatischen Störung. „Selbstverständlich. Möchtest du die Tür zumachen?"

„Das wäre gut. Danke." Jeannie schloss die Tür des Konferenzzimmers und drehte sich mit einem scheuen, zögernden Gesichtsausdruck wieder zu Sam um. „Das ist mir jetzt unangenehm."

„Spuck's aus. Was es auch ist, wir werden wie immer einen Weg finden."

Statt sich wieder auf ihren Stuhl zu setzen, blieb Jeannie dahinter stehen. Ihre Finger gruben sich in die Vinyllehne. „Michael und ich haben einen Hochzeitstermin festgelegt."

„Oh, hey, das ist großartig. Wann ist der große Tag?"

„Am achtzehnten Juli. Wir machen es in Rehoboth Beach."

„Das wird toll."

„Das hoffe ich. Die Sache ist die … Du weißt ja, wie dieser Job sein kann. Nimmt einen voll in Anspruch und lässt einem nicht viel Zeit für ein Privatleben und Freunde außerhalb der Arbeit."

„Da wirst du von mir keinen Widerspruch hören."

„Meine Schwestern werden Trauzeuginnen sein, aber ich hatte gehofft, dich davon überzeugen zu können, auch eine zu sein. Du bist inzwischen eine meiner besten Freundinnen. Ich hoffe, das weißt du."

„Oh, wow, tja … Das ist sehr nett von dir."

„Du willst nicht, oder?"

„Ich möchte sehr gerne, und ich fühle mich geehrt, dass du fragst. Du bist für mich auch eine gute Freundin, das weißt du."

„Aber?"

„Ich würde mir Gedanken machen darüber, wie die anderen aus dem Kommissariat es empfinden, dass ich ein solch öffentliches Bekenntnis zu unserer privaten Freundschaft abgebe."

„Natürlich. Ich verstehe. Es tut mir leid, wenn ich dich in eine unangenehme Situation gebracht habe."

„Hast du nicht. Und ich sage nicht Nein. Da ich eine solche

Situation noch nicht hatte, seit ich die Leitung des Kommissariats übernommen habe, lass mich erst herausfinden, was die Führungsetage dazu meint."

„Ich will aber nicht, dass du deshalb Ärger riskierst, Sam."

„Tue ich nicht." Sam ging zu ihr und umarmte sie, ihren Detective und ihre Freundin. „Ich freue mich riesig, dass sich für dich und Michael alles zum Guten gewendet hat."

„Danke", erwiderte Jeannie. „Er war ein solcher Rückhalt für mich nach dem, was passiert ist. Es hat mir gezeigt, wie er wirklich ist."

„Du weißt, dass ich einer seiner größten Fans bin, also werde ich mit wehenden Fahnen zur Hochzeit kommen."

„Das bedeutet mir sehr viel. Ich gehe jetzt mal lieber wieder an die Arbeit. Was den Wagen angeht, werde ich dich auf dem Laufenden halten."

„Und ich gebe dir Bescheid, was die Chefetage über Hochzeiten und so zu sagen hat." Jeannie verschwand mit einem dankbaren Lächeln.

Sam verließ den Konferenzraum und fühlte sich nach dem Gespräch mit Jeannie seltsam beschwingt. Wie ihre Kollegin und Freundin schon gesagt hatte – der Job gestattete einem nicht viel Zeit für ein Privatleben, außer dem mit ihrem Mann, ihrem Sohn, ihrem Dad und ihrer Stiefmutter, ihren Schwestern und deren Familien.

In jüngeren Jahren hatte Sam viele Freundinnen gehabt, zu den meisten aber inzwischen den Kontakt verloren, weil die Arbeit sie zu sehr in Anspruch nahm. Jeannie, Lindsey, Charity, Faith und Hope waren Kollegen, füllten die Lücke jedoch zumindest in gewisser Hinsicht. Wenn sie eine weibliche Sichtweise brauchte, fand sie eine bei der Arbeit. Und das waren alles Frauen, die Sam bewunderte und respektierte. Vermutlich sollte sie Shelby zu ihren neuen Freundinnen mit dazuzählen. Obwohl sie ihre bezahlte Assistentin war, war sie doch schon vorher eine Freundin gewesen.

Eilig, um nach Hause zu ihrer Familie zu kommen, sammelte Sam die gerichtlichen Verfügungen ein und stopfte den Stapel in eine Einkaufstasche, die sie unter ihrem Schreibtisch hervorgeholt hatte.

Cruz kam herein und gab ihr ein Blatt Papier. „Nathans Telefonnummer. Die Eltern heißen Patty und Dave."

„Danke."

„Wirst du sie jetzt anrufen?"

„Was du heute kannst besorgen, das verschiebe nicht auf morgen. Machst du bitte die Tür zu?"

Er schloss die Tür und setzte sich in einen der Besuchersessel.

Sam drückte die Mithörtaste ihres Schreibtischapparates und wartete auf das Freizeichen, ehe sie die Nummer eintippte. Während es am anderen Ende der Leitung klingelte, sah sie zu Freddie, der das Telefon im Auge behielt. Er war ein so guter Freund, dass er wegen dem, was Scotty in der Schule widerfahren war, genauso wütend war wie sie.

„Hallo?", meldete sich eine weibliche Stimme. Die Frau klang, als sei sie zum Telefon gerannt.

„Spreche ich mit Mrs. Cleary?"

„Ja. Wer ist denn da?"

„Lieutenant Sam Holland von der Metro Police."

„Ach ja, ich erkenne Ihren Namen. Was kann ich für Sie tun?"

„Ich weiß nicht, ob Ihnen bewusst ist, dass Ihr Sohn Nathan meinem Sohn Scotty heute in der Schule in den Bauch geboxt hat."

„Er hat was getan? Davon ist mir nichts bekannt. Die Schule hat mich nicht angerufen."

„Ja, weil Scotty in der Schule kein Problem daraus gemacht hat. Da es ihm wichtig war, dass wir die Schule nicht einschalten, dachte ich, wir zwei könnten das zwischen uns klären."

„Was gibt es da zu klären? Es sind Jungs, und die raufen nun mal. So sind sie eben."

Sam sah zu Freddie, dessen Miene sich verfinsterte. „Es ist außerdem Körperverletzung, und in meiner Welt ist das ein kriminelles Vergehen."

„Drohen Sie mir etwa?"

„Keineswegs. Ich fordere Sie schlicht und einfach dazu auf, Ihrem Kind zu erklären, dass es sich von meinem Kind weit, *weit* fernhalten soll. Sie dürfen auch gern erwähnen, dass Scottys Mutter, der Cop, nächstes Mal nicht darüber hinwegsehen wird."

„Das klingt für mich aber sehr nach einer Drohung."

„Es ist keine Drohung, sondern ein Versprechen. Sollte er meinen Sohn noch einmal schlagen, werden wir Anzeige erstatten – und ich weiß genau, wie man das erfolgreich macht. Noch Fragen?"

Nach einer langen Pause räusperte Mrs. Cleary sich. „Nein. Keine Fragen."

„Noch etwas – sollte Nathan Scotty wegen dieser Sache zum Außenseiter machen, werde ich auch das nicht einfach hinnehmen. Richten Sie Ihrem Kind aus, es soll mein Kind in Ruhe lassen, dann werden wir keinen Grund haben, uns miteinander zu unterhalten. Verstanden?"

„Ja, verstanden." Ein lautes Klicken war zu hören, gefolgt vom Freizeichen.

Sam legte den Hörer auf. „Ich glaube, das ist gut gelaufen."

Freddie lachte. „Du hast deinen Standpunkt deutlich klar gemacht, so viel ist mal sicher."

„Scotty wäre sauer auf mich, wenn er wüsste, dass ich das getan habe."

„Du kannst aber doch nicht zulassen, dass ein anderer Junge ihn tätlich angreift."

„Trotzdem ..."

„Du bist eine großartige Mutter, Sam. Du hast genau das gemacht, was meine Mom oder jede andere Mom in einer solchen Situation tun würde. Mag ja sein, dass Scotty nicht will, dass du dich einmischst. Aber er muss auch lernen, dass du etwas Derartiges nicht durchgehen lässt."

„Danke für die Unterstützung. Ich mache jetzt Schluss für heute. Fahr nach Hause und leg dich schlafen. Wir sehen uns morgen in aller Frische wieder."

„Bis dann."

Sam hatte gerade die Tür hinter sich geschlossen und wollte abschließen, als Archie in das Kommissariat kam und auf ihr Büro zeigte. Da ihre Pläne zum Aufbruch durchkreuzt worden waren, ging sie wieder in ihr Büro und schaltete das Licht ein. „Habe ich es nicht geahnt?"

Archie folgte ihr und machte die Tür zu. „Wir haben Stahl so was von erwischt." Er hielt einen USB-Stick hoch. „Von der Kamera aufgezeichnet zu dem Zeitpunkt, als der Anruf beim

Star aus der Lieutenants-Lounge gemacht wurde. Er war alleine dort."

Sams Herz schlug schneller, als ihr klar wurde, was das zu bedeuten hatte. „Das müssen wir dem Chief bringen."

„Jetzt gleich?"

„Ich habe nichts Besseres vor. Du?"

Hatten sie eigentlich beide, aber Archie grinste trotzdem. „Absolut nicht. Wollen wir?"

„Nach dir."

Während sie schweigend zum Büro des Chiefs gingen, musste Sam sich beherrschen, um ruhig zu bleiben. Denn die Vorstellung, Stahl ein für allemal loszuwerden, weckte Hoffnung in ihr. *Sei nicht voreilig*, ermahnte sie sich im Stillen, als die Sekretärin sie in das Büro des Chiefs durchwinkte.

„Lieutenants", begrüßte Farnsworth sie und erhob sich, während Archie die Tür hinter sich schloss. „Was kann ich für Sie tun?"

„Lieutenant Archelotta hat herausgefunden, wo sich unser Leck bei der Vasquez-Ermittlung befindet", erklärte Sam.

„Ich konnte zurückverfolgen, dass der Anruf beim *Star* von der Lieutenants-Lounge kam. Mithilfe der Videoüberwachung konnte ich in Erfahrung bringen, wer sich zum Zeitpunkt des Anrufs in der Lounge befand." Er hielt den USB-Stick hoch und deutete auf den Computer des Chiefs. „Darf ich?"

„Unbedingt", sagte der Chief und trat stirnrunzelnd zur Seite, um Archie Platz zu machen.

Sams Handflächen waren feucht, während sie darauf wartete, dass das Video startete. Stahl war klar und deutlich zu sehen und zu hören, wie er über Willie Vasquez sprach. „Das haben Sie nicht von mir", sagte er, „aber man hat ihn in einem Müllcontainer gefunden. Hat wohl jemand beschlossen, den Müll rauszubringen."

Mit grimmiger Miene griff Farnsworth nach dem Telefon. „Bitten Sie Deputy Chief Conklin und Captain Malone, in mein Büro zu kommen. Danke."

Die drei verharrten in angespanntem Schweigen, bis Conklin und Malone eintrafen.

„Lieutenant Archelotta, würden Sie bitte Deputy Chief

Conklin und Captain Malone berichten, was Sie mir berichtet haben?"

Noch einmal fasste Archie die ganze Geschichte zusammen, vom Tipp durch den *Star*-Reporter Darren Tabor bis zur Zurückverfolgung des Anrufs in die Lieutenants-Lounge und Stahl auf dem Video der Überwachungskamera, das Sam auch beim zweiten Ansehen kein bisschen weniger erschreckend fand.

„Sie wollen mich wohl auf den Arm nehmen", meinte Conklin.

„Der Kerl hat Eier", bemerkte Malone. „Das muss man ihm lassen."

Mit versteinerter Miene hob Farnsworth erneut den Hörer ab. „Bitte schicken Sie mir umgehend Lieutenant Stahl in mein Büro."

Stahl trat zehn Minuten später nach einem Anklopfen an der Tür ein. „Sie wollten mich sehen, Chief?" Seine Augen verengten sich vor Missvergnügen zu schmalen Schlitzen, als er Sam entdeckte. „Was geht hier vor?"

„Ich würde gern wissen", erwiderte Farnsworth, „ob Sie irgendetwas mit einem Tipp zu tun haben, den Darren Tabor vom *Washington Star* über den Fall Vasquez bekommen hat. Dabei ging es um eine Information, die wir der Öffentlichkeit bewusst vorenthalten haben."

Stahls Gesicht nahm diese ungesunde dunkelrote Farbe an, wie oft bei den Auseinandersetzungen mit Sam. „Hat *sie* Ihnen das gesagt?" Er stach mit dem Daumen in ihre Richtung.

„*Beantworten Sie die Frage!*", brüllte Farnsworth.

„Ich hatte nichts damit zu tun", behauptete Stahl empört. „Ganz egal, was Lieutenant Holland Ihnen erzählt haben mag."

„Lieutenant Holland hat mir gar nichts erzählt", entgegnete Farnsworth. „Das haben Sie selbst getan."

„Wie bitte?"

„Lieutenant Archelotta", sagte Farnsworth, den harten Blick weiter auf Stahl gerichtet. „Spielen Sie das Band ab."

Sam war seit über dreizehn Jahren bei der Polizei und hatte in der Zeit zu ihrer Zufriedenheit viele Gauner zur Strecke gebracht. Doch nichts in ihrer Karriere würde sich je vergleichen lassen mit dem Augenblick, in dem Stahl begriff, dass sie ihm tatsächlich diesen Anruf nachweisen konnten.

Violett war schon nicht mehr die richtige Bezeichnung für den

Farbton, den sein Gesicht jetzt annahm. Natürlich richtete sich seine ganze Gehässigkeit gegen Sam. *„Die hat mich reingelegt!* Sie versucht seit Jahren, mich loszuwerden!"

Sam verzog keine Miene und ließ ihn sein eigenes Grab schaufeln.

„Ich werde Ihnen Ihre Dienstmarke, die Waffe, den Ausweis, das Funkgerät und die Schlüssel abnehmen", erklärte Farnsworth und streckte die Hand aus.

„Das kann nicht Ihr Ernst sein! Ich habe nichts getan, was jeder Cop hier in diesem Raum nicht auch schon irgendwann getan hätte."

„Ich ersuche Sie dringlichst, sich jeden weiteren Kommentars zu enthalten", meldete sich Conklin zu Wort. „Ihnen wird vorgeworfen, eine Mordermittlung behindert zu haben durch die Weitergabe von Informationen an die Medien, entgegen der ausdrücklichen Anordnung der die Ermittlungen leitenden Polizistin."

„Sie verhaften mich?"

„Und ob ich Sie verhafte, und Sie sind bis zur Anhörung offiziell vom Dienst suspendiert."

Malone reichte Conklin ein Paar Handschellen. Dieser wartete, bis Stahl seine Dienstmarke, Waffe, Schlüssel, Funkgerät und Ausweis auf den Tisch gelegt hatte. Dann zog er Stahls Arme auf den Rücken.

„Ich habe Rechte! Ich will einen Anwalt! Sie können mich nicht wegen eines Telefonanrufs verhaften!"

Während Conklin ihm die Handschellen anlegte, fragte Sam sich, ob sie die ganze Geschichte vielleicht nur träumte. Aber selbst ihre lebhafte Fantasie hätte dieses Szenario nicht hervorbringen können.

„Sie geben also zu, den Anruf getätigt zu haben?", fragte Malone. „Oh, Moment, wir brauchen Ihr Geständnis ja gar nicht. Wir haben es auf Band. Gehen wir." Malone zerrte an Stahls fleischigem Arm, doch er wehrte sich, weshalb Conklin den anderen Arm packte und die beiden Männer den kreischenden Lieutenant mehr oder weniger aus dem Raum schleppten.

„Dafür werden Sie büßen, Holland! Seien Sie bloß auf der Hut,

Mädchen! Diese blöde Schlampe hat mich reingelegt! Das ist alles ihre Schuld!"

„Setzt Beleidigung und Bedrohung einer Beamtin mit auf die Liste", rief Farnsworth ihnen hinterher. „Das ist eine Straftat." Er schien diesen letzten Teil zu genießen.

„Natürlich", erwiderte Malone.

Keinem von ihnen tat es leid, Stahl los zu sein. Nur hegte Sam Zweifel, ob sie dadurch wirklich endgültig Ruhe vor ihm haben würden.

„Wow", meinte Archie und fasste damit Sams Gefühle ganz gut zusammen.

„Ein Glück, dass wir den los sind", bemerkte Farnsworth. „Aber zitieren Sie mich nicht. Gute Arbeit, Lieutenants."

„Danke, Sir", sagte Archie.

Sam merkte, dass er seine Befriedigung über den Ausgang dieser Mini-Ermittlung zu verbergen versuchte.

„Ich brauche die Aussagen von Ihnen beiden", sagte Farnsworth.

„Das wird kein Problem sein", erwiderte Sam.

„Für mich auch nicht", meinte Archie. „Ich muss wieder nach oben und schauen, wie weit wir mit deinem Film sind, Sam."

„Danke."

Nachdem er gegangen war, wusste Sam nicht recht, was sie noch zum Chief sagen sollte. Stahls Sturz war schnell und unerwartet gekommen.

Farnsworth hielt Stahls Dienstmarke in der Hand. „Wie konnte er derartig dumm sein?"

„Ich hatte ein Gespräch mit Rick Linds Ehefrau Carla. Von ihr habe ich erfahren, dass er an einer Art psychischer Erkrankung leidet. Es ist nichts Diagnostiziertes, aber alle aus seinem Umfeld wissen davon. Ich habe keine Ahnung, ob Stahl auch an einer psychischen Erkrankung leidet, aber etwas stimmt mit dem nicht, und das wissen wir alle."

Seufzend ließ Farnsworth sich in seinen ledernen Chefsessel sinken und wechselte zum vertraulichen Du. „Ich bin nicht befugt, persönliche Angelegenheiten mit dir zu besprechen. Aber ich werde nicht bestreiten, dass du richtig mit deiner Einschätzung liegst. Sein ganzer Hass wird sich gegen dich richten. Das ist dir wohl klar, oder?"

„Das ist ohnehin schon eine ganze Weile der Fall." Sam setzte sich in einen der Besuchersessel. „Wie geht es jetzt weiter?"

„Seine Daten werden aufgenommen, er wird angeklagt und höchstwahrscheinlich auf Kaution entlassen. In dem Fall solltest du wirklich auf der Hut sein."

„Der macht mir keine Angst. Arnie Patterson und seine Gefolgsleute sind auch schon hinter mir her."

„Sam, du musst diese Dinge ernst nehmen." Er warf Stahls Dienstmarke auf seinen Schreibtisch. „Was hat es mit der Fahndung nach Lind auf sich?"

„Er wird vermisst."

„Seit wann?"

„Seit dem Spiel hat ihn niemand mehr gesehen. Nicht einmal seine Frau hat etwas von ihm gehört."

„Und da wartet sie bis jetzt, ehe sie uns das mitteilt?"

„Anscheinend ist das kein ungewöhnliches Verhalten bei ihm, wenn etwas nicht nach seinen Vorstellungen läuft. Die Leute aus seinem Umfeld schützen ihn, wenn er in eine seiner ,Stimmungen' verfällt."

„Interessant."

„Ich denke nur daran, dass Willie Vasquez möglicherweise nicht unser einziges Opfer ist."

„O Gott. Im Ernst?"

„Ich weiß noch nichts, aber ich würde ihn wirklich gern finden. Ich fahre erst mal nach Hause, nehme aber Arbeit mit. Ich werde per Funk erreichbar sein, falls es Neuigkeiten wegen Lind gibt."

„Dann bis morgen früh."

Sie ging zur Tür, doch irgendetwas veranlasste sie, sich noch einmal umzudrehen. Dabei stellte sie fest, dass Farnsworth vor sich hinstarrte. „Ist alles in Ordnung?"

„In Momenten wie diesen bin ich enttäuscht und desillusioniert. Aber ich komme klar."

„Lass dich von Stahl bloß nicht runterziehen. Es gibt viel mehr Leute wie uns als solche wie ihn."

„Dem Himmel sei Dank."

„Warum fährst du nicht nach Hause und lässt dich von Marti verwöhnen?"

„Vielleicht tue ich das."

„Na komm schon." Wenn sie ihn nicht zum Gehen ermutigte, würde er nur einen Grund finden, weitere Stunden im Büro zu verbringen. „Begleite mich hinaus."

„Wenn du darauf bestehst."

„Tue ich." Sie wartete, während er sich von seiner Sekretärin verabschiedete, die völlig verblüfft schien, ihn einmal halbwegs pünktlich Feierabend machen zu sehen.

Als sie aus dem Haupteingang hinaustraten, wurden sie von den Medien umschwärmt.

„Wir werden Sie morgen früh im Fall Vasquez auf den neuesten Stand bringen", verkündete der Chief. „Bis dahin: Kein Kommentar."

„Warum gibt es eine Fahndung nach Rick Lind?", rief einer der Reporter ihnen hinterher.

„Kein Kommentar", wiederholte Farnsworth. Dann schwieg er, bis sie den Parkplatz erreichten. „Vielleicht ist es an der Zeit, dass ich mich zur Ruhe setze."

Entsetzt von diesen Worten sah Sam ihn an. „Was hast du da gesagt?"

„Mach nicht so ein erstauntes Gesicht. Ich bin nicht mehr der Jüngste und möchte nicht an den Punkt gelangen, an dem mein Abgang überfällig wird."

„Der Punkt wird garantiert nicht kommen. Es waren harte Tage. Du kannst eine solche Entscheidung nicht in einer derartigen Phase treffen."

„Stimmt auch wieder. Ich hätte nichts sagen sollen. Betrachte es als einen Moment der Schwäche."

„Es wird nicht mehr dasselbe sein ohne dich."

„Ach was. Es lief ganz gut vor mir, und es wird auch nach mir gut laufen. Du wirst dich vielleicht ein bisschen stärker an die Regeln halten müssen, wenn der alte Onkel Joe dir nicht mehr den Rücken freihält." Er grinste.

Sam erschauerte bei der Vorstellung. „Noch ein Grund, dass du bleiben solltest."

Das brachte ihn zum Lachen, und genau darauf hatte sie gehofft.

„Wo ich dich schon bei mir habe, möchte ich noch etwas mit dir besprechen", bat Sam.

„Gern."

„Detective McBride hat mich gebeten, als Trauzeugin bei ihrer Hochzeit zu fungieren. Da es das erste Mal ist, dass einer meiner Detectives mich zu seiner Hochzeit einlädt, war ich mir nicht sicher, was ich antworten soll."

„Willst du es denn machen?"

„Ich bin nicht gänzlich abgeneigt. Ich halte sehr viel von ihr. Man könnte sagen, wir sind Freunde – soweit das möglich ist."

„Ich wollte dir gerade anbieten, es auf mich zu schieben, wenn du keine Lust dazu hast."

„Mir gefällt deine Einstellung", erwiderte Sam lachend.

„Dein innerer Konflikt ist leicht nachzuvollziehen, aber mir würde eine Liebesbeziehung zwischen einer Abteilungsleiterin und einem Untergebenen mehr Sorgen bereiten als diese Sache. Es ist doch längst kein Geheimnis mehr, dass du und McBride befreundet seid."

„Na ja, ich habe zu allen ein freundschaftliches Verhältnis. Ich weiß, das sollte ich lieber nicht ..."

„Es ist nichts falsch daran, eine freundliche, mitfühlende Vorgesetzte zu sein, Sam. Man holt viel mehr aus seinen Leuten heraus. Frag mal deinen alten Freund Stahl."

„Trotzdem, manchmal frage ich mich, ob ich da nicht ein bisschen die Grenzen überschreite."

„Hauptsache ist, dass die Grenzen nicht verwischen. Such nicht nach Problemen, wo keine sind."

„Guter Rat, danke."

„Bitte sorg dafür, dass ich Fotos von dir in pinkfarbenem Taft bekomme."

„Äh, hallo, ich habe keine Freunde, die ihre Brautjungfern in pinkfarbenen Taft kleiden würden." Allein bei der Vorstellung wurde ihr schlecht, besonders da sie wusste, wie begeistert Shelby wäre.

Farnsworths Lachen brachte auch sie zum Lachen.

„Bis morgen früh", sagte sie. „Schlaf ein bisschen."

„Ich werde es versuchen."

Sam stieg in ihren Wagen und wartete, bis er vom Parkplatz gefahren war, dann folgte sie ihm in den Verkehr. Die Vorstellung vom MPD ohne ihn an der Spitze war ihr unerträglich. Er war ihre ganze Polizeikarriere hindurch der Chief gewesen, hatte sie geführt und ihr mit Rat zur Seite gestanden – und sie manchmal auch in Schutz genommen. Daran gab es für sie keinen Zweifel.

Obwohl ihr natürlich klar war, dass er nicht ewig arbeiten konnte, hatte sie immer gerne geglaubt, sein Ruhestand liege noch in ferner Zukunft. Jetzt musste sie sich wegen einer weiteren Sache Sorgen machen, zusätzlich zu allen anderen Problemen, die sie derzeit beschäftigten.

Als ihr Handy klingelte, meldete sie sich, ohne den Blick von der Straße zu nehmen, um auf das Display zu schauen.

„Holland."

„Hey, Sam."

„Was gibt's, Tinkerbell?"

„Ich wollte nur Bescheid geben, dass Tracy hier ist. Sie meinte, sie brauche für eine Weile einen Unterschlupf. Sie wirkt aufgewühlt, und ich dachte, ich informiere Sie lieber."

„Ich bin auf dem Weg nach Hause. Danke für die Information."

„Ich wollte eigentlich los, aber ich leiste ihr noch Gesellschaft, bis Sie da sind."

„Das wäre nett, danke."

„Hey, hm, ich weiß ja, dass Sie eine Million anderer Dinge im Kopf haben, aber ich habe mich gefragt ..."

„Was denn?"

„Na ja, wegen Agent Hill. Er sagte, er würde mich anrufen, aber ich habe noch nichts von ihm gehört."

„Er hält sich momentan wegen des Vasquez-Falls in der Dominikanischen Republik auf."

„Ah, okay. Jetzt verstehe ich. Tut mir leid, dass ich Sie mit diesem Teenagerkram behellige."

Sam lachte. „Kein Problem. Bis gleich." Obwohl sie gern ein wenig Zeit mit ihrem Dad verbracht hätte, fuhr sie direkt zu ihrem Zuhause in der Ninth Street und nahm sich vor, ihn später zu besuchen. Ihre älteste Schwester machte eine schwierige Zeit durch mit ihrer siebzehnjährigen Tochter Brooke. Der Stress setzte Tracy seit Monaten zu, und Sam wollte erfahren, um was es nun schon wieder ging.

Sie parkte vor dem Haus und lief die Rampe hinauf, die Nick hatte installieren lassen, damit ihr Vater jederzeit zu Besuch kommen konnte. Ein weiterer Grund, weshalb sie ihren einfühlsamen Mann liebte. Drinnen fand sie Shelby neben Tracy auf dem Sofa sitzend, ihr Taschentücher reichend und das Knie tätschelnd.

Shelby schien erleichtert zu sein, dass Sam da war. Sie stand auf, ging zu ihr und drückte ihr die Packung Taschentücher in die Hand. „Dann lasse ich Sie jetzt mal weitermachen."

„Danke, dass Sie noch geblieben sind, Tinkerbell."

„Kein Problem. Ich mag Tracy, und es berührt mich, sie so aufgelöst zu erleben."

„Geht mir genauso." Da üblicherweise ihre Schwester ihr Trost spendete, hoffte Sam, sich einmal revanchieren zu können. Die Haustür schloss sich mit einem Klicken, als Shelby ging, und Sam setzte sich neben Tracy. „Hey, hallo."

„Hey. Tut mir leid, dass ich einfach hereingeschneit bin."

„Du bist stets willkommen, das weißt du."

„Ich habe einen Ort gebraucht, an dem ich mich verkriechen kann. Ang hat mit Windelwechseln genug um die Ohren, und Dad und Celia würden sich nur Sorgen machen. Dich aufzusuchen schien mir die richtige Entscheidung zu sein."

„Was ist denn los?"

„Ach, einfach alles. Die Situation mit Brooke ist völlig außer Kontrolle. Mike meint, wir müssen etwas unternehmen wegen ihr, sonst zieht er mit Ethan und Abby zu seiner Mutter. Er will die beiden nicht mehr mit Brooke zusammen sein lassen, und das kann ich ihm nicht verdenken. Sie schreit und kreischt nur noch herum und sagt, wir sollen uns verpissen. Gestern Abend hat sie zu ihm gesagt, er solle sie am Arsch lecken, er sei nicht ihr Vater und hätte ihr nichts zu sagen."

Sam versuchte ihren Schock zu verbergen, was ihr jedoch gründlich misslang.

„Wie kann sie das nur zu ihm sagen, wo er doch die meiste Zeit ihres Lebens für sie da gewesen ist? Ihr leiblicher Vater wollte sie nicht, Mike schon. Du hättest sein Gesicht sehen sollen. Er war total geknickt.“

Sam fühlte mit dem Mann, der in Brookes Leben getreten war, als sie noch ein Baby gewesen war, und sie wie eine Tochter großgezogen hatte. „Das ich kann ich gut nachempfinden.“

„So ist sie ständig in letzter Zeit, immer auf Konfrontation.“

„Welchen Grund hat sie denn nur für diese Wut?“

„Hauptsächlich, weil wir ihre Freunde nicht mögen und ihr den Umgang mit ihnen verbieten. Sie hat nicht getrunken und geraucht und war auch nie high, aber seit sie mit diesem Mädchen namens Hoda zusammen ist, hat sich das geändert. Hoda ist anscheinend die Anführerin einer Mädchen-Gang, in die Brooke aufgenommen werden will. Wir haben uns ein bisschen umgehört und einiges über dieses Mädchen und ihre Freundinnen in Erfahrung gebracht. Und das hat uns ganz und gar nicht gefallen. Also haben wir Brooke den Umgang mit ihnen untersagt, und deshalb geht sie auf uns los.“

Sam reichte ihrer Schwester ein weiteres Taschentuch.

„Ich komme mir vor wie ein Ungeheuer, weil ich wirklich in Erwägung ziehe, sie wegzuschicken. Sie zerstört unser Leben. Neulich hat Ethan zu mir gesagt, ich soll das Maul halten. Er weiß nicht einmal, was das bedeutet, aber er hat es von ihr so oft gehört, dass er es cool findet, seine große Schwester nachzuahmen. Mike hat recht – Abby und Ethan können nicht länger mit ihr zusammenleben, denn sie wird sie verderben.“

„Verdammt, Trace. Tut mir leid, dass es dermaßen schlimm geworden ist. Ich würde sie ja hierherschleppen, aber wir haben jetzt Scotty, und unser Zusammenleben hat sich noch nicht genug eingespielt, um auch noch mit Brooke fertig zu werden.“

„Es ist lieb von dir, aber die würde ich nicht mal meinem ärgsten Feind zumuten, ganz zu schweigen von meiner geliebten kleinen Schwester. Sie zerstört auch meine Ehe. Mike und ich streiten uns permanent ihretwegen. Ständig sage ich mir, wir müssen nur noch dieses Schuljahr überstehen, dann geht sie aufs College. Aber ich sehe nicht, wie wir das noch eine einzige weitere Woche durchhalten sollen, geschweige denn ein ganzes Jahr. Ihre Zensuren sind natürlich auch in den Keller gesunken, also wird sie es wahrscheinlich gar nicht bis aufs College schaffen. Ich weiß nicht, was ich tun soll."

Sam legte den Arm um Tracy und hielt sie, während diese von Schluchzern geschüttelt wurde.

„Sie ist mein Kind, aber ich erkenne sie nicht wieder. Und Gott steh mir bei, ich bin mir nicht mal sicher, ob ich sie noch liebe."

„Natürlich tust du das. Du magst sie im Augenblick nicht besonders, aber du wirst sie immer lieben."

„Sie macht es mir nicht leicht. Ich wusste, dass die Pubertät hart wird, aber es ist wirklich schlimm."

Sam hatte ihre Nichte in jüngster Zeit oft genug erlebt, um zu wissen, was Tracy durchmachte.

„Wie wäre es mit einem Therapeuten?"

„Sie geht seit einem Jahr zu jemandem, und wir haben es auch mit einer Familientherapie versucht. Aber jetzt weigert sie sich, bis wir ihr gestatten, sich mit ihren Freunden zu treffen. Also stecken wir erneut in einer verfahrenen Situation."

„Hast du daran gedacht, sie auf ein Internat zu schicken?", erkundigte Sam sich und meinte es nur halb im Scherz.

„Schon sehr oft, und ich habe mich auch näher damit beschäftigt. Ich habe das perfekte Programm außerhalb von Richmond gefunden. Die Schule wird wie eine Militärakademie geführt, ohne wirklich zum Militär zu gehören. Es ist genau das, was sie braucht."

„Dann tu es, Trace. Sie wird dich zunächst dafür hassen, aber eines Tages wird sie wissen, dass du ihr das Leben gerettet hast, indem du sie dorthin geschickt hast."

„Ich würde es sofort tun, aber die Schule kostet zwanzigtausend pro Jahr. Das können wir uns nicht leisten."

„Ich schon. Lass mich bezahlen."

„Auf keinen Fall, Sam. Das könnte ich nie annehmen."

„Warum nicht? Nachdem Peter und ich uns getrennt hatten und Dad verwundet wurde, habe ich zwei Jahre mietfrei bei Dad gewohnt. Und Nick lässt mich hier nicht viel bezahlen. Mein Gehalt wird überwiesen, und oft rühre ich es gar nicht an, weil ich ohnehin zu viel um die Ohren habe, um etwas auszugeben. Ich habe also das Geld. Lass mich dir helfen. wie du mir helfen würdest, wenn es andersherum wäre. Bitte, Trace. Nach allem, was du schon für mich getan hast, ist es das Mindeste, was ich tun kann."

„Ich bin nicht hergekommen in der Hoffnung, dass du mir finanziell aus der Patsche hilfst."

„Um Ethan zu zitieren: ‚Halt's Maul'."

Darüber musste Tracy prusten vor Lachen, jedoch folgten gleich wieder Tränen. „Es ist zu viel. Das kann ich nicht annehmen."

Sam ergriff die Hand ihrer Schwester. „Hör mir zu – wer liebt deine Kinder mehr als du und Mike?"

„Wahrscheinlich nur du", räumte Tracy widerwillig ein.

„Und wer hat Mike stets fast genauso sehr geliebt wie du?"

„Du", flüsterte Tracy.

„Ich liebe euch alle so sehr, wie ich sonst fast niemanden liebe. Wenn ich euch nicht helfen kann, wem denn dann? Du tust so viel für mich. Bitte lass mich das jetzt für dich tun."

„Wenn ich deine Hilfe akzeptiere, wird sie dich so sehr hassen, wie sie mich hasst. Sie weiß, dass wir uns das nicht leisten können."

„Damit kann ich leben, wenn es bedeutet, dass sie wieder zu sich kommt und es eure Familie zusammenhält."

„Ich weiß nicht, ob Mike da mitspielen wird."

„Das wird er, Trace. Er will sie nicht mehr im Haus haben. Das bekommt er, und gleichzeitig wird sie an einem sicheren Ort sein, an dem sie unter Aufsicht steht. Glaub mir, er wird mitspielen."

„Was ist mit Nick?"

„Was soll mit ihm sein?"

„Wird er nichts dagegen haben, dass du mir ohne mit der Wimper zu zucken zwanzigtausend Mäuse gibst?"

„Er würde sagen: ‚Es ist dein Geld, Babe. Tu, was du tun musst.'"

Ein schwaches Lächeln erschien auf Tracys Gesicht. „Du hörst dich an wie er."

„Komm her." Sam drückte ihre Schwester an sich. „Lass uns das machen, bevor alles noch schlimmer wird, okay?"

Tracy nickte. „Danke. Vielen, vielen Dank."

„Ich wünschte, ich könnte sagen, es sei mir ein Vergnügen,

aber es tut mir leid, dass du diese schreckliche Phase durchmachst."

„Es wird bestimmt schon leichter, wenn wir nicht mehr jeden Tag ihrer Wut ausgesetzt sind."

„Wurde sie untersucht?"

„Ich habe sie vor einigen Monaten zu meiner Ärztin geschleppt. Die hat alles auf die Hormone geschoben und die Pubertät und mir versprochen, dass Brooke da herauswächst. Ich wünschte, ich wäre überzeugt davon."

„Sie muss unbedingt wieder eine Therapie machen."

„Gruppen- und Individualtherapie sind Bestandteil des Internatsprogramms. Das ist einer der Gründe, weshalb ich es ansprechend fand."

„Hört sich an, als sei das genau der richtige Ort für sie. Was müssen wir tun, damit es klappt?"

„Ich werde hinfahren, alle nötigen Aufnahmeformulare ausfüllen und das Schulgeld bezahlen. Die kommen dann und holen sie ab."

„Wirst du ihr vorher davon erzählen?"

Tracys Augen füllten sich erneut mit Tränen, als sie den Kopf schüttelte. „Wenn ich das mache, läuft sie davon. Das ist meine größte Angst."

„Ich weiß, es fühlt sich schrecklich an, das zu tun, aber es ist das Richtige für sie – und für dich, Mike, Abby und Ethan. Im tiefsten Herzen musst du das wissen."

„Das tue ich auch", sagte Tracy, der die Tränen jetzt über die Wangen liefen. „Ich wünschte nur, es müsste nicht derartig drastisch sein."

„Ich habe einmal mit einem Kollegen zusammen eine Überwachung gemacht, und da haben wir uns über seine Kinder unterhalten. Eines von ihnen hatte massive Drogenprobleme, mit denen die Familie seit Jahren konfrontiert war. Der Sohn war mehrmals verhaftet worden, was für einen Cop ziemlich unangenehm ist. Anschließend hing er wieder mit den gleichen Leuten herum, durch die seine Drogenprobleme erst entstanden sind, und alles ging wieder von vorne los. Mit fünfundzwanzig starb er an einer Überdosis. Weißt du, was sein Dad zu mir sagte?"

„Was?"

„Am meisten bedaure er, dass er seinen Sohn nicht von diesen anderen Kids losgeeist hat, als er die Chance dazu hatte. Die ganze Zeit dachte er daran, wie anders ihr Leben verlaufen wäre, wenn sie einfach weggezogen wären."

„Ich kann nicht wegziehen. Nicht bei Dads Situation und wo du und Ang in der Nähe seid. Unser Leben ist hier. Mikes Job. Die Schule der Kinder und ihre Freunde."

„Wenn du nicht wegziehen kannst, muss Brooke weg. Bevor das alles noch schlimmer wird."

„Ich weiß. Du hast recht. Ich werde heute Abend mit Mike sprechen und morgen zur Schule fahren, um sie anzumelden."

„Ich wünschte, ich könnte dich begleiten, aber das geht im Augenblick leider nicht."

„Wegen des Vasquez-Falls. Ich weiß."

„Nicht nur deswegen. Nick verreist für ein paar Tage, und ich muss für Scotty da sein. Er nimmt sich den Mord an Willie sehr zu Herzen, da er ihn im letzten Sommer persönlich kennengelernt hat."

„Ich freue mich so für dich, dass du dabei bist, eine Mom zu werden, Sam."

„Ich mich auch."

„Lass dir durch die Sache mit Brooke keine Angst machen. Hoffentlich ist es nur eine Phase, und sie kommt wieder zur Vernunft irgendwann."

„Das hoffen wir mal. Möchtest du Mike bitten, hierherzukommen, damit du mit ihm sprechen kannst, ohne dass Brooke in der Nähe ist?"

Tracy schüttelte den Kopf. „Er wird Abby und Ethan nicht mit ihr allein zu Hause lassen. Ich rede nachher mit ihm, wenn alle im Bett sind."

„Warte hier eine Sekunde." Sam stand auf, ging ins Arbeitszimmer und fand ihr Scheckheft. Sie stellte einen Blankoscheck aus und riss ihn aus dem Heft. Als sie ins Wohnzimmer zurückkehrte, gab sie Tracy den gefalteten Scheck. „Egal, wie viel du brauchst. Es ist reichlich Geld auf dem Konto. Was mein ist, ist auch dein."

Tracy stand auf, um sie zu umarmen. „Vielen Dank. Ich kann dir gar nicht sagen, wie viel mir das bedeutet."

„Ich freue mich, dass ich zur Abwechslung mal dir helfen kann."

„Kann ich noch bisschen bei dir bleiben? Ich will noch nicht nach Hause."

„Selbstverständlich kannst du bleiben. Hast du schon gegessen?"

Tracy schüttelte den Kopf. „Ich glaube nicht, dass ich das jetzt könnte. Die ganze Geschichte schlägt mir auf den Magen."

„Dann lass uns einfach zusammensitzen und belangloses Zeug plaudern."

Sie nahmen wieder ihre Plätze auf dem Sofa ein. Tracy legte den Kopf auf Sams Schulter und hielt ihre Hand. „Erzähl mir von dem Fall."

„Muss ich wirklich?", fragte Sam seufzend. „Es ist das reinste Durcheinander. Ungefähr eine Million Menschen wollte seinen Tod. Er hat ein chaotisches Privatleben geführt, und jetzt wird auch noch ein weiterer Spieler der Mannschaft vermisst."

„Wer?"

„Lind, der Closer."

„Was hat es damit auf sich?"

„Ich wünschte, ich wüsste es. Seine Frau meint, es sei nichts Ungewöhnliches, dass er nach einer großen Niederlage verschwindet und seine Wunden leckt. Nur hat jetzt schon seit einer ganzen Weile niemand mehr von ihm gehört."

„Glaubst du, er ist auch tot?"

„Ich weiß nicht, was ich von all dem halten soll." Sam wischte sich ein kleines Fusselbällchen von der Jeans. „Nick unternimmt morgen eine streng geheime Reise mit dem Präsidenten."

„Im Ernst? Wie cool ist das denn?"

„Er findet es ziemlich cool. Ich eher weniger. Es macht mir eine Heidenangst."

„Warum? Wohin reist er denn?"

„Das darf er mir nicht verraten, was bedeutet, dass es gefährlich ist. Ich bekomme diese Schmerzen ..." Sie presste die Faust gegen das Brustbein. „Genau hier. Das passiert immer, wenn ich daran denke, dass er in Gefahr ist."

„Er lebt täglich mit diesem Schmerz."

„Ich weiß, und ich wünschte, er müsste das nicht."

„Jetzt bist du an der Reihe."

„Sieht so aus."

„Du weißt, es wird alles gutgehen. Schließlich ist er beim Präsidenten und umgeben von all den vielen Sicherheitsleuten. Es wird die sicherste Reise sein, die er je gemacht hat."

„Sag mir das ruhig immer wieder. Vielleicht glaube ich es, wenn er wohlbehalten wieder hier ist."

„Ach, armes Schätzchen." Tracy drückte Sams Hand.

„Ich komme mir wie ein Weichei vor, wenn ich sage, dass ich ohne ihn nicht leben kann, aber so ist es."

„Es ist nichts falsch daran, so zu empfinden, Sam. Dass du deinen Mann schrecklich liebst, macht dich kein bisschen weniger zu einem knallharten Cop. Im Ernst."

„Wirklich nicht?"

Tracy lachte, und Sam fühlte sich gleich besser. „Nein, keine Sorge. Und wer würde ihn nicht lieben? Er ist toll."

„Ja, das ist er. In letzter Zeit lief es zwischen uns besser denn je. Immer wenn ich denke, besser kann es gar nicht werden, wird es das doch."

„Ich habe mich gefragt, ob es nicht hart für euch beide ist, Scotty hier zu haben. Ihr seid noch nicht lange verheiratet, und es ist ein ziemlicher Schritt, ein Kind bei sich aufzunehmen, wenn man sich gerade erst an die Ehe gewöhnt."

„Irgendwie funktioniert alles ausgezeichnet. Ich warte dauernd auf Probleme, aber Nick und ich haben beide das Gefühl, als wäre Scotty schon immer bei uns. Es passt einfach."

„Ich freue mich für dich, Sam. Nach allem, was du mit Peter und den Fehlgeburten durchgemacht hast, verdient niemand das Glück so sehr wie du."

„Danke. Ich hoffe nach wie vor, doch noch schwanger zu werden. Trotz unserer nicht gerade geringen Bemühungen bekomme ich jeden Monat meine Regel."

„Wenn es sein soll, wird es passieren."

„Meinst du?"

„Ich bin deine große Schwester, und wenn ich das sage, stimmt es auch."

An ihre Schwester gekuschelt, umgeben von ihrer Liebe und ihrem Verständnis, dachte Sam an etwas anderes, was sie Tracy fragen wollte. Sie wusste nur nicht recht, wie. „Darf ich dich etwas so Persönliches fragen, dass es auch unter Schwestern eine Grenze überschreitet?"

„Seit wann könnte irgendetwas zwischen uns eine Grenze überschreiten?"

„Auch wieder wahr", räumte Sam mit einem Lachen ein, das ihre Nervosität überspielte angesichts des Themas – obwohl Tracy nicht nur ihre große Schwester, sondern auch ihre engste Freundin war.

Tracy stieß Sam mit der Schulter an. „Raus damit. Nach fünfzehn Jahren Ehe und drei Kindern kannst du mich nicht mehr schockieren."

„Du und Mike, habt ihr je ... Gott, ist das peinlich."

„Es gibt nicht viel, was Mike und ich nicht getan haben, also spuck's aus."

„Habt ihr es anal gemacht?"

„Oh, klar."

„Echt?"

„Damals, als wir noch Sex hatten – bevor Brooke durchgedreht ist und vieles ruiniert hat, einschließlich unseres Sexlebens –, haben wir das regelmäßig gemacht. Es ist allerdings ein paar Monate her, seit wir überhaupt etwas getan haben. Inzwischen wäre ich schon mit ganz schlichtem Sex zufrieden."

„Glaub ich dir." Sam konnte sich nicht einmal einige Tage ohne Sex mit Nick vorstellen, ganz zu schweigen von Monaten.

„Wollt ihr zwei das probieren?"

„Wir hätten es ein paarmal fast getan, haben aber kurz vorher gestoppt. Es macht mich wahnsinnig, dass er es schon mal gemacht hat. Dass er überhaupt etwas mit einer anderen Frau getan hat, was er mit mir noch nicht gemacht hat. Ist das nicht blöd?"

„Es ist keineswegs blöd, dass du sein Ein und Alles sein willst, Sam. Woher weißt du, dass er es schon getan hat?"

„Ich habe ihn gefragt, und da zuckte er nur mit den Schultern. Er ist viel zu sehr Gentleman, um mir die schmutzigen Details zu schildern, aber er hat es auch nicht bestritten. Zu wissen, dass er es schon getan hat, dass er *das* mit einer anderen getan hat und nicht mit mir ... ich kann nicht aufhören, darüber nachzudenken."

„Du solltest es allerdings nicht tun, wenn du es nicht wirklich willst. Es ist nicht jedermanns Sache."

„Ich glaube, ich will." Sams Haut spannte plötzlich, und sie bekam feuchte Handflächen bei der Erinnerung an die jüngsten Liebesakte. „Manchmal denke ich, es gibt nichts, was ich nicht mit ihm tun würde."

Tracy fächerte sich theatralisch Luft zu. „Wow, das ist heiß."

„Sag mir die Wahrheit – tut es nicht verdammt weh?"

„Es ist eher unangenehm als schmerzhaft – zu Anfang. Aber die Orgasmen ... puh. Ganz anders als die anderen."

„Was macht es aufregender als das Übliche?"

„Die Tatsache, dass es ein bisschen verboten ist – in manchen Bundesstaaten ist es tatsächlich illegal. Außerdem ist es ein enormer Vertrauensbeweis zwischen den Partnern. Man muss es probieren, um es schätzen zu lernen. Nach der Wahl solltest du mit ihm zum Ferienhaus fahren und seine Welt zum Beben bringen."

„Ich würde es lieber hier tun. Habe ich dir erzählt, was er oben im Loft gemacht hat?"

„Ich glaube nicht."

„Er hat den Strand von Bora Bora nachgestellt, inklusive Palmen und einem Doppelliegestuhl. Wir hatten schon viel Spaß da oben." Sams Gesicht wurde ganz heiß bei der Erinnerung daran.

„Er ist ein wirklich fantastischer Mann", bemerkte Tracy.

„Er ist der Einzige, mit dem ich so etwas würde tun wollen."

Tracy begann unkontrollierbar zu kichern.

„Was?"

„Ich versuche mir gerade vorzustellen, wie du das mit Peter machst ..."

„Stopp! Ich will dieses Bild nicht in meinem Kopf haben! Mehr als einmal pro Monat herkömmlicher Sex war mit Peter ohnehin nicht drin. Der hätte bei allem, was über die brave Missionarsstellung hinausgeht, einen Schock gekriegt. Er wollte es immer schön sauber und ordentlich."

„Warum überrascht es mich nicht, dass er dich auch im Bett kontrollieren wollte?"

„Ich denke nicht gern über ihn nach. Die Jahre, die ich mit ihm verbracht habe, kommen mir wie ein schrecklicher Traum vor, seit ich mit Nick zusammen bin. Es ist wie Tag und Nacht."

„Hast du in letzter Zeit mal von deinem reizenden Exmann gehört?"

„Nicht seit er versucht hat, sich umzubringen und mich im Krankenhaus als nächste Angehörige genannt hat."

„Ziemlich gruslig."

„Das ist Peter."

„All dieses Gerede über Sex – mit Nick, nicht mit Peter –, da will ich am liebsten nach Hause fahren und es mit meinem Mann treiben, der das ganze vergangene Jahr über zu viel einstecken musste von meiner Tochter."

„Ihr zwei schafft das schon, Trace. Ihr werdet wieder zusammenfinden."

„Das hoffe ich." Sie drückte ihre Schwester. „Danke, dass du für mich da bist."

„Ich bin gern für dich da, so wie du stets für mich da warst."

Die Haustür flog auf, und Scotty kam vor Nick hereingestürmt.

„Sam, wir hatten vielleicht eine tolle Zeit! Nick hat einen Haufen Geld zusammenbekommen, und alle Leute wollten ihm die Hand schütteln. Das war cool!"

Sam und Tracy lächelten einander zu, und Tracy stand auf, um auf dem Weg hinaus ihren neuen Neffen und ihren Schwager zu umarmen.

14

„Hat sie geweint?“, fragte Nick und beugte sich zu Sam hinüber, um ihr einen Kuss zu geben.

„Ich erzähle dir später davon. Habt ihr zwei schon gegessen?“

Scotty saß ihnen gegenüber. „Da gab’s nur dieses vornehme Zeug, das ich nicht mag. Nick meinte, wir können Pizza bestellen.“

„Klingt gut.“

„Ich mache das!“ Scotty sprang auf und rannte in die Küche, wo die Speisekarten der Bestell-Restaurants aufbewahrt wurden.

„Er scheint wieder ganz der Alte zu sein“, bemerkte Sam.

„Es geht ihm langsam besser. Wir hatten ein gutes Gespräch über das, was in der Schule vorgefallen ist.“

„Ich habe die Mutter des Jungen angerufen.“

Nick neigte seinen Kopf näher zu ihr und fragte belustigt: „Und?“

„Ich habe ihr klargemacht, dass wir es nicht hinnehmen werden, wenn ihr Kind unseres schlägt.“

„Definiere ,klargemacht‘.“

Sam lachte über seinen bohrenden Ton. „Ich habe sie darüber informiert, dass wir Anzeige erstatten werden, sollte ihr Sohn unseren noch einmal schlagen.“

Ihr Lachen befeuerte seines. „Du meine Güte, herrlich! Nicht schlecht, Babe.“

„Findest du? Ich mache mir Sorgen, dass Scotty sauer sein könnte, wenn er es herausfindet."

„Dann erzähl es ihm, damit er es weiß."

„Ich trau mich nicht."

Nick lachte erneut, legte den Arm um sie und küsste sie auf den Kopf. „Nehmt euch vor der Bärenmama in Acht. Niemand kommt ihrem Jungtier zu nahe."

„Du weißt Bescheid."

Scotty kam hüpfend ins Zimmer zurück. „Zweiunddreißig Mäuse für eine große, eine kleine und einen Salat."

„Wie viel Trinkgeld macht das?", wollte Nick wissen.

„Zehn Prozent wären drei Dollar und zwanzig Cent, und zwanzig Prozent wären sechs vierzig. Also sieben Dollar?"

„Ausgezeichnet." Nick zog seine Brieftasche aus der Jacketttasche und gab sie Scotty. „Ich weiß genau, wie viel da drin ist, Mister."

Scotty schien erschrocken zu sein über das, was Nick eigentlich nur als neckende Bemerkung gemeint hatte. „Als würde ich dich je beklauen, wo ich von dir doch eh schon alles bekomme."

„War doch nur ein Scherz, Kumpel. Ich weiß, dass du mich nie bestehlen würdest."

Sam fühlte mit ihm, als sie das Bedauern in seiner Stimme hörte.

„Ich wollte nur sichergehen", meinte Scotty zögernd.

Sam streckte die Hand nach Scotty aus. „Komm, setz dich zu uns. Ich will mit dir reden."

„Kriege ich Ärger?"

„Sei nicht albern", sagte sie und drängte ihn sanft, sich zwischen sie und Nick zu setzen. „Du bekommst keinen Ärger." Über Scottys Kopf hinweg begegnete sie Nicks herausforderndem Blick. „Ich wollte dir nur sagen, dass ich mit Nathans Mom gesprochen habe wegen des Vorfalls in der Schule heute."

Er sah sie mit sichtlichem Unbehagen an. „Hast du?"

Sam nickte.

„Was hast du gesagt?"

„Ich habe ihr berichtet, was passiert ist, und dass uns das nicht gefällt und wir nicht wollen, dass es noch einmal vorkommt."

„Du hast nicht die Police-Officer-Barbie raushängen lassen, oder?"

Erneut tauschten Sam und Nick über den Kopf des Jungen hinweg einen Blick. Sam sah, dass Nick sich ein Lachen verkniff. „Na ja, vielleicht ein bisschen." Sie kämpfte gegen das Unbehagen an, das der durchdringende Blick des Zwölfjährigen bei ihr auslöste. „Aber wie Barbie war ich ganz bestimmt nicht", fügte sie voller Verachtung hinzu.

„Erzähl mir genau, was du gesagt hast."

„Dass wir Anzeige erstatten, wenn er dich noch einmal schlägt. Und dass er dich in der Schule in Ruhe lassen soll. Sonst ..."

„Sam! Ich hab dir doch gesagt, du sollst das nicht!"

„Technisch gesehen hast du mir lediglich untersagt, den Schuldirektor einzuschalten, was ich auch nicht getan habe. Du sollst wissen, dass ich deine Wünsche wirklich respektiere, Kumpel, aber er hätte dich ernsthaft verletzen können. Ich kann nicht zulassen, dass das noch einmal passiert."

„Sam hat recht, Kumpel", kam Nick ihr zu Hilfe. „Diesmal war es ein Hieb in den Magen. Nächstes Mal schubst er dich vielleicht die Treppe hinunter oder bricht dir etwas."

„An ein nächstes Mal habe ich nicht gedacht."

„Aber so sind Leute, die andere schikanieren, nun mal", erklärte Sam und dachte dabei an Stahl. „Wenn sie damit durchkommen, glauben sie, sie können es wieder tun. Und sie machen immer weiter, bis jemand ihnen Einhalt gebietet. Ich wette, wenn du dich umhörst, wirst du herausfinden, dass du nicht der Erste bist, den er geboxt hat. Aber vielleicht warst du der Letzte."

Scotty schien darüber nachzudenken.

„Was überlegst du?", fragte Nick nach einer Weile, in der alle geschwiegen hatten.

„Ich habe ein bisschen Angst davor, morgen wieder dorthin zu gehen. Was, wenn er sauer auf mich ist und die anderen Kids gemein zu mir sind, weil ich ihn in Schwierigkeiten gebracht habe?"

„Daran habe ich gedacht und seiner Mutter zu verstehen gegeben, dass ich sehr unfroh wäre, wenn das geschehen würde."

Scottys Lippen verzogen sich zu einem kleinen Lächeln. „Das mit dem ‚unfroh‘ gefällt mir."

„Das fand ich auch lustig", erklärte Nick. „Was für eine Untertreibung."

„Macht euch ruhig lustig über mich", sagte Sam. „Aber ich bin mir ziemlich sicher, dass dieser Junge dich nicht mehr piesacken wird."

„Danke, Sam, dass du wütend geworden bist, seine Mom angerufen hast und alles. Es ist cool, dass du das für mich getan hast."

Froh darüber, dass er nicht wütend war, weil sie sich eingemischt hatte, obwohl er sie darum gebeten hatte, es nicht zu tun, fuhr Sam ihm durch die seidigen dunklen Haare. „Es gibt nichts, was ich nicht für dich tun würde. Das gilt für uns beide."

Er lächelte, und wieder einmal spürte sie die überwältigende Liebe für ihn. Wenn sie sich vorstellte, dass sie ihn vor einem Jahr noch nicht einmal gekannt hatte, und jetzt war er ihr Sohn und würde für immer in ihrem Leben eine Rolle spielen.

Sie wandte sich ab, bevor sie sich blamieren konnte. „Wo bleibt das Futter? Ich sterbe vor Hunger."

Nicks Hand auf ihrer Schulter wirkte tröstend und beruhigend. Er verstand. Wie auch nicht, wo er doch jeden Tag das Gleiche empfand wie sie?

„Die brauchen Zeit, um es zuzubereiten", bemerkte Scotty trocken. „Darf ich Videospiele spielen, bis das Essen da ist?"

„Wenn du deine Hausaufgaben gemacht hast", antwortete Sam.

„Die haben wir schon im Auto erledigt", meinte Scotty und flitzte ins Arbeitszimmer.

„*Wir* haben sie im Auto erledigt?", wandte sie sich an Nick, als sie allein waren.

„Ich habe ihm bei Mathe geholfen."

Sie schmiegte sich seufzend in seine Arme, die sich um sie schlossen. „Was glaubst du, wie lange es dauern wird, bis er aufhören wird, mich sechsmal am Tag vor Dankbarkeit zum Weinen zu bringen?"

„Ein Jahr, vielleicht zwei. Falls es dich tröstet, mir geht es genauso."

„Das Beste, was wir je getan haben.“

„Zweifellos.“

„Ich habe mich gefragt, ob es komisch wird, schwierig oder peinlich, sobald es auf Dauer ist, aber nichts davon trifft zu. Es ist erstaunlich und überwältigend und verblüffend, und es macht mich zornig, wenn jemand ihm wehtut.“

„Ich hatte nie auch nur den geringsten Zweifel, dass du die beste Mom der Welt werden würdest. Jetzt weiß ich es mit Bestimmtheit.“

„Du bist aber auch ein ziemlich guter Dad. ‚Hilfst‘ ihm bei Mathe.“

„Das meiste hat er selbst gemacht. Ich habe nur korrigiert.“

„Wenn du es sagst, Senator. Ich muss dir erzählen, was heute mit meinem guten Freund Lieutenant Stahl passiert ist. Du wirst es nicht glauben.“ Mit dem allergrößten Vergnügen berichtete Sam ihrem verblüfften Mann von Stahls Sturz.

„Wie konnte er denn dermaßen blöd sein und einen solchen Anruf vom Hauptquartier aus machen?“

„Wer weiß? Und wen interessiert’s? Es zählt doch nur, dass er jetzt erledigt ist.“

„Schiebt er die Schuld auf dich?“

„Was glaubst du wohl?“, erwiderte sie mit einem Grübchengrinsen.

„Sam ... nimm es nicht auf die leichte Schulter. Er ist ein gefährlicher Feind, der es seit Jahren auf dich abgesehen hat. Du musst auf der Hut sein.“

„Der macht mir keine Angst.“

„Trotzdem ...“

„Ich wurde außerdem gefragt, ob ich bei Jeannies und Michaels Hochzeit Trauzeugin sein möchte“, sagte sie, das Thema bewusst wechselnd, bevor er sich weiter wegen ihrer Sicherheit beunruhigen konnte.

„Tatsächlich? Machst du es?“

„Ich glaube schon. Ich habe mit dem Chief darüber gesprochen, und er meinte, das sei in Ordnung. Also warum nicht?“

„Es war nett von ihr, dich zu fragen. Wann ist denn die Hochzeit?“

„Im Juli in Rehoboth. Und was ist bei dir heute passiert, was du mir später erzählen wolltest?"

Weil sie nah bei ihm saß, spürte sie, wie sich jeder Muskel in seinem Körper anspannte, während er ihr von den Lexicore-Aktien berichtete und der Verbindung des Unternehmens zu dem Brand in der thailändischen Fabrik.

„Um Himmels willen, Nick. Welche Auswirkungen hat das auf den Wahlkampf?"

„Nicht so große wie auf unseren Gewinn. Graham und ich haben heute beide unsere Aktien abgestoßen, für einen Bruchteil dessen, was wir dafür bezahlt haben. Etwa die Hälfte von Johns Hinterlassenschaft ist damit weg."

„Oh, äh, dann ist dies wohl nicht der beste Zeitpunkt, um dir zu gestehen, dass ich meiner Schwester gerade zwanzigtausend Dollar gegeben habe."

Er machte große Augen. „*Wofür?*"

Sam erzählte ihm von Brooke und dem Internat, das Tracy gefunden hatte und das möglicherweise die Antwort auf ihre Gebete war. „Als ich ihr den Scheck ausgestellt habe, wusste ich das mit deinen Aktien noch nicht."

„Ist schon in Ordnung, Babe. Es ist dein Geld, du kannst damit tun, was immer du willst. Von meinem ist noch genug da, das nicht in Lexicore investiert war. Mach dir keine Sorgen."

„Trotzdem hätte ich vorher mit dir reden sollen, bevor ich ihr einen Scheck gegeben habe."

„Ist schon gut", beruhigte er sie, gab ihr einen Kuss auf die Wange und dann auf den Mund. „Es war das Richtige. Sie hat so viel für uns getan."

„Das fand ich auch. Wie hätte ich es nicht tun können? Jetzt kann sie Brooke die Hilfe zukommen lassen, die das Mädchen braucht."

„Es tut mir leid zu hören, dass das Verhältnis zu Brooke derartig schlecht geworden ist. Ich hatte ja keine Ahnung."

„Ich habe in den vergangenen Monaten einige schockierende Zwischenfälle mitbekommen, aber die habe ich auf die Pubertät geschoben. Ich wusste auch nicht, wie schlimm es tatsächlich inzwischen geworden ist."

„Steht uns das mit dem Jungen auch noch bevor?", meinte Nick.

„Ich hoffe nicht. Ich kann mir beim besten Willen nicht vorstellen, wie dieser liebe Junge sich in ein Monster verwandelt."

„Ich auch nicht." Er fuhr ihr durch die Haare, was eine sehr beruhigende und entspannende Wirkung auf Sam hatte. „Diese Sache mit Lexicore ... Graham wird eine Erklärung darüber abgeben, dass wir zwar Aktien gehalten haben, diese aber abgestoßen haben – bei enormen Verlusten –, als wir von der Verbindung zu dieser Fabrik erfahren haben."

„Das ist wahrscheinlich die beste Strategie."

„Er wird es machen, während ich weg bin und für einen Kommentar nicht zur Verfügung stehe."

„Oh."

„Die Presse wird sich entsprechend an dich hängen, was mir ein bisschen Sorge bereitet."

„Für mich ist das nichts Neues. Die sind ja ständig hinter mir her."

„Wir wissen nicht, was uns in dieser Sache erwartet, deshalb habe ich das Gefühl, ich lasse dich hier unter Umständen mit einem Albtraum allein. Ich habe dem Plan zugestimmt, aber im Lauf des Tages habe ich doch angefangen, mir Sorgen darüber zu machen, wie sich diese ganze Geschichte auf euch auswirken mag."

„Mach dir um uns keine Gedanken." Sie umfasste sein Gesicht und strich zärtlich über die frischen Stoppeln an seinen Wangen. „Wenn ich mit etwas umgehen kann, dann ist es die Presse. Ich bin sehr gut darin, ihnen nichts zu geben, was sie gegen mich verwenden können – oder gegen dich. Es ist also ein guter Plan. Lass Graham die Dinge regeln, während du weg bist, und wenn du zurück bist, ist hoffentlich schon ein bisschen Gras über die Sache gewachsen."

„Das ist das Ziel."

„Machst du dir Sorgen, dass es dir die Wahl ruinieren könnte?"

„Ein wenig. Das wäre ja was, nachdem ich bis kurz vor Schluss einen solchen Vorsprung hatte in den Umfragen."

„Du wirst die Wahl nicht verlieren. Deine Wähler lieben dich fast so sehr, wie ich dich liebe." Sam lockerte seine Krawatte und öffnete die obersten beiden Knöpfe seines Hemdes. Sie streichelte seinen Hals, ehe sie die Hand zum dritten Hemdknopf abwärts wandern ließ.

Seine Hand auf ihrer stoppte sie.

„Spielverderber", murmelte sie.

„Zwei Stunden, um den Jungen abzufüttern, zu duschen und ins Bett zu bringen, danach gehöre ich *ganz* dir."

„Zwei volle Stunden? Das ist ja noch eine Ewigkeit."

„Du wirst es überleben."

Bevor sie protestieren konnte, klingelte es an der Tür, und Scotty kam angerannt, um den Pizzalieferanten zu bezahlen. Die Männer stürzten sich auf die große Peperoni-Pizza – Scottys Lieblingspizza –, während Sam an ihrem Salat knabberte und neidisch die Pizza beäugte. „Ein kleines Stück wird dich nicht gleich dick machen, Babe", meinte Nick, der wie immer ihre Gedanken kannte.

„Doch, wird es."

Mit dem Pizzaschneider schnitt er ein großes Stück in zwei Hälften und legte ihr eine davon auf den Teller. „Ich mag dich mit ein bisschen Fleisch auf den Knochen, also iss."

Scotty stand auf, um sich Milch nachzuschenken. Es hatte einige Wochen gedauert, bis er sich heimisch genug gefühlt hatte, um sich ohne zu fragen alles in ihrem Haushalt zu nehmen, einschließlich des Kühlschrankinhaltes. Umso erfreuter beobachtete Sam ihn jetzt dabei, wie er sich Milch einschenkte.

Sam biss von der begehrten Pizza ab und winkte Nick nah zu sich heran, damit sie ihm etwas ins Ohr flüstern konnte. „Du musst mich nicht mit Pizza umwerben, denn du kriegst mich sowieso."

Ein lüsternes Lächeln erschien auf seinem Gesicht und ließ keinen Zweifel daran, dass, wäre Scotty nicht dabei, er sie glatt auf den Küchenfußboden werfen würde, um es mit ihr zu tun. Das war schon vorgekommen – öfter als einmal.

Plötzlich schienen zwei Stunden wirklich eine Ewigkeit zu sein.

Nach dem Abendessen schlug Scotty eine Runde

Videobaseball vor, was Nick begeistert annahm. Sam folgte ihnen ins Arbeitszimmer und nutzte die Chance, ihre E-Mails durchzusehen. Während sie an Nicks tadellos aufgeräumtem Schreibtisch saß, betrachtete sie die penibel aufgereihten Bilderrahmen mit den Fotos von ihrer Hochzeit, Scottys aktuellem Schulfoto sowie einem von Sam und ihrem Dad, das Nick besonders liebte, wie er ihr einmal gestanden hatte.

Mit einem Blick über die Schulter vergewisserte sie sich, dass Nick noch voll auf das Computerspiel konzentriert war, und stellte rasch alle Bilderrahmen auf den Kopf. Wenn eines nicht in der neuen Position stehen bleiben wollte, stellte sie es auf die Seite. Dann stand sie auf und ging zum Sofa, um die von den Spielern der Feds erwirkten gerichtlichen Verfügungen durchzusehen.

Fast jeder der Star-Spieler hatte mindestens drei Verfügungen erwirkt. Bei allen ging es um Frauen, nur Willies Schwager bildete die Ausnahme. Aus reiner Neugier las Sam einige der Beschwerden über die Frauen und war entsetzt, was manche von denen alles anstellten, um die Aufmerksamkeit eines berühmten Spielers auf sich zu ziehen. Eine hatte sich dreimal nackt auf der Motorhaube von Cecil Mulroneys Auto drapiert, ehe er die Konsequenzen gezogen hatte.

Eine andere hatte sich mit der Mutter von Ramon Perez angefreundet, in der Hoffnung, auf diese Weise an ihn heranzukommen.

Sam las die Beschwerde, die Willie über seinen Schwager Marco verfasst hatte, der ihm körperliche Gewalt angedroht hatte, weil Willie ihm kein Geld mehr geben wollte, das Marco aber brauchte, um seine Schulden bei sehr gefährlichen Leuten in der Dominikanischen Republik zu bezahlen. Beim Lesen verschwammen die Buchstaben vor ihren Augen, und die Worte fingen an zu tanzen, wie jedes Mal, wenn sie müde war und ihre Dyslexie sich meldete. Ein sicheres Zeichen dafür, die Arbeit zu beenden.

Nick stieß einen Schrei aus, dem ein hallendes Lachen folgte, als einer von Scottys Spielern einen Grand Slam schaffte.

„Das ist unfair!", protestierte Nick. „Du hast geschummelt!"

Scotty grinste gerissen. „Wie kommst du darauf?"

„Du bist besser bei diesem Spiel als ich. Du weißt Sachen, die ich nicht weiß."

„Sei kein schlechter Verlierer."

„Schlechter Verlierer? Hast du mich gerade einen schlechten Verlierer genannt?" Der „Streit" mündete in einen hitzigen Ringkampf, der beide zum Lachen brachte. Nick war stets behutsam und setzte nur gerade so viel Kraft ein, dass es für den Jungen eine Herausforderung war. Der hatte seinen Dad inzwischen im Schwitzkasten und verpasste ihm Kopfnüsse.

„Gibst du auf?", fragte Scotty mit rotem Gesicht und schon ganz verschwitzt vom Toben.

„Niemals." Nick fing an, Scotty an den Rippen zu kitzeln, weil er wusste, dass das die Konzentration seines Gegners unterlaufen würde.

„Das ist nicht fair!", beschwerte Scotty sich und kreischte vor Vergnügen. Die zwei beobachtend, empfand Sam Liebe und Zufriedenheit, in die sich ein wenig Angst mischte bei dem Gedanken an die Reise, die Nick morgen antreten würde. Eine Reise, die ihn weit wegbringen würde von Sam und Scotty und in eine Gefahr, die sie nicht einmal ansatzweise fassen konnte. Es schnürte ihr die Kehle zu, und sie lief schnell aus dem Zimmer, um nicht vor ihnen in Tränen auszubrechen.

Sie liebte Nick so sehr, dass schon die Vorstellung schmerzlich war, von ihm getrennt zu sein, obwohl er nur für eine kurze Zeit fort sein würde. Doch die Vorstellung von der Gefahr, der er möglicherweise ausgesetzt war, machte sie wahnsinnig. Was angesichts dessen, was sie ihm täglich durch ihren Job zumutete, nicht ganz fair war.

In der Küche schenkte sie sich ein Glas Wasser auf Eis ein und leerte es zur Hälfte, dann stellte sie es auf die Arbeitsfläche. Sie starrte aus dem Fenster über der Spüle in die Dunkelheit draußen, verloren in Gedanken, die sie lieber nicht gehabt hätte. Als Nick ihr die Hände auf die Schultern legte und sie sanft drückte, erschrak sie.

„Hey." Er schob ihre Haare zur Seite, um ihren Nacken zu küssen. „Was ist los?"

„Nichts."

„Samantha ..."

Niemand sonst hatte sie je mit ihrem vollen Namen angesprochen. Ihr ganzes Leben lang war sie Sam gewesen, bis er sie zu seiner Samantha gemacht hatte.

„Wo ist Scotty?", erkundigte sie sich mit selbst für ihre Ohren unsicherer, brüchiger Stimme und fragte sich unwillkürlich, wie es sich wohl für ihren sehr aufmerksamen Mann anhörte.

„Unter der Dusche." Er legte ihr die Hände auf die Hüften und zwang Sam sanft, sich zu ihm umzudrehen.

Beim Anblick seiner besorgten Miene stiegen ihr die Tränen in die Augen, was sie wütend machte.

„Was ist los, Sam?"

„Ich habe Angst, du könntest von deiner Reise nicht zurückkehren." Es war ihr zutiefst unangenehm, wie verletzlich sie diese Worte machten, doch es entsprach nun einmal der Wahrheit.

„Ach komm, Babe." Er schloss sie fest in die Arme, sodass sie seinen Herzschlag fühlen konnte, während sie seinen vertrauten Duft einatmete. „Mir wird nichts passieren. Ich werde wieder zurück sein, bevor du überhaupt Zeit hattest, mich zu vermissen."

„Nein, wirst du nicht." Sie legte ihren Kopf an seine Schulter und nahm den Trost an, den nur er ihr zu spenden vermochte. „Ich hasse mich selbst dafür. Ich weiß, dass ich dir jeden Tag viel mehr zumute."

„Ich will nicht, dass du besorgt oder beunruhigt bist. Aber ist auch süß, dass du mich genug liebst, um dir Sorgen zu machen."

„Ich liebe dich zu sehr."

„Nicht möglich."

„Es liegt nicht in meinem Charakter, allzu überschwänglich zu sein, also sage oder zeige ich dir das vielleicht nicht oft genug ..."

Er brachte sie mit einem zärtlichen und äußerst sinnlichen Kuss zum Schweigen. „Baby, du zeigst es mir jeden Tag, mit jedem Blick und jeder Berührung. Ich zweifle nie an deiner Liebe."

Beruhigt durch seine Worte, klammerte sie sich regelrecht an ihn, denn sie brauchte ihn mehr, als sie jemals irgendwen gebraucht hatte.

„Ich verspreche dir, dass mir nichts zustoßen wird und ich im Nu wieder da sein werde."

Sie drückte ihn noch fester. „Noch mal fürs Protokoll: Ich bin angewidert von mir selbst. Es passt überhaupt nicht zu mir, mich wie ein bedürftiges Weiblein zu benehmen."

Sein leises Lachen entlockte ihr ein zögerndes Lächeln. „Du bist mein bedürftiges Weiblein, und ich liebe dich so sehr. Ich hatte keine Ahnung, dass es möglich ist, jemanden so sehr zu lieben, wie ich dich liebe."

Eine ganze Weile standen sie eng umschlungen da, bis das Wasser oben ausgestellt wurde. Nick ließ sie nach einem letzten Kuss, der sinnliche Wonnen verhieß, sobald sie allein wären, los. „Bringen wir den Jungen ins Bett, damit wir ein bisschen Zeit miteinander haben."

„Wann musst du morgen früh aufstehen?"

„Ich muss um drei auf dem Regierungsflughafen Joint Base Andrews sein."

„Wird dein Personenschutz dich auf der Reise begleiten?"

Er nickte. „Wohin ich gehe, gehen die auch."

Nachdem sie die Lichter ausgeschaltet und die Türen abgeschlossen hatten, gingen sie zusammen nach oben.

Scotty lag im Bett, als sie sein Zimmer betraten, um ihm gute Nacht zu sagen.

Nick setzte sich auf die Bettkante. „Morgen und Samstag sehe ich dich nicht, Kumpel, aber Sonntag bin ich früh wieder zurück."

„Kommt Mrs. Littlefield denn am Samstag, um mich zu besuchen?"

„Ja", bestätigte Nick. „Ich habe heute mit ihr gesprochen. Sie will mit dir essen gehen und ins Kino."

„Cool. Ich freue mich schon, sie wiederzusehen. Amüsier dich gut auf deiner Reise mit dem Präsidenten und merk dir alles von der *Air Force One* ganz genau, damit du es mir hinterher erzählen kannst."

„Mach ich." Nick beugte sich herunter für eine Umarmung von Scotty. „Pass gut auf Sam auf, während ich weg bin."

„Ich werde mein Bestes geben, aber sie wird es mir nicht leichtmachen."

„Ich höre dich", bemerkte Sam trocken, was sie beide zum Lachen brachte.

„Mann, dann weißt du endlich mal, wie's mir immer geht."

Nick gab Scotty einen Kuss auf die Stirn und drückte ihn noch einmal. „Viel Spaß mit Mrs. L. Grüß sie von mir."

„Mach ich."

Nick ließ ihn los, und Sam trat ans Bett, um den Jungen zuzudecken und ihm ebenfalls einen Gutenachtkuss zu geben.

„Komm ruhig und hol mich, falls du in der Nacht aufwachst."

„Mach ich. Danke, Sam."

„Gute Nacht, Kumpel."

„Hey, Nick?"

Im Türrahmen drehte Nick sich noch einmal um. „Ja?"

„Du passt auf dich auf während deiner Reise, ja?"

Die Besorgnis in Scottys Stimme rührte Sam, denn sie konnte sie sehr gut nachempfinden.

„Verlass dich drauf. Du musst dir keine Sorgen machen."

„Okay. Gute Nacht."

„Hab dich lieb, Kumpel. Schlaf gut."

Da Nick wusste, dass Scotty sich unwohl fühlte, wenn die Tür ganz geschlossen war, ließ er sie einen Spaltbreit offen, damit der schwache Schein des Nachtlichts hereinfiel, das er gekauft hatte, als sie festgestellt hatten, dass er sich im Dunkeln fürchtete. Nachdem Nick eines Morgens die Tür des Jungen offen und das Licht im begehbaren Kleiderschrank brennend vorgefunden hatte, hatte er zwei und zwei zusammengezählt und das Nachtlicht für den Flur gekauft.

Jeder tat sein Bestes, um ihr neues Zusammenleben angenehm zu gestalten, und die Liebe und Zuneigung füreinander trug sie über alle Hindernisse hinweg.

„Was haben wir nur gemacht, bevor er bei uns gelebt hat?", meinte Nick, als sie in ihrem Schlafzimmer waren – bei abgeschlossener Tür. Vorerst.

„Ich habe keine Ahnung, aber es war nicht annähernd so lustig, wie es jetzt mit ihm ist."

„Soweit ich mich erinnere", entgegnete er und legte den Arm um sie, „hatten wir auch jede Menge Spaß, als wir noch zu zweit waren."

Bei diesem sexy Lächeln von ihm bekam Sam stets weiche Knie. „Das stimmt, aber das jetzt ist besser. Wir haben uns zwei, aber jetzt haben wir auch noch ihn dazu."

„Ich liebe unsere kleine Familie. Für mich ist sie das Beste, was mir je widerfahren ist.“

Sam fuhr ihm durch die seidigen Haare. Sie konnte sich nie sattsehen an ihm in all seiner glorreichen männlichen Pracht. „Ich bin so froh. Ich habe mir das sehr für dich gewünscht.“

Er löste sich aus der Umarmung, um ihr das T-Shirt auszuziehen und den BH.

Sam nutzte die Gelegenheit, um ihm sein Hemd auszuziehen, und sog scharf die Luft ein, als sich ihre aufgerichteten Brustwarzen an seinen Brusthaaren rieben.

Seine Arme schlossen sich um sie, umgaben sie mit seiner Wärme und seiner Kraft und seiner überwältigenden Liebe.

„Du bedeutest mir alles“, flüsterte sie, denn er sollte wissen, dass er in ihrem Herzen war, bevor er abreiste.

Er hielt sie beinahe schmerzhaft fest, aber es war die schönste Art von Schmerz. „Sam, du machst mich ganz fertig heute Abend.“

„Ich will, dass du es weißt.“

„Ich weiß es, Baby. Wie könnte ich das nicht wissen?“

„Ich bin nicht allzu gut darin, diese Worte auszusprechen.“

„Ich brauche keine Worte, wenn ich deine Berührungen habe. Du zeigst es mir ständig, mit einer Million kleiner Dinge. Zum Beispiel wenn du meine Fotos auf dem Schreibtisch auf den Kopf stellst, weil du weißt, dass es mich zum Lachen bringt, sobald ich merke, dass du deine Spur an meinem Schreibtisch hinterlassen hast – wieder einmal.“

Sam musste lachen, und das löste ihre innere Anspannung, die sich angesichts seiner bevorstehenden Abreise in ihr aufgebaut hatte. „Das war ich nicht.“

„Und wenn du mir glatt ins Gesicht schwindelst“, sagte er und ließ seine Hände nach unten gleiten, um ihren Po zu massieren, der immer noch in der Jeans steckte. „Das macht mich an.“

„Dich macht alles an.“ Sie zerrte an seiner Hose, öffnete den Knopf und zog den Reißverschluss herunter, damit sie ihre Hand um seine stahlharte Erektion legen konnte, die pulsierte und noch größer wurde, während sie ihn streichelte.

Er warf den Kopf in den Nacken, und das berührte ihr Herz. „Alles an dir macht mich an“, stieß er mit zusammengebissenen Zähnen hervor.

Sam sank auf die Knie und hatte ihn in ihrem Mund, bevor er ihre Absichten auch nur erahnte.

Das Stöhnen aus seinem tiefsten Inneren erregte sie, während sie saugte und ihn massierte, bis zu einem raschen, explosiven Ende.

„Heiliger Strohsack", flüsterte er, als sie ihn abschließend mit der Zunge umspielte.

Sie sah zu ihm auf, voller weiblicher Zufriedenheit darüber, dass sie sich über ihn hergemacht und ihm die Kontrolle genommen hatte.

Seine Finger in ihren Haaren zogen sanft, damit sie sich wieder aufrichtete. Er schob sie rückwärts zum Bett und legte sie darauf. Mit einem Ausdruck der Begierde in den funkelnden Augen, trotz der erst wenige Momente zurückliegenden Befriedigung, stand er vor ihr. Wenn er sie auf diese besondere Weise ansah, konnte er alles von ihr haben – absolut alles. In der Hoffnung, ihn anzustacheln, hob sie die Knie, stützte die Füße auf die Bettkante und spreizte einladend die Schenkel.

Natürlich sprang er darauf an und stürzte sich beinahe auf sie, in seiner Eile, ihr Jeans und Slip auszuziehen. Als Nächstes flog seine Hose quer durchs Zimmer, und ein sinnlicher Schauer der Vorfreude überlief Sam. Sie liebte es, wenn er so war – wild, außer Kontrolle und so voller Verlangen für sie, dass er sogar seinen üblichen peniblen Ordnungssinn vergaß.

Sie breitete die Arme für ihn aus, um ihn liebevoll zu umfangen.

Er legte sich zu ihr und verschmolz mit ihr auf eine Weise, wie nur er es beherrschte. Seine Lippen und Hände waren überall, er verstand es auf äußerst geschickte Weise, sämtliche ihrer Sinne zu stimulieren, und sie versuchte, seiner schier unerschöpflichen Begierde gerecht zu werden. Als er mit seinen Lippen an einer ihrer Brustwarzen zupfte, bog sie sich ihm unwillkürlich entgegen, um seiner Erektion näher zu kommen, die von Neuem heiß und hart auf ihrem Bauch lag.

Sie schob die Hand zwischen sie beide und umfasste ihn, um ihn schnell und ungestüm zu massieren, was ihm, wie sie wusste, besonders gefiel.

Sein Kopf sank auf ihre Brüste, während er in einem

gleichmäßigen Rhythmus in ihre Hand drängte. „Ich kann nicht glauben, dass du das schon wieder mit mir machst", flüsterte er mit rauer Stimme.

„Was mache ich denn?"

„Tu nicht so unschuldig, Samantha." Er löste ihre Hand von seinem Glied und hob sie über ihren Kopf. Dann holte er auch ihre andere Hand herauf und hielt ihre Arme mit einer starken Hand über ihr fest.

Auf diese Weise gefangen und überwältigt von ihm, wartete sie atemlos darauf, was er als Nächstes tun würde.

Er begann mit betörenden, leidenschaftlichen Küssen und einem erotischen Spiel seiner Zunge in ihrem Mund. Sam wand sich und sehnte sich nach mehr. „Sachte, Babe", flüsterte er, küsste ihre Wange, ihren Hals und schließlich ihr Ohr. Sanft knabberte er an ihrem Ohrläppchen und biss gerade so fest hinein, dass Sam vor Lust aufstöhnte und ihre Brustwarzen noch härter wurden.

Anscheinend wusste er genau, was sie brauchte, denn er verlangsamte sein Tempo ein wenig und ließ sein Glied durch die Feuchtigkeit zwischen ihren Beinen gleiten und bei jeder Bewegung über ihren Kitzler.

Plötzlich wollte Sam ihre Hände frei haben und wehrte sich gegen seinen festen Griff.

„Warte", bat er. „Lass mich dich lieben."

„Ich will dich berühren. Ich muss dich berühren." Das Bedürfnis war so stark, dass es sie zu verschlingen drohte. Es mischte sich in die Furcht, mit der sie zu kämpfen hatte, seit sie von seiner bevorstehenden Reise wusste. Und es ließ sie von Kopf bis Fuß erzittern.

Sofort ließ er ihre Hände los. „Sam, Liebes, du zitterst ja. Was ist denn?"

Sie schlang die Arme um ihn und drückte seinen Kopf auf ihre Brust. „Ich hasse mich selbst für das, was ich in diesem Augenblick empfinde."

Er gab ein langes, gequältes Seufzen von sich. „Ich hätte für diese Reise niemals zusagen sollen."

„Nein, sag das nicht. Alles in unserem Leben dreht sich um mich und meinen Job. Da ist es völlig in Ordnung, wenn es zur Abwechslung mal um dich geht."

„Es ist absolut nicht in Ordnung, wenn mein starker, furchtloser Cop vor Angst zittert."

„Ich komme darüber hinweg, das verspreche ich." Sein Gesicht mit beiden Händen umfassend, drängte sie ihn zu einem weiteren sinnlichen Kuss. Gleichzeitig hob sie ihm das Becken einladend entgegen.

„Noch nicht."

„Doch. Jetzt. *Bitte.*"

Er gab ihrem Drängen nach und glitt mit einer einzigen anmutigen Bewegung, die ihr den Atem raubte, tief in sie hinein.

Sam ließ ihre Hände über seinen Rücken wandern, hinunter zu seinem knackigen Po, dessen Muskeln sich unter ihrem Druck anspannten, während er noch tiefer in sie eindrang.

Sam stieß einen Lustschrei aus, schier überwältigt von der erotischen Energie, die zwischen ihnen entstand, und zwar jedes Mal.

Er machte es hart und schnell, wie sie es am liebsten mochte, und dann begann er, sie gleichzeitig zu streicheln, bis sie zu einem Orgasmus gelangte, der ewig anzudauern schien. Und dieser erste Orgasmus ging in einen zweiten über.

Als Sam allmählich wieder zu sich kam, registrierte sie, dass er nach wie vor hart war, sich nach wie vor bewegte und mit jedem erneuten Eindringen Besitz von ihr ergriff. Plötzlich zog er sich ganz aus ihr zurück, und Sam fühlte sich schrecklich verlassen. Doch Nick bewegte sich, ihre Brüste und ihren Bauch küssend, hinunter, bis er vor ihr auf dem Boden kniete, ihre Füße auf seinen Schultern.

Ihre Beinmuskeln bebten, einerseits von den Nachwirkungen der heftigen, ihren ganzen Körper erfassenden Höhepunkte, die er ihr gerade beschert hatte, andererseits aus sinnlicher Vorfreude auf das, was gleich folgen würde. Tief im Inneren hatte sie Angst, dass nichts derartig Wunderbares für immer halten konnte. Allerdings war sie nicht so dumm, diesen Gedanken ihrem hingebungsvollen Mann mitzuteilen. Denn ihr war klar, dass es nur dann nicht halten würde, wenn einem von beiden etwas zustieß. Seit er ihr von seiner Reise erzählt hatte, war ihre Angst um ihn ebenso greifbar wie ihre Liebe zu ihm.

„Warum spannst du dich schon wieder an?", fragte er,

während sie seine Lippen sanft an der Innenseite ihrer Schenkel spürte und ahnte, worauf er gleich seine Aufmerksamkeit richten würde.

„Weil ich weiß, was du vorhast, und mich wappne."

„Das ist nicht der Grund." Er schob behutsam die Finger zwischen ihre Beine, neckend und liebkosend. „Sag mir die Wahrheit."

„Ich versuche keine Angst zu haben. Ich versuche es wirklich."

„Anscheinend mache ich es nicht gut genug, um dich abzulenken. Ich muss mir wohl noch mehr Mühe geben", sagte er und unterstrich seine Worte mit dem erregenden Spiel seiner Zunge auf ihrer zartesten Haut.

Sam krallte sich in seinen Haaren fest, um ihn genau dort zu halten, während er seinerseits mit einer starken Hand ihren Po umfasste, damit sie in genau der richtigen Position blieb. Mit seinen Fingern, Lippen und der Zunge verwandelte er Sam in ein bebendes, begieriges Wesen und schaffte es tatsächlich, all ihre Sorgen und Ängste zu vertreiben.

Dann zog er seine Finger zurück und drückte einen in ihren engen Anus, was Sam prompt den heftigsten Orgasmus bescherte, den sie je erlebt hatte. Überwältigt von dieser schieren Intensität, stieß sie einen Schrei aus. Als sie zu sich kam, war er bereits wieder in sie eingedrungen und bewegte sich in einem unerbittlichen Rhythmus, bis er tief in ihr zum Höhepunkt kam.

Sam schlang Arme und Beine um ihn und hielt ihn, so fest sie konnte.

Er küsste zärtlich ihren Hals, flüsterte ihr Worte ins Ohr, die sie nicht richtig hörte und dennoch genau verstand. „Ich werde zu dir zurückkehren, Samantha", sagte er diesmal deutlich genug. „Ich verspreche es. Ich werde dich niemals verlassen."

Sie kämpfte gegen die Tränen und drückte ihn noch fester. „Es tut mir leid, dass ich so bin. Vermutlich verdiene ich das, nach dem, was ich dir im vergangenen Jahr alles zugemutet habe."

„Ja, stimmt", gab er ihr recht und brachte sie damit zum Lachen, was natürlich sein Ziel gewesen war. Er hob den Kopf und schaute mit seinen intensiven braunen Augen auf sie herunter. „Jedes Mal, wenn du während meiner Abwesenheit Angst hast, ruf dir bitte ins Gedächtnis, dass ich mit der bestbewachten Person auf diesem Planeten zusammen bin. Die werden nicht zulassen, dass dem Präsidenten etwas passiert, also wird mir auch nichts zustoßen. Okay?"

Sie biss sich auf die Lippe und nickte.

„Du hast mein Herz und meine Seele, Samantha. Ganz egal, wo auf dieser Welt ich bin, ich gehöre zu dir. Nur zu dir."

Sie streichelte sein Gesicht, das sie mehr als jedes andere liebte. „Ich gehöre auch zu dir, alles, mein Körper, meine Seele und mein Herz. Wenn du mich vor zwei Jahren gefragt hättest, ob ich wohl jemals solche Worte zu einem anderen Menschen sagen werde, hätte ich vermutlich erst höhnisch gelacht und dir dann auf die Nase geboxt. Aber du hast mich ganz kleinlaut gemacht. Ich fühle mich nackt und verletzlich."

Er presste seine Hüften an sie, um sie daran zu erinnern, dass er noch tief in ihr war – als bräuchte sie diese Erinnerung. „Nackt gefällst du mir am besten. Im Ernst, ich liebe dich am meisten, wenn du keine Angst hast, mit mir über deine Gefühle zu reden."

„Die Worte, mit denen ich dir treffend erklären kann, was ich empfinde, wenn wir auf diese Weise zusammen sind, gibt es noch gar nicht. Du verwandelst mich in jemanden, der ich bei jemand anderem noch nie war."

„Das ist das Unglaublichste, was du je zu mir gesagt hast – in einem Jahr voller unglaublicher Dinge."

„Ich will nicht, dass du die Reise mit Zweifeln antrittst, was dich zu Hause nach deiner Rückkehr erwartet."

„Was dich angeht, habe ich nie Zweifel. Vom ersten Moment an, auf dieser überfüllten Terrasse damals, warst du mein. Immer mein."

Sie merkte, wie er sich von Neuem in ihr zu bewegen begann, offenbar wieder fit nach dem explosiven Orgasmus. „Dreh dich um", forderte sie ihn auf.

„Diesmal nicht."

„Du warst an der Reihe, jetzt will ich."

Mit einem genervten Knurren drehte er sich mit ihr auf den Rücken, ohne die Verbindung zu unterbrechen.

„Ich habe keine Ahnung, wie du das machst", murmelte sie, während ihre Sinne erwachten. „Du musst eine Menge Erfahrung haben." Sie wusste fast nichts über die anderen Frauen in seinem

Leben, was sie bis vor Kurzem nicht gestört hatte – bis sie erfahren hatte, dass er Dinge mit mindestens einer getan hatte, die er mit ihr noch nicht getan hatte.

„Ich erinnere mich an keine außer an dich, die Einzige, die mir jemals etwas bedeutet hat."

Rittlings auf ihm sitzend, mit seiner enormen pulsierenden Erektion in ihr, zählte für sie nur noch, jeden Gedanken, der nicht mit ihr im Zusammenhang stand, aus seinem Kopf zu vertreiben. Sie richtete sich auf und senkte sich quälend langsam wieder auf ihn herab.

Er grub die Finger in ihre Hüften, und sie spürte, wie sehr er der Versuchung, das Kommando wieder an sich zu reißen, widerstand.

Sie machte es wieder und wieder, bis er den Kopf nach hinten bog, sodass seine Kehle bloßlag. Auf diese Weise konnte sie sich leicht herunterbeugen und ihn in seine festen Brustmuskeln beißen, sanft und dabei saugend, damit er ein Mal von ihr mitnehmen würde.

Seinem heiseren Stöhnen folgte ein heißes Gefühl in ihr, als er zum Orgasmus gelangte. Sein Griff an ihren Hüften stellte sicher, dass auch er seine Male hinterlassen hatte, was ihr nur recht war.

Sam sank erschöpft auf seine Brust, verschwitzt und außer Atem und traurig bei der Vorstellung, dass er schon in wenigen Stunden wegfliegen würde.

Er fuhr ihr mit den Fingern durch die langen Haare, wieder und wieder, bis sie langsam in den Schlaf sank, nach wie vor mit ihm vereinigt. „Wir müssen die Tür noch aufschließen, für den Fall, dass Scotty uns braucht", murmelte sie.

„Das mache ich gleich."

Das Nächste, was sie wahrnahm, war, dass er sie wachküsste. Sie atmete seinen Duft ein und öffnete die Augen. Das Badezimmerlicht tauchte sie beide in einen sanften Schein. Nick trug Pullover und Jeans, neben ihm auf dem Bett lag ein Kleidersack.

Sams Herz fing an, schneller zu schlagen. Er würde gehen. Am liebsten hätte sie geweint und ihn angefleht, es nicht zu tun. Aber solche Sachen machte sie nicht. Also streichelte sie stattdessen einfach nur sein frisch rasiertes Gesicht.

Er schmiegte seine Wange in diese Liebkosung, seine Lippen berührten warm und weich ihre Handfläche.

„Sei vorsichtig da draußen", sagte sie, was üblicherweise sein Abschiedssatz war.

Er grinste, ganz und vollkommen Nick. „Bin ich immer."

„Das ist mein Text."

„Du bist mein Mädchen." Er umarmte sie noch einmal fest, gefolgt von einem sinnlichen, leidenschaftlichen Kuss, der sie beide bis zum Wiedersehen trösten sollte. „Ich liebe dich, Babe."

Sie klammerte sich an ihn und musste sich zwingen, ihn loszulassen, wo doch jeder ihrer Instinkte schrie, sie solle ihn für alle Zeiten festhalten. „Ich liebe dich auch. Pass auf dich auf und komm schnell wieder zurück. Ich werde keine ruhige Minute haben, ehe du wieder zu Hause bist."

„Scotty und deine Arbeit werden dich viel zu sehr auf Trab halten, als dass du dir Sorgen machen könntest." Das stimmte nicht, aber sie schwieg, denn ihre Sorge sollte für ihn nicht zur Last werden.

Noch einmal küsste er sie, dann stand er auf, um das Badezimmerlicht zu löschen. „Schlaf noch eine Weile."

„Mach ich."

„Bis bald."

„Ich werde hier sein und auf dich warten."

„Ich verlasse mich darauf." Er kam für einen allerletzten Kuss noch einmal ans Bett und nahm sich Zeit, als ginge er ebenso ungern, wie sie ihn gehen ließ.

„Jetzt beeil dich. Du kannst den Präsidenten nicht warten lassen." Er drückte sie, dann ließ er sie los.

Sie wünschte, sie könnte im Dunkeln sehen. So aber sah sie nicht, wie er das Zimmer verließ, sondern lauschte nur seinen Schritten auf der Treppe und seinem Rumoren in der Küche. Sie hörte, wie die Haustür geöffnet wurde, und seine tiefe Stimme, als er seine Bewacher vom Secret Service begrüßte. Und dann wurde die Haustür geschlossen, und Stille trat ein.

Draußen wurde ein Wagen angelassen, fuhr davon und hinterließ noch mehr Stille.

Sam schaute auf die roten Leuchtziffern des Weckers, der zwei Uhr anzeigte. Obwohl sie entschlossen war, nicht zu weinen, liefen die Tränen auf ihr Kissen, während sie den Duft einatmete, den Nick an ihrer Handfläche hinterlassen hatte. Sie beobachtete jede vergehende Minute, bis um sechs der Wecker klingelte.

Sam kam sich ziemlich töricht vor, weil sie am liebsten nicht geduscht hätte, um seinen Duft nicht von ihrer Hand abzuwaschen. „Du benimmst dich wie ein liebeskranker Teenager", murmelte sie, stand auf und schleppte sich müde und mit schmerzenden Gliedern unter die Dusche. Alles tat ihr weh, mehr als üblicherweise nach einer Liebesnacht mit Nick.

Der Rücken schmerzte, ihre Brüste taten weh, ihre Lippen waren rau und geschwollen. Sie fühlte sich alles in allem reichlich ramponiert und ließ sich entsprechend ausgiebig vom heißen Wasserstrahl massieren. Doch nichts konnte den Schmerz in ihrem Herzen lindern, der bei Nicks Abschied eingesetzt hatte und vermutlich bis zu seiner Rückkehr anhalten würde.

Obwohl sie sich albern vorkam wegen ihrer Reaktion auf seine Abreise, liefen ihr die Tränen über die Wangen und wurden vom warmen Wasser weggespült. Sie war entschlossen, sich gründlich auszuweinen, bevor sie Scotty weckte und zur Arbeit erschien. Schlimm genug, dass sie sich vor Nick hatte gehen lassen, aber sie wollte auf keinen Fall jemand anderen mit ihren Ängsten anstecken, schon gar nicht Scotty.

Sie spülte den Conditioner aus ihren Haaren und stellte fest, dass sich das Wasser rötlich färbte. Das gab ihr einen weiteren Stich, doch zumindest erklärte es die ungewöhnlichen Schmerzen ebenso wie die Tränen, die jetzt wieder flossen, wo ihr bewusst wurde, dass ein weiterer Monat ohne Empfängnis vergangen war.

Nicht zum ersten Mal fragte sie sich, ob das Baby, das sie im Februar verloren hatte, ihre letzte Chance gewesen war. Aber dann erinnerte sie sich an das, was der mit ihnen befreundete Arzt Harry gesagt hatte: dass es Monate dauern konnte, bis nach der Verhütungsspritze wieder eine Schwangerschaft möglich war. Die dreimonatige Wirkungszeit war erst vor einem Monat abgelaufen, doch Sam gestand sich ein, dass sie insgeheim gehofft hatte, wider jede Wahrscheinlichkeit gleich schwanger zu werden.

Sie sehnte sich nach Nick, dem einzigen Menschen, der die gleiche Enttäuschung empfinden würde wie sie. Sie beendete die Dusche und wickelte ein Handtuch um ihren Körper, ein weiteres um ihren Kopf. Anschließend kümmerte sie sich um die Periodensituation, suchte ihr Telefon und stellte zu ihrer Freude fest, dass Nick ihr eine Nachricht geschickt hatte:

Leichte Verspätung, jetzt aber unterwegs (3:45). AFI ist beeindruckend. Kann kaum erwarten, dir davon zu erzählen. Die kassieren unsere Handys ein, bis wir auf dem Rückflug sind. Solltest du mich im Notfall erreichen wollen, ruf Derek an. Der weiß, wie er mich erreicht. Liebe dich, immer. N

Sam saß auf dem Bett und las den Text wieder und wieder. Er hatte sein Telefon abgeben müssen. Sie konnte ihm von ihrer Periode erst erzählen, wenn er wieder zu Hause war. Bis dahin würde sie mit der Enttäuschung allein fertigwerden müssen. Das Gefühl der Einsamkeit erinnerte sie sehr an die unglücklichen Ehejahre mit Peter, in denen sie geglaubt hatte, durch ein Baby würde alles besser werden zwischen ihnen. Inzwischen wusste sie, dass nichts irgendetwas hätte besser machen können – schon allein deshalb nicht, weil es ihr vorherbestimmt war, mit Nick zusammen zu sein.

Erschöpft vom Schlafmangel und mit dem Gefühl, durch Treibsand zu waten, zog sie sich an und ging zu Scotty. Er war mürrischer als sonst, was eine schwierige gemeinsame Stunde bedeutete, bis Shelby kam.

„Bist du bereit, Sportsfreund?", fragte Shelby, fröhlich und voller Schwung. Der heutige pinkfarbene Pullover war mit pinken Strasssteinen geschmückt. Sie hatte sich bereits auf Scottys schlechte Laune eingestellt, ahnte jedoch noch nichts von Sams Stimmung.

Scotty legte seinen Löffel hin und schob die Schale mit den Frühstücksflocken von sich. „Mir geht's nicht gut. Ich glaube, ich sollte lieber zu Hause bleiben."

Sam und Shelby legten ihm gleichzeitig ihre Hände an die Stirn.

Shelby lächelte Sam an und zog ihre Hand zurück.

„Kein Fieber", stellte Sam fest. „Welche Symptome hast du?"

„Bauchschmerzen. Ich hab das Gefühl, mich übergeben zu müssen."

Sam setzte sich neben ihn und wartete, bis er sie ansah. „Ist es, weil du dich davor fürchtest, Nathan wiederzusehen?"

Er sackte unter ihrem prüfenden Blick in sich zusammen. „Kann sein. Ein bisschen."

„Es wird nicht leicht sein, ihm nach dem gestrigen Vorfall gegenüberzutreten."

„Was war denn?", wollte Shelby wissen und setzte sich ebenfalls.

Sam nickte Scotty ermunternd zu, in der Hoffnung, dass es ihm helfen würde, die Worte auszusprechen.

„Jemand hat mir in den Magen geboxt, weil ich Willie Vasquez verteidigt habe, als die anderen ihn einen Loser genannt haben."

„Um Himmels willen!" In Shelbys blauen Augen blitzte Wut auf, was ihr Sams Sympathie für alle Zeiten einbrachte. Sie wandte sich an Sam: „Was unternehmen wir in der Angelegenheit?"

„Ich habe mich bereits darum gekümmert."

Shelbys Grinsen zeugte von triumphaler Zufriedenheit. „Das kann ich mir vorstellen."

„Deswegen hat er Angst." Sam nahm Scottys Hand. „Ich sag dir, was wir tun. Wenn er irgendetwas zu dir sagt, beantworte das mit einem tödlichen Blick. Weißt du, wie man den hinkriegt?"

Er schüttelte den Kopf.

Sam kniff die Augen zu schmalen Schlitzen zusammen und schaute Scotty an, sodass er unwillkürlich zurückwich.

„Wow. Ich hoffe, du machst das nie in echt bei mir."

„Dem Wunsch schließe ich mich an, Sportsfreund", meinte Shelby.

„Wirkt Wunder bei schuldigen Übeltätern im Verhörraum. Jetzt zeig mal, ob du es kannst."

Scotty verzog das Gesicht, aber ein tödlicher Blick kam dabei nicht heraus.

„Nein, pass auf, so." Sam setzte ihre finsterste, einschüchterndste Miene auf. „Du musst auch ein bisschen Hass mit hineinlegen."

„Mrs. Littlefield sagt immer, wir hassen niemanden."

„Aber du hasst, was er mit dir gemacht hat, oder?"

„Ja."

„Dann konzentriere dich darauf. Lass mal sehen."

Diesmal war Scottys Miene deutlich bedrohlicher.

„Na bitte! Ausgezeichnet. Und was machst du, wenn er dich noch mal schlägt?"

„Ihn auch schlagen?"

„Genau. Du darfst dich verteidigen. Aber ich will, dass du niemals als Erster zuschlägst. Verstanden?"

„Ja. Ich verstehe den Unterschied."

„Und jetzt mach eine Faust."

Er legte seine Finger um den Daumen und hielt die Hand hoch.

„Mensch, auf diese Weise handelst du dir nur einen gebrochenen Daumen ein. Mach es so." Sie formte seine Hand zu einer Faust. „Knöchel voran."

„Und was ist, wenn jemand von hinten kommt?"

„Dann tritt ihm auf den Fuß", riet Shelby ihm. „Anschließend wirbelst du herum und verpasst ihm einen Schwinger gegen die Nase."

Sam nickte zustimmend. „Hier hat jemand einen Selbstverteidigungskurs absolviert."

„Wenn man nur knapp über einen Meter fünfzig groß ist und in der Stadt lebt, kann man nicht vorsichtig genug sein."

„Geht es deinem Bauch besser?", erkundigte Sam sich bei Scotty. Er nickte und zeigte schon wieder mehr von seiner üblichen Begeisterung.

„Danke, dass du mir gezeigt hast, was ich machen soll."

„Alles klar. Jetzt putz dir die Zähne und kämm dir die Haare."

„Ich hab mir schon die Haare gekämmt."

„Vorne sieht es okay aus. Der Rest ist ein Problem."

„Na schön", sagte er und lief davon.

„Halten Sie als Detective bei der Mordkommission weniger von mir, wenn ich gestehe, dass ich den Jungen umbringen möchte, der ihm wehgetan hat?", fragte Shelby.

„Ehrlich gesagt halte ich von Ihnen deshalb mehr denn je. Danke, dass Sie mir gerade geholfen haben."

„Sie sind eine großartige Mom, Sam. Er kann sich glücklich schätzen, Sie auf seiner Seite zu haben."

„Das ist nett von Ihnen, danke. Ich muss zur Arbeit. Würde es Ihnen etwas ausmachen, ihn zur Schule zu bringen und ein paar Minuten zu warten, um zu sehen, ob wirklich alles klar ist?"

„Natürlich, das mache ich gern."

„Ich gehe mal raus und hole die Zeitung herein." Sam war neugierig, ob etwas über Nicks Verbindung zu Lexicore darinstand, bevor Graham seine Erklärung abgeben würde.

Gerade als sie die Tür öffnen wollte, klingelte es.

Sie machte auf und wurde von einer massigen Gestalt in Polizeiuniform überwältigt. Ehe sie reagieren konnte, hatte er sie an der Kehle gepackt und würgte sie.

15

_____

Der barbarische Laut ihres Angreifers identifizierte ihn als Stahl. Sam hatte solche Laute schon öfter von ihm gehört. Sein Griff an ihrer Kehle war so fest, dass sie sofort Sterne sah und offenbar nicht in der Lage war, irgendeinen ihrer Selbstverteidigungstricks anzuwenden, die sie gerade erst ihrem Sohn erläutert hatte. Ihr wurde bereits schwummrig und sie fragte sich, ob sie tatsächlich hier vor ihrer eigenen Haustür sterben würde.

Dann dachte sie an Nick und Scotty und schaffte es, Stahl ihr Knie in den Unterleib zu rammen.

Er stieß einen Schrei aus und taumelte rückwärts, die Rampe hinunter.

Sam sog gierig die kalte Luft in ihre Lungen und trat nach ihm. Sie traf sein Knie, was ihm einen weiteren Schmerzenslaut entlockte.

Und dann waren Scottys Secret-Service-Agenten endlich bei ihm und zerrten den schreienden und um sich tretenden Stahl die Rampe hinunter.

Sam beugte sich herunter, stützte die Hände auf die Knie und atmete mehrmals tief ein, während sie darauf wartete, dass sich ihr wild pochendes Herz allmählich wieder beruhigte.

Shelby kam an die Tür. „Was ist passiert? Du liebe Zeit, Sam! Ist alles in Ordnung?"

„Ja", antwortete Sam. „Halten Sie Scotty im Haus." Da Shelby zögerte, drängte Sam: „Gehen Sie. Bitte. Schließen Sie die Tür."

Shelby folgte der Aufforderung, was Sam enorm erleichterte, denn Scotty sollte sie auf keinen Fall verletzt sehen.

„Ich habe die Polizei verständigt", erklärte einer der Agenten, während der andere Stahl Handschellen anlegte. Dieser beschimpfte ihn übel und ließ seiner Wut dort auf dem Gehsteig vor ihrem Haus freien Lauf. „Der Krankenwagen ist auch unterwegs."

„Kein Krankenwagen", erwiderte Sam mit vom Angriff noch heiserer Stimme. „Ich bin okay."

„Der ist für ihn."

„Tut mir leid, dass das passiert ist, Lieutenant", sagte der Agent. Er musste neu sein, denn Sam hatte ihn noch nie gesehen. „Er trug eine Uniform und Ihre Zeitung, deshalb hielten wir ihn für einen Freund von Ihnen."

„Ist nicht Ihre Schuld", beruhigte sie ihn, noch immer schwer atmend, als der MPD-Streifenwagen mit quietschenden Reifen um die Ecke in die Ninth Street raste.

Die Agents übergaben Stahl den Sanitätern und Streifenpolizisten, die ein wenig entsetzt wirkten, einen Lieutenant von der Abteilung Interne Ermittlungen abführen zu müssen. Fragend schauten sie zu Sam, die ihnen, ihren schmerzenden Hals ignorierend, zunickte. Mit großer Genugtuung sah sie, wie der dunkelrot angelaufene, schreiende Stahl auf der Bahre festgeschnallt wurde.

Sam nahm sich eine weitere Minute Zeit, um ihre Fassung wiederzugewinnen, bevor sie ins Haus ging. Der ganze Vorfall hatte keine zehn Minuten gedauert, doch die Sekunden ohne Sauerstoff hatten sich für sie wie Wochen angefühlt.

Shelby kam aus der Küche geeilt. „Ist alles in Ordnung? Sagen Sie mir die Wahrheit."

„Es geht mir gut. Ich will nicht, dass Scotty davon erfährt."

„Kommen Sie", sagte Shelby und nahm ihre Hand. „Rasch."

„Wohin denn?" Sam ließ sich von der kleinen Elfe durch die Küche in den Hauswirtschaftsraum führen, wo Shelby sich auf Zehenspitzen stellen musste, um Sam einen pinkfarbenen Kaschmirschal um den Hals legen zu können. „Ist es so schlimm?"

„Ja.“

Sam berührte die weiche Wolle und rümpfte die Nase über die Farbe. „Besondere Zeiten erfordern besondere Maßnahmen.“

„Genau.“

Scottys Schritte waren auf der Treppe zu hören. Er kam mit nass gekämmten und gebändigten Haaren herunter. Das Zittern ignorierend, das sie wiederholt überlief, hielt Sam seinen Ranzen bereit. Dann drehte sie den Jungen zu sich um und legte ihm die Hände auf die Schultern. „Du schaffst das schon.“ Trotz des Schmerzes, den es ihr verursachte, zwang sie sich, ganz normal zu sprechen. „Stimmt's?“

Er nickte. „Warum trägst du Shelbys Schal? Du hasst pink.“

„Schsch“, ermahnte Sam ihn in übertriebenem Flüsterton. „Den hat sie mir geschenkt, und jetzt tue ich so, als gefiele er mir.“

Scotty grinste.

„Zeig mir noch mal den tödlichen Blick.“

Er machte ein finsteres Gesicht.

„Das ist mein Junge.“ Sie drückte ihn fest an sich. „Hab dich lieb. Falls etwas ist, benutz dein Handy, um mich anzurufen.“

„Das dürfen wir in der Schule nicht benutzen.“

„Dann geh auf die Toilette und schreib mir eine Nachricht. Ich werde so schnell dort sein, dass die gar nicht wissen, wie ihnen geschieht.“

Seine glückliche Miene rührte sie. „Danke.“

Sie stupste ihn gegen das Kinn. „Hab dich lieb.“

„Ich dich auch.“

Sam wartete, bis er mit Shelby gegangen war, in einigem Abstand gefolgt vom Personenschutz. Dann setzte sie sich an den Tisch, stützte das Gesicht in die Hände und kämpfte gegen die Tränen, die sie jetzt einfach nicht zulassen wollte. Stahl hatte ihr Angst gemacht. Sie hegte nicht den geringsten Zweifel daran, dass er sie hätte umbringen können. Ihre Kraft war seinem Zorn nicht gewachsen, und seiner verdrehten Meinung nach hatte er nichts zu verlieren.

Plötzlich sehnte sie sich nach den starken Armen ihres Mannes. In Anbetracht dessen, wie wütend er über den Zwischenfall vor ihrer Tür sein würde – mit Secret-Service-

Agenten in der Nähe –, war es vermutlich für alle besser, dass er momentan quer über den Globus flog.

Als das Zittern endlich nachließ, stand Sam auf, um ihre Dienstmarke, die Waffe und die Handschellen aus der abgeschlossenen Schublade in der Küche zu holen, wo sie die Sachen aufbewahrte, seit Scotty bei ihnen lebte. Mechanisch verstaute sie die Dienstwaffe in dem Holster an der Hüfte und klemmte ihre Marke an den Bund ihrer Jeans.

Weil sie wusste, dass ihr Dad sich fragen würde, warum früh am Morgen ein Polizeiwagen mit Sirene in ihre Straße eingebogen war, ging sie die Rampe vor ihrem Haus hinunter und die Rampe vor ihrem Elternhaus hinauf. Sie klopfte an und trat ein. „Jemand zu Hause?"

„Hier hinten", rief ihr Dad aus der Küche. Er saß in seinem Rollstuhl und las die Schlagzeilen seiner Morgenzeitung. Mit seinen weisen blauen Augen musterte er Sam und blieb bei dem pinkfarbenen Schal hängen. In Pink hatte er sie seit dem Kleinkindalter nicht mehr gesehen.

Sam beugte sich zu ihm herunter und gab ihm einen Kuss auf die Stirn. „Gibt's was Neues in der Zeitung? Ich bin noch nicht dazu gekommen, einen Blick hineinzuwerfen." Angesichts der jüngsten Ereignisse hätte sie glatt über ihre eigene Bemerkung gekichert, wenn ihr Hals nicht so wehgetan hätte.

„Hast du schon von Lexicore und der Fabrik in Thailand gehört?"

„Unglücklicherweise ja. Nick besaß Lex-Aktien, die er gestern mit enormem Verlust verkaufen musste."

„Ach, verdammt. Das ist schade, aber auf der Zielgeraden des Wahlkampfs kann er es nicht gebrauchen, dass das an ihm hängen bleibt."

„Er hofft sehr, dass es ihm nicht alles vermasselt."

„Ist er schon gut und sicher abgereist?"

„Ganz früh heute Morgen."

„Wirst du mir erzählen, was gerade passiert ist?"

„Muss ich?" Sam ließ sich auf einen Küchenstuhl sinken und berichtete, was am Tag zuvor mit Stahl gewesen war. Während sie sprach, konnte sie sehen, wie die ansonsten stets freundliche Miene ihres Vaters sich vor Wut verhärtete.

„Dann gibt er dir also die Schuld an allem, obwohl er derjenige war, der blöd genug war, um den Anruf zu machen, noch dazu aus dem Hauptquartier?"

„Darauf läuft es hinaus."

„Und jetzt hat er zu allem anderen auch noch einer Anklage wegen versuchten Mordes zu erwarten."

„Wenigstens wird er nach dem, was er sich heute Morgen geleistet hat, nicht auf Kaution entlassen werden."

„Wenigstens das." Er schaute auf ihren Hals. „Nimm den Schal ab und lass mich mal sehen."

„Nicht nötig. Alles okay."

„Das war keine Bitte."

Widerstrebend wickelte Sam den Schal ab.

Skip zuckte zusammen. „Sieht schmerzhaft aus."

„Fühlt sich nicht toll an, aber ich werde es überstehen. Ich muss zur Arbeit. Die werden eine Erklärung zu dem hören wollen, was mit Stahl passiert ist. Ganz zu schweigen davon, dass ich einen ermordeten und einen vermissten Baseballspieler habe."

„Wer wird denn vermisst?"

„Lind, aber wir wissen nicht, ob er wirklich vermisst wird oder einfach nur untergetaucht ist, um seine Wunden zu lecken. Das macht er anscheinend öfter."

„Du klingst frustriert, Mädchen."

„Bin ich auch. Wir brauchen eine Spur, aber da ist wenig außer dem Chaos in Willies Privatleben. Kein Verdächtiger weit und breit." Sie stand auf, wickelte sich den Schal wieder um den Hals und wollte ihrem Dad einen Kuss geben. Doch der zuckte in diesem Augenblick zusammen. „Was ist los?"

„Komisches Kribbeln in meinem Bein."

„Du spürst etwas in deinem Bein?" Seit einer bis heute nicht aufgeklärten Schießerei vor drei Jahren war er vom Hals abwärts gelähmt. Soweit Sam wusste, war die einzige Stelle, an der er etwas fühlte, seine rechte Hand.

„Ich weiß nicht, was das ist."

„Aber irgendetwas ist es. Hast du mit dem Arzt gesprochen?"

„Den sehe ich nächste Woche."

„Was glaubst du, was es bedeutet?"

„Das kann ich dir nicht sagen. Aber es ist ziemlich

unangenehm. Wie intensives Ameisenkribbeln. Als wäre es eingeschlafen."

„Du meine Güte, Dad! Du kannst doch damit nicht eine Woche warten, bis du das untersuchen lässt!"

„Was denn untersuchen lassen?", wollte Sams Stiefmutter Celia wissen, die in die Küche kam.

„Dad spürt ein Kribbeln im Bein."

„Was?", fragte Celia, die Krankenschwester war.

„Es ist nichts", beschwichtigte Skip verärgert. „Bloß ein komisches Kribbeln."

„Du spürst etwas in deinem Bein?"

„Keine Ahnung, ob ich es spüre oder mir nur einbilde oder sonst was."

„Und wann hattest du vor, mir das zu erzählen?" Seine Frau stemmte die Hände in die Hüften.

„Bald."

Celia sah ihn tadelnd an, doch Sam wusste, dass sie sicher genauso aufgeregt war wie sie. Niemand liebte ihren Dad hingebungsvoller als Celia.

„Rufst du den Arzt an?", erkundigte Sam sich.

„Sofort."

„Sag mir Bescheid, was er dazu meint."

„Natürlich."

Sam beugte sich zu ihrem Dad herunter und gab ihm noch einen Kuss. „Tu, was Celia dir sagt. Verstanden?"

„Ja, ja. Geh arbeiten und fang einen Mörder." Sam drückte Celias Arm im Vorbeigehen. Was für ein Ereignis, wenn ihr Dad nach all den Jahren wieder etwas Gefühl in den gelähmten Gliedmaßen hätte. Das wäre fast zu wunderbar, um daran zu glauben, weshalb Sam es auch erst einmal verdrängte. Bis sie mehr wussten, konnte sie sich getrost ganz auf die anderen dringenden Angelegenheiten konzentrieren.

Neugierig zu erfahren, wie es Scotty in der Schule ergangen war, nahm Sam einen Anruf von Shelby entgegen. „Wie ist es gelaufen?"

„Bestens. Beim Hineingehen ist er auf Jonah getroffen und hat gestrahlt."

„Oh, gut. Da bin ich erleichtert. Danke, dass Sie ihn gebracht haben."

„Kein Problem. Ich hole ihn auch wieder ab."

„Tausend Dank."

„Wie geht es Ihnen?"

„Ganz okay. Am schlimmsten daran ist der Papierkram. Als hätte ich heute nicht schon genug um die Ohren."

„Kopf hoch. Melden Sie sich, falls Sie etwas brauchen."

„Hey, Tinkerbell?"

„Ja?"

„Es ist wirklich großartig, dass wir Sie haben. Na ja, bis auf meine zusammengefalteten Jeans."

Shelbys zartes Lachen brachte Sam zum Lächeln. „Wow, danke, Boss. Der Job macht mir viel Spaß. Danke, dass Sie mir Ihr Zuhause und Ihren reizenden Sohn anvertrauen."

„Ich bin froh, dass es gut läuft. Ich bin im Hauptquartier." Sams Blick fiel auf Avery Hill, der, elegant wie immer, gerade aus seinem Wagen stieg und darauf wartete, dass sie ihren parkte. „Bis später."

„Ich wünsche Ihnen einen schönen Tag."

„Gleichfalls." Sam stieg aus und ging zu Hill. „Sie sind zurück." Sofort kam sie sich blöd vor, das Offensichtliche auszusprechen.

„Ja, bin ich."

„Und?"

„Marco ist nicht unser Mann. In der vergangenen Woche lag er im Krankenhaus wegen einer üblen Blinddarmnotoperation."

„Warum hat Carmen uns das nicht gesagt?"

„Wahrscheinlich, weil sie es nicht wusste. Sein Name wurde ja in ihrem Zuhause nicht gern gehört, und Marco hat seine Eltern gebeten, ihr nichts zu sagen, um sie nicht noch mehr zu belasten."

„Tut mir leid, dass Sie Ihre Zeit dort unten verschwendet haben."

„Es war nicht nur Zeitverschwendung." Er zog einige Unterlagen aus seiner Tasche. „Willies Finanzen."

„Ausgezeichnet! Wir haben uns mit der dominikanischen Bank nur herumgeärgert. Ich bin Ihnen für die Hilfe in dieser Sache echt dankbar."

„Haben Sie was dagegen, wenn ich diese Sache weiter bearbeite? Ich habe mich ziemlich reingehängt."

Vor einigen Wochen noch hätte diese Frage sie geärgert. Nun aber sah sie in Hill einen vertrauenswürdigen und oft nützlichen Kollegen. „Klar, machen Sie nur. Da Sie es geschafft haben, an die Bankdaten zu kommen, können Sie auch daran weiterarbeiten. Das würde uns helfen."

„Okay, mach ich gern."

Zusammen gingen sie auf den Haupteingang zu. „Werden Sie eigentlich Shelby anrufen?", fragte Sam.

Er musterte sie misstrauisch. „Woher kommt das denn plötzlich?"

„Ich habe mich nur gefragt – und sie sich auch."

„Komisch, ich hätte Sie gar nicht für den Freundinnen-Typ gehalten."

„Ich habe durchaus Freundinnen", erwiderte Sam, empört darüber, dass er sie so gut zu kennen glaubte.

Er hob skeptisch eine Braue. „Irgendeine, die nicht hier arbeitet?"

„Meine Schwestern, und Shelby kann ich wohl auch langsam dazuzählen. Nicht, dass Sie das etwas anginge."

Er blieb unvermittelt stehen, sodass Sam ebenfalls stehen blieb.

„Sie haben vollkommen recht, es geht mich nichts an. Aber die Sache ist eben die, Sam ... Sie wissen, dass ich sehr viel von Ihnen halte."

Da er einmal so gut wie gestanden hatte, in sie verliebt zu sein, nickte Sam nur. Sie fürchtete sich davor, etwas zu sagen oder zu tun, und sie hatte eine ziemliche Angst davor, wohin das führen würde.

„Es wäre nett, wenn wir Freunde sein könnten. Und wenn nicht Freunde, dann zumindest gute Kollegen, die gelegentlich erfolgreich zusammenarbeiten."

Er bot ihr einen Ausweg aus der unangenehm angespannten Situation, die zwischen ihnen herrschte, seit Sam seine Verliebtheit bemerkt hatte. Sein Vorstoß jetzt kam ihr sehr gelegen, denn wenn er in der Hauptstadt blieb, würden sich ihre Wege noch oft genug kreuzen. Und es gab eigentlich keinen

Grund dafür, weshalb sie Gegner sein sollten, wenn ihre beruflichen Ziele häufig dieselben waren.

„Das wäre wirklich gut. Eines sollten Sie aber dennoch wissen."

„Was denn?"

Wie formulierte man das diplomatisch? „In Nicks Gegenwart müssen Sie vorsichtig sein. Er ist ein wenig besitzergreifend, was seine Liebsten angeht. Und er befindet sich in einer Position, in der er Ihnen das Leben schwer machen könnte, wenn er will."

Er presste vor Missfallen die Lippen aufeinander. „Hat er Drohungen in dieser Richtung ausgesprochen?"

„Selbstverständlich nicht. Aber geben Sie ihm lieber keinen Grund, sich in Ihr Leben einzumischen. Er ist ein absolut vernünftiger Kerl. Meistens."

„Ich nehme die Warnung zur Kenntnis." So abrupt, wie er stehen geblieben war, ging er wieder weiter. Sam lief ihm hinterher.

„Hill, warten Sie." Sie hielt ihn am Arm fest. „Warten Sie. Ich habe das nicht gesagt, um Sie zu verärgern. Ehrlich."

Er schaute auf seinen Arm, dann sah er ihr ins Gesicht. „Warum haben Sie es dann gesagt?"

Sam ließ die Hand sinken. „Sie haben hart gearbeitet für Ihre Karriere. Das respektiere ich, und ich will nicht dafür verantwortlich sein, dass sie eines Tages den Bach hinuntergeht." Sie war dabei, diese Unterhaltung gründlich zu vermasseln. Nichts kam so heraus, wie sie es beabsichtigt hatte. „Das ist alles."

„Danke für die Information. Ist angekommen. Ich an seiner Stelle wäre wohl genauso besitzergreifend."

Sein intensiver Blick beschleunigte prompt ihren Herzschlag, und erneute Furcht überkam sie. Nick würde ihn umbringen, wenn er jemals mitbekäme, dass Hill sie auf diese Weise ansah. „Ich ... äh ..."

„Vergessen Sie, dass ich das gesagt habe." Er hielt ihr die Hand hin. „Freunde?"

Sam betrachtete misstrauisch die ausgestreckte Hand, ehe sie sie schüttelte. „Freunde."

„Machen wir uns an die Arbeit."

Sie ließ seine Hand wieder los und ging weiter auf den

Eingang zu. Plötzlich wurde ihr bewusst, dass die Pressemeute vor dem Hauptquartier Zeuge ihres Dialogs mit Hill geworden war. Fabelhaft.

„Lieutenant, irgendwelche Verdächtigen im Mordfall Vasquez?", wollte einer der Reporter wissen.

„Bis jetzt noch nicht. Ich hoffe, bald etwas für euch zu haben."

„Was hat es mit dem Schal auf sich?", fragte Hill, als sie durch die Lobby gingen.

„Ich hatte heute Morgen ein bisschen Ärger mit Lieutenant Stahl", antwortete sie.

„Was heißt das?"

Sam berichtete ihm, was vor ihrer Haustür passiert war.

„Der Kerl hat vielleicht Eier, bei Ihnen zu Hause aufzukreuzen, vor allem, da Sie vom Secret Service bewacht werden."

„Jetzt hat er ramponierte Eier, denn ich konnte einen guten Tritt anbringen. Trotzdem ist es peinlich, wie schnell er mich überwältigen konnte."

„Er hat Sie überrascht."

„Trotzdem ..."

„Ihr Stolz ist verletzt."

„Ein bisschen, aber es geht mir schon besser bei dem Gedanken, dass er auch was einstecken musste."

Hill prustete. „Ja, sicher."

Farnsworth hielt sie auf. „Lieutenant Holland. In mein Büro. Sofort."

Sam sah Hill an und verdrehte die Augen. „Wir sehen uns im Kommissariat."

„Viel Glück", sagte Hill.

Sam folgte Farnsworth in dessen Büro.

Der warf die Tür zu und drehte sich aufgebracht um. „Geht es dir gut?"

Sam konnte sich nicht erinnern, wann sie ihn derartig aufgebracht erlebt hatte. Und das wollte etwas heißen, da sie ihn oft genug wütend gemacht hatte. „Ja."

„Lass mich mal sehen."

„Das ist nicht nötig. Mir fehlt nichts."

„Ich sagte, *lass mich mal sehen.*"

Genervt von den herumkommandierenden Männern in ihrem

Leben, wickelte Sam den Schal ab und neigte den Kopf zur Seite, damit er die vermutlich inzwischen gut sichtbaren üblen Prellungen betrachten konnte.

„Du liebe Zeit, Sam", murmelte er geschockt. „Er hätte dich umbringen können."

„Hat er aber nicht, und für den Ärger, den er gemacht hat, hat er sich gequetschte Genitalien eingefangen."

„Das ist auch das Mindeste, was er verdient. Ich habe gerade mit Forrester telefoniert. Der wird Stahl die volle Härte des Gesetzes spüren lassen. Es gibt nichts, was wir mehr hassen, als kriminelle Cops."

„Keine Chance, dass er auf Kaution freikommt?"

„Das wird Forrester verhindern. Er übernimmt persönlich den Fall."

„Das ist gut. Ich kann mir nicht helfen, aber mir gefällt die Vorstellung von Stahl im Gefängnis."

„Mir gefällt, dass ich ihn hier nicht mehr sehen muss. Er nervt mich schon seit Jahren."

„Mich auch. Ich gehe jetzt wohl lieber an die Arbeit."

Jemand klopfte an, und Farnsworth rief: „Herein."

Ein Sergeant mit einer Kamera kam herein. „Wir sollen die Verletzungen des Lieutenant dokumentieren?", fragte er.

„Ganz recht", bestätigte Farnsworth. „Lieutenant ..."

Resigniert zeigte Sam erneut die Prellungen her und zwang sich stillzuhalten, während der Sergeant Fotos von ihr aus verschiedenen Winkeln machte. Gerade als Sam ihn anfahren wollte, er solle sich gefälligst beeilen, verkündete er, er sei fertig.

„Danke, Sarge." Nachdem der Sergeant den Raum verlassen hatte, sagte Farnsworth: „Im Namen des Departments entschuldige ich mich für das, was heute Morgen vor Ihrem Wohnsitz geschehen ist, Lieutenant."

„Wenn es für weiteres belastendes Material gegen Stahl gesorgt hat, dann war es das wert."

„Ich werde eine Erklärung zu Stahls Verhaftung und dem Vorfall heute Morgen abgeben müssen. Ich hätte Sie gern dabei."

„Klar. Sagen Sie mir Bescheid."

Sam verließ das Büro des Chiefs und ging ins Kommissariat, um sich endlich wieder mit dem Fall Vasquez zu befassen.

„Wir glauben, die Mordwaffe gefunden zu haben", erklärte Cruz, als sie hereinkam. „Die von der Spurensicherung haben ein blutiges Messer in einem Mülleimer gefunden, sechs Blocks vom Fundort der Leiche entfernt."

„In der Nähe der Blutlache?"

„Mehr als sechs Blocks in der entgegengesetzten Richtung."

„Dem Himmel sei Dank für die Gründlichkeit unserer Leute. Wo befindet es sich jetzt?"

„Ich habe es zur Untersuchung ins Labor geschickt."

„Ausgezeichnet", sagte Sam und spürte endlich jenes innere Vibrieren, das von solchen Fortschritten ausgelöst wurde. „Agent Hill ist es gelungen, den Bericht über Willies Finanzen von der Bank in der Dominikanischen Republik zu bekommen. Er wird sich die Daten heute genauer ansehen."

Gonzo kam ins Kommissariat, begleitet von einer verzweifelt aussehenden jungen Frau. Sie war zierlich, hatte dunkle Augen und offensichtlich geweint.

„Lieutenant, das ist Liza Benjamin. Sie ist mit Jamie Clark befreundet und hat an der Anmeldung nach dem Officer gefragt, der für die Ermittlungen im Fall Vasquez zuständig ist."

Sam deutete zum Konferenzraum und folgte ihnen hinein. Sie schloss die Tür und wandte sich der zitternden Frau zu. Kurz schaute sie zu Gonzo, der das Aufnahmegerät einschaltete. Da die Frau keine Verdächtige war, mussten sie sie weder darauf hinweisen, dass das Gespräch aufgenommen wurde, noch über ihre Rechte belehren. „Ich bin Lieutenant Holland und leite die Ermittlungen im Mordfall Vasquez. Detective Gonzales haben Sie ja bereits kennengelernt. Was kann ich für Sie tun?"

„Ich ... ich weiß nicht, ob ich überhaupt hier sein sollte, aber ich kann nicht aufhören daran zu denken, was Willie passiert ist."

Sam lehnte sich an den Konferenztisch, ganz der Inbegriff entspannter Kompetenz, obwohl sie innerlich vibrierte. Würde dies der entscheidende Durchbruch sein, auf den sie alle warteten?

„Atmen Sie tief durch und versuchen Sie sich zu entspannen, Miss Benjamin."

Gonzo gab ihr eine Flasche Wasser.

„Danke", sagte Liza und trank mit zitternden Händen. „Jamie

ist meine Freundin. Wir haben uns im Yogakurs kennengelernt und haben es uns zur Gewohnheit gemacht, anschließend einen Smoothie zusammen zu trinken. So haben wir einander besser kennengelernt und Vertrauliches miteinander geteilt. Daher hab ich von ihrer Freundschaft zu Willie gewusst. Sie hat viel von ihm gesprochen. Und da fing ich an, mich zu fragen."

„Was?"

„Ob es vielleicht mehr war als Freundschaft. Da ich mich für das Team interessiere, wusste ich, dass Willie verheiratet war und Kinder hatte."

„Haben Sie eine Affäre zwischen Jamie und Willie vermutet?"

„Ich weiß, dass sie eine hatten."

Sam hielt sich am Konferenztisch fest. „Woher?"

„Sie hat es mir erzählt."

„Was hat Sie Ihnen erzählt?" Sam hasste solche Befragungen, bei denen sie ihrem Gegenüber jede kleine Information einzeln aus der Nase ziehen musste.

„Dass sie ihn liebte und er sie auch liebte. Nach der Saison wollte er seine Frau verlassen. Sie verstanden sich nicht. Sie stritten sich wegen Geld und weil er ihrem Bruder nicht helfen wollte. Er wollte nicht mehr mit ihr zusammen sein, sondern mit Jamie. Zumindest hat sie das behauptet."

„Schlief sie mit ihm?"

Liz biss sich auf die Unterlippe und nickte. „Sie meinte, solchen Sex hätte sie nie zuvor in ihrem Leben gehabt. Aber ein paar Tage vor dem Spiel ist etwas passiert."

„Wissen Sie, was es war?"

„Er hat ihr eröffnet, er könne seine Frau nicht verlassen. So sehr er auch mit Jamie zusammen sein wollte – er hatte Angst, die Kinder zu verlieren, wenn er Carmen verlässt. Jamie war am Boden zerstört und wütend. Sie hatte Pläne für ein Leben mit ihm gemacht, und plötzlich zog er ihr den Boden unter den Füßen weg. Ja, sie war sehr, sehr wütend auf ihn."

„Es wäre sehr hilfreich für unsere Ermittlungen, wenn Sie eine schriftliche Aussage machen würden", sagte Sam und sah zu Gonzo.

Lizas verweinte Augen weiteten sich vor Bestürzung. „Warum? Ich habe Ihnen doch gerade alles erzählt, was ich weiß."

„Wir brauchen sie für die Akte."

„Ich ... ich weiß nicht."

„Wenn Sie uns nicht bei unseren Ermittlungen weiterhelfen wollen, warum sind Sie dann hergekommen?"

„Ich ... ich dachte, ich sollte jemandem erzählen, was ich weiß. Ich liebe Jamie. Ich will nicht, dass sie Schwierigkeiten bekommt, aber sie war eben so furchtbar wütend. Sie ... sie meinte, sie könnte ihn umbringen für das, was er ihr angetan habe."

„Würden Sie das bitte alles aufschreiben für uns?", sagte Sam noch einmal und sah erneut zu Gonzo, der einen Notizblock und einen Kugelschreiber herüberschob.

Tränen rannen Liza über die Wangen, während sie darauf wartete, dass einer der beiden vielleicht nachgab.

Das taten sie nicht.

Schniefend nahm sie den Stift und begann zu schreiben. Sam ging zur Tür und rief ins Kommissariat: „Cruz!"

Freddie kam herein. „Du hast gebrüllt?"

„Bitte bleib bei Miss Benjamin, während sie ihre Aussage zum Fall Vasquez aufschreibt. Achte darauf, dass sie genau darlegt, was Jamie ihr über die Affäre mit Mr. Vasquez gesagt hat, und dass sie ihn am liebsten umbringen wollte, weil er einige Tage vor dem Spiel mit ihr Schluss gemacht hat."

Freddie wirkte verblüfft. „Mach ich."

„Gonzo, wir holen Miss Clark für eine weitere Befragung."

„Sie werden ihr nicht erzählen, was ich gesagt habe, oder?", fragte Liza entsetzt.

„Selbstverständlich werden wir das", entgegnete Sam.

Liza wurde blass. „O mein Gott."

„Schreiben Sie weiter."

Freddie setzte sich zu ihr an den Tisch.

Sam verließ den Konferenzraum und ging in ihr Büro, um die Schlüssel und ihr Funkgerät zu holen. Dann ging sie mit Gonzo hinaus auf den Parkplatz. „Ich wollte, dass du mich begleitest, damit du mir von eurem Sorgerechtsfall berichten kannst", erklärte Sam, während sie sich in den Verkehr einfädelte.

„Andy versucht ein Treffen mit Lori und ihrem Anwalt zu vereinbaren." Andy Simone war ein guter Freund von Nick. Sam hatte ihn gebeten, Gonzo in dieser Sache zu helfen. „Wir hoffen, uns irgendwie außergerichtlich einigen zu können."

„Das hoffe ich auch."

„Ich nehme an, ich werde mir das Sorgerecht mit ihr teilen müssen, so schwer mir das auch fällt."

„Sie ist seine Mutter, Gonzo, und offenbar gibt sie sich Mühe."

„Ich weiß."

„Hast du Christina davon erzählt?"

„Das werde ich heute Abend. Ich wünschte, ich könnte damit bis nach der Wahl warten, aber Andy will das Treffen nicht bis dahin aufschieben. Er glaubt, Lori und ihr Anwalt könnten das als Blockade von unserer Seite empfinden."

„Du solltest auf ihn hören. Er ist ein kluger Mann, der weiß, was er tut."

„Die ganze Geschichte ist einfach Mist."

„Ich weiß, es ist wirklich hart, aber du solltest versuchen, dir keine Sorgen zu machen. Du und Christina, ihr habt euch in diesem Jahr sehr gut um Alex gekümmert. Das zählt viel."

„Danke, Sam. Ich weiß deine Unterstützung zu schätzen."

Sie erreichten Jamie Clarks Wohnung und stiegen die Treppe hinauf in den dritten Stock.

„Das ist nicht das, was ich mir für eine Physiotherapeutin eines MLB-Teams vorgestellt habe", bemerkte Gonzo.

Sam klopfte an die Tür. „Das habe ich bei meinem ersten Besuch hier auch gedacht." Da sie von drinnen keinerlei Lebenszeichen hörte, klopfte sie noch einmal. „MPD, Miss Clark. Machen Sie auf."

Mit lautem Klicken wurden die Schlösser entriegelt.

Wegen eines plötzlich einsetzenden mulmigen Gefühls legte Sam die Hand auf die Waffe.

Die Tür wurde einen Spaltbreit geöffnet, und Jamie Clark spähte misstrauisch hinaus. „Was wollen Sie? Ich habe Ihnen alles gesagt, was ich weiß."

„Tatsächlich?" Sam schob ihren Fuß in die Tür. „Wir haben von Ihrer Freundin gerade eine komplett andere Version Ihrer Story gehört."

„Von wem?"

„Liza Benjamin." Sam beobachtete, wie sich eine ganze Palette von Emotionen auf dem Gesicht der anderen widerspiegelte – Furcht, Zorn, Unglauben und schließlich Resignation.

„Sie haben mich gefragt, ob ich eine Affäre mit Willie habe. Als er starb, war ich nicht mehr mit ihm zusammen.“

„Ihre vagen Aussagen machen Sie verdächtig“, sagte Sam. „Ich hoffe, das ist Ihnen klar.“

Jamie brach in Schluchzen aus. „Ich wollte Willies Kinder schützen. Was spielt es denn jetzt noch für eine Rolle, ob wir zusammen waren? Dass wir uns ineinander verliebt haben? Ich wollte sein Andenken schützen.“

„Indem Sie die Polizei anlügen?“

„Es tut mir leid. Ich wollte nicht lügen, aber ich wusste nicht, was ich sonst tun soll.“

„Sie müssen mit uns kommen, um Ihre Aussage zu ändern.“

„Bin ich verhaftet?“

„Noch nicht, und das werden Sie auch nicht, wenn Sie von jetzt an kooperieren. Für die Fahrt müssen wir Ihnen aber trotzdem Handschellen anlegen. Department-Vorschrift.“

Gonzo fesselte die weinende Frau.

„Kann ich mir wenigstens eine Hose anziehen?“ Sie trug lediglich ein zu großes T-Shirt.

„Wir besorgen Ihnen eine Hose. Fahren wir.“ Jamie Clark weinte während der ganzen Fahrt zum Hauptquartier, sagte aber nichts mehr. Angesichts ihres halb bekleideten Zustands fuhr Sam auf den Parkplatz vor dem Eingang zur Gerichtsmedizin und brachte sie dort ins Gebäude, um der Medienmeute vorn zu entgehen. „Sorg dafür, dass sie etwas zum Anziehen bekommt, und bring sie in einen der Verhörräume“, sagte sie zu Gonzo. „Sag mir Bescheid, wenn sie so weit ist.“

„Mach ich.“

Sam marschierte gerade ins Kommissariat, als ihr Funkgerät zu rauschen begann. Es war die Zentrale. „Hier spricht Holland, Ich höre.“

„Möglicher Mord im Capitol Motor Inn.“ Die Zentrale nannte ihr die Adresse in der Massachusetts Avenue, eine der Hauptadern in und aus der Stadt.

„Verstanden.“ Sie betrat den Konferenzraum, wo Freddie gerade mit Liza fertig war.

„Bitte halten Sie sich zur Verfügung, für den Fall, dass wir Sie noch einmal erreichen müssen", sagte er zu ihr.

„Gut." Sie schob sich an Sam vorbei und eilte in die Lobby.

„Was hat sie denn erwartet, was passiert, wenn sie hierherkommt und uns all das über Jamie erzählt?"

„Jedenfalls nicht das, was dann tatsächlich passiert ist, so viel dürfte klar sein."

„Wir haben eine Leiche in einem Hotelzimmer in der Mass Ave. Fahren wir."

Sam wollte den Ausgang in der Gerichtsmedizin benutzen, doch Schreie aus der Lobby veranlassten sie, nachzuschauen, was dort los war.

„Was hast du dir dabei gedacht, du dämliche Kuh!", schrie Jamie Liza an und wurde dabei von Gonzo festgehalten. „Wie konntest du mir das antun?"

Liza stand wie angewurzelt da und kreischte: „Ich musste es ihnen sagen! Willie ist *tot!*"

„Es geht dich aber nichts an!"

„Freddie, bring Liza hier raus. Wir treffen uns auf dem Parkplatz."

Sam eilte Gonzo zu Hilfe, und gemeinsam zerrten sie die schreiende Jamie in die Aufnahme.

„Tut mir leid", meinte Gonzo. „Die ging los wie eine Rakete, sobald sie Liza erblickt hat. Ich komme ab hier allein zurecht, aber danke für die Hilfe."

„Wir haben gerade eine Meldung über eine Leiche in einem Motel in der Massachusetts Avenue hereinbekommen. Cruz und ich fahren da jetzt hin, also kannst du dich um ihre aktualisierte Aussage kümmern, zu der nämlich auch Details ihrer Affäre mit Mr. Vasquez gehören sollten."

„Ich habe Willie nicht umgebracht!", protestierte Jamie und trat Gonzo gegen das Schienbein. Er grinste Sam an. „Unterziehen Sie mich einem Lügendetektortest, wenn Sie mir nicht glauben!"

„Möglicherweise machen wir das auch, Miss Clark", erwiderte Sam. „Wir werfen Ihnen gar nichts vor – noch nicht. Technisch gesehen haben Sie jedoch eben einen Police Officer im Beisein anderer Polizisten angegriffen, also strapazieren Sie nicht meine Geduld."

„Fahren Sie zur Hölle. Sie verstehen überhaupt nichts."

„Autsch", sagte Sam. „Das trifft mich aber."

Gonzos Lachen folgte ihr zum Haupteingang. Sie fand Cruz auf dem Parkplatz, wo er an Lizas Wagen gelehnt stand.

„Sind Sie in der Lage zu fahren?", erkundigte Sam sich bei ihr.

„Mir fehlt nichts."

Sam schob Freddie aus dem Weg. „Sie haben das Richtige getan, indem Sie heute hierhergekommen sind. Auch wenn es Sie eine Freundin gekostet hat, haben Sie richtig gehandelt."

„Wenn Sie das sagen", meinte Liza betrübt.

Sam trat zurück, damit Liza die Wagentür schließen konnte. Mit quietschenden Reifen fuhr sie davon. „Sie hat es eilig, von uns wegzukommen."

„Kann ich ihr nicht verdenken."

„Die Leute sind lächerlich", bemerkte Sam, während sie quer über den Parkplatz zum anderen Ende des Gebäudes gingen.

„Ganz allgemein oder im Besonderen?"

Sam setzte sich hinter das Lenkrad ihres Wagens. „Ganz allgemein. Die kommt hierher mit Informationen über eine Frau, die mit unserem Mordopfer gevögelt hat, und glaubt, wir unternehmen nichts?"

„Ich glaube, Sie hat sich vorher keine Gedanken darüber gemacht. Sie wollte einfach nur erzählen, was sie weiß."

„Offensichtlich. Hast du gehört, ob Hill etwas über Willies Finanzen herausgefunden hat?"

„Noch nicht, aber er hat auch gerade erst angefangen, sich damit zu befassen, als ich ihn zuletzt gesehen habe."

„Gibt es etwas Neues von deinem Dad?"

Freddie sah sie an, sichtlich überrascht von dem abrupten Themenwechsel. „Elin und ich haben gestern mit ihnen zu Abend gegessen. Er ist sehr ... ich weiß nicht, wie ich es beschreiben soll. Er ist beinahe zu enthusiastisch wegen allem. Voller grandioser Pläne und Ideen."

„Glaubst du, er ist wieder manisch?"

„Ich weiß nicht, was ich glauben soll", erwiderte Freddie seufzend. „Nach allem, was ich über diese psychische Störung gelesen habe, sind Höhenflüge und tiefste Niedergeschlagenheit zu erwarten."

„Wie denkt Elin darüber?“

„Sie reagiert auf die gleiche Weise auf ihn wie meine Mom.“

„Inwiefern?“

„Als sei alles, was er tut und von sich gibt, fantastisch. Es kommt mir vor, als sei ich der Einzige, der sich fragt, ob sein Verhalten normal ist. Elin findet, ich konstruiere Probleme, wo keine sind.“

„Wenn du meine Meinung hören willst ...“

„Du weißt, dass ich das will.“

„Du hast gute Instinkte, was Menschen und Situationen betrifft. Vertrau deinen Instinkten. Wenn sie dir sagen, dass da etwas nicht stimmt, behalte die Situation im Auge, so gut es eben geht.“

„Das ein guter Rat. Ich wünschte, ich könnte mit meiner Mom darüber reden, ohne dass er dabei ist. Aber sie sind unzertrennlich. Sie teilen sich sogar ihr Handy. Wer macht denn so was?“

„Kommt sie dir glücklich vor?“

„So glücklich habe ich sie noch nie gesehen. Seit er zurück ist, erlebe ich sie von einer Seite, die ich an ihr nie kennengelernt habe. Sie hat in all den Jahren, die er fort war, nie aufgehört, ihn zu lieben. Ich will ihr Glück nicht trüben. Niemand verdient es mehr als sie, glücklich zu sein.“

„Aber ...“

„Ich mache mir Sorgen, was aus ihr wird, wenn er eine neue Episode hat.“

„Das ist eine berechtigte Angst. Dir bleibt wohl nichts anderes zu tun, als die Sache weiter zu beobachten und für sie da zu sein, falls sie dich braucht.“

„Danke, Sam. Es hilft mir schon, mit jemandem reden zu können, der meine Besorgnis nicht für albern hält.“

„Du bist nicht albern.“

Sie erreichten das Motel, das umringt war von Polizeifahrzeugen. Der Van der Gerichtsmedizin fuhr eine Minute nach Sam und Freddie vor. Lindsey stieg gemeinsam mit ihnen die Treppe in den zweiten Stock hinauf, wo sich vor Zimmer Nummer sechzehn eine Menschentraube gebildet hatte.

Sie betraten den unordentlichen Raum, in dem eine weiße

männliche Leiche, um die eins fünfundachtzig, mit dem Gesicht nach unten auf dem Bett in einer Blutlache lag. Lindsey reichte Sam ein Paar Latexhandschuhe. „Drehen wir ihn mal um.“

Die zwei Frauen fassten zusammen an, um den großen Mann umzudrehen. Erschrocken stellten sie fest, dass es sich um Rick Lind handelte.

„Verdammt“, rutschte es Sam heraus, obwohl diese Entdeckung ihren Job ein wenig leichter machte. Genau wie Willie hatte der Mörder Rick einmal in die Brust gestochen, was die beiden Morde in einen Zusammenhang brachte und eine Zufallstat eines aufgebrachten Fans ausschloss. „Cruz, schaff die Spurensicherung her.“

„Sind schon unterwegs.“

16

Sam trat vom Bett zurück, damit Lindsey und ihre Mitarbeiter das Opfer für den Abtransport in die Gerichtsmedizin vorbereiten konnten. Sie schaute sich in dem Motelzimmer um, konnte jedoch keine offensichtlichen Spuren eines Kampfes entdecken, weshalb sie annahm, dass er im Schlaf überrascht worden war oder von jemandem, den er kannte. Überall im Zimmer lagen Pizzakartons, Einwickelpapier von Mitnahmerestaurants, leere Bierdosen und Drogeriezeug herum. Sam fasste nichts von alldem an, sondern überließ die nähere Untersuchung der Spurensicherung. Sie spähte unter das Bett und musste fast würgen, als sie dort benutzte Kondome entdeckte.

Rick Lind war nach der Niederlage in diesem wichtigen Spiel auf eine höllische Sauftour gegangen.

Sam betrachtete die Tür genauer, die Spuren eines Werkzeugs aufwies, mit dem sie offenbar aufgebrochen worden war.

Draußen auf dem Gang stand eine Gruppe von Dienstmädchen dicht beieinander. Eines von ihnen weinte.

„War die Tür offen, als Sie ihn gefunden haben?"

Die Weinende, die nicht älter als sechzehn oder siebzehn aussah, nickte. „Es ist ungewöhnlich, dass eine Tür so offensteht, deshalb hab ich einen Blick hineingeworfen und ihn entdeckt."

„Wie heißen Sie?"

Sie schaute eines der anderen Mädchen an, das genauso jung war, dann sah sie zu dem Mann, der sie alle zu beaufsichtigen schien. „Ginger", flüsterte sie. Sie hatte mausbraunes Haar, das hübsch gewesen wäre, wenn sie es gebürstet hätte. Ihre haselnussbraunen Augen wirkten des Lebens überdrüssig.

Sam schaute genauer hin, denn das junge Mädchen kam ihr bekannt vor. „Kenne ich Sie von irgendwoher?"

Nur weil sie genau hinsah, registrierte Sam die Angst, die über ihr Gesicht huschte, ehe sie antwortete: „Nein." Dieses Wort kam heiser heraus, und ihr Ton war insgesamt ganz anders als noch vor einer Minute.

Ihrem Instinkt folgend, sagte Sam: „Sie müssen mit uns kommen, um eine Aussage zu machen."

Erneut sah Ginger zu den anderen Mädchen, die gleichermaßen eingeschüchtert wirkten.

„Sie auch", wandte Sam sich an das zweite Mädchen, eine Wasserstoffblondine mit blauen Augen und schlechter Haut.

Deren Augen weiteten sich vor Schreck. „Was habe ich getan?"

„Sie waren hier. Möglicherweise haben Sie etwas gesehen, was uns bei den Ermittlungen weiterhelfen kann."

„Ich habe nichts gesehen."

„Trotzdem brauche ich Ihre Aussage."

„Wir müssen arbeiten", erklärte Ginger mit leicht hysterischem Unterton. „Wenn wir nicht arbeiten, werden wir nicht bezahlt."

„Wir klären das mit Ihrem Chef, keine Sorge." Sam hatte es plötzlich eilig, sie von den verärgerten Blicken der anderen Dienstmädchen und ihrem Vorarbeiter wegzubringen.

Die beiden Mädchen schauten verschüchtert zu dem Mann, der sie jedoch keines Blickes würdigte.

„Wer sind Sie?", wollte Sam von ihm wissen.

„Der Manager."

„Ihr Name?"

„Bruce Jones."

„Ist das Ihr richtiger Name oder haben Sie sich den ausgedacht?"

Er schien die Zähne fletschen zu wollen, beherrschte sich klugerweise aber. „Mein richtiger."

„Wann hat der Gast aus Zimmer sechzehn eingecheckt?"

„Nach dem Spiel."

„Sie wussten also, wer das war?"

Bruce zuckte die Schultern. „Der kam regelmäßig vorbei."

„Haben Sie Videoüberwachung auf dem Gelände?", erkundigte Sam sich und sah zum nächsten Gebäude auf der gegenüberliegenden Straßenseite. Die Entfernung war zu groß, um die Vorgänge im Motel gut beobachten zu können.

Bruce deutete auf eine Überwachungskamera über dem Eingang. Drähte hingen aus dem rostigen Metall, mit dem sie an der Wand befestigt war. „Früher."

„Ich muss mir diese beiden Damen für eine Weile ausborgen. Sicher verstehen Sie, dass es sich um wichtige Zeugen handelt. Deshalb sollten sie für die verpasste Arbeitszeit auch nicht bestraft werden."

„Warum müssen Sie die da mitnehmen?" Er deutete auf das zweite junge Mädchen. „Sie hat doch gesagt, dass sie nichts gesehen hat."

„Ich muss sie trotzdem befragen."

„Meinetwegen. Aber Sie bringen sie zurück. Die haben hier einen Job zu erledigen."

„Ich werde mich gut um sie kümmern."

Während Freddie die Leute in den benachbarten Zimmern befragte, ob sie irgendetwas in Zimmer Nummer sechzehn gehört hatten, führte Sam die zwei zitternden jungen Frauen nach unten und ließ sie hinten in ihren Wagen einsteigen.

„Ich verstehe nicht, warum Sie uns mitnehmen", beklagte sich das erste Mädchen, das mit bibberndem Kinn gegen die Tränen ankämpfte.

„Ihr habt nichts getan, und ich verspreche euch, ihr werdet vollkommen in Sicherheit sein." Zu dem zweiten Mädchen sagte sie: „Wie heißen Sie?"

„Amber."

„Ist das Ihr richtiger Name?"

Amber sah zu Ginger.

„Mein echter Name ist Sam Holland. Ich bin Lieutenant beim Metro Police Department. Ich will euch helfen."

„Sie können uns nicht helfen", erklärte Ginger mit tonloser Stimme, in der Verzweiflung mitschwang. „Niemand kann uns helfen."

Nach dreizehn Jahren in diesem Job hatte Sam gelernt, ihren Instinkten zu vertrauen. Und die schlugen allesamt Alarm. „Dies könnte sich als euer Glückstag erweisen, denn wenn euch überhaupt jemand helfen kann, dann bin ich es. Aber ihr müsst mir vertrauen, okay?"

Amber ergriff Gingers Hand und hielt sie fest.

„Okay", sagte Ginger.

Amber nickte zustimmend.

„Bleibt hier sitzen", sagte Sam. „Ich bin gleich wieder da." Sie warf die Wagentür zu und winkte Officer Beckett zu sich. „Bleiben Sie hier und lassen Sie niemanden in ihre Nähe kommen, verstanden?"

„Verstanden, Lieutenant."

„Falls jemand versucht, die beiden aus meinem Wagen herauszuholen, schießen Sie."

Der junge Officer schien verblüfft zu sein von diesem Befehl. „Ja, Ma'am."

Überzeugt davon, dass die beiden Mädchen in den nächsten Minuten in sicheren Händen waren, ging sie zu Cruz, um ihm bei der Befragung zu helfen, während Lindseys Team den Tatort fotografierte und Linds Leiche aus dem Zimmer trug.

„Wir sehen uns im Hauptquartier", verabschiedete Lindsey sich auf dem Weg hinunter.

Sam und Freddie klopften an jede Tür in dem schäbigen Motel, fanden jedoch niemanden, der irgendetwas aus Zimmer sechzehn gehört hatte. Allerdings stießen sie auf einige junge Frauen, die sich bei deutlich älteren Männern aufhielten.

„Ich brauche eine Dusche", murmelte Freddie, als sie die Treppe zum Parkplatz hinunterstiegen.

„Aber echt", pflichtete Sam ihm bei. Sie zog ihr Handy aus der Tasche und rief Malone an. „Bei dem Opfer handelt es sich um Rick Lind", berichtete sie, als er sich meldete.

Er stieß einen leisen Pfiff aus. „Ach du Schande. Wow."

„Wir brauchen die Sittenpolizei hier, wo er umgebracht

wurde." Sie nannte ihm die Adresse des Motels. „Jemand unterhält hier einen Prostituiertenring mit Minderjährigen. Ich habe zwei von den jungen Mädchen in meinem Wagen, unter dem Vorwand, sie eine Aussage zum Fall Vasquez machen zu lassen. Ich lasse mir nichts anmerken, aber wir müssen rasch handeln, bevor die Verantwortlichen türmen."

„Ich gebe es gleich weiter. Gute Arbeit, Lieutenant."

„Wo Sie gerade dabei sind, überprüfen Sie bitte Bruce Jones. Um die Vierzig, stämmig, dunkle Haare und dunkle Augen. Er behauptet, der Manager des Motels zu sein."

„Verstanden."

„Wir werden Linds Frau informieren, und dann kommen wir mit den Mädchen zum Hauptquartier."

„Wie sieht Ihr Plan aus?"

„Da bin ich mir noch nicht sicher, aber eine von den beiden kommt mir sehr bekannt vor. Ich hatte das Gefühl, die zwei da rausholen zu müssen."

„Und für gewöhnlich liegen Sie mit Ihren Einschätzungen richtig. Wir sehen uns, wenn Sie zurück sind."

Als Sam das Gespräch beendete, stieß Freddie einen tiefen Seufzer aus. „Noch eine Ehefrau, die zu benachrichtigen ist. Ich hasse diesen Fall."

„Ich auch." Sam stieg in den Wagen und wandte sich an ihre Passagiere. Nachdem sie Vertrauen von ihnen eingefordert hatte, fand sie es nicht richtig, sie mit jemand anderem zum Hauptquartier zu schicken. „Wir haben in Bethesda noch etwas zu erledigen, anschließend fahren wir zu meinem Büro, um uns zu unterhalten. Okay?"

Ginger nickte mit einem grimmigen Zug um den Mund, der ihre Jugend Lügen strafte.

Amber, die sich ganz an Ginger orientierte, tat es ihr gleich.

„Entspannt euch", sagte Sam. „Ihr steckt nicht in Schwierigkeiten, das verspreche ich euch." Sie hatte eine Million Fragen an die beiden, wollte jedoch zwei verstörte junge Frauen, die im Grunde noch Mädchen waren, auch nicht verschrecken.

Wegen ihrer Mitfahrer schwiegen Sam und Freddie auf der Fahrt nach Bethesda.

„Wer war der Kerl in dem Motelzimmer?", wollte Ginger wissen und brach damit das Schweigen.

Sam sah in den Rückspiegel. „Haben Sie den schon vorher mal gesehen?"

Ginger senkte den Blick und errötete. „Einmal."

Sam richtete ihre Aufmerksamkeit wieder auf die Straße und verkniff sich die Flut an Fragen, die sie gern stellen wollte.

„Wer war er?"

„Rick Lind, Pitcher bei den D.C. Feds."

„Oh."

Sam sah erneut in den Spiegel und bemerkte einen kummervollen Ausdruck in dem jungen Gesicht. Sie gab Gas, um Bethesda schnell hinter sich zu bringen und ins Hauptquartier zurückzukehren.

Das Brummen der Motoren war das einzige Geräusch im Gästebereich der *Air Force One* auf dem Flug zur Bagram Air Force Base in Afghanistan. Präsident Nelson und seine Entourage würden die im Kampfgebiet stationierten U.S.-Truppen besuchen und den afghanischen Präsidenten. Nelson lieferte sich einen harten Kampf mit seinem republikanischen Herausforderer, daher diente die Reise auch dazu, ihn gegen Ende des Wahlkampfs als starken Führer der Nation darzustellen.

Nick war noch nie auf einem so langen Flug gewesen, doch seine Kabine war dermaßen komfortabel, dass er leicht hätte vergessen können, sich in einem Flugzeug zu befinden. Ihm war die VIP-Behandlung zuteilgeworden, inklusive einer Tour durch den Bereich des Präsidenten vorn in der Maschine, einem erstaunlichen Gourmet-Essen und einer extra Packung M&M's mit einem Autogramm des Präsidenten für Scotty.

Nick konnte es kaum erwarten, seinem Sohn von diesem außergewöhnlichen Flugzeug zu erzählen, in dem der Präsident um die Welt flog. Er hatte sich auch schon entsprechende Notizen gemacht. Was ihn jedoch am meisten interessierte, war, wie Scottys Schultag verlaufen war und ob er neuen Ärger mit dem kleinen Tyrannen Nathan gehabt hatte. Nick wollte außerdem wissen, wie Grahams Statement von den Medien aufgenommen worden war und was Christina Neues von der politischen Front zu berichten hatte. Und er wünschte, er könnte von seiner Frau hören, während er unterwegs war.

Dieser Mangel an Informationen machte ihn unruhig, obwohl er die komplette Funkstille verstand, wenn der Präsident auf dem Weg in ein Kriegsgebiet war. Entgegen seiner Aussage gegenüber Sam hatte Nick doch ein wenig Angst wegen der möglichen Gefahren einer Landung in Afghanistan. Sie würden im Schutz der Dunkelheit eintreffen, was zumindest ein gewisser Trost war.

Nick hörte jemanden vor der Tür der Gästekabine, und dann trat der Stabschef des Weißen Hauses, Tom Hanigan, ein. Um die Fünfzig, mit vorzeitig ergrauten Haaren, war Hanigan ein ernster, ständig hoch konzentrierter Mann.

„Verzeihen Sie die Störung, Senator."

„Sie stören mich nicht."

„Der Präsident würde Sie gern sehen."

Nick stand auf und fuhr sich durch die Haare, um sie ein wenig in Ordnung zu bringen. „Ich bin in Jeans. Ist das okay?"

Hanigan zeigte ein seltenes Lächeln. „Er trägt selbst auch Jeans. Hier entlang, bitte."

Vor der Suite des Präsidenten stoppte Hanigan und wandte sich zu Nick um. „Wie geht es Derek?"

„Besser."

„Wir vermissen ihn. Ich hoffe, er kommt nach der Wahl wieder zur Arbeit."

„Ich glaube, das wird er. Er hat nur Zeit gebraucht, um sich an die neue Situation zu gewöhnen."

„Es gibt Zeiten, da hasse ich unser Geschäft", gestand Hanigan. „Zu erfahren, was mit Victoria passiert ist und warum, war einer der schlimmsten Momente in meiner Karriere. Und in meinem Leben."

„In meinem auch."

„Richten Sie ihm bitte aus, dass ich an ihn denke, ja?"

„Gern. Ich weiß, dass er sehr dankbar dafür ist, dass Sie ihm seinen Posten freihalten."

„Das ist doch selbstverständlich. Er ist der Einzige bei uns im Weißen Haus, der mit euch von Capitol Hill fertig wird."

Nick lachte über diese scherzhafte Spitze. „Autsch."

Hanigan klopfte an die Tür des Flugzeugbüros des Präsidenten, das Nick bereits gesehen hatte, dann führte er Nick hinein.

„Senator", begrüßte Nelson ihn, und Nick trat auf ihn zu, um ihm die Hand zu schütteln. Zu behaupten, es sei surreal, den Präsidenten in der *Air Force One* zu treffen, wäre eine Untertreibung gewesen. „Danke, Tom", wandte Nelson sich an Hanigan. „Das wäre es vorerst."

„Wie Sie wünschen, Mr. President."

Hanigan zog sich zurück und schloss die Tür mit einem Klicken hinter sich.

„Nehmen Sie Platz", sagte Nelson und deutete auf zwei Sessel vor dem Schreibtisch. „Drink?"

„Zu einem Bourbon würde ich nicht Nein sagen."

„Das klingt gut."

Der Präsident schenkte jedem zwei Fingerbreit ein und reichte Nick eines der Gläser. „Genießen Sie die Reise bis jetzt?"

„Es ist unglaublich aufregend. Danke für die Einladung, Sie zu begleiten."

„Ist mir ein Vergnügen." Nelson war groß, mit silbergrauen Haaren und erstaunlichen blauen Augen, die Nick an Sams erinnerten. Er setzte sich neben Nick. „Ich habe gehört, Sie hatten Verbindungen zu Lexicore."

„Ich nehme an, Graham hat seine Erklärung abgegeben."

„Hat er. Sie haben das Richtige getan, indem Sie die Aktien abgestoßen haben, gleich nachdem Sie davon erfahren haben. Ich glaube, es wird Sie keine Wählerstimmen kosten. Wie wir hören, wussten die meisten Investoren nichts von Lexicores Verbindungen zur Fabrik in Thailand."

„Es widert mich an, einen Anteil an den Geschehnissen dort gehabt zu haben, auch wenn es nur indirekt war."

„Graham hat es sehr gut vermittelt, wie groß Ihre Trauer nach dem Tod von Senator O'Connor war und wie es sich mit dem Geld verhielt, das er Ihnen hinterlassen hat. Sie haben keinen Grund zur Sorge."

„Trotzdem mache ich mir Gedanken."

„Ich kann nicht glauben, dass dies Ihre erste Wahl ist. Sie sind ein erfahrener Profi."

„Das ist ein ziemliches Kompliment von Ihnen, Mr. President."

„Ihrer Familie geht es gut?"

„Ja, Sir. Der Secret Service bewacht uns wegen der Drohungen von Patterson-Anhängern nach dessen Verhaftung."

„Ich habe gehört, Sie haben einen Sohn in Ihre Familie aufgenommen."

Nick lächelte bei dem Gedanken an Scotty und das Glück, das er in ihr Leben gebracht hatte. „Ja, er ist zwölf und hat in einem staatlichen Kinderheim in Virginia gelebt. Ich habe ihn bei einer Wahlkampfetappe in Richmond kennengelernt und war gleich sehr von ihm eingenommen. Er ist ein erstaunlicher Junge."

„Sie haben etwas Wundervolles für ihn getan."

„Das ist nichts im Vergleich zu dem, was er für uns getan hat."

„Nick ... haben Sie etwas dagegen, wenn ich Sie Nick nenne?"

„Ganz und gar nicht. Bitte."

„Ich wollte mit Ihnen über etwas höchst Vertrauliches sprechen. Ich hoffe, ich kann auf Ihre Diskretion zählen."

„Selbstverständlich."

Nelson trank einen Schluck und wirkte betrübt. „Bei Vizepräsident Gooding wurde ein bösartiger Hirntumor diagnostiziert."

„O mein Gott. Das ist schrecklich. Es tut mir sehr leid."

„Mir auch. Er und ich, wir kennen uns schon sehr lange. Es bricht mir das Herz, wenn ich an ihn und seine Familie denke." Er sah Nick durchdringend an. „Er wird nach der Wahl zurücktreten, weshalb ich einen Vizepräsidenten brauchen werde. Ihr Name wurde viele Male erwähnt, und ich fand es an der Zeit, dass es Ihnen gegenüber mal jemand erwähnt."

Nick starrte ihn perplex an. Träumte er das alles? „Nun ... ich habe keine Ahnung, was ich sagen soll."

„Wie ich sehe, habe ich Sie damit überrumpelt."

„Ein bisschen", erwiderte Nick mit einem Lachen. Und er hatte gedacht, allein schon in diesem Flugzeug zu sein, sei surreal!

„Ich will ganz ehrlich sein, Nick. Ihnen ist durchaus bewusst, wie knallhart die Kampagne zur Wiederwahl war. Ich glaube, ich werde gewinnen, aber nur knapp. Es gibt noch viele Dinge, die ich erledigen will, aber mir bleiben nur zwei Jahre bis zu den Zwischenwahlen. Ich will kein halbes Jahr damit zubringen, mich von der Wahl zu erholen. Einen Vizepräsidenten mit Ihren Umfragewerten zu haben, würde dem Schaden, den die Kampagne genommen hat, einiges entgegensetzen."

„Ich fühle mich geehrt, dass ich für diesen Posten in Betracht komme."

„Aber?"

„Sie haben meine Frau kennengelernt", sagte Nick mit ironischem Lächeln. „Können Sie sich die als Second Lady der Vereinigten Staaten vorstellen?"

„Na ja, die Waffe und die Handschellen müssten verschwinden", meinte Nelson, Nicks Lächeln erwidernd.

„Wir haben gerade ein Kind bei uns aufgenommen. Zwar ist die Eingewöhnung gut verlaufen, aber ohne Hindernisse war sie nicht. Ich weiß nicht, ob dies der richtige Zeitpunkt ist, um meiner Familie so viel abzuverlangen."

„Das sind berechtigte Bedenken. Es ist von Ihrer Familie viel verlangt. Manchmal könnte ich es Gloria nicht verdenken, darauf zu hoffen, dass ich die Wahl verliere. Wir sind beide erschöpft von dem endlos langen Wahlkampf und den vorangegangenen strapaziösen vier Jahren."

„Nichts für schwache Nerven."

„Nein, ganz bestimmt nicht. Die Sache ist die, Nick – die Partei ist beeindruckt von Ihnen, und die meisten von uns sind verdammt neidisch auf Ihre Umfragewerte. Ich habe nicht den geringsten Zweifel, dass Sie in vier Jahren ein Herausforderer sein werden, ob ich nächste Woche nun gewinne oder verliere. Ich muss Ihnen bestimmt nicht erzählen, dass es Ihren Status als Thronfolger untermauern wird, wenn Sie mein Vizepräsident werden."

„Und es spielt keine Rolle, dass ich erst seit einem Jahr Senator bin?"

„Sie sind seit über zehn Jahren als Mitarbeiter in diesem Geschäft, und auf dem Parteitag haben Sie wirklich den Nerv der Leute getroffen. Wir haben landesweite Umfragen gemacht, und Ihre Werte sind außergewöhnlich. Die Leute mögen Sie."

Nick schwirrte der Kopf, während er versuchte, sich der Tragweite der Bitte des Präsidenten bewusst zu werden – und dessen, was er Nick anbot. Man hatte landesweite Umfragen über ihn gemacht? Irgendwie unwirklich.

„Nehmen Sie sich ein wenig Zeit", sagte Nelson. „Denken Sie darüber nach. Bis nach der Wahl wird nichts passieren. Aber ich werde den Posten rasch wieder besetzen müssen, und Sie sind der Mann, den ich dafür will."

Nick stand auf und schüttelte die ihm dargebotene Hand. „Ich fühle mich wirklich geehrt von dem Angebot."

„Nehmen Sie nach der Wahl Kontakt zu Tom auf. Wir erwarten Ihren Anruf."

„Danke, Mr. President."

Nick begab sich vom vorderen Teil des Flugzeugs zurück zur Gästekabine direkt hinter den Tragflächen.

Eric, einer der Secret-Service-Agenten, erhob sich, als Nick die Kabine betrat. „Könnte ich Sie kurz sprechen, Senator?" Er deutete auf den leeren hinteren Teil der Kabine und ließ Nick vorangehen.

Nick fragte sich sofort beunruhigt, was Eric ihm wohl zu sagen hatte.

„Ich habe eine Nachricht von einem der Bewacher Ihres Sohnes erhalten, dass es heute Morgen vor Ihrem Haus einen Zwischenfall gab, in den Ihre Frau und einer ihrer Kollegen beim MPD involviert waren."

„Was für ein Zwischenfall?", fragte Nick und versuchte, ruhig zu bleiben. Als könnte er irgendetwas für seine Frau tun, wenn er auf dem Weg ans andere Ende der Welt war.

Eric schilderte den Zusammenstoß mit Lieutenant Stahl.

„Geht es ihr gut?"

„Sie hat Hautabschürfungen am Hals und Nacken davongetragen, aber Stahl hat mehr abbekommen. Er wurde wegen eines Hodenbruchs und einer gebrochenen Kniescheibe behandelt."

Nick musste unwillkürlich lächeln. „Das hat sie gut gemacht."

„Sie hat ihn ernsthaft verletzt."

„Wie konnte das überhaupt passieren, wenn Scottys Personenschützer vor Ort waren?"

„Bei allem Respekt, Sir, sie sind dafür da, ihn zu beschützen, nicht sie. Ich darf Sie daran erinnern, dass sie wiederholt jeglichen Schutz für sich abgelehnt hat."

„Sie haben recht. Tut mir leid. Ich wollte damit nicht andeuten, dass es deren Schuld war."

„Sie sind ihr zu Hilfe geeilt, aber sie brauchte sie gar nicht."

„Kann ich mir gut vorstellen. Sie hat ihm einen Hodenbruch zugefügt, ja?"

Eric verzog das Gesicht, während er nickte.

„Glauben Sie, niemand hat das mehr verdient als er."

„Das muss ich Ihnen wohl glauben, Sir."

„Danke, dass Sie mich informiert haben."

„Selbstverständlich."

Nick kehrte auf seinen Platz zurück, schnallte sich an und dachte über das nach, was Eric ihm gerade erzählt hatte. Er konnte sich gut vorstellen, wie Sam sich gegen Stahl zur Wehr setzte und mit dem allergrößten Vergnügen ihren Erzfeind dorthin traf, wo es richtig wehtat. Doch der Gedanke, dass dieser Kerl die Hände um ihren Hals schloss, war erschütternd. Wieder einmal war sie knapp davongekommen. Gott sei Dank beherrschte sie Selbstverteidigung ausgezeichnet. Trotzdem ... Es machte ihm Angst, wie nah sie der tödlichen Gefahr gekommen war und wie regelmäßig das passierte. An diesen Teil seines neuen Lebens hatte er sich immer noch nicht ganz gewöhnt. Wahrscheinlich würde er sich nie daran gewöhnen, zu erfahren, dass die Frau, die er liebte, angegriffen worden war – wieder einmal.

Er lehnte sich bequem zurück und rekapitulierte noch einmal seine Unterhaltung mit dem Präsidenten. Auch das konnte er nicht recht fassen. Das vergangene Jahr war voller Veränderungen und unerwarteter Möglichkeiten gewesen.

Alles hatte begonnen mit dem Mord an seinem besten Freund John, seinem Bruder im Herzen. Von der Partei darum gebeten, das letzte Jahr von Johns Amtszeit zu beenden, hatte er sein Bestes gegeben, um dem Vermächtnis des Verstorbenen gerecht zu werden und das von Graham und der Demokratischen Partei Virginias in ihn gesteckte Vertrauen nicht zu enttäuschen. Seine von den Medien so genannte „Märchenbeziehung" mit Sam hatte seine Popularität in Virginia gefestigt, und seine Grundsatzrede auf dem Parteitag im August hatte ihn landesweit bekannt gemacht.

Alles war derartig schnell gegangen, dass er manchmal das

Gefühl hatte, in eine Zeitschleife geraten zu sein und nun mit Turbogeschwindigkeit vorwärtsgeschleudert zu werden. Dass er keinen politischen Stammbaum hatte, war hilfreich gewesen. Selbst John hatte das Gewicht des Vermächtnisses seines Vaters gespürt. Während Nicks Verbindungen zu den O'Connors in Washington kein Geheimnis waren, war er so eng verbunden mit Graham, wie John es gewesen war. Mittlerweile gab es kaum noch einen Politiker, der in dieser Hinsicht nicht reichlich Gepäck mit sich herumschleppte, und das war ein weiterer Grund für Nicks kometenhaften Aufstieg.

Aber Vizepräsident ... wow. Nicht einmal in seinen kühnsten Träumen hatte er sich ausgemalt, mit dem Präsidenten an Bord der *Air Force One* zu reisen, ganz zu schweigen von dem Angebot, das Präsident Nelson ihm vorhin gemacht hatte. Unwirklich.

Bei dem Gedanken daran, was Sam wohl dazu sagen würde, lachte er in sich hinein. Im vergangenen Jahr hatte er bereits viel von ihr verlangt. Sein hoher Bekanntheitsgrad hatte auch sie bekannt gemacht, was sie sehr störte, da sie die Aufmerksamkeit der Öffentlichkeit nicht wollte. Ihre Karriere war ein Teil von ihr, deshalb konnte er sich seine Frau auch nicht ohne Dienstmarke und Handschellen vorstellen.

Wie sollte er sie bitten, das aufzugeben, wenn sie doch so hart dafür gearbeitet hatte, dorthin zu kommen, wo sie jetzt stand? Und sie würde es aufgeben müssen. Unter gar keinen Umständen konnte die Second Lady des Landes weiterhin Mörder jagen, zumindest nicht ohne den Schutz des Secret Service, den sie bisher nie akzeptiert hatte.

Er würde ihr gegenüber das Angebot erwähnen, weil er ihr nichts vorenthielt. Allerdings erwartete er nicht, dass es irgendwohin führte. Ihrer beider Leben war schon kompliziert genug und es war vermutlich besser, es dabei bewenden zu lassen.

Aber es war nett, gefragt worden zu sein.

Nach grauenvollen dreißig Minuten mit Rick Linds Frau ließ Sam sie in der Obhut ihrer Schwester zurück, mit der Information, wie sie nach der Autopsie Anspruch auf den Leichnam erheben konnte.

Freddie, der bei Ginger und Amber geblieben war, während Sam mit Carla Lind gesprochen hatte, war auf der Fahrt zurück in die Stadt mit ihren jungen Passagieren sehr still.

Amber war eingeschlafen, während Sam sich im Haus der Linds aufgehalten hatte. Ginger starrte unentwegt aus dem Fenster.

Unterwegs im Nachmittagsverkehr ging Sam in Gedanken den Fall noch einmal ganz von vorne durch. Wer hatte einen Grund, die beiden Spieler umzubringen, die das Team die Teilnahme an der World Series gekostet hatten? Immer wieder kam Sam zurück auf das Management und den Besitzer. Wem sonst machte die Niederlage so viel aus?

Ihr Handy klingelte, und sie nahm den Anruf von Darren Tabor entgegen. „Noch immer nichts, Darren. Ich habe nicht vergessen, dass ich Ihnen eine Exklusivstory schulde."

„Ihr Mann hatte Verbindungen zu Lexicore. Irgendein Kommentar dazu?"

„Absolut nicht."

„Seine Leute sagen, er sei nicht im Land. Wo ist er?"

„Das weiß ich wirklich nicht."

„Würden Sie es mir verraten, wenn Sie es wüssten?"

„Wahrscheinlich nicht."

„Sie sind zumindest konsequent."

„Danke."

„Da ist noch etwas, was ich Ihnen sagen will, aber ich stecke da ein bisschen in einem Dilemma."

„Ich bin ganz Ohr."

„Sie müssen mir versprechen, dass Sie niemandem erzählen, dass Sie es von mir gehört haben."

„Sie haben mein Wort."

Er zögerte, dann räusperte er sich. „Der *Star* blutet finanziell aus. Es geht zügig bergab."

„Tut mir leid, das zu hören." Der *Star* war eine Institution in Washington, und so sehr Sam auch oft von ihren Kontakten mit den Medien genervt war, gehörte Darren doch zu den wenigen Reportern, die sie in all den Jahren fair behandelt hatten – zumindest überwiegend.

„Das Internet setzt dem Zeitungsgeschäft schon seit Jahren zu, doch seit Mr. Kopelsman gestorben ist, ist es noch schlimmer geworden. Seine Tochter ist nicht annähernd der Geschäftstyp, der er war, und nun ist sie dabei, die Zeitung in den Ruin zu treiben."

„Interessant", bemerkte Sam. „Wie passt das in den Fall Vasquez?"

„Nach allem, was ich gehört habe, hat Elle mit den TV-Rechten für die World Series gerechnet. Das Geld sollte das gesamte Unternehmen retten. Alles hing davon ab."

„Tatsächlich?"

„Da das Team das Spiel verloren hat, fürchten alle um ihre Jobs. Ich eingeschlossen."

„Das sind sehr nützliche Informationen, Darren. Detective Cruz ist gerade bei mir, und ich weiß, dass ich auf seine Diskretion zählen kann."

„Ich verstehe. Ich will nicht glauben, dass Elle oder Ray hinter einer derartigen Sache stecken, nur befindet sich das Unternehmen in ziemlichen Schwierigkeiten, und das Erbe ihres Vaters zu schützen, ist ihr das Wichtigste. Ich dachte, das sollten Sie wissen."

„Sie sammeln weiter Punkte, Mr. Tabor."

Darren lachte. „Es kann nie schaden, sich mit dem MPD gut zu stellen."

„Danke noch mal. Wir bleiben in Kontakt." Zu Freddie sagte sie: „Das war sehr aufschlussreich. Hast du mitbekommen, um was es ging?"

„Klar."

„Das könnte der entscheidende Hinweis sein, auf den wir gewartet haben. Sagst du Ramsey von der Special Victims Unit Bescheid, er soll im Kommissariat auf uns warten?"

„Jap." Freddie machte den Anruf, während Sam Shelby anrief.

„Was gibt's?", meldete Shelby sich.

„Wie ist es für Scotty heute gelaufen?"

„Soweit ich das beurteilen kann, war es ein normaler Tag. Kein Ärger mit Nathan oder sonst jemandem."

„Das ist gut."

„Finde ich auch."

„Ist er da?"

„Er ist gerade drüben bei Ihrem Dad."

„Dann ist Dad zurück vom Arzt? Haben die Ihnen irgendetwas erzählt, was los war?"

„Celia meint, sie wollen ihn für eine Nacht im Krankenhaus behalten, um Tests durchführen zu können, ob sich vielleicht die Kugel verschoben hat. Das soll nächste Woche stattfinden."

Sams Magen reagierte vorhersehbar auf diese Nachricht. „O Mann. Ich frage mich, was das bedeutet."

„Schwer zu sagen, aber versuchen Sie, sich keine Sorgen zu machen, bis Sie mehr wissen. Ich weiß, das ist leichter gesagt als getan."

„Stimmt genau. Danke, Tinkerbell. Ich werde versuchen, rechtzeitig zum Abendessen mit dem Jungen zu Hause zu sein."

„Ich kann bleiben, falls Sie später kommen. Sagen Sie einfach Bescheid."

„Mach ich."

„Was ist mit deinem Dad?", wollte Freddie wissen, nachdem Sam das Telefon eingesteckt hatte.

Sie brachte ihn auf den neuesten Stand. „Was glaubst du, bedeutet es, dass sie ihn ins Krankenhaus einweisen wollen?"

„Wahrscheinlich nur eine Vorsichtsmaßnahme."

„Ja." Alles, was mit ihrem damals schwer verletzten Vater zu tun hatte, machte Sam schrecklich nervös. Es waren sehr lange drei Jahre gewesen, seit man bei einer routinemäßigen Verkehrskontrolle auf ihn geschossen hatte. Der Täter war bis heute nicht gefasst, trotz Sams Bemühungen und denen des gesamten MPD. Skip hatte noch drei Monate bis zur Pensionierung gehabt, für die er hart gearbeitet hatte.

Statt zu angeln und zu kochen und all die Dinge zu tun, die er liebte, war er nun an den Rollstuhl gefesselt und darauf angewiesen, dass andere sich um seine Grundbedürfnisse kümmerten. Die Aussicht, dass diese Situation sich verschlimmern könnte, empfand Sam als unerträglich.

„Mach dich nicht verrückt", riet ihr Partner ihr. Er kannte sie und wusste, dass ihr Dad ein wunder Punkt war.

Sie drehte das Radio lauter, da die Nachrichten zur vollen Stunde begannen, in der Hoffnung, irgendetwas über die geheime Reise des Präsidenten zu hören.

Der Sprecher berichtete zunächst über den sich ausweitenden Lexicore-Skandal und dass mehrere Personen des öffentlichen Lebens, darunter Senator im Ruhestand Graham O'Connor, aufgrund des Unglücks in der Fabrik in Thailand ihre geschäftlichen Verbindungen zu dem Unternehmen gekappt hatten.

Sam nahm erleichtert zur Kenntnis, dass Nicks Name im Zusammenhang mit Lexicore nicht erwähnt wurde. „Präsident Nelson überraschte die Truppen auf der Bagram Air Force Base in Afghanistan mit einem mitternächtlichen, die Moral stärkenden Besuch, der einer der letzten öffentlichen Auftritte vor der Wahl sein wird. Nelson, der sich ein Kopf-an-Kopf-Rennen mit seinem republikanischen Herausforderer Dominic Rafael liefert, verbrachte zwei Stunden bei der Truppe und traf sich mit dem afghanischen Präsidenten, ehe er noch vor Tagesanbruch wieder abreiste. Die Reise war den Medien vorab nicht bekannt gegeben worden.

Den mitfliegenden Reportern war es nicht gestattet, Artikel zu veröffentlichen, ehe die *Air Force One* den afghanischen Luftraum wieder sicher verlassen hatte. Senator Nick Cappuano aus Virginia, der ebenfalls Verbindungen zu Lexicore hatte, gehörte zu den Begleitern des Präsidenten. Cappuano, der zum ersten Mal in seiner kurzen, aber glänzenden Karriere kandidiert, wird als möglicher Spitzenkandidat der Demokraten in vier Jahren gehandelt.“

Überwältigt vor Erleichterung, dass er schon wieder auf dem Heimweg war, stieß Sam einen tiefen Seufzer aus.

„Spitzenkandidat“, wiederholte Freddie. „Das ist irre.“

Sam konnte an eine Kandidatur von Nick für das Amt des Präsidenten nicht denken, ohne Magenschmerzen zu bekommen.

„Ich kann es kaum erwarten, mir den Bericht über die *Air Force One* anzuhören“, meinte Freddie.

„Du hörst dich an wie Scotty.“

„Das ist doch auch echt cool.“

„Ja, ist es.“

„Was ist passiert?“, fragte Ginger vom Rücksitz und erinnerte Sam daran, dass sie, was die Mädchen betraf, noch ein großes Problem vor sich hatte.

„Mein Mann ist Senator und war auf einer geheim gehaltenen Reise mit dem Präsidenten in Afghanistan."

„Wow", sagte Ginger, klang jedoch abgestumpft und leblos. „Das ist krass. Da kann er ja froh sein."

„Stimmt", sagte Sam, „da kann er froh sein."

Und das war sie auch, jetzt, wo er wieder auf dem Weg nach Hause war.

17

Vor dem Hauptquartier fanden sie eine enorme Medienpräsenz vor.

„Was soll das?", murmelte Sam und steuerte auf den Eingang zur Gerichtsmedizin zu. Sie fürchtete sich vor dem Tag, an dem die Reporter ihren geheimen Zugang zum Gebäude entdecken würden. Als sie mit Ginger und Amber hineinging, liefen sie Lindsey McNamara über den Weg. „Was ist denn da draußen los?"

„Die warten auf Sie", antwortete Lindsey. „Irgendwer aus dem Motel muss den Medien die Sache mit Lind gesteckt haben. Außerdem wollen die Näheres über Nicks Verbindungen zu Lexicore erfahren."

„Na klasse."

„Terry hat sich darüber gestern richtig aufgeregt. Er machte sich Sorgen, welche Auswirkungen das auf Nicks Wahlkampf haben könnte."

„Nick hofft, dass es seine Aussichten nicht dämpft, weil die meisten anderen Investoren auch nichts von der Verbindung zwischen Lexicore und der Fabrik in Thailand wussten."

„Das hoffen wir alle", bemerkte Lindsey und drückte freundschaftlich Sams Arm. „Wen haben Sie da bei sich?" Sie sah zu Ginger und Amber, die zusammen mit Cruz auf Sam warteten.

„Zwei der Dienstmädchen aus dem Motel, in dem Lind gefunden wurde. Ich hatte ein komisches Gefühl bei den beiden, deshalb habe ich vorgegeben, sie hier befragen zu müssen, um sie unauffällig dort herauszuholen.“

„Sie glauben doch nicht ...“ Lindsey seufzte, mitfühlend wie immer. „Die sind doch noch blutjung.“

„Ich weiß. Wir klären das gerade und werden ihnen Hilfe anbieten. Was gibt es Neues über Lind?“

„Genau wie bei Vasquez ein einzelner Stich in die Schlagader. Ihr Mörder weiß genau, wohin er für ein maximales Ergebnis zielen muss.“

„Todeszeitpunkt?“

„Ich schätze gestern am frühen Morgen. Ich lasse Ihnen meinen vollständigen Bericht schnellstmöglich zukommen.“

„Danke, Doc.“

Sam und Freddie begleiteten die Mädchen in den Konferenzraum im Kommissariat und waren sich der neugierigen Blicke der Kollegen bewusst. Die Leute waren immer neugierig zu erfahren, was Sam gerade vorhatte. Heute vermutlich noch mehr als sonst, da sich ihre Auseinandersetzung mit Stahl herumgesprochen hatte.

Agent Hill, der im Konferenzraum arbeitete, sah auf, als er sie hereinkommen hörte.

„Gibt es schon etwas Neues über die Vasquez-Finanzen?“, erkundigte Sam sich und registrierte, wie er mit klugem Blick die Mädchen musterte.

„Nichts. Lieutenant Archelotta war hier, während Sie unterwegs waren, und lässt ausrichten, dass sie auch auf dem Material aus den Überwachungskameras noch nichts gefunden haben. Es herrschte ein derartiges Chaos auf den Straßen, dass es in vielen Fällen schwer zu beurteilen ist, was da los war.“

„Kann ich Sie einen Moment sprechen?“, bat Sam.

„Sicher.“ Hill sammelte seine Arbeitssachen ein und nahm sein Jackett, das er über eine Stuhllehne gehängt hatte.

Zu Freddie sagte sie: „Ich bin gleich wieder da.“

Sie ging voran aus dem Raum und wartete, bis Hill die Tür des Konferenzzimmers geschlossen hatte.

„Was hat es mit den Kids auf sich?“

„Nichts Gutes.“ Sie fasste kurz zusammen, was sich im Motel ereignet hatte, einschließlich des Leichenfundes.

„Hat eine der beiden etwas gesehen im Zusammenhang mit Lind?"

„Dazu will ich sie gleich noch ausführlich befragen. In der Zwischenzeit benötige ich Ihre Hilfe bei etwas anderem – etwas, was Ihnen nicht gefallen wird."

„Und was wäre das?"

„Sie müssen die Finanzen von Ray und Elle überprüfen, ebenso deren Privat- und Geschäftsanteile am Unternehmen."

Ihre Bitte schien ihn wirklich zu schockieren. „Die haben nichts damit zu tun, Sam. Ich kenne ihn schon mein ganzes Leben."

„Wie lange kennen Sie sie?"

„Fünfzehn, sechzehn Jahre? So um den Dreh. Eine lange Zeit."

„Ich habe heute Nachmittag einen Tipp erhalten, dass der *Star* in großer finanzieller Not ist. Elle brauchte den Sieg des Teams, denn die Übertragungsrechte der World Series hätten das gesamte Unternehmen gerettet. Sie war auf diesen Sieg *angewiesen*."

„Was wollen Sie denn damit andeuten? Dass sie Rache übt an denjenigen, die ihre Pläne durchkreuzt haben?"

„Das ist von allem, was wir bisher haben, noch am ehesten ein Motiv."

„Die waren es nicht. Sie sind keine Mörder."

„Sind Sie überhaupt in der Lage, das objektiv zu beurteilen, Agent Hill?"

In dieser Sekunde konnte sie sehen, wie er aussah, wenn er sehr, sehr wütend war. „Ja, bin ich, und mir gefällt diese Andeutung ganz und gar nicht."

„Keine Andeutung, bloß eine Frage. Ich überlasse es Ihnen, die beiden genauer unter die Lupe zu nehmen, während ich mich mit Ginger und Amber unterhalte und herauszufinden versuche, was man ihnen angetan hat und was wir dagegen unternehmen können."

„Sam."

Sie drehte sich noch einmal zu ihm um. „Ja?"

„Bei den Mädchen hatten Sie vermutlich den richtigen Riecher. Möglicherweise haben Sie denen das Leben gerettet."

„Ihnen wäre auch nicht entgangen, dass da was nicht stimmt.

Sie sind ein guter Polizist." Sie öffnete die Tür zum Konferenzraum und fragte die beiden Mädchen: „Seid ihr hungrig?"

Amber sah Ginger an, damit sie für beide antworte. „Ich könnte etwas essen", erwiderte Ginger.

Amber nickte zustimmend.

„Wie wäre es mit Pizza?"

Ihre Augen hellten sich auf, nicht einmal Ginger konnte das verbergen. „Das wäre toll", sagte sie.

„Können wir auch Cola haben?", fragte Amber.

„Auf jeden Fall." Sam gab Freddie zwei Zwanziger. „Bestell für uns auch was. Und einen Salat dazu."

Er verdrehte die Augen über ihre Bitte und zog los, um die Pizza zu bestellen. Als er wieder zurückkam, setzte er sich neben Sam an den Konferenztisch, den beiden Mädchen gegenüber.

„Hier kommt der Deal, Ladys", sagte Sam. „Ich möchte wissen, ob ihr unser Mordopfer im Hotel gesehen habt, bevor es ermordet wurde. Es würde uns sehr helfen, wenn ihr uns irgendetwas über ihn sagen könntet oder über die Umstände seines Todes. Im Gegenzug für eure Hilfe und Kooperation werden wir dafür sorgen, dass ihr nie mehr in dieses Hotel zurückkehren und nichts mehr mit Bruce zu tun haben müsst."

Ginger gab ein ungläubiges Schnaufen von sich. „Und wie wollen Sie das bewerkstelligen? Der ist wahrscheinlich längst hier und wartet darauf, dass Sie uns gehen lassen, damit er uns wieder dorthin zurückbringen kann."

„Mag ja sein, dass er hier ist, aber er wird euch garantiert nicht dorthin zurückbringen. Unsere Polizisten verhaften in diesem Augenblick jeden in dem Motel, damit wir herausfinden können, was da läuft. Ihr würdet uns die Arbeit sehr erleichtern, wenn ihr es uns einfach erzählt."

„Was glauben Sie denn, was da vor sich ging?", wollte Ginger wissen.

„Wenn ich raten müsste, würde ich sagen, ihr zwei seid von zu Hause weggelaufen. Vielleicht hat man euch drogenabhängig gemacht oder irgendwie in ein Netz aus Sexsklaverei und Prostitution gelockt. Bin ich nah dran?"

Ambers großen Augen nach zu urteilen, hatte Sam voll ins Schwarze getroffen.

„Woher wissen Sie das?", flüsterte sie.

„Leider haben wir so etwas schon öfter gesehen. Wir erkennen Frauen in Not. Ich habe euch mit hierher genommen, weil ihr die beiden jüngsten Frauen wart und ich euch dort herausholen wollte, solange ich die Gelegenheit dazu hatte."

„Wir sind nicht die Jüngsten", widersprach Ginger mit leiser Stimme.

Freddie sog scharf die Luft ein, Sam empfand tiefe Abscheu. „Wo sind sie?"

„Es gibt ein Haus", begann Amber zögernd. „Ich weiß nicht genau, wo. Sie verbinden uns die Augen, wenn sie uns dorthin bringen."

„Ich kann Ihnen den Weg vom Hotel aus beschreiben." Ginger schloss die Augen. „Sie biegen vom Parkplatz links ab." Und dann ließ sie eine Beschreibung aus lauter Richtungswechseln folgen, bei der Freddie schreibend kaum mitkam.

„Das hast du dir alles mit verbundenen Augen gemerkt?", fragte Sam.

Ginger machte die Augen wieder auf und sah sie an. „Ich pendle seit drei Jahren zwischen dem Motel und dem Haus."

Sam musste ihren Schock und ihr Entsetzen verbergen, denn die Mädchen brauchten ihre Hilfe, nicht ihr Mitleid. „Wie alt bist du, Ginger?"

„Ich glaube, ich bin sechzehn, aber ich erinnere mich nicht mehr genau."

„Wir werden dir helfen, das herauszufinden. Das verspreche ich dir."

Freddie ging zu einer Karte an der Wand und benutzte einen Textmarker, um die Lage des Hauses zu markieren.

„Schalte die Sitte und die Special Victims Unit ein", wies Sam ihn an.

„Wofür die SVU einschalten?", wollte Sergeant Ramsey von eben dieser Sondereinheit für Sexualdelikte wissen, der gerade eintrat.

Beide Mädchen wirkten sichtlich eingeschüchtert von diesem großen, beeindruckenden Mann.

Sam stand auf und bedeutete ihm, mit ihr zusammen den Raum zu verlassen. Sie folgte ihm und machte die Tür hinter sich zu. „Wir haben eine Situation, bei der wir Ihre Hilfe benötigen." Sie berichtete ihm, was sie bis jetzt über die Vorgänge in dem Motel und dem Haus wussten, zu dem Ginger sie geführt hatte, obwohl man ihr vor jeder Fahrt die Augen verbunden hatte.

Ramsey schüttelte den Kopf. „Das sind Tiere."

„Nichts für ungut, aber können Sie eine Ihrer Kolleginnen herunterschicken, damit sie sich mit Ginger und Amber befasst?" Sam hatte in der Vergangenheit schon den Eindruck gehabt, dass Ramsey sie nicht besonders leiden konnte, daher wählte sie ihre Worte mit Bedacht. „Wie Sie sicher bemerkt haben, fühlen die beiden sich durch die Gegenwart von Männern eingeschüchtert."

„Absolut. Ich werde mein Team zu dem Haus schicken, um die übrigen Kids dort herauszuholen."

„Wir werden heute eine Menge Eltern glücklich machen." Sam wollte sich nicht ausmalen, wie es wäre, auch nur für einen einzigen Tag nicht zu wissen, wo Scotty war, ganz zu schweigen von Jahren.

„Die werden froh sein, bis sie feststellen, dass der Teenager, den sie zurückbekommen haben, keinerlei Ähnlichkeit mehr mit dem Kind hat, das sie verloren haben", meinte er seufzend. „Ich kümmere mich darum."

Ramsey ging davon, und Sam kehrte zurück zu den Mädchen.

Freddie verließ den Raum, um die Pizza vom Boten entgegenzunehmen, und kam kurz darauf mit dem Essen wieder, auf das die Mädchen sich wie Verhungernde stürzten.

Sam bekam kaum etwas herunter wegen der Dinge, über die sie in dem heruntergekommenen Motel gestolpert war. Sie unternahm immerhin den Versuch, sich im Beisein der beiden Mädchen nichts anmerken zu lassen.

„Keinen Hunger?", erkundigte Freddie sich.

„Nicht mehr."

„Ich weiß. Geht mir genauso."

Die Begeisterung, mit der Ginger und Amber sich über die Pizza hermachten, gab Sam die Hoffnung, dass sie vielleicht doch in ein normales Leben zurückfinden konnten. Obwohl die Zeit drängte und Sam darauf brannte, gemeinsam mit Hill der Darren-Spur nachzugehen, bemühte sie sich um Geduld und äußerste Behutsamkeit den Mädchen gegenüber.

Ginger aß ein zweites Stück Pizza auf und spülte es genüsslich mit einem großen Schluck Cola hinunter. „Die Cola hat mir gefehlt."

„Mir fehlt sie auch", gestand Sam. „Ich war süchtig nach Cola light, aber mein Arzt meinte, ich darf sie nicht mehr trinken, weil ich mir damit den Magen ruiniere."

„Sie dürfen überhaupt keine mehr trinken?", fragte Amber nach.

„Eigentlich nicht, aber hin und wieder tue ich es trotzdem."

„Stimmt das?", hakte Freddie streng nach, was die Mädchen zum Kichern brachte.

„Ihr seid gute Freunde", stellte Amber fest.

„Ich bin sein Boss", korrigierte Sam. „Er muss tun, was ich ihm sage."

„Aber Sie sind eine Frau", sagte Amber. „Normalerweise sind Frauen nicht der Boss."

„Hier schon. In vielen Berufen sind Frauen Vorgesetzte. Vielleicht bist du eines Tages auch der Boss."

„Glauben Sie?", fragte Amber sehnsuchtsvoll.

„Ich weiß es."

„Sie wollen, dass wir Ihnen erzählen, was wir im Motel gesehen haben", sagte Ginger.

Sam fragte sich, ob das Essen sie kooperativer gemacht hatte. „Das wäre wirklich hilfreich."

„Er kam mit einem Taxi nach dem Baseballspiel", berichtete Ginger.

„Woher wusstet ihr von dem Spiel?"

„Bruce hat es sich im Büro angesehen. Er war richtig wütend, als der Typ den Ball nicht fing. Er meinte, Rick würde nach dem Spiel zu uns kommen, weil er zu aufgebracht wäre, um nach Hause zu fahren."

„Dann ist er also schon früher manchmal ins Motel gekommen?"

„Er war oft da. Er meinte, das sei der einzige Ort, an dem er sich entspannen könnte."

„Was beinhaltete Entspannung für ihn?"

„High werden, vögeln, sich besaufen. All die Dinge, die er zu Hause nicht tun konnte. Behauptete er zumindest."

„Hattest du Sex mit ihm, Ginger?"

„Viele Male." Das gestand sie völlig emotionslos. „Ich war sein Liebling."

Sam erinnerte sich an Linds hünenhafte Statur und versuchte ihn sich mit Ginger vorzustellen. Es machte sie ganz krank. „Hat er bezahlt, um mit dir Sex zu haben?"

„Das weiß ich nicht. Da müssen Sie Bruce fragen. Wenn ja, habe ich von dem Geld jedenfalls nie etwas gesehen."

„War er nett dir gegenüber?"

„Netter als die meisten."

„Gab es viele?"

„Sechs oder sieben pro Tag, wenn nicht viel los war."

Freddie gab einen Laut des Entsetzens von sich und räusperte sich gleich darauf, um es zu kaschieren. „Wurdet ihr mal ärztlich untersucht?"

„Nein."

Sam rang um Fassung und verspürte Lust, jemanden zu schlagen. „Hatte Rick Besucher, während du bei ihm warst?"

„Nur einen."

„Kanntest du die Person?"

„Ich kenne ihren Namen nicht, aber die Frau hatte lange blonde Haare. Sie war wütend und er hat mich aufgefordert zu gehen, damit er mit ihr reden kann."

„Kannst du sie noch ein bisschen genauer beschreiben?" Sam begriff, dass Ginger vermutlich die vorletzte Person war, die Rick Lind lebend gesehen hatte.

„Sie war sehr schön und dünn. Superdünn."

„Du hast gesagt, sie roch nach Geld", erinnerte Amber ihre Freundin.

„Stimmt. Sie trug ein elegantes Parfum, und ihre Kleidung sah teuer aus. Edel. Ich dachte, sie ist vielleicht seine Frau."

„Schien er sich zu freuen, sie zu sehen?"

„Nein, er war wütend darüber, dass sie auftauchte. Er meinte, sie hätte ihm nichts vorzuschreiben. Sie konterte, und ob sie ihm etwas vorzuschreiben hätte."

„Hast du sie vorher schon mal gesehen?"

„Nur einmal. Zu Beginn des Sommers kam sie einmal ins Motel. Er hatte ein schlechtes Spiel hinter sich, und ich habe gehört, wie sie ihn anschrie. Und dann habe ich gehört, wie sie Sex hatten."

„Wie hast du das gehört?"

„Ich war mit einem anderen Mann im Zimmer nebenan. Die Wände sind ziemlich dünn. Also konnte ich sie hören."

„Kannst du wiedergeben, was sie zu ihm gesagt hat?"

„Das ist ja schon lange her, aber ich erinnere mich, weil sie so gemein zu ihm war. Sie meinte, sie bezahle ihn, damit sie gewinnen, und sie könne es sich nicht leisten, zu verlieren. Und dass alles von dieser Saison abhinge."

„Konntest du auch hören, was er sagte?"

„Nicht deutlich. Nur seine tiefe murmelnde Stimme, während sie herumschrie."

Sam stand auf und ging zur Tafel, um ein Foto von Willie im Trikot abzunehmen. „Hast du diesen Mann schon mal gesehen?"

Ginger betrachtete das Foto.

„Ich kenne ihn", meldete Amber sich zu Wort. „Er war einer meiner Stammkunden."

Sam ließ sich nichts anmerken. „Wann hast du ihn zuletzt gesehen?"

„Am Abend nach dem Spiel."

„Wie lange warst du mit ihm zusammen?"

„Ein paar Stunden, aber dann musste er los. Er hat nie die Nacht dort verbracht."

„Hat er darüber gesprochen, was bei dem Spiel passiert ist?"

Amber schüttelte den Kopf. „Er war nicht dort, um zu reden."

Sam atmete schwer aus und schob jedem Mädchen einen Notizblock hin. „Würdet ihr bitte alles aufschreiben über die Männer, was ihr wisst? Wie oft sie das Motel besucht haben, was sie gesagt oder getan haben, welchen Sex sie bevorzugt haben. Kein Detail ist zu unbedeutend."

Amber sah zu Ginger, die nickte und ihrer Freundin einen Kugelschreiber gab.

„Während ihr euch dieser Aufgabe widmet, würde ich gern Kontakt zu euren Familien aufnehmen. Könnt ihr uns irgendwie helfen, sie zu finden?"

„Ich wurde vor drei Jahren in einer Mall in Columbia, Maryland, entführt", gestand Ginger freimütig. „Meine Eltern heißen Justin und Deanna Moreland." Mit ruhiger, klarer Stimme nannte sie ihre Telefonnummer.

„Daher kenne ich dich", sagte Sam, der es jetzt wieder einfiel. „Deine Eltern haben die Suche nach dir nie aufgegeben. Erst vor Kurzem haben sie ein Foto verbreitet, das dich zeigt, wie du heute aussehen könntest. Es passte übrigens haargenau."

„Sie suchen nach mir?", flüsterte Ginger mit bebendem Kinn.

„Sie haben nie damit aufgehört. Deine Entführung hat für Schlagzeilen gesorgt."

Tränen liefen ihr übers Gesicht. Sie wischte sie weg, fast als ärgere sie sich über ihre emotionale Reaktion.

„Erinnerst du dich an deine Familie, Amber?"

„Ich bin aus Massapequa auf Long Island. Ich wurde an einer Bushaltestelle in der Stadt von meiner Mom getrennt, als ich neun war. Man hat mich verschleppt. Meine Mom heißt Allison Tattorelli, sie wird Alli genannt."

„Erinnerst du dich an ihre Telefonnummer?"

„Ich weiß noch, dass sie mit 516 anfing, aber an den Rest kann ich mich nicht erinnern."

„Wir werden sie finden, Schätzchen", versicherte Sam ihr und fühlte mit den Mädchen und ihren leidenden Familien. „Ich bin in ein paar Minuten wieder da. Detective Cruz kümmert sich um euch, falls ihr etwas braucht."

Sie stand auf und verließ den Konferenzraum. In ihrem Büro ließ sie sich in den Sessel hinter ihrem Schreibtisch fallen und brauchte einen Moment, ehe sie ihre Emotionen im Griff hatte und Gingers Eltern anrufen konnte. Das war ein Anruf, den sie einerseits nicht schnell genug machen konnte und gleichzeitig fürchtete.

Gonzo und Hill erschienen im Türrahmen. „Alles in Ordnung?", erkundigte Gonzo sich.

„Die Mädchen, die wir vom Motel mitgebracht haben, sind vor Jahren entführt worden."

„Um Himmels willen", meinte Gonzo. „Wie kann ich helfen?"

Sam reichte ihm den Zettel, auf dem sie die Informationen über Ambers Mutter notiert hatte. „Kannst du für mich die Nummer einer Allison Tattorelli in Massapequa, New York, herausfinden?"

Er nahm den Zettel. „Mach ich."

„Was kann ich tun?", fragte Hill.

„Finden Sie eine Verbindung zwischen dem Capitol Motor Inn und Elle Kopelsman. Eines der Mädchen hat sie mit Lind vor dessen Tod zusammen gesehen. Das andere Mädchen war vermutlich der letzte Mensch, der Willie lebend gesehen hat."

„Der war auch dort?"

„Er war Stammgast, genau wie Lind. Schon was Neues über die Finanzen von Elle und Ray?"

„Nichts Auffälliges, aber es ist ein kompliziertes Geflecht. In einem Punkt hatten Sie recht."

„In welchem?"

„Die Zeitung hängt am seidenen Faden und zieht die übrigen Holdings der Familie mit in den Abgrund."

„Sie hätte alles daran gesetzt, das Vermächtnis ihres Vaters zu retten, und sicher auch vor verzweifelten Maßnahmen nicht zurückgeschreckt." Sam spürte ein Kribbeln am Rücken, wie jedes Mal, wenn sie auf etwas gestoßen war. Alle Spuren führten zu Elle Kopelsman Jestings.

„Wie könnte der Mord an den Baseballspielern, die für die Niederlage des Teams verantwortlich waren, das Vermächtnis ihres Vaters schützen?"

„Gar nicht", sagte Sam und wurde sich immer sicherer, dass sie recht hatte mit ihren Vermutungen. „Aber sie war wütend, dass sie ein Spiel verloren haben, das sie hätten gewinnen müssen. Sie hat diesen Sieg unbedingt gebraucht, und deshalb hat sie den beiden die Schuld an der Niederlage gegeben." Sam schnippte mit den Fingern. „Die Schlägertypen!"

„Was?", fragte Hill, verwirrt von dem scheinbar abrupten Themenwechsel.

„Die Bodyguards haben ihr geholfen", erklärte Sam, für die sich jetzt sämtliche Teile zu einem Ganzen zusammenfügten. „Wir haben in den Videos aus dem falschen Teil der Stadt nach Willies Wagen gesucht. Ich muss einen Anruf machen, und dann müssen wir uns mit Ihrer Freundin Elle unterhalten. Können Sie in Erfahrung bringen, wo sie sich heute Abend aufhält?"

„Ja, ich werde meine lebenslange Freundschaft zu ihrem Mann nutzen, um diese Information für Sie zu bekommen."

„Wenn Sie das lieber nicht tun wollen, kann ich ihn auch gerne anrufen.“

„Ich mache es.“

Als sie allein war, atmete Sam noch einmal tief durch und wählte die Nummer, die Ginger ihr gegeben hatte. Das Telefon klingelte fünfmal, bevor eine Frau sich meldete. Sam schloss die Augen, da sie sich mit Tränen füllten. Eigentlich wollte sie diese Sache möglichst emotionslos hinter sich bringen. „Mrs. Moreland?“

„Ja, die bin ich.“

„Hier spricht Lieutenant Sam Holland vom Metro Police Department in Washington, D.C. Wir haben Ihre Tochter gefunden.“

Die nächsten zwei Stunden würden wohl für immer die befriedigendsten in Sams Karriere bleiben. Justin und Deanna Moreland trafen siebenundfünfzig Minuten nach dem Telefonat ein, und das Wiedersehen mit ihrer Tochter gestaltete sich tränenreich, voller Umarmungen und war von solch überwältigendem Glück, wie Sam es als Detective der Mordkommission nicht oft erlebte.

Die Freude der Familie brachte Sam zum Weinen, doch verbarg sie ihre Tränen nicht, weil es allen anderen um sie herum genauso erging. Selbst der respekteinflößende Agent Hill wischte sich die eine oder andere Träne weg, während er die Wiedervereinigung der Eltern mit ihrem für immer verloren geglaubten Kind beobachtete.

Gingers harte Fassade bröckelte in dem Augenblick, als ihre Mutter den Raum betrat, und sie schien mit den Umarmungen nicht mehr aufhören zu können.

„Ich habe Ambers Mutter ausfindig gemacht“, verkündete Hill und lenkte damit Sams Aufmerksamkeit von den dramatischen Szenen ab, die sich vor ihr im Konferenzraum abspielten. Er gab ihr einen Zettel.

„Danke.“ Sam wischte sich die Augen, nahm sich zusammen und ging in ihr Büro, um eine weitere Mutter anzurufen, die seit Jahren auf diese Nachricht wartete.

Wie schon Mrs. Moreland zuvor stieß Alli einen Schrei aus, als Sam ihr die Neuigkeit mitteilte, und schaffte es lange genug, ihr Weinen zu unterbrechen, um Sam zu sagen, dass sie sich sofort auf den Weg nach Washington machte.

Da ihr ein langer, arbeitsreicher Abend bevorstand, rief Sam zu Hause an, solange sie noch die Gelegenheit dazu hatte.

„Hallöchen", meldete Shelby sich. „Wie läuft es?"

„Der Tag hat hier eine erstaunliche Entwicklung genommen."

„Inwiefern?"

Sam berichtete ihr, was sich im Motel ereignet hatte, und von dem Wiedersehen der vermissten Kinder und ihrer Eltern.

„O Sam, meine Güte! Wie wundervoll!"

„Unnötig zu erwähnen, dass ich noch eine Weile hier sein werde. Wenn Sie nach Hause müssen, kann Scotty auch bei meinem Dad übernachten."

„Ich habe heute Abend nichts vor und bleibe gern. Machen Sie sich unseretwegen keine Sorgen. Wir kommen zurecht."

Sam empfand Dankbarkeit und Erleichterung darüber, jemanden zu haben, dem sie Scottys vorübergehende Betreuung anvertrauen konnte. „Dafür bin ich Ihnen wirklich dankbar. Ich hoffe, das wissen Sie."

„Natürlich weiß ich das. Es ist mir ein Vergnügen, Zeit mit ihm zu verbringen. Vermutlich liebe ich ihn fast so sehr wie Sie."

„Er ist ja auch ein liebenswerter Kerl. Kann ich mit ihm sprechen?"

„Klar, mal sehen, ob er schon aus der Dusche heraus ist. Er hat mich zu einer Pizza zum Abendessen überredet. Dafür hat er versprochen, früher als üblich zu duschen."

„Sie sind ziemlich gewieft."

„Ich lerne. Scotty, Sam ist am Telefon und möchte dich sprechen. Hier kommt er."

„Hi, Sam. Hast du den Mörder schon gefasst?"

„Noch nicht ganz, aber wir glauben inzwischen zu wissen, wer es ist. Ich werde dir morgen früh alles erzählen, wenn wir uns sehen."

„Ich treffe mich doch trotzdem mit Mrs. L morgen, oder?"

„Auf jeden Fall."

„Sie hat heute Abend angerufen, um zu fragen, ob ich im Heim übernachten will, damit ich die anderen Kinder mal wiedersehe. Ich habe ihr gesagt, dass ich erst dich frage und ihr dann morgen Bescheid gebe."

„Das hört sich doch ganz lustig an. Wenn du dort übernachten möchtest, sehe ich keinen Grund, der dagegenspricht."

„Wird es Nick nichts ausmachen, wenn er nach Hause kommt und ich nicht da bin?"

„Ich wette, der wird so müde sein, dass er erstmal schlafen will."

„Stimmt wahrscheinlich."

„Wie wäre es, wenn du morgen mit Mrs. L mitfährst, bei den Kids übernachtest und wir dich Sonntagnachmittag abholen? Vielleicht können wir auf dem Rückweg auf der Farm vorbeischauen und mit den O'Connors zu Abend essen?" Sie hatten eine stehende Einladung zum Sonntagsdinner, die sie aus Zeitmangel nur selten annahmen.

„Darf ich auf den Pferden reiten?"

„Ich bin mir ziemlich sicher, das lässt sich machen."

„Das wäre das allertollste Wochenende."

Sam lächelte über seine nie nachlassende Begeisterung. „Shelby meint, mit Nathan und den anderen Kids ist heute alles gut gelaufen?"

„Jap. Er hat mich nicht mal angesehen. Ich weiß ja nicht, was du zu seiner Mom gesagt hast, aber es hat gewirkt."

„Und die anderen Kids haben dich nicht anders als sonst behandelt?"

„Nein."

„Das is, weil deine Mom ein verdammt knallharter Cop is, yo."

„Sam ..."

„Ich weiß, ich weiß", sagte sie, ein Lachen unterdrückend. Der Junge war wirklich einmalig.

„Wir brauchen eine Schimpfwort-Dose in unserem Haus."

„Was zum Geier soll das sein?"

„Wir hatten eine in Richmond. Das ist so eine Spardose. Jedes Mal, wenn einer flucht oder sich unmöglich ausdrückt, muss man einen Vierteldollar in die Dose schmeißen, den ich dann behalten darf. Ich werde noch reich, indem ich mit euch zusammenlebe."

„Sehr witzig! Dann brauche ich aber eine vollständige Liste von Ausdrücken, die zählen, wenn ich schon bezahlen muss."

„Du weißt genau, welche zählen."

„Nee, weiß ich nicht. Du fügst der Liste ständig neue Sachen hinzu." Hatte sie eine Unterhaltung je mehr genossen? Nicht dass sie wüsste. „Hör zu, Kumpel, ich muss wieder an die Arbeit. Benimm dich Shelby gegenüber heute Abend und morgen bei Mrs. Littlefield. Wir sehen uns dann am Sonntag und rufen dich zwischendurch an."

„Ich werde mich benehmen. Keine Sorge."

„Hab dich lieb."

„Ich dich auch."

Sam beendete das Telefonat und hielt den Apparat noch eine ganze Weile danach an ihre Brust gedrückt. Sie hegte keinerlei Zweifel daran, dass sie, die ihr ganzes Erwachsenenleben hindurch für die Sühne von Morden gekämpft hatte, mit Leichtigkeit jeden umbringen könnte, der es wagte, ihrem Jungen etwas anzutun. Tiefe Liebe war ihr nicht unbekannt, aber nichts ließ sich mit der Mutterliebe vergleichen.

Hill tauchte im Türrahmen auf. „Zwei Zehntausend-Dollar-Schecks von Rays und Elles gemeinsamem Konto am Tag nach dem Spiel, einen für jeden ihrer beiden Bodyguards, ausgestellt von Elle. Ihr einziges Konto, auf dem noch Geld ist."

Sam nahm diese Information auf, griff nach dem Schreibtischtelefon und bat die Zentrale, sie mit Lieutenant Haggertys Handy zu verbinden. Das war der Leiter der Spurensicherung.

„Haggerty."

„Hier spricht Lieutenant Holland. Wie geht es im Motel voran?"

„Langsam. Das reinste DNA-Wunderland und ein Bordell erster Güte."

„Ah, widerlich."

„Echt."

„Ich glaube, ich habe eine Verdächtige. Es handelt sich um eine blonde Frau mit sehr langen Haaren, die es mit Lind in dem Zimmer getrieben hat. Und wenn ich eines weiß über Frauen mit langen Haaren, dann, dass sie welche verlieren. Ich habe schon einiges gegen sie in der Hand, aber ein langes blondes Haar von ihr aus diesem Zimmer würde uns enorm weiterhelfen."

„Ich werde sehen, was ich tun kann. Vielleicht finden wir DNA in den Laken, die waren ja ziemlich strapaziert."

Sam verzog das Gesicht. „Wir nehmen, was wir kriegen können. Haltet mich auf dem Laufenden. Gute Arbeit übrigens von Ihrem Team, das Messer zu finden."

„Gibt es darüber schon etwas Neues aus dem Labor?"

„Noch nicht, aber wir haben um Eile gebeten. Wie geht die Untersuchung von Willies Wagen voran?"

„Wir haben Fingerabdrücke vom Lenkrad, die einer unserer Techniker sich gerade genauer ansieht."

„Dazu könnte ich *dringend* Ergebnisse gebrauchen."

„Mal sehen, was ich machen kann, um die Sache zu beschleunigen."

„Danke. Wir bleiben in Verbindung."

Zu Hill sagte Sam: „Konnten Sie in Erfahrung bringen, wo sich Ihre Freundin Elle heute Abend aufhält?"

„Sie besucht zusammen mit Ray eine Wohltätigkeitsgala im Willard."

„Möchten Sie mich zum Willard begleiten, oder wollen Sie mit der Verhaftung der Frau Ihres Freundes lieber nichts zu tun haben?"

„Ich komme mit", erwiderte er knapp.

„Ich schaue noch mal kurz nach Cruz und den Mädchen, dann brechen wir auf."

Als sie aufstand, erschien Malone im Türrahmen. „Haben Sie einen Moment, Lieutenant?"

„Ah, natürlich. Hill, ich bin gleich bei Ihnen."

Hill verließ den Raum, und Malone trat ein. Er machte die Tür hinter sich zu.

Sam betrachtete ihren Mentor und versuchte herauszufinden, warum er so anders aussah. „Was ist los?" Sofort dachte sie an Nick, verdrängte diese Sorge jedoch gleich wieder. Er war bereits auf dem Heimweh. Es ging ihm gut.

„Es waren sechsundzwanzig Kinder in dem Haus. Das jüngste war sieben. Das älteste sechzehn."

Ekel und Abscheu überkamen Sam. „Und die Leute, die sie gefangen hielten?"

„Sechs Erwachsene, alle verhaftet. Wir versuchen jetzt, die Familien ausfindig zu machen."

Sam seufzte und schüttelte den Kopf, verzweifelt und unendlich erleichtert zugleich.

„Eine Menge Familien werden heute wieder zusammenfinden, weil Sie Ihren Instinkten vertraut haben, Lieutenant."

Sam konnte mit Komplimenten schlecht umgehen. „Ach, na ja, ich habe nur meinen Job gemacht, Sir."

„Wieder einmal sind Sie über weit über Ihre Pflicht hinausgegangen. Ich sehe eine weitere Belobigung auf Sie zukommen."

„Danke, Captain." Wenn sie allein waren, gaben sie sich selten derart förmlich, doch es schien der Situation angemessen.

„Wo stehen wir im Fall Vasquez?"

„Ich glaube, wir wissen jetzt, was mit Willie Vasquez und Rick Lind passiert ist."

„Was denn?"

„Sie wurden von Elle Kopelsman Jestings umgebracht, der Frau des Teambesitzers Ray Jestings, weil sie die Niederlage in diesem Spiel zu verantworten hatten und Elle um jeden Preis einen Sieg brauchte." Sam erläuterte ihm die finanziellen Probleme des *Washington Star* und dass Elle auf die TV-Rechte der World Series gebaut hatte, um das Unternehmen zu retten.

„Wie haben Sie ihr den Mord an Vasquez nachgewiesen?"

„Habe ich nicht – noch nicht. Aber ich glaube, sie hat ihren beiden Bodyguards jeweils zehntausend Dollar gezahlt, um Vasquez zu töten. Um Lind hat sie sich selbst gekümmert, nachdem sie ihn betrunken und high gemacht und sein Hirn mit Sex vernebelt hat. Sie muss mit ihren Bodyguards darüber gesprochen haben, was die beste Stelle für einen Stich ist, damit das Opfer schnellstmöglich stirbt. Daher die exakt gleichen Einstichwunden bei beiden Opfern."

„Was für eine Art zu sterben."

„Zwei ihrer Starspieler zu töten bedeutete auch, ihnen kein Gehalt mehr zahlen zu müssen. Das könnte ein Teil ihres Motivs gewesen sein."

Lieutenant Archelotta klopfte an und betrat das Büro. „Wir haben da was", erklärte er und hielt einen USB-Stick hoch. „Die Bilder aus der Überwachungskamera vor dem Smithsonian zeigen zwei Männer, die Willie in den Müllcontainer werfen."

„Zeig her", forderte Sam ihn auf, innerlich vibrierend, da sich endlich alles zu einem Gesamtbild fügte.

Als Archie den Film auf ihrem Computer abspielte, sagte Sam: „Wir haben sie. Das sind Elles Bodyguards. Ich kann sie identifizieren, denn ich bin ihnen begegnet." Aus dem Papierwust auf ihrem Schreibtisch zog sie einen Ausdruck, zu dem auch Fotos der bulligen Zwillinge gehörten, die Elle beschützten – und offenbar auch für sie töteten. „Sie heißen Boris und Horace. Damit und mit Gingers Aussage, Elle kurz vor Rick Linds Tod in dessen Hotelzimmer gesehen zu haben, verfügen wir über ausreichend Material, um sie alle verhaften zu können."

„Wie sieht Ihr Plan aus?", wollte Malone wissen.

„Ich werde sie gegeneinander ausspielen, um die ganze Geschichte über Willie zu bekommen und was mit ihm passiert ist. Was mit Lind geschehen ist, glaube ich ziemlich sicher zu wissen. Er war einfach nicht mehr nützlich. Danke, Archie."

Er übergab ihr den USB-Stick, nachdem er ihn aus der Computerbuchse gezogen hatte. „War mir ein Vergnügen", sagte er auf dem Weg hinaus.

„Tja, sieht aus, als hätten Sie alles unter Kontrolle, wie üblich", stellte Malone fest.

„Fast alles", schränkte sie mit einem schiefen Lächeln ein.

„Kann ich noch etwas tun?"

„Machen Sie Druck im Labor wegen des blutigen Messers, das die von der Spurensicherung gefunden haben. Außerdem brauchen wir eine DNA-Probe von Elle, sobald sie hier ist."

„Ich kümmere mich um das Labor und informiere Dr. McNamara über die Notwendigkeit der DNA-Probe." An der Tür drehte er sich noch einmal zu ihr um. „Ist wirklich alles in Ordnung nach dem Vorfall heute Morgen?"

„Mir geht's gut. Ein paar Prellungen, aber Stahl hat mehr abbekommen."

„Das bedauert hier keiner. Auch nicht, dass wir ihn nicht mehr wiedersehen werden."

„Na, das bezweifle ich.“

„Zumindest vorerst.“

„Zumindest das.“

„Ich lasse Sie mal weiterarbeiten.“

Im Konferenzraum hatte Ginger gerade die Aussage beendet, die sie benötigten.

„Die Special Victims Detectives übernehmen ab jetzt. Sie werden mit dir über die Leute sprechen müssen, die euch festgehalten haben“, erklärte Sam. „Außerdem müsst ihr euch weiterhin für uns zur Verfügung halten.“

„Warum?“, wollte Deanna Moreland wissen. „Hat sie denn nicht schon genug durchgemacht?“

„Sie ist eine wichtige Zeugin in einem Mordfall, unter anderem. Wir brauchen ihre Aussage vor Gericht.“

„Grundgütiger.“

Sam gab Gingers Mutter ein Zeichen, ihr hinaus zu folgen, damit sie außerhalb der Hörweite der Mädchen waren. „Es wird weitere Verfahren geben, Mrs. Moreland“, informierte Sam sie. „Unsere Leute sind unterwegs und treiben all jene zusammen, die mit der Entführung Ihrer Tochter und zahlreicher anderer Kinder zu tun hatten.“

„Es gibt noch mehr?“, fragte die Mutter.

„Viel mehr. Und Ihre Tochter hat wesentlich dazu beigetragen, uns zu ihnen zu führen. Sie war sehr stark und hilfreich.“

„Das ist meine Sarah. Stark und hilfsbereit war sie schon immer.“

„Sie hat viel durchgemacht. Es wird lange dauern, bis sie alles verarbeitet hat. Ich weiß, es ist schwierig, aber versuchen Sie, geduldig zu sein, und erwarten Sie nicht zu viel zu früh.“

„Hat man sie ... Sie wissen schon ...“

„Die Detectives von der Sondereinheit für Opfer von Sexualdelikten werden dafür sorgen, dass ihr die medizinische Versorgung zuteilwird, die sie benötigt.“

Deannas Gesicht verkrampfte sich, als Sam ihre schlimmsten Befürchtungen mehr oder weniger bestätigte.

Tränen liefen Deannas Wangen hinunter, und Sam drückte ihre Hand. „Sie lebt. Das zählt erst einmal am meisten. Alles andere findet sich nach und nach.“

„Der andere Detective, Freddie ... Er meinte, Sie hätten gespürt, dass dort in dem Motel etwas nicht stimmt, und die Mädchen deshalb mitgenommen. Ich werde Ihnen nie genug dafür danken können, dass Sie meine Tochter gefunden haben."

Sam, der Zuneigungsbekundungen Fremder grundsätzlich unangenehm waren, ließ sich diesmal gern von der dankbaren Mutter umarmen. „Ich habe nur meinen Job gemacht."

„Sie haben heute viel mehr getan als das, Lieutenant, und unsere Familie wird Ihnen auf ewig dankbar sein. Unsere Gebete wurden erhört."

Sam tätschelte Deannas Rücken. „Wenn ich noch etwas für Sie tun kann in den nächsten Monaten, zögern Sie nicht, sich bei mir zu melden."

„Nochmals vielen Dank." Deanna löste sich von ihr und wischte sich die Tränen ab. „Ich gehe jetzt lieber wieder zu ihr."

Sam nickte und sah ihr hinterher, wie sie zu ihrer Tochter zurückkehrte, die nah bei ihrem Vater saß und fest seine Hand hielt. Ginger – oder Sarah – hatte ihre harte Fassade aufgegeben seit der Ankunft ihrer Eltern, und Sam war optimistisch, dass sie aufgrund ihrer inneren Stärke in der Lage sein würde, ihr beschädigtes Leben zu reparieren.

„Lieutenant?"

Sam drehte sich um und entdeckte einen weiblichen Detective, den sie nicht kannte. Offenbar wartete die Kollegin auf sie. Sie war groß, hatte glatte dunkle Haare und die Wangenknochen eines Models. Sie beobachtete die Szene im Konferenzraum. Ihre Augen blickten hart und kompromisslos.

„Ich bin Detective Erica Lucas, SVU."

Sam schüttelte ihr die Hand. „Freut mich, Sie kennenzulernen."

„Netter Fang heute, Lieutenant. Sie haben diese Kids aus einem verdammten Albtraum befreit."

Sam gefiel die geradlinige Art der Frau. „Danke. Wir wären dann so weit, die Kids für die nächsten Schritte an Sie zu übergeben."

„Wir werden sie auf sexuelle Gewalt untersuchen und anderen unangenehmen Tests unterziehen müssen. Werden sie damit klarkommen?"

„Die Dunkelhaarige ist Sarah, wurde aber nach ihrer Entführung Ginger genannt. Die ist tough. Die andere, Amber, ist zerbrechlicher. Sarah gibt ihr Halt. Vielleicht wäre es ganz gut, die beiden möglichst nicht zu trennen."

„Gut zu wissen."

„Ambers Mutter ist auf dem Weg von New York hierher. Sie müsste in einigen Stunden eintreffen. Ich kann Ihnen die Nummer geben, dann können Sie ihr mitteilen, wo Sie gerade sind mit den Mädchen, wenn sie in der Stadt ankommt."

„Das wäre großartig, danke."

„Geben Sie gut acht auf sie, ja? Es sind gute Kids, die die Hölle durchgemacht haben."

„Ich werde alles in meiner Macht Stehende für sie tun."

„Danke, Erica. Ich werde Sie vorstellen, damit Sie den Ball ins Rollen bringen können."

18

———

Eine Stunde später hatte Sam die Mädchen mit Erica losgeschickt und ihnen versprochen, bald wieder nach ihnen zu sehen. Freddie hatte sich dankenswerterweise bereit erklärt, noch eine Weile bei ihnen zu bleiben, während sie und Erica miteinander warm wurden. Ihr Partner war einfach unschlagbar in Situationen, die viel Feingefühl erforderten, und diese Eigenschaft wusste Sam sehr an ihm zu schätzen. Das musste sie ihm bei nächster Gelegenheit unbedingt mal sagen.

Hill erschien im Türrahmen zu Sams Büro. „Ich habe noch etwas. Elle ist letzte Woche von der Fairfax County Police verhaftet worden, nachdem sie bei Neiman Marcus in der Tyson Galleria einen Wutanfall bekommen hat."

Sams innerer Modefreak horchte auf, als sie den Namen ihrer liebsten Shopping Mall hörte. „Was ist denn passiert?"

„Offenbar wurde ihre Kreditkarte nicht akzeptiert, und da flippte sie aus. Der Sicherheitsdienst der Mall musste die Polizei rufen. Sie bekam eine Anzeige wegen Ruhestörung, wurde jedoch ohne Kaution wieder auf freien Fuß gesetzt. In zwei Monaten muss sie sich vor Gericht verantworten."

„Haben Sie ihren Kreditrahmen überprüft?"

Hill hob spöttisch eine Braue. „Mal ehrlich, Sam. Was glauben Sie?"

„Sorry", sagte Sam und verkniff sich ein Grinsen. „Bitte fahren Sie fort."

„Sie steckt bis zum Hals in Schulden. Sämtliche ihrer Karten sind ausgereizt. Das ganze Geld ist weg. Sie hat echte Probleme, und die Zeitung steckt ebenfalls in riesigen Schwierigkeiten, genau wie das Team."

„Was ist mit Ray?"

„Wundersamerweise hat er seine Finanzen bei der Heirat von ihren getrennt, bis auf das eine gemeinsame Konto, von dem sie die Bodyguards bezahlt hat. Ich vermute mal, auf die getrennten Finanzen haben sie und ihr Vater bestanden, um ihr Geld zu schützen. Am Ende hat Ray damit seines geschützt. Er ist nicht annähernd so reich wie die Kopelsmans es sind – besser gesagt waren –, aber mittellos ist er ganz bestimmt nicht. Abgesehen von den zwei Schecks vom gemeinsamen Konto am Tag nach dem Spiel gibt es bei seinen Konten keinerlei Auffälligkeiten."

„Glauben Sie, er weiß von dem Finanzgrab, das sie sich geschaufelt hat?"

„Wahrscheinlich nicht. Ihre Ehe ist nicht gerade das, was ich konventionell nennen würde."

„Wie meinen Sie das?"

„Sie macht ihr Ding, er macht seines."

„Und die TV-Rechte an der World Series hätten all ihre Probleme gelöst."

„Damit hätte sie zumindest dringend benötigte Zeit gewonnen." Er reichte ihr ein weiteres Blatt Papier, das Elles Bemühungen dokumentierte, Investoren für ihr angeschlagenes Unternehmen zu finden. „Alle sind abgesprungen, als das Team verloren hat. Nachdem ich das von den Investoren gelesen habe, habe ich Bixby angerufen, den Sicherheitschef des Teams, um mich zu erkundigen, ob in der Loge des Besitzers an jenem Abend etwas vorgefallen ist. Er meinte, Elle sei ausgerastet und musste von ihren Bodyguards beschwichtigt werden. Sie haben sie dann von dort fortgebracht. Bixby fand, es sah aus, als sei es nicht das erste Mal."

„Sie ist eskaliert. Warum hat Bixby davon nichts erwähnt, als Sie das erste Mal mit ihm gesprochen haben?"

„Sie ist die Frau des Besitzers. Er wollte seinen Job nicht

gefährden und dachte, es sei bloß ein Wutanfall gewesen. Er meint, seine Leute hielten es nicht für allzu gravierend. Ihre Bodyguards hatten die Sache im Griff."

„Es wird Zeit, sie zu verhaften, aber vorher müssen wir noch einmal mit Jamie Clark plaudern." Sam bedeutete ihm, das Kommissariat zu verlassen. Sie schloss ihre Bürotür ab und rief: „McBride und Tyrone, ihr müsst noch ein Weilchen bleiben, ich brauche euch. Die Überstunden genehmige ich."

„Geht klar, Lieutenant", erwiderte McBride. „Um was geht's?"

„Wir treffen uns in zehn Minuten in der Lobby."

„Wir werden dort sein."

Hill folgte ihr die Treppe hinunter zu den Gefängniszellen. Jamie Clark befand sich in einer Zelle mit sechs anderen Frauen. Sie saß auf einem der Feldbetten, in die Ecke gedrückt, die Arme um die Beine geschlungen, als versuche sie, sich unsichtbar zu machen. Bei Sams Anblick vor der Zellentür stand sie auf und kam herüber. Auf dem Weg rempelte sie eine ihrer Mitgefangenen an.

Die Frau schubste zurück und brachte Jamie beinahe zu Fall. „Pass doch auf, du Schlampe."

„Sorry", murmelte Jamie, sichtlich eingeschüchtert von der anderen.

„Ich habe noch eine Frage an Sie", sagte Sam.

Jamie umfasste die Gitterstäbe mit beiden Händen. „Welche?"

„Sie hatten erwähnt, dass Sie und Willie nach dem Spiel allein im Trainingsraum gewesen seien."

„Das ist richtig. Wir haben uns mindestens zwei Stunden dort aufgehalten und gewartet, bis alle gegangen waren, damit er seine Sachen holen und ebenfalls aufbrechen konnte."

„Sie meinten, Ray Jestings und Bob Minor kamen in der Zeit herein, um mit ihm zu sprechen."

„Ja, sie waren beide kurz da."

„Hat sonst noch jemand den Raum betreten? Ich möchte, dass Sie genau nachdenken und mir die Wahrheit sagen."

Jamie schluckte, und ihr Blick flog zwischen Sam und Hill hin und her. „Eine weitere Person ist auch noch vorbeigekommen."

„Wer?"

„Elle Jestings."

Bingo, dachte Sam. Genau auf diese Antwort von Jamie hatte sie gehofft. „Und das haben Sie nicht schon eher erwähnt, weil ...“

Jamie schaute hinter sich. Die anderen Frauen hatten sich in den hinteren Teil der Zelle zurückgezogen, zweifellos wegen der Cops, mit denen sie nichts zu tun haben wollten. Jamie senkte die Stimme. „Ich ... Sie wusste nicht, dass ich dort bin, und ich habe befürchtet, sie könnte wütend werden, wenn sie wüsste, dass ich sie gesehen habe. Willie hatte mich gebeten, ihn ein paar Minuten allein zu lassen, deshalb ging ich in mein Büro und saß im Dunkeln und behielt ihn so gut es ging im Auge. Sie kam in den Trainingsraum, machte die Tür zu und schloss ab. Dann ging sie zu Willie und ohrfeigte ihn so heftig, dass sein Kopf nach hinten flog. Ich war unfassbar wütend! Wie konnte sie das tun? Als wäre er nicht schon genug gestraft. Der arme Kerl. Er fing an zu weinen und entschuldigte sich, doch sie schrie ihn weiter an.“

„Was hat sie gesagt?“

„Sachen wie: ‚Hast du überhaupt eine Ahnung, was du getan hast?‘ und ‚Wie in aller Welt konntest du diesen Ball nicht fangen?‘ und ‚Du hast alles ruiniert. Alles!‘“

Sam hätte am liebsten ebenfalls geschrien bei der Vorstellung, wie viel Zeit Jamie ihnen hätte ersparen können, wenn sie das schon beim ersten Gespräch gesagt hätte. „Hat er darauf etwas erwidert?“

„Nein“, antwortete Jamie und schüttelte den Kopf. Ihr Kinn zitterte, und ihre Augen füllten sich mit Tränen. „Er weinte nur immer weiter und entschuldigte sich ständig bei ihr. Ich wollte aus meinem Versteck und ihn auffordern, damit aufzuhören, weil sie seine Entschuldigungen gar nicht verdiente. Sie war so gemein zu ihm. Ich habe es Ihnen nicht erzählt, weil ich Angst hatte, was sie mir antun würde, wenn sie erfährt, dass ich dort gewesen bin.“

„Hat sie Sie oder jemanden, den Sie kennen, schon vorher bedroht?“

„Nicht direkt, aber die Spieler haben ihr alle möglichen Namen gegeben, wie Ice Bitch und Eiskalte Königin. Solche Sachen. Niemand kann sie leiden, aber alle lieben Ray. Die Leute konnten nie verstehen, was er an ihr fand.“

„Das war sehr hilfreich“, sagte Sam. „Ich brauche morgen früh eine offizielle Aussage von Ihnen über diese Begegnung zwischen Elle und Willie."

„Bitte", meinte Jamie, „Sie müssen mich hier herausholen." Erneut warf sie einen Blick über die Schulter zu den Frauen, die sie genau beobachteten. „Ich habe Angst und bedaure es, dass ich Sie angelogen und Detective Gonzo getreten habe. Das hätte ich nicht tun dürfen, aber ich habe Willie und seine Kinder zu schützen versucht. Die waren alles für ihn. Ich wollte nicht, dass sie meinetwegen mit Hass auf ihn aufwachsen."

Sam wollte ihr erklären, es habe noch andere Frauen gegeben, aber vermutlich würde Jamie das früh genug erfahren. Es musste nicht von Sam kommen. Sie deutete auf eine der Wachen. „Bringen Sie Miss Clark bitte in eine Einzelzelle."

„Warum muss ich hierbleiben?"

„Momentan sind Sie hier drin sicherer als draußen. Glauben Sie mir. Bleiben Sie noch eine Nacht, dann kümmern wir uns morgen früh um die Details."

„Werde ich angeklagt, weil ich Sie belogen habe?"

„Wir werden sehen, wie detailliert Ihre Aussage ist, und entscheiden es dann."

Sam wartete, bis der Wachmann Jamie in eine andere Zelle gebracht hatte, dann ging sie mit Hill im Schlepptau wieder nach oben.

„Woher wussten Sie, dass Elle Willie nach dem Spiel aufgesucht hat?", fragte er.

„Wusste ich gar nicht. Ich habe es nur vermutet und die Bestätigung von Jamie gebraucht."

„Sie sind gut, Holland. Wirklich gut."

„Ich weiß."

„Und ein gesundes Ego besitzen Sie auch", murmelte er.

„Ist der gesündeste Teil an mir."

Das brachte ihn zum Lachen. Sie betraten die Lobby, wo sich der Chief mit McBride und Tyrone unterhielt.

„Die Medien warten auf ein Update über Ihr jüngstes Opfer und über die Verhaftungen in dem Motel. Sind Sie darauf vorbereitet, ein Statement vor der Presse abzugeben?"

„Kann ich machen." Sam fühlte sich beschwingt durch die

Befreiung der Mädchen und die Lösung der kniffligen Mordfälle. Alles fügte sich zusammen, und das gefiel ihr.

„Das war verdammt gute Arbeit heute, Lieutenant", lobte der Chief sie mit unübersehbarem Stolz.

„Danke, Sir. Wir stehen kurz vor einer Verhaftung im Fall Vasquez und Lind." Sie fasste kurz zusammen, was sie über Elle in Erfahrung gebracht hatten.

„Unfassbar", bemerkte der Chief. „Ich kannte ihren Vater ein bisschen. Der kam mir immer wie ein aufrichtiger Kerl vor."

„Das war er wohl auch, bis er den Fehler beging, zu sterben und sein ganzes Imperium ihr zu hinterlassen. Ich brauche Ihre Hilfe bei zwei Dingen – bei dem Bericht über das blutige Messer, das die Spurensicherung gefunden hat, sowie bei den Fingerabdruckfragmenten aus Willies Wagen, die von der Spurensicherung analysiert werden. Beides brauche ich dringendst."

„Ich werde sehen, was ich tun kann, um die Sache zu beschleunigen."

„Danke." Sie warf einen Blick zur Tür und sah die Horde von Reportern, die sich auf dem Vorplatz versammelt hatte. „Wollen wir? Ich muss nachher noch zu einer Wohltätigkeitsgala."

„Nach Ihnen", sagte Farnsworth.

Hill, McBride und Tyrone begleiteten Sam und den Chief durch die Doppeltür hinaus auf den Platz. Sofort wurden sie von den Reportern bestürmt.

Sam wartete, bis die Medienvertreter sich beruhigt hatten. „Ich werde ein kurzes Statement abgeben und dann einige Fragen beantworten." Sie machte um des Effektes willen eine Pause, damit alle zuhörten. „Heute um sechzehn Uhr wurde die Leiche des Feds-Pitchers Rick Lind im Capitol Motor Inn an der Massachusetts Avenue gefunden."

Ein geschocktes Raunen ging durch die Menge. „Wie Mr. Vasquez wurde auch Mr. Lind durch einen einzelnen Stich in die Brust getötet, der die Aorta verletzte. In dem Motel stießen die MPD-Officer auf ein offenbar Sexsklaverei betreibendes Unternehmen, zu dem zahlreiche Minderjährige gehörten. Durch die enge Zusammenarbeit zwischen der Spezialeinheit für Sexualdelikte und dem Sittendezernat gelang es uns, die

Verbrecher dingfest zu machen und die in einem Haus fernab des Hotels gefangen gehaltenen Kinder zu befreien. Alles in allem wurden sechs Erwachsene verhaftet, und vierzig Kinder – sechsundzwanzig aus dem Haus und achtzehn aus dem Motel – werden heute Abend wieder mit ihren Familien vereint. Einige der Minderjährigen wurden seit Jahren vermisst."

„Glauben Sie, die Betreiber des Sexsklavenrings haben etwas mit dem Mord an Lind zu tun?", wollte einer der Reporter wissen.

„Nein, das glauben wir nicht. Wir arbeiten weiterhin daran, eine Verbindung zwischen dem Mord an Vasquez und dem an Lind herzustellen."

„Wussten Sie von der Verbindung Ihres Mannes zu der Fabrik in Thailand und dem Brand, bei dem dreihundert Arbeiterinnen getötet wurden?"

„Ich werde weder jetzt noch zu irgendeinem anderen Zeitpunkt einen Kommentar über meinen Mann sowie seine Privatangelegenheiten oder seine Karriere abgeben."

„Aber wussten Sie, dass er Lexicore-Aktien besaß?"

„Ich werde weder jetzt noch zu irgendeinem anderen Zeitpunkt einen Kommentar über meinen Mann sowie seine Privatangelegenheiten oder seine Karriere abgeben. Noch jemand, der das nicht verstanden hat?" Als niemand eine weitere Frage über Nick zu stellen wagte, fuhr Sam fort: „Wir gehen jetzt wieder an die Arbeit und werden Sie zu gegebener Zeit über die weiteren Entwicklungen informieren." Diese Worte richtete sie direkt an Darren Tabor, den sie weiter hinten in der Menge ausmachte. Er nickte verständnisvoll.

„Können Sie uns sagen, was heute Morgen vor Ihrem Haus mit Lieutenant Stahl passiert ist?"

„Es steht mir nicht zu, eine laufende interne Ermittlung zu kommentieren."

Sam trat vom Podium zurück und gab Hill, McBride und Tyrone ein Zeichen, ihr zu folgen. Auf dem Weg zurück ins Gebäude winkte Sam Jeannie zu sich, damit sie neben ihr ging. „Die Sache, um die du mich gebeten hast – ich bin dabei, und das Department gibt grünes Licht."

„Oh", meinte Jeannie überrascht. „Bist du dir sicher?"

„Ich bin mir sehr sicher, und ich fühle mich sehr geehrt, dass du mich gefragt hast."

Jeannie hob skeptisch eine Braue. „Wirst du das auch noch denken, wenn ich dich zu Kleideranproben schleppe?"

„Bäh. Eine Anprobe. Mehr bekommst du nicht."

„Nehme ich. Danke, Sam."

Sam drückte den Arm ihres weiblichen Detectives. „Gern geschehen."

Zurück im Kommissariat, wandte Sam sich an Jeannie und ihren Partner Will Tyrone. „Wir machen uns auf den Weg zum Willard-Hotel, Eingang Fifteenth Street. Ich erwarte, dort zwei Muskelpakete vor dem Ballsaal anzutreffen, Zwillinge namens Boris und Horace. Deren Job ist es, auf Elle Jestings aufzupassen. Euer Job ist es, die zwei wegen Mordes an Willie Vasquez zu verhaften. Beordert von unterwegs die Streifenpolizei dorthin, als Verstärkung. Ich bezweifle nämlich, dass diese Schlägertypen freiwillig mitgehen. Ich will, dass sie getrennt transportiert und eingeschlossen werden. Sie dürfen nicht zusammen allein gelassen werden."

„Wir kümmern uns darum", versprach Jeannie mit einer Begeisterung, die sie zu einem von Sams besten Detectives machte. „Wir treffen uns dort."

Auf dem Weg zum Willard-Hotel rief Sam Charity Miller an und schilderte ihr, was sie bis jetzt gegen Elle zusammengetragen hatte.

„Und Sie glauben nicht, dass ihr Mann etwas damit zu tun hat?"

„Nein, nur sie und ihre Bodyguards, von denen einer Willie getötet hat. Aber sie waren beide dabei und haben ihn gemeinsam in den Müllcontainer geworfen. Das haben wir auf Video. Außerdem können wir beweisen, dass Elle jedem der beiden zehntausend Dollar bezahlt hat, damit sie die Drecksarbeit für sie erledigen. Willie hatte ihr alles kaputtgemacht, und das konnte sie ihm nicht verzeihen."

„Das ist ziemlich dürftig ohne DNA und Laborergebnisse", meinte Charity.

„Ich weiß, und deshalb werde ich dafür sorgen, dass die drei sich gegenseitig belasten. Danach kümmere ich mich um die DNA.“

„Wie lautet der Plan?“

Sam schilderte ihr Schritt für Schritt, was sie vorhatte, und wartete anschließend auf Charitys Reaktion.

„Verhaften.“

„Bin schon unterwegs.“

„Sie waren sich ziemlich sicher, dass ich mitspielen würde“, stellte Charity fest.

Sam hörte, dass die Staatsanwältin amüsiert klang. „Ich bin mir absolut sicher, dass ich die Richtigen im Visier habe. Ich werde Sie auf dem Laufenden halten.“

„Sie könnten einen Hund von seinem Futternapf wegquatschen“, bemerkte Hill, nachdem sie das Gespräch beendet hatte.

„Hm, danke.“ Sam rief als Nächstes Darren Tabor an.

„Was gibt es, Lieutenant?“

„Ich werde Elle Jestings und ihre Bodyguards wegen des Mordes an Willie Vasquez verhaften. Lind hat sie ganz allein umgebracht.“

„Ist das Ihr Ernst? Elle Jestings, die Herausgeberin meiner Zeitung, wird wegen Mordes verhaftet?“

„In ungefähr fünf Minuten im Willard.“

„Heiliger Strohsack.“

„Wenn Sie sehen wollen, wie sie ins Hauptquartier gebracht wird, sollten Sie in dreißig Minuten einen Fotografen dort postiert haben.“

„Danke für den Tipp, Sam.“

„Ich halte mein Versprechen. Wir sehen uns.“ Sie klappte ihr Handy zu und trat aufs Gaspedal. Sie hatte es eilig, diesen Fall endlich abzuschließen.

„Wie sieht unser Plan aus, wenn wir beim Willard sind?“, fragte Hill.

„Sind Sie bereit, Ray abzulenken, damit ich sie mir vorknöpfen kann?“

„Das kann ich machen.“

„Sicher?“

„Wie gesagt."

Sam hielt vor dem Hotel und parkte direkt neben dem Gepäckstand.

Einer der Portiers lief ihr hinterher. „Hey, Lady! Sie können den Wagen nicht dort stehen lassen!"

Sam zeigte ihm ihre Dienstmarke, ohne ihre Schritte zu verlangsamen. „Für Sie bitte Lieutenant Lady. Das da sind übrigens meine Kollegen." Sie zeigte zu dem Wagen, der hinter ihrem hielt. „Rühren Sie die Fahrzeuge auch nur an, werfe ich Sie ins Gefängnis."

Der junge Mann blieb unvermittelt stehen.

„Eierknackerin", murmelte Hill.

„Buchstäblich", sagte Sam mit einem Grübchengrinsen, noch immer entzückt von dem, was sie Stahl angetan hatte.

„Aua."

Drinnen im Hotel versuchte ein Security-Mann sie aufzuhalten und erhielt ebenfalls die Dienstmarkenbehandlung.

„Aus dem Weg", befahl Sam.

„Was wollen Sie hier?"

„Nichts, was mit Ihrem Hotel in Zusammenhang stünde."

„Sie müssen vorher mit dem Manager sprechen."

„Nein, muss ich nicht. Gehen Sie mir aus dem Weg, sonst verhafte ich Sie mit dem allergrößten Vergnügen wegen Behinderung einer Mordermittlung." Noch während sie sprach, marschierte Sam an dem Mann vorbei und ging auf die Rolltreppe zu, die ins Hochparterre führte. Mit Hill, McBride, Tyrone und vier Streifenpolizisten im Schlepptau, folgte Sam der Musik zum Ballsaal.

Zwei hünenhafte, dümmlich dreinblickende Typen in schlecht sitzenden Anzügen hielten vor der Tür Wache. Beide waren kahlköpfig und muskelbepackt.

Sam zeigte auf die beiden, und Jeannie nickte.

„Kommt mit", forderte Jeannie Tyrone und die Streifenpolizisten auf.

Zuversichtlich, dass ihre Leute mit den Bodyguards fertigwerden würden, betraten Sam und Hill den Ballsaal, der voller High Society war. Frauen in auffallenden Abendkleidern machten die Runde mit Männern in Smokings, während Kellner

Champagner und Hors d'œuvres reichten. Auf der Bühne am anderen Ende des Saals spielte eine Swingband mit Blechbläsern einen bekannten Song.

Eine Frau in einem eleganten schwarzen Kleid trat zu ihnen. „Kann ich Ihnen helfen?", fragte sie und unterzog Hill einem prüfenden Blick.

„Wir kommen zurecht", ließ Hill sie abblitzen.

„Es ist Abendgarderobe vorgeschrieben", informierte die Frau ihn mit hochnäsigem Blick auf Sams Jeans.

„Wir sind nicht wegen der Gala hier", erklärte Sam.

„Sie sitzen dort drüben an einem Tisch", sagte Hill und machte sich auf den Weg in die Richtung.

Sam folgte ihm und rief, um die unangenehm laute Musik zu übertönen: „Woher wissen Sie das?"

„Habe ich Ihnen doch erklärt. Ich habe sie im Auge behalten."

Sie hasste es, wenn er sich als dermaßen nützlich erwies. „Da", sagte sie und hielt ihn am Arm fest. Sie zeigte auf Ray und Elle, die mit anderen Leuten an einem Tisch saßen.

„Lassen Sie mich Ray aus dem Weg schaffen", bat Hill.

Sam nickte und hielt sich zurück. Sie beobachtete, wie er an den Tisch zu Ray trat, der überrascht schien, seinen alten Freund hier zu sehen.

Hill deutete mit einer Kopfbewegung an, er wolle Ray allein sprechen.

Ray stand auf, sagte etwas zu seiner Frau und ging mit Hill weg.

Sobald sie die Tanzfläche überquert hatten und durch die Doppeltür hinaus auf den Flur gegangen waren, steuerte Sam auf Elle zu.

Sie tippte der Frau auf die Schulter und genoss den Augenblick, in dem Elle aufschaute und Sam entdeckte.

„Was wollen Sie? Ich bin beschäftigt."

Sam beugte sich zu Elles Ohr herunter. „Sie sind wegen Mordes an Willie Vasquez und Rick Lind verhaftet. Sie haben zwei Möglichkeiten. Sie können aufstehen und mit mir hinausgehen, dann werde ich Ihnen nicht vor all den Leuten hier Handschellen anlegen, sondern damit warten, bis wir draußen sind. Oder Sie leisten Widerstand, dann lege ich Ihnen gleich hier Handschellen an und schleppe Sie nach draußen. Ihre Entscheidung." Während sie sprach, verlor Elles Gesicht jegliche Farbe, und die Erkenntnis sickerte ein.

Sie hat nie damit gerechnet, überführt zu werden, dachte Sam. Eine Eigenschaft, die sie mit allen Mördern teilte.

„Wie lautet Ihre Entscheidung?"

„Fahren Sie zur Hölle", zischte Elle mit zusammengebissenen Zähnen. „Ich werde nirgendwo mit Ihnen hingehen. Meine Anwälte werden dafür sorgen, dass Sie Ihre Dienstmarke abgeben müssen. Haben Sie eigentlich eine Ahnung, wer ich bin?"

„Und ob ich die habe. Sie sind eine kaltblütige Mörderin und obendrein pleite. Und Sie sind verhaftet." Sam packte ihren Arm, zerrte sie vom Stuhl, drehte sie um und legte ihr Handschellen an, bevor Elle überhaupt wusste, wie ihr geschah.

Sam informierte sie in knappem, sachlichem Ton über ihre Rechte und hatte ihre Freude daran, die um sich tretende und kreischende Elle aus dem Saal zu schleifen. Die Band hörte auf zu spielen, und die Menge teilte sich, um die beiden durchzulassen.

„Jemand muss etwas tun!", schrie Elle. „Das ist Polizeigewalt! Lucien!"

Sam erkannte den Anwalt der O'Connors, Lucien Haverfield, der das Geschehen mit einer gewissen abgeklärten Belustigung verfolgte.

„Tu doch etwas!", schrie Elle ihn an.

„Darf ich fragen, was Mrs. Jestings vorgeworfen wird, Lieutenant?", erkundigte Lucien sich.

„Die Morde an Willie Vasquez und Rick Lind begangen zu haben", erwiderte Sam laut genug, dass alle Umstehenden es hören konnten.

Ein kollektives erschrockenes Raunen ging durch die Menge.

„Tut mir leid, Elle", sagte Lucien. „Für Mord bin ich nicht zuständig."

Sam verkniff sich ein Losprusten angesichts seines geringschätzigen Tons. „Gehen wir, Elle. Sie sind hier fertig."

Elle wehrte sich den ganzen Weg und kreischte dazu wie eine Todesfee. Sobald sie die Türen passiert hatten, versuchte sie erneut, sich aus Sams festem Griff zu befreien. *„Boris! Horace! Schafft mir dieses verdammte Miststück hier vom Leib!"*

„Die können Ihnen nicht mehr helfen", sagte Sam, „denn sie wurden ebenfalls verhaftet."

„Damit kommen Sie nicht durch", schäumte Elle, während Sam sie zur Rolltreppe schleppte.

„Bin ich bereits. Wehren Sie sich nur weiter gegen mich, dann gebe ich Ihnen einen kleinen Schubser." Sam lockerte ihren Griff, und Elle stieß einen Schrei aus, da sie auf der Rolltreppe nach vorn fiel. Sam ließ sie eine Sekunde gefährlich baumeln, indem sie Elle nur an den Handschellen festhielt, dann zog sie sie zurück. Den restlichen Weg durch die Lobby blieb Elle verdächtig still.

Um die Polizeiwagen hatte sich eine Menschenmenge versammelt, und hochgehaltene Smartphones filmten, wie sie aus dem Hotel kamen. Sam hätte wetten können, dass Elle wünschte, sie trüge ihre Haare heute Abend offen, da sie jetzt keine Möglichkeit hatte, ihr Gesicht vor den Kameras zu verbergen. „Hinein mit Ihnen", sagte Sam und schob die Frau auf den Rücksitz eines Streifenwagens.

„Nie und nimmer werden Sie damit durchkommen", drohte Elle erneut.

Sam warf die Tür zu und ging weg. Das war gut gelaufen.

Avery führte Ray in einen Flur abseits des vollen Ballsaals.

„Was um alles in der Welt ist denn los, Avery? Was machst du überhaupt hier?"

„Es gibt keine leichte Methode, um es dir beizubringen, Ray. Elle wird wegen Mordes verhaftet."

Ray starrte ihn an, als habe er in einer fremden Sprach zu ihm gesprochen. „Wovon redest du da? Du glaubst doch nicht etwa, dass sie etwas mit Willies ..."

„Willie und Rick Lind."

Jetzt zeichnete sich der Schock auf seinem Gesicht ab. „Rick ist auch tot?"

„Tut mir leid, aber ja. Er wurde heute tot im Capitol Motor Inn aufgefunden."

„Was hat das mit Elle zu tun?"

„Das Unternehmen steckt in großen Schwierigkeiten."

„Wir hatten einige Probleme, aber das ist doch nun übertrieben."

„Sie ist vollkommen bankrott. Alle Kreditkarten sind ausgereizt. Die Zeitung kann nächste Woche die Gehälter nicht mehr zahlen. Ihr Kartenhaus hing von den TV-Rechten für die World Series ab. Ihrer Ansicht nach hat Willie alles ruiniert, und Rick hat es versäumt, das Spiel zu retten, als er die Chance dazu hatte."

„Sie würde die beiden doch deswegen nicht *umbringen*. Ich gebe ja zu, dass sie nicht immer der warmherzigste Mensch auf Erden ist, aber sie ist keine Mörderin."

„Am Tag nach dem Spiel wurden von eurem gemeinsamen Konto Schecks in Höhe von je zehntausend Dollar für Boris und Horace ausgestellt. Kannst du mir verraten, wofür das Geld war?"

„Ich habe keine Ahnung."

Avery ließ diese Antwort für sich sprechen und las in Rays Miene, dass ihn die Erkenntnis wie ein Vorschlaghammer traf. „Wir glauben, dass sie ihren Bodyguards je zehntausend Dollar bezahlt hat, um Willie zu töten. Um Lind hat sie sich selbst gekümmert."

„Warum? Warum hat sie das nicht auch von den beiden erledigen lassen?"

„Weil das mit Lind eine persönliche Angelegenheit war."

„Persönlich? Was heißt das?"

Erneut ließ Avery sein Schweigen für sich sprechen und einen Moment verstreichen, in dem Ray die Wahrheit dämmerte.

„Nein. Elle und Rick Lind? Ach komm schon! Das ist nicht wahr. Das glaube ich nicht."

„Tut mir leid, Ray, aber wir können es beweisen."

„Wie?"

„Wir haben eine Zeugin, die sie in Linds Zimmer gesehen hat. Die hat zuvor schon einmal gehört, wie die beiden Sex hatten. Vermutlich liefert die forensische Untersuchung in diesem Augenblick die entsprechenden Beweise dafür, dass die zwei in dem Zimmer Sex hatten, in dem Lind ermordet wurde."

Ray schlug sich die Hand vor den Mund und wandte sich ab, völlig niedergeschmettert von diesen Neuigkeiten. „Gott, ich war ein solcher Idiot."

Avery legte seinem Freund die Hand auf die Schulter. „Es tut mir schrecklich leid."

Ray schüttelte ihn ab. „Ich will dein Mitleid nicht."

„Es ist kein Mitleid."

„Du konntest sie nie leiden, oder?"

„Das habe ich nie gesagt."

„Brauchtest du auch gar nicht. Meine Mutter hat mir prophezeit, ich würde es bereuen, Elle zu heiraten. Die Leute glaubten immer, ich hätte es auf ihr Geld abgesehen. Aber darum ging es mir nie. Ich habe sie geliebt."

„Das weiß ich."

„Ich würde jetzt gern nach Hause fahren."

„Es steht dir frei zu gehen."

Ray ging, drehte sich dann aber noch einmal zu Avery um. „Danke, dass ihr Willie Gerechtigkeit widerfahren lasst. Ich wünschte wirklich, er hätte diesen Ball gefangen, aber natürlich hat er es nicht verdient, für diesen Fehler zu sterben."

„Nein, hat er nicht."

Ray nickte zustimmend und ging davon.

Avery schaute ihm hinterher, traurig wegen seines Freundes, traurig aber auch, weil ein weiterer Fall zum Abschluss kam. Wer wusste schon, wann er das nächste Mal in den Genuss kam, den aufregenden weiblichen Lieutenant zu sehen, der seine Gedanken in den vergangenen Monaten so häufig beschäftigt hatte?

Auf dem Weg zur Rolltreppe wurde ihm klar, dass er nie von ihr bekommen würde, was er wollte. Das musste er akzeptieren. Mit diesem Gedanken im Hinterkopf schickte er eine Nachricht an Shelby, in der er fragte, ob sie morgen Zeit für ein gemeinsames Mittagessen habe.

Elle drehte völlig durch, als sie Darren und einen Fotografen vom *Star* vor dem Hauptquartier entdeckte, die ihre Ankunft dokumentieren wollten.

„Ihr seid alle beide gefeuert! Wagt es bloß nicht, morgen zur Arbeit zu erscheinen!"

Der Fotograf hielt diese Tirade fotografisch fest, während

Darren sich ausführlich Notizen machte zu diesem boshaften Ausbruch seiner Zeitungsverlegerin.

Sam ließ sich Zeit damit, Elle, die sich von Neuem wehrte, ins Gebäude zu bringen.

Eine Stunde später hatten Elle und ihre Bodyguards die polizeiliche Aufnahme ihrer Personalien durchlaufen und warteten jeder in einem eigenen Verhörraum. Sam, Hill, Cruz, Malone und Charity Miller beobachteten sie durch die Spiegelscheibe. Horace schien nervös zu sein, Boris sah gelangweilt aus, und Elle war nach wie vor wütend. Sie lief rastlos von einem Ende des kleinen Raums zum anderen.

Da sie mittlerweile seit fast fünfzehn Stunden arbeiteten, spürte Sam die einsetzende Müdigkeit und schlug deshalb vor, dass sie sich die Verhöre teilten. Sie bat Hill, Boris zu übernehmen. Cruz sollte mit Horace sprechen, während sie zu Elle hineinging.

Lieutenant Haggerty betrat den kleinen Raum. „Wir haben in Linds Zimmer ein paar von den blonden Haaren gefunden, die du brauchtest, Sam." Er gab ihr die Beweismitteltüte.

„Ausgezeichnet! Charity, ich brauche eine richterliche Anordnung für eine DNA-Probe von Elle."

„Die besorge ich Ihnen."

„Und als Extra haben wir benutzte Kondome unter Linds Bett gefunden." Haggerty hielt eine zweite kleine Klarsichttüte hoch. „Vermutlich werden wir mindestens eines davon ihr zuordnen können."

„Reizend", bemerkte Sam. „Bring sie bitte schnellstmöglich ins Labor und mach dort Dampf."

„Bin schon unterwegs."

„Danke, Haggerty. Gute Arbeit. Cruz, sagst du Lindsey Bescheid, dass wir fast bereit sind für die DNA-Probe?"

„Mach ich."

„Schon was wegen des Messers aus dem Labor gehört?", erkundigte Sam sich.

„Die haben noch daran gearbeitet, als ich vorhin angerufen habe", meldete sich Malone zu Wort.

„Gut. Packen wir's", sagte Sam.

Die anderen verließen den Beobachtungsraum, Charity und Malone blieben dort zurück.

„Hill", wandte Sam sich auf dem Flur an ihn.

Er drehte sich zu ihr um.

„Ist alles in Ordnung mit Ihnen?"

„Ja, bestens. Ich habe bloß gerade bei der Verhaftung der Frau meines Freundes geholfen, den ich seit meiner Kindheit kenne. Hab mich nie besser gefühlt."

„Es tut mir leid, dass sie es war. Ray muss doch wissen, dass Ihnen das kein Vergnügen bereitet hat."

„Ja klar, er wird mir bestimmt schnell verzeihen, dass ich seine Frau für den Rest ihres Lebens hinter Gitter gebracht habe." Er schüttelte den Kopf. „Sorry, ich wollte es nicht an Ihnen auslassen. Sie ist diejenige, auf die ich sauer bin. Sie hatte doch alles, verdammt noch mal."

„Aber sie kannte keine andere Art zu leben als reich und privilegiert. Als ihr das genommen wurde, hat sie sich an denen gerächt, denen sie dafür die Schuld gegeben hat. Nicht im Traum hat sie daran gedacht, dass man sie je erwischen würde."

„Ray tut mir leid", meinte Hill. „Er ist ein hart arbeitender Mann, der sich sehr für das Team engagiert hat. Wer weiß, was diese Geschichte mit ihm macht."

„Das ist im Augenblick schwer zu sagen, aber ich bin mir sicher, dass es für ihn gut ausgehen wird. Die Leute werden ihn nicht dafür verantwortlich machen, was sie getan hat. Bringen wir es also hinter uns, damit wir endlich hier raus können."

Sie gingen zu Cruz, der am Ende des Flurs wartete, dann betraten sie gleichzeitig jeder einen der Verhörräume.

„Ich werde kein Wort zu Ihnen sagen", verkündete Elle bei Sams Eintreten.

„Es reicht auch, wenn Sie erst einmal zuhören. Boris und Horace haben uns alles erzählt."

„Die würden es nicht wagen, mit Ihnen über mich zu sprechen!"

„Ach nein? Komisch, wie gesprächig die geworden sind, als wir ihnen erklärt haben, ihnen stünde ein Leben hinter Gittern bevor – es sei denn, sie helfen uns mit einer belastenden Aussage gegen Sie.

Da ist alles aus ihnen herausgesprudelt – wie wütend Sie auf Willie waren und wie Sie zu Ihren Bodyguards sagten, es müsse etwas gegen ihn unternommen werden, und er dürfe Sie nicht ungestraft ruinieren." Sam spekulierte einfach drauflos, doch Elles Reaktion nach zu urteilen, traf sie damit ziemlich genau ins Schwarze.

„Die haben uns außerdem geschildert, wie Sie Willie zu dem heruntergekommenen Motel gelockt haben, indem Sie ihn mit Informationen darüber erpresst haben, dass er dort Zeit mit Minderjährigen verbrachte. Woher wussten Sie das? Hat Ihr Geliebter Rick Ihnen erzählt, dass er Willie schon vorher dort gesehen hat? Haben Sie ihm damit gedroht, seine Frau anzurufen? Haben Sie ihn auf diese Weise dorthin gelotst?"

Ohne auf die Antwort zu warten, fuhr Sam fort: „Es spielt jetzt gar keine Rolle, wie Sie ihn dorthin bekommen haben. Boris und Horace haben ihn jedenfalls übernommen, sobald er da war, nicht wahr? Sie haben ihn in ein Zimmer mit Amber gesteckt in der Hoffnung, ihn mit Sex abzulenken, bevor sie ihn an einem Ort umbrachten, ihn an einem anderen ablegten und seinen Wagen an einen dritten Ort brachten und weitgehend zerstörten. Haben die zwei Willies eigene Baseballschläger benutzt, um das Auto zu zertrümmern, das er so liebte? Das wäre irgendwie ausgleichende Gerechtigkeit, oder? Sie müssen aber wirklich wütend auf Willie gewesen sein, um Ihr allerletztes Geld zu verwenden, damit Boris und Horace die Drecksarbeit für Sie machen."

„Sie haben keine Ahnung, was Sie da reden", erwiderte Elle, schon weniger energisch, nachdem Sam ihr den möglichen Ablauf des Geschehens geschildert hatte.

„Rick war eine persönliche Angelegenheit, da Sie nebenbei mit ihm gevögelt haben. Sie dachten, Sie könnten sich auf ihn verlassen, was den Erfolg in dieser Saison betraf. Doch auch er hat versagt. Dabei musste er nur drei Batter ausschalten. *Drei mickrige Batter*, und die Feds wären in der World Series gewesen. Dann hätten Sie das dringend benötigte Geld bekommen, mit dem Sie das Imperium Ihres Vaters hätten retten können. Aber es funktionierte nicht. Einer der besten Pitcher im Baseball kriegte es nicht hin für Sie."

Elle verschränkte die Arme und hob trotzig das Kinn. „Ich will einen Anwalt."

„Kein Problem. Wen sollen wir für Sie anrufen?"

Sie nannte eine der Top-Anwaltskanzleien Washingtons. „Sagen Sie denen, jemand soll noch heute Abend herkommen und mich hier herausholen."

Sam verzichtete darauf, ihr zu erklären, dass sie auf keinen Fall bald herauskommen würde. Das würde ihr schon früh genug dämmern. „Ich werde anrufen. Die sind bestimmt sofort bereit um diese Uhrzeit am Freitagabend." Sam verließ den Raum und ließ die Tür hinter sich zufallen. Ein Schutzpolizist hielt davor Wache. „Niemand geht da rein oder raus ohne mein Wissen."

„Ja, Ma'am, Lieutenant."

Sam betrat den Beobachtungsraum, um zu sehen, wie Cruz und Hill mit den Bodyguards vorankamen.

Horace war in Tränen ausgebrochen und schluchzte laut, während Cruz ihm das gleiche Szenario schilderte, das Sam Elle ausgemalt hatte.

„Miss Elle", stieß Horace zwischen den Schluchzern hervor. „Sie hat gesagt, Willie muss verschwinden. Er hätte alles kaputt gemacht, warum sollte er damit davonkommen? Ich und Boris wollten es nicht tun, aber Miss Elle meinte, wir müssen oder wir werden gefeuert. Wir wollten aber nicht gefeuert werden. Also haben wir es genau so gemacht, wie sie es uns gesagt hat. Wir haben nur getan, was man uns aufgetragen hat."

„Gute Arbeit, Partner", flüsterte Sam stolz, während Cruz auf sanfte Art ein Geständnis aus Horace herausholte.

Freddie schob einen Notizblock über den Tisch. „Schreiben Sie alles ganz genau auf."

Horace trocknete sich die Tränen und griff mit der linken Hand nach dem Kugelschreiber. Wie Lindsey und Byron bereits vermutet hatten, handelte es sich bei dem Mörder um einen Linkshänder.

Im Raum daneben bearbeitete Hill den anderen Bodyguard Boris. „Elle hat uns gestanden, was Sie getan haben. Sie meinte, es sei Ihre Idee gewesen, Willie umzubringen."

„Sie hat *was* gesagt? Es war nicht meine Idee!"

„Das hat sie aber gesagt."

„Das verstehe ich nicht. Warum sollte sie mir die Schuld

geben? Ich hab bloß das gemacht, was sie mir aufgetragen hat. Ich mach immer das, was sie mir sagt."

„Haben Sie vorher schon für sie gemordet?"

„Nein! Ich habe noch nie jemanden umgebracht. Es hat mich ganz krank gemacht, Willie das anzutun. Er war kein schlechter Kerl. Aber Miss Elle ... sie meinte, er müsse weg. Wir könnten ihn nicht alles ungestraft ruinieren lassen."

Hill schob ihm einen Block zu. „Schreiben Sie es auf. Exakt so, wie es sich zugetragen hat."

„Ausgezeichnet", flüsterte Sam, als sich alles zusammenfügte.

„Wir haben genug, um alle des Mordes an Willie anzuklagen", sagte Charity. „Aber ich will die Ergebnisse des DNA-Tests, bevor wir Elle des Mordes an Lind anklagen." Sie gab Sam die richterliche Verfügung.

Sam nahm den Hörer vom Wandapparat und wählte die Nummer der Gerichtsmedizin.

Byron Tomlinson meldete sich.

„Hier spricht Holland. Wir haben die richterliche Anordnung. Können Sie herunterkommen und den Abstrich für mich machen?"

„Schon unterwegs."

„Danke."

Während sie auf Tomlinson wartete, ging Sam in ihr Büro, um die Telefonnummer der Anwaltskanzlei herauszusuchen, nach der Elle verlangt hatte. Sie hinterließ eine Nachricht auf dem Anrufbeantworter und las anschließend ihre eigenen Nachrichten. Sie war glücklich, dass eine Textnachricht von Nick darunter war.

Lächelnd las sie die Nachricht mehrmals. Es kam ihr vor wie eine Ewigkeit, seit sie zuletzt mit ihm gesprochen hatte. Sie konnte es nicht erwarten, seine Stimme zu hören und wieder in seinen starken Armen zu liegen. Die Vorfreude löste einen dringend benötigten Adrenalinkick aus.

Ihr Schreibtischtelefon klingelte, gerade als sie aufstand, um in den Beobachtungsraum zurückzukehren.

„Hier spricht Tim Russo. Sie haben wegen Elle Jestings angerufen."

„Ja, danke für Ihren Rückruf. Sie wurde wegen Mordverdacht verhaftet und hat nach einem Anwalt aus Ihrer Kanzlei verlangt."

Nach einer langen Pause antwortete er: „Ich fürchte, das wird nicht möglich sein. Gegen Mrs. Jestings bestehen Forderungen von unserer Seite in Höhe von fünfzigtausend Dollar. Wir sehen uns außerstande, für sie tätig zu werden, solange diese Außenstände nicht beglichen wurden."

Sam malte sich aus, wie diese Neuigkeit bei Elle ankommen würde, und musste grinsen. „Ich werde es ihr ausrichten. Danke nochmal für Ihren Rückruf."

„Gern geschehen."

Sam stand auf und ging auf direktem Weg in den Verhörraum, in dem Elle festgehalten wurde. „Ich habe gerade mit Tim Russo telefoniert."

„Ist er unterwegs?"

„Ich fürchte nicht. Er meinte, es seien noch Rechnungen in Höhe von fünfzigtausend Dollar offen. Solange die nicht beglichen seien, sehen sie sich außerstande, für Sie zu arbeiten."

„Das kann nicht Ihr Ernst sein", erwiderte Elle mit vor Zorn gerötetem Gesicht. „Die waren vierzig Jahre lang die Anwälte meines Vaters! Die würden es nie und nimmer wagen, *Nein* zu mir zu sagen!"

„Ich glaube aber, dass sie genau das getan haben. Soll ich Ihnen einen Pflichtverteidiger besorgen?"

In diesem Moment schien es Elle zu dämmern, dass sie verloren hatte. Als sie sich auf den Stuhl fallen ließ, bauschte ihr Seidenkleid sich um sie, ehe der Stoff auf ihre Beine herabsank. „Dann bleibt mir wohl nichts anderes übrig. Besorgen Sie mir einen."

„Sehr gut."

„Sie müssen das alles nicht dermaßen genießen."

„An einem Mord genieße ich gar nichts, außer die Täter zu fassen und sie lebenslang wegzusperren. Dieser Teil macht mir sehr viel Spaß. Sie können es sich übrigens bequem machen, Mrs. Jestings. Sie werden nämlich noch eine ganze Weile hier sein."

· · ·

Als die Resultate der DNA-Analyse aus dem Labor kamen sowie
der Bericht über das Messer, war es bereits nach vier Uhr
morgens. An dem Messer befanden sich tatsächlich Willies Blut
und Horace' Fingerabdrücke, während Boris' Fingerabdrücke sich
am Lenkrad von Willies Wagen befanden. Sam, Hill und Cruz
verbrachten die nächsten drei Stunden damit, ihre Berichte zu
tippen.

Um acht Uhr rief Sam Carmen Vasquez und Carla Lind an, um
sie über die Verhaftungen der mutmaßlichen Mörder ihrer
Ehemänner zu informieren. Es mochte ein bisschen Feigheit
dahinterstecken, jedenfalls verschwieg Sam ihnen die Untreue
beider Männer. Die Frauen trauerten noch über die plötzlichen
Verluste und es wäre einfach zu viel gewesen, ihnen zum jetzigen
Zeitpunkt die ganze Geschichte zu erzählen. Sie würden es noch
früh genug erfahren.

Nachdem Sam den Medien eine kurze Erklärung zu den
Verhaftungen gegeben hatte, wollte sie endlich nach Hause. Doch
da fiel ihr ein, dass sie noch gar keinen Bericht über Stahls Angriff
auf sie geschrieben hatte. Dafür brauchte sie eine weitere Stunde.
Anschließend brannten ihre Augen vor Erschöpfung. Obwohl sie
Scotty unbedingt noch sehen wollte, bevor er um zehn mit Mrs.
Littlefield aufbrach, schaute sie zuerst bei ihrem Dad herein, um
ihn über den neuesten Stand der Ermittlungen zu unterrichten
und zu erfahren, was bei seinem Arztbesuch herausgekommen
war.

„Seid ihr Verrückten schon auf?", rief sie beim Betreten des
Hauses und fand ihren Dad und Celia am Küchentisch sitzend vor.
„Was ist los?"

„Warst du die ganze Nacht wach, Schätzchen?"

„Ich komme gerade nach Hause, aber wir haben die Fälle
aufgeklärt."

Celia hielt die Titelseite des *Star* hoch, auf der die
Schlagzeile prangte: „*Star*-Verlegerin Elle Kopelsman Jestings des
Mordes an Vasquez und Lind beschuldigt." Darunter war auf
einem Foto zu sehen, wie Sam die Verdächtige ins Hauptquartier
schleppte.

„Ich kann nicht glauben, dass sie es war", meinte Skip. „Ihr
Dad muss sich im Grab umdrehen."

„Der dreht sich dort vermutlich schon eine ganze Weile, während Elle das Unternehmen zugrunde gerichtet hat."

„Möchtest du Kaffee?", erkundigte Celia sich.

„Nein danke. Ich lege mich gleich aufs Ohr." Sie setzte sich für einen Moment. „Ich habe gehört, du sollst dich einigen Tests unterziehen", wandte sie sich an ihren Vater. „Was hat es damit auf sich?"

„Die glauben, die Kugel könnte wandern", erklärte Celia grimmig.

„Was bedeutet das?"

„Dass sie möglicherweise raus muss."

„Aber es hieß, das sei zu gefährlich."

„Ist es auch nach wie vor, nur könnte es noch gefährlicher sein, sie nicht herauszuholen und stattdessen wandern zu lassen."

Sams erschöpfter Geist versuchte zu verarbeiten, was ihre Stiefmutter sagte. „Wenn sie die Kugel herausoperieren, wird er dann wieder etwas fühlen in den Extremitäten?"

„Das wissen sie nicht", meldete sich Skip zu Wort.

„Vielleicht aber schon?", hakte Sam hoffnungsvoll nach.

„Sie wissen nicht, was zu erwarten ist", wiederholte ihr Dad. „Es ist ein sehr ungewöhnlicher Fall. War es von Anfang an."

„Wann gehst du ins Krankenhaus?"

„Nächste Woche. Aber erst nach der Wahl, keine Sorge."

„Nimm bei deiner Planung auf uns keine Rücksicht! Tu, was das Beste für dich ist!"

„Es wird gehen bis dahin, mein Mädchen", versicherte Skip ihr. „Ich will doch erleben, wie mein Schwiegersohn gewählt wird, bevor ich ihn für zwei Tage aus dem Rampenlicht verdränge."

„Bist du dir sicher, dass es gut ist, bis dahin zu warten?"

„Ist es", sagte er. „Es wird alles gut laufen. Ich will nicht, dass du dir Sorgen machst. Und jetzt komm, gib deinem alten Dad einen Kuss und geh ins Bett. Du klappst ja fast zusammen vor Erschöpfung."

Das konnte Sam nicht bestreiten, deshalb stand sie auf und tat, was er ihr aufgetragen hatte. Sie umarmte ihn extra lange, dann gab sie Celia einen Kuss auf die Wange. „Haltet mich auf dem Laufenden."

„Das weißt du doch, Schätzchen."

Sam verließ das Haus ihres Vaters und legte die kurze Strecke bis zu ihrem Haus zurück, wo sie Scotty beim Frühstück mit Shelby vorfand. Seinem mit Schokolade beschmierten Gesicht nach zu urteilen, hatte Shelby ihm Chocolate-Chip-Pfannkuchen gemacht.

„Sam! Du bist zu Hause. Hast du herausgefunden, wer Willie getötet hat?"

Sam beugte sich herunter und gab ihm einen Kuss auf die Stirn. „Na klar. Drei Leute sitzen jetzt im Gefängnis."

„Ich hoffe, die kommen nie wieder heraus."

„Das bezweifle ich. Mrs. L wird in ein paar Minuten hier sein. Du musst dir noch das Gesicht waschen und Zähne putzen."

„Okay!"

„Hol auch deine Reisetasche", rief Shelby ihm hinterher.

Sam setzte sich auf den frei gewordenen Platz und biss von einem Pfannkuchen ab, den sie sich von dem Stapel auf dem Tisch genommen hatte. „Vielen Dank, dass Sie über Nacht geblieben sind."

„Das tue ich doch gern. Wann immer Sie mich brauchen."

„Es war eine große Hilfe."

„Ich bin gerne mit ihm zusammen. Er ist wunderbar."

Sam lächelte. „Ja, das ist er."

„Sie sehen geschafft aus."

„Ich könnte Schlaf gebrauchen."

„Um wie viel Uhr kommt denn Ihr Ehemann nach Hause?"

„Das weiß ich nicht genau. Er meinte, irgendwann heute Morgen."

„Ich werde von hier verschwinden, damit Sie beide Zeit für sich allein haben."

„Da wir wahrscheinlich den Großteil davon bewusstlos sein werden, müssen Sie sich meinetwegen nicht beeilen."

„Ich muss heute noch zu einer Hochzeit, und morgen habe ich ein heißes Date." Shelby grinste von einem Ohr zum anderen. „Dafür muss ich mir noch die Nägel machen lassen und die Haare tönen."

„Ah, hat ein bestimmter FBI-Agent Sie endlich angerufen?"

„Ja, hat er. Er wollte heute mit mir essen gehen, aber ich wollte nicht den Eindruck erwecken, ich sei leicht zu haben."

Sam lachte über diese Logik. „Gut. Ich freue mich, dass Sie von ihm gehört haben. Er ist ein netter Kerl. Sie hätten es schlechter treffen können."

„Er sieht jedenfalls ziemlich gut aus."

„Wenn Sie das sagen."

Shelby kicherte und stand vom Tisch auf, um rasch noch die Küche aufzuräumen. „Warum mag Nick ihn nicht?"

Verblüfft von der Frage, suchte Sam nach einer Antwort, die nicht die Wahrheit enthielt. „Wer weiß? Männer sind nun mal komisch."

Glücklicherweise vertiefte Shelby das Thema nicht, sondern plauderte von ihrer Nacht mit Scotty, während sie den Geschirrspüler einräumte.

Sam zwang sich, wach zu bleiben, bis Mrs. Littlefield eintraf, um Scotty für ihren gemeinsamen Ausflug abzuholen.

Er umarmte Sam fest, ehe er aufbrach. „Sag Nick, dass ich ihn morgen sehe."

„Mach ich, Kumpel. Wir holen dich am Nachmittag ab. Amüsier dich gut."

„Das werden wir", sagte Mrs. Littlefield und schob Scotty zur Tür hinaus, die beiden Bewacher vom Secret Service im Schlepptau.

Shelby ging kurz darauf, und Sam trottete die Treppe hinauf. Unter der Dusche wäre sie beinahe im Stehen eingeschlafen. Als sie sich die Haare kämmte, sah sie zum ersten Mal ihren verletzten Hals im Spiegel. „Heiliger Strohsack", murmelte sie, die blau verfärbten Quetschungen inspizierend.

Sie war froh zu wissen, dass es ihren Erzfeind schlimmer erwischt hatte. Trotzdem würde Nick ausflippen, wenn er ihre neueste Sammlung blauer Flecken sah.

Woher hatte er überhaupt von ihrer Auseinandersetzung mit Stahl gewusst?

„Secret Service", sagte sie leise zu ihrem Spiegelbild. Natürlich hatten die einen direkten Draht zur *Air Force One* und informierten ihn darüber, was während seiner Abwesenheit geschah. Wahrscheinlich hatte es ihn sehr aufgeregt, zu erfahren, dass sie angegriffen worden war, während er viel zu weit weg war, um irgendetwas zu tun. Was wiederum ihr zu schaffen machte, denn Sam wollte nicht der Grund für seine Besorgnis sein.

Sie trocknete sich die Haare, band sie zu einem lockeren Pferdeschwanz zusammen und ging nackt ins Schlafzimmer. Mit lustvoller Sehnsucht betrachtete sie das große Bett. Dann dachte sie an den Dachboden und beschloss, dass sie dort oben sein wollte, wenn er nach Hause kam.

Noch immer nackt, ging sie ein Stockwerk weiter hinauf, warf sich mit dem Gesicht nach unten auf den Doppelliegestuhl und zog eine leichte Decke über sich. Sie schlief lächelnd ein, in dem Wissen, dass sie beim Aufwachen das attraktive Gesicht ihres Mannes sehen und einen ganzen Tag mit ihm verbringen würde. Sie konnte es kaum erwarten, ihn endlich wiederzusehen und ihm alles zu berichten, was während seiner Abwesenheit passiert war.

Nick ließ seine Reisetasche im Hausflur auf den Boden fallen und legte seinen Kleidersack über die Sofalehne. Er würde sich später darum kümmern. Er kickte seine Schuhe fort und ging auf Socken die Treppe hinauf, um endlich seine Frau wiederzusehen, auch wenn sie tief und fest schlief. Das würde schon genügen. Im Schlafzimmer fand er jedoch zu seiner Überraschung das Bett leer vor, und durch die offenen Jalousien schien die Vormittagssonne herein.

„Wo steckt sie?"

Und dann wusste er es. Lächelnd stieg er die Treppe zum Loft hinauf, zwei Stufen auf einmal nehmend. Sie lag zusammengerollt auf der Seite, und die heruntergerutschte Decke entblößte ihre nackte Schulter, den anmutigen Bogen ihres Rückens und ihren wundervollen Po.

Nick leckte sich die plötzlich trockenen Lippen und zog sich rasch aus. Ganz untypisch für ihn, ließ er seine Sachen zu einem Haufen zusammengeschoben auf dem Boden liegen. Er hatte im Flugzeug schon geduscht und sich rasiert, damit er daheim nichts weiter zu tun hatte und sich gleich an seine wunderschöne Frau kuscheln konnte.

Auf dem Rückflug hatte er mit Scotty telefoniert, daher wusste er, dass Sam die ganze Nacht durchgearbeitet und die Fälle

Vasquez und Lind abgeschlossen hatte. Seine Bewacher vom Secret Service hatten ihm von der Verhaftung von Elle Jestings und ihren Bodyguards berichtet.

Nick schmiegte sich an ihren warmen Körper und deckte sie beide zu. Er legte den Arm um sie und atmete den vertrauten Duft ein.

Sie murmelte im Schlaf und legte ihre Hand auf seine. Offenbar war sie sich sogar schlafend seiner Gegenwart bewusst.

Er begehrte sie heftig, würde sie jedoch nach so langem Schlafentzug auf keinen Fall aufwecken. Im Augenblick genügte es, sie in den Armen zu halten, ihren Herzschlag unter seiner Hand zu spüren, die auf ihrer Brust lag, und das einzigartige Gefühl ihres nackten, an seinen Körper gepressten Körpers zu genießen.

Die Reise war lang und aufreibend gewesen. Er hatte nur sporadisch geschlafen, besonders nach der Unterhaltung mit dem Präsidenten. Er hatte sich verschiedene Szenarien ausgemalt, ohne wirklich die Möglichkeit zu sehen, wie das Angebot des Präsidenten in sein Leben und das seiner Familie passen könnte.

Sam drehte sich und öffnete die erstaunlichen blauen Augen. „Du bist zu Hause." Ihre Stimme klang heiser vom Schlaf und unfassbar sexy.

„Ich hab dich schrecklich vermisst", sagte sie. „Es war schlimm, dass ich nicht einmal mit dir sprechen konnte."

„Ich fand es auch schlimm. Es war sehr beunruhigend, so weit von euch entfernt zu sein, bei all dem, was in letzter Zeit los war. Ich konnte es kaum erwarten, wieder nach Hause zu kommen, besonders, nachdem ich von dieser Sache mit Stahl erfahren hatte."

„Der Secret Service hat mich also verpetzt, was?"

„Ja", gestand er amüsiert. „Haben sie."

„Petzen – noch ein Grund, um die möglichst weit von mir fernzuhalten. War es cool, mit der *Air Force One* zu fliegen?"

„Es war eine beeindruckende Erfahrung. Ich wünschte, du und Scotty hättet bei mir sein können."

„Hat sicher Spaß gemacht, in nur zwei Tagen zum einen Ende der Welt und wieder zurück zu fliegen. Da ich nicht selbst in den Genuss gekommen bin, muss ich dir einfach glauben."

Er küsste sie lächelnd, denn er wusste, wie sehr sie fliegen hasste. „Schlaf wieder ein. Wir haben noch den ganzen Tag für uns."

„Kein Wahlkampf heute?"

„Erst morgen Abend wieder."

„Zwei ganze Tage zusammen", sagte sie mit einem zufriedenen Seufzer. „Das ist himmlisch." Noch während sie das sagte, schob sie ihr Bein zwischen seine und ließ ihre Hand von seiner Brust abwärtswandern, bis zu seinem Bauch und von dort weiter, um seine Erektion mit ihren Fingern zu umschließen.

„Babe ... was machst du da?"

„Ich begrüße meinen Mann angemessen, den ich schrecklich liebe und schrecklich vermisst habe."

„Mir gefällt deine Begrüßung zwar, aber du bist doch noch zu müde."

Sie streichelte und liebkoste ihn, bis er glaubte, es nicht länger aushalten zu können. „Dafür bin ich nie zu müde."

So schwer es ihm auch fiel, sie zu stoppen, wollte er doch in ihr sein, wenn er die Selbstbeherrschung nicht länger aufrechterhalten konnte. „Warte. Lass es uns zusammen tun."

Sie drehte sich auf den Rücken und hieß ihn mit ausgebreiteten Armen willkommen.

Er legte sich auf sie und hätte am liebsten jeden Zentimeter ihrer zarten Haut geküsst, aber nach den Tagen der Trennung hatten sie es beide eilig.

„Schnell", flüsterte sie und fachte seine Begierde damit noch weiter an.

Geschmeidig drang er in sie ein und hielt inne, um das wunderbare Gefühl, mit seiner Liebe vereint zu sein, ganz auszukosten. „Samantha", flüsterte er, ihren Hals küssend, was sie erschauern ließ. „Ich liebe dich so sehr. Ich konnte es nicht erwarten, nach Hause zu kommen."

„Ich konnte es auch nicht erwarten, bis du wieder nach Hause kommst. Was ist los mit uns, dass wir es nicht einmal aushalten, für zwei Tage getrennt zu sein?"

„Mit uns ist alles in Ordnung. Wir sind nur schwer ineinander verliebt."

Sie sah ihn lächelnd an und streichelte seinen Rücken,

beschrieb sanfte kreisende Bewegungen und packte schließlich seinen Po, um ihn fest an sich zu drücken, während sie mit einem heiseren Schrei zum Orgasmus kam, der prompt Nicks Höhepunkt einleitete.

„Wow, Baby", flüsterte er. „Du bist unglaublich. Ich kann nicht genug von dir bekommen."

Sie schlang ihm die Beine um die Hüften und hielt ihn auf diese Weise tief in sich gefangen. Nach langem, zufriedenem Schweigen sagte sie: „Während du fort warst, hatte ich eine weitere dieser Ein-Tages-Perioden."

„Ach, Liebes. Mist."

Sie tat es mit einem Schulterzucken ab, doch er wusste, dass es ihr naheging. „Wir müssen es eben weiter probieren."

„Das fällt mir nicht schwer", erwiderte er, drängte sich an sie und küsste sie. „Es wird passieren in den nächsten Monaten. Wir sind eine bewährte Einheit."

„Vielleicht. Vielleicht auch nicht. Es ist okay, in jedem Fall. Ehrlich."

„Ich bin froh, dich das sagen zu hören."

„Dass Scotty bei uns ist, hilft mir. Ich habe nicht mehr diese drängende Sehnsucht nach einem Baby wie früher. Wenn ich nur ihn habe, kann ich mich schon glücklich schätzen."

„Finde ich auch. Wir können glücklich sein mit dem, was wir haben." Er zog sich aus ihr zurück und drehte sich mit ihr zusammen auf den Rücken.

Mit dem Kopf auf seiner Brust und mit einer Hand seinen Bauch streichelnd, berichtete sie ihm alles, was während seiner Abwesenheit passiert war. Erstaunt hörte Nick von der Situation ihres Vaters und der wandernden Kugel.

„Er meint, es sei kein Grund zur Sorge, aber ich weiß nicht … Es hört sich nicht ungefährlich an."

„Aber er hat recht, wir sollten uns erst Sorgen machen, wenn Anlass dazu besteht."

„Ich versuche es."

Um sie von den Ängsten um ihren Dad schnell wieder abzulenken, damit sie schlafen konnte, sagte Nick: „Erzähl mir von den Mädchen, die du aus diesem Motel gerettet hast. Ich habe auf dem Rückflug in den Nachrichten davon gehört."

„Das war das Verrückteste überhaupt! Ich hatte mal wieder so ein Gefühl. Ich kann es nicht einmal genau erklären, jedenfalls habe ich gespürt, dass da etwas ganz und gar nicht stimmte." Und dann erzählte sie ihm, wie sie Ginger und Amber befreit hatte, wie Ginger die Polizei zu dem Haus geführt hatte, in dem Dutzende anderer vermisster Kinder gefangen gehalten wurden, und von der tränenreichen Wiedervereinigung zwischen Ginger – die, wie sich herausstellte, Sarah hieß – und ihren Eltern.

„Ich erinnere mich an die Geschichte, als Sarah verschwand. Das hat hier ziemliche Schlagzeilen gemacht."

„Dabei war sie die ganze Zeit nur eine Stunde weit weg innerhalb der Hauptstadt. Ihre Eltern waren überglücklich und erleichtert. Aber jetzt haben sie noch einen langen Weg vor sich, um ihr die Hilfe zukommen zu lassen, die sie braucht."

„Das ist wirklich wunderbar, Babe. Ich bin stolz auf das, was du für diese Mädchen getan hast."

„Danke. Alle im Hauptquartier machen eine große Sache daraus."

„Zu Recht. Du hättest das Motel ja auch einfach verlassen können, dann wäre der Albtraum der Mädchen weitergegangen und niemand hätte gewusst, was dort vor sich geht. Du hast sie alle gerettet, indem du deinem Instinkt gefolgt bist."

„Ich erzähle das auch nur dir, weil es arrogant klingt ... aber wenn solche Dinge geschehen, dann weiß ich, dass ich genau das tue, wofür ich auf diese Erde gekommen bin. Verstehst du, was ich meine?"

„Absolut", antwortete er und fühlte sich in seiner Entscheidung bestätigt. Doch wem wollte er etwas vormachen? Es hatte nie eine Entscheidung gebraucht. Sam definierte sich über ihren Job, und der gab ihrem Leben erst eine Bedeutung. Er würde sie nie darum bitten, das für ihn aufzugeben.

Sie gähnte herzhaft. „Ich kann nicht länger wach bleiben."

„Das musst du auch nicht, Baby. Ich werde da sein, wenn du aufwachst, und dann werden wir jede Menge Zeit miteinander verbringen können."

„Können wir hier oben in unserem Loft bleiben und es erst verlassen, wenn wir Scotty abholen?"

„Nichts täte ich lieber als das."

„Was gibt es Neues von dieser Lexicore-Sache?"

„Du sollst schlafen."

„Das werde ich, nachdem du mir erzählt hast, was los ist."

„Es hat sich herausgestellt, dass die meisten Investoren nichts von Lexicores Verbindung zu der Fabrik in Thailand wussten. Wir konnten keine nennenswerten Veränderungen in den Umfragewerten feststellen, seit bekannt geworden ist, dass ich Aktionär war."

„Das ist gut."

„Das habe ich alles Graham zu verdanken. Er hat es perfekt gemanagt. Wie immer lag er mit seinem Instinkt genau richtig."

„Da bin ich froh. Du hast es verdient, gewählt zu werden. Du hast so hart dafür gearbeitet." Sie entspannte sich in seinen Armen, und dann ging ihr Atem gleichmäßig, weshalb er schon glaubte, sie sei wieder eingeschlafen. „Nick?"

„Hm?"

„Erinnerst du dich an diese Sache, über die wir gesprochen haben? Die wir mal zusammen ausprobieren wollen?"

Seine erst kürzlich befriedigte Libido erwachte prompt von Neuem, als er begriff, was sie meinte. „Was ist damit?"

„Ich will es tun. Ich will alles, was es gibt, mit dir tun."

Er drückte sie an sich und küsste sie auf die Stirn. „Dazu kommen wir noch, Babe. Wir werden das alles tun. Das verspreche ich dir."

„Gut", sagte sie und gähnte erneut. „Hast du auf deiner Reise auch die Gelegenheit gehabt, Zeit mit dem Präsidenten zu verbringen?"

„Wir hatten einen Drink zusammen, mitten in der Nacht in der *Air Force One*. Es war unglaublich."

„Das ist cool. Ist sonst noch was gewesen, während du unterwegs warst?"

„Nein, Schatz. Nichts weiter. Schlaf jetzt. Ich halte dich."

EPILOG

Sam, Nick und Scotty schauten sich die Wahlergebnisse in einer Hotelsuite gegenüber dem Greater Richmond Convention Center an. Die Suite war voller Familienangehöriger, Freunde und Wahlkampfhelfer, die einen klaren Sieg von Nick bei seiner ersten offiziellen Wahl erwarteten.

Graham plauderte mit den Leuten ganz wie der erfahrene Politiker, der er war, und genoss jeden Moment des großen Abends seines Ziehsohnes. In seiner „Arbeitskleidung" folgte Scotty Graham auf Schritt und Tritt, verteilte Zigarren und schüttelte Hände. „Sieh dir nur an, wie der nächste Senator Cappuano schon mal übt", sagte Sam zu Nick. Sie saßen zusammen vor dem Fernseher und verfolgten die Berichterstattung, während sie auf die ersten Ergebnisse aus Virginia warteten.

Nick beobachtete amüsiert, wie Scotty dem Gouverneur Virginias, Mike Zorn, und dessen Frau Judy, die Hand schüttelte. Beide schienen dem Charme des Jungen zu erliegen. Sie waren auf einen Sprung vorbeigekommen und warteten nun ab, ob Mike wiedergewählt worden war.

„Der Junge ist ein echtes Naturtalent", stellte Nick fest.

Sam nahm seine Hand und verschränkte ihre Finger mit seinen. „Genau wie sein Dad."

„Ich bin froh, wenn es endlich gelaufen ist", erwiderte er mit sorgenvollem Blick zum Fernseher.

„Die hast du im Sack, Senator. Wahrscheinlich muss man bei den vielen Stimmen, die du bekommst, eine ganz neue Zählmethode einführen."

„Ach, halt den Mund", entgegnete er scherzend.

„Bring mich doch zum Schweigen."

„Das werde ich auch. Später."

„Nichts als leere Versprechungen. Ich habe gerade eine Nachricht von Trace bekommen. Sie bringen Brooke heute Abend zu ihrer neuen Schule. Ich nehme an, es ist hässlich geworden, als sie es ihr eröffnet haben."

„Na ja, hoffen wir mal, dass es mit ein bisschen Abstand bald besser wird für alle."

„Ich wünsche es ihnen."

Graham kam zu ihnen, in seinen blauen Augen spiegelten sich Begeisterung und Vorfreude wider. An einem Abend wie diesem war er in seinem Element und genoss es sichtlich. Schon den ganzen Tag über war er Nick kaum von der Seite gewichen und hatte den Kandidaten an seinem ersten offiziellen Wahltag aufgemuntert.

„Kann ich den zukünftigen Senator kurz sprechen?", bat er.

„Bring ihm kein Unglück", warnte Scotty, der hinter Graham stand.

„Genau, sag's ihm, Scotty", meinte Nick.

„Ich sage doch nur, wie es ist", verteidigte Graham sich.

Nick drückte Sams Hand und ließ sie los. „Bin gleich wieder da, Babe."

„Ich werde ihn bloß eine Minute in Anspruch nehmen", versprach Graham.

Sam streckte die Hand nach Scotty aus. „Komm, setz dich zu mir."

Während sich die beiden Männer entfernten, ließ Scotty sich neben sie auf das Sofa plumpsen und verfolgte die Wahlergebnisse. „Ich wünschte, die Wahl wäre schon gelaufen."

Sam lachte. „Der Apfel fällt nicht weit vom Stamm."

„Was bedeutet das?"

„Dass du genau wie Nick bist. Er hat vor zwei Minuten das Gleiche gesagt."

„Ist doch gar nicht schlecht, wie Nick zu sein."

„Nein, es ist sehr gut."

„Das ist alles ziemlich cool, oder?"

„Verdammt cool. Aber ich muss zugeben, dass ich froh bin, wenn dieser Wahlkampf offiziell vorbei ist und wir langsam wieder ein normales Leben führen können."

„Unser Leben wird nie normal sein."

Amüsiert sagte sie: „Das ist dir auch schon aufgefallen, was?"

„Jap. Bin schnell dahintergekommen, dass ich mich mit euch als Eltern nie langweilen werde."

„Na, danke ..."

Sein Lächeln war charmant und übermütig, aber dann verschwand es, und Sam erkannte, dass ihn etwas beschäftigte. „Kann ich dich etwas fragen?"

„Alles."

„Ich habe gehört, wie ihr darüber geredet habt, dass Grandpa Skip nächste Woche ins Krankenhaus muss. Was fehlt ihm?"

Sam zuckte innerlich zusammen. „Tut mir leid, dass du auf diese Weise davon erfahren hast. Es ist möglich, dass sich die Kugel, die seine Lähmung verursacht hat, ein wenig bewegt hat. Man wird also einige Tests durchführen, um die Situation besser einschätzen zu können. Da er ohnehin angegriffen ist, wollen sie ihn zur Beobachtung dabehalten. Aber es ist nichts, weswegen du dir Sorgen machen müsstest." Sie sah, wie er diese Informationen zu verarbeiten versuchte.

„Ist es möglich, dass er eines Tages wieder gehen kann?"

„Oh, Schatz, ich glaube nicht, dass uns dieses Glück jemals zuteilwerden wird."

„Das wäre wirklich der Hammer."

„Ja, wäre es. Ich wünschte, du hättest ihn kennengelernt, bevor er verwundet worden ist. Er war unfassbar groß und stark und so voller Leben."

„Ist er immer noch."

Durch diese schlichten Worte zu Tränen gerührt, streckte Sam die Arme nach ihm aus. „Das ist nett von dir." Sie umarmte ihn einmal fest und ließ ihn wieder los.

„Jedenfalls ist es schön, wieder einen Grandpa zu haben."

„Er findet dich auch großartig."

„Ja wirklich?"

„Natürlich. Was kann man denn an dir nicht mögen, Scotty Cappuano?"

Scotty strahlte wieder. „Gar nichts."

„Du sagst es, Mister."

Nick folgte Graham in eines der beiden Schlafzimmer der Suite. Sie ließen die Tür offen, um hören zu können, ob es neue Nachrichten gab.

„Ich wollte dir nur sagen, dass ich stolz darauf bin, wie du deinen Wahlkampf geführt hast. Ich freue mich auf die nächsten sieben Jahre – und jetzt sag bloß nicht, eine solche Bemerkung bringe Unglück. Wir wissen beide, dass du gewinnen wirst."

„Danke für all deine Hilfe. Ohne dich wäre ich nie so weit gekommen."

„Auf diesen Lexicore-Schnitzer hättest du verzichten können", meinte Graham düster.

„Mehr war es ja letztlich nicht – nur ein Schnitzer. Dank deiner Erklärung vor den Medien ist keine große Sache daraus geworden."

„Das war das Mindeste, was ich für dich tun konnte, nachdem ich dir diesen Schlamassel ja erst eingebrockt habe. Allerdings fühle ich mich schrecklich, weil du viel Geld verloren hast. Ich werde einen Weg finden, um es wiedergutzumachen."

„Denk nicht mehr daran. Ich habe immer noch mehr als die Hälfte von dem, was John mir hinterlassen hat, und davor war ich auch nicht gerade ein Almosenempfänger."

„Stimmt." Graham rückte Nicks Krawatte gerade und wischte ein paar Fusseln von seinem Anzug. „Er wäre stolz auf dich, den besten Freund, den er je hatte. Er wäre begeistert."

„Ich wünschte nur, er hätte nicht sterben müssen, damit das möglich wird."

„Er würde uns beiden sagen, wir sollen aufhören, seinetwegen Trübsal zu blasen, und stattdessen den Augenblick genießen. Denn darin war er gut – den Moment ganz auszukosten."

„Ja, das war er." *Vielleicht einen Tick zu gut*, dachte Nick, behielt das aus Respekt vor seinem verstorbenen Freund und dessen Vater jedoch für sich. „Neulich nachts im Flugzeug hatte ich mit Nelson eine interessante Unterhaltung."

„Inwiefern interessant?"

„Das muss aber unter uns bleiben."

„Selbstverständlich."

Nick berichtete ihm von der Diagnose des Vizepräsidenten und dessen Rücktrittsplänen nach der Wahl.

„O Gott, das ist schrecklich." Graham stutzte. „Er hat dich gebeten, Gooding zu ersetzen, oder?"

„Kann sein."

Graham machte große Augen. „Du nimmst mich auf den Arm, was? Das ist fantastisch!"

„Bevor du ganz aus dem Häuschen gerätst, sage ich dir lieber gleich, dass ich es nicht machen werde."

„Nein ..."

„Doch."

„Aber warum? Damit wärst du in vier Jahren der sichere Amtsnachfolger!"

„Ich weiß."

„Also warum zum Henker sagst du Nein?"

Nick schaute zur offenen Tür, durch die er Sam und Scotty sehen konnte, die die Köpfe zusammengesteckt hatten und sich unterhielten. Sams Haar war lang und gelockt heute Abend, so, wie er es am liebsten mochte. Sie hatte sich für ein schwarzes Seidenkleid entschieden, in dem sie irgendwie zugleich sexy und sittsam aussah. Der Diamantschlüssel, den sie von ihm zur Hochzeit bekommen hatte, ruhte knapp oberhalb ihrer vollen Brüste, und ihr Verlobungsring funkelte, als sie Scotty über die Haare strich.

Nick sah wieder seinen Freund und Mentor an, der seinem Blick zu Sam und Scotty gefolgt war. „Ich kann sie nicht darum bitten, ihre Karriere für mich aufzugeben, Graham. Und sie kann nicht die Frau des Vizepräsidenten sein und weiterhin Mörder jagen. Aber das ist nun mal ihr Leben. Ich könnte sie ebenso gut bitten, mit dem Atmen aufzuhören. Es geht einfach nicht."

„Da ließe sich doch sicherlich irgendein Arrangement finden."

„Was denn für eines?", fragte Nick mit einem Lächeln.

„Das weiß ich jetzt auch nicht. Irgendeines." Graham sah aus, als könnte er jeden Moment in Tränen ausbrechen.

„Ich hatte eine ganze schlaflose Nacht in der *Air Force One*, während ich über die verschiedenen Szenarien nachgedacht habe. Es ist jedoch immer auf das Gleiche herausgelaufen. Es ist einfach nicht die richtige Zeit, weder für sie noch für mich."

„Doch, es ist die richtige Zeit für dich", widersprach Graham.

„Wenn es nicht der richtige Zeitpunkt für sie ist, dann auch nicht für mich."

„Wie hat sie reagiert, als du es ihr erzählt hast?"

„Ich habe es ihr nicht erzählt."

„Nick ... ach komm schon! Du musst es ihr wenigstens erzählen. Woher willst du denn wissen, was sie dazu meint, wenn du es ihr nicht einmal sagst?"

„Ich habe keinen Zweifel daran, dass sie den Job, den sie liebt, aufgeben würde, wenn ich sie darum bitten würde. Den Job, der ihr ganzes Erwachsenenleben geprägt hat. Ich habe außerdem keinen Zweifel daran, dass sie jede Minute ihres neuen Lebens in einem goldenen Käfig hassen würde, ständig umgeben vom Secret Service. Ich bin ehrlich überrascht, dass sie keinen der Bewacher, die mir und Scotty in den vergangenen Monaten gefolgt sind, umgebracht hat. Nein, das wäre kein Leben für sie."

„Sie hat gewusst, worauf sie sich eingelassen hat", konterte Graham ein wenig gereizt.

„Keiner von uns beiden hätte ahnen können, was das vergangene Jahr bringen würde. Jetzt, wo der Wahlkampf vorbei ist, freuen wir uns auf etwas entspanntere Zeiten mit unserem Sohn. Wir brauchen dringend Ruhe und Frieden. Das letzte Jahr war unwirklich."

Graham verzog leicht schmollend das Gesicht und schaute zu Boden. „Das haut mich echt aus den Socken."

Nicks Lachen weckte Sams Aufmerksamkeit im angrenzenden Zimmer. Er erwiderte ihr Lächeln. „Tut mir leid. Ich hätte es dir wohl besser nicht erzählen sollen."

„Ach was, ist schon in Ordnung. Ich werde es überleben. Irgendwie."

„Du wirst aber nichts verraten, oder?"

„Du weißt, dass du mir vertrauen kannst.“

Im Nebenzimmer brach Jubel aus. Grahams breites Grinsen war wieder da, als er jetzt Nick ansah.

„Tja, ich glaube, man darf dir gratulieren, gewählter Senator Cappuano.“

Nick ließ sich die Hand schütteln und umarmte Graham. „Klingt doch gut, oder?“

„Und wie. Mach mich weiter stolz, mein Sohn.“

„Immer.“

„Deine reizende Frau hält Ausschau nach dir, also werde ich mich mal daran machen, den Champagner auszuschenken.“

Auf dem Weg aus dem Zimmer umarmte und küsste Graham Sam. „Herzlichen Glückwunsch, Mrs. C.“

„Danke, Graham. Wir kommen auch gleich.“

„Lasst euch Zeit. Es ist euer großer Abend. Wir werden auf euch warten.“

Sam schloss die Tür und sah Nick vor Glück strahlend an. „Du hast es geschafft!“

„Habe ich auch gerade gehört.“ Der Jubel aus dem Nebenraum war ohrenbetäubend. „Komm her.“ Er winkte sie mit dem Zeigefinger zu sich und beobachtete, wie sie auf ihn zuging. Er liebte ihre Bewegungen, ihr Aussehen, alles an ihr.

Sie schob die Arme unter sein Jackett. „Ich gratuliere dir, Babe. Ich könnte nicht stolzer auf dich sein.“

„Danke. Es bedeutet mir viel, dass du das sagst.“

„Deine dich verehrenden Fans warten auf dich.“

„Die können auch noch eine Minute länger warten“, sagte er und hielt sie fest.

„Ich wette, die küssen sich da drin“, hörten sie Scotty vor der Tür sagen, und seine neuen Eltern mussten lachen.

„Na, wenn man uns dessen ohnehin bezichtigt“, meinte Nick und sah ihr in die Augen. „Wie wäre es?“

„Warum nicht? Ich habe noch nie einen gewählten Senator geküsst.“

Mit einem Lächeln im Gesicht presste er seine Lippen sanft auf ihre und küsste Sam voller Liebe und Zuversicht, in der Gewissheit, alles zu haben, was er je brauchen würde, solange er sie hatte und den Sohn, den sie beide liebten.

. . .

ENDE

NACH DEM EPILOG

Der Jubel der Menge im Ballsaal war derartig laut gewesen, dass Nick die Ohren noch zwei Stunden später klingelten, als er mit Sam nach der Feier mit dem Wahlkampfteam längst wieder in seine Suite zurückgekehrt war. Es war ein großartiger Abend gewesen, die Krönung eines monatelangen, äußerst strapaziösen Wahlkampfes, der ihn auf unzählige Reisen kreuz und quer durch Virginia geführt hatte.

Aber für diesen Abend, an dem die Wahl zu Nicks Gunsten ausgefallen war, hatten sich die Strapazen gelohnt. Nicht, dass irgendwer überrascht gewesen wäre über den Ausgang der Wahl, denn Nick hatte während der ganzen Zeit in den Umfragen vorne gelegen. Er jedoch hatte gar nichts als selbstverständlich angesehen. Das war einfach nicht seine Art. Stattdessen hatte er diesen Wahlkampf geführt, als müsse er etwas beweisen, was seiner Ansicht nach auch zutraf.

Fast ein Jahr nach dem Mord an seinem besten Freund und Boss fühlte Nick sich immer noch wie ein Betrüger und Ersatzdarsteller, der eine Rolle spielen musste, bis der Star in alter Form zurückkehrte. Nur dass der Star nicht mehr zurückkommen würde. Die Rolle gehörte nun offiziell Nick, und er musste sie ausfüllen.

Da er wie so oft an Schlaflosigkeit litt, dachte Nick an das Gespräch mit Graham und lächelte in der Dunkelheit bei der

Erinnerung an die gequälte Miene des Freundes wegen Präsident Nelsons Angebot an Nick. Er hatte genau gewusst, wie Graham reagieren würde.

Trotz der Versicherungen seines Mentors, es könne schon irgendetwas arrangiert werden, fühlte Nick sich wohl mit seiner Entscheidung, Nelsons Angebot, der neue Vizepräsident zu werden, abzulehnen. Und er war auch im Reinen mit sich, seiner Frau nichts von diesem Angebot zu erzählen. Sam würde ihn ermutigen, jede sich bietende Chance wahrzunehmen, selbst wenn sie dafür ihr eigenes Glück opfern müsste.

Aber das würde er nie von ihr verlangen. Dafür liebte er sie einfach viel zu sehr. Er strich über ihren nackten Rücken, während sie friedlich schlafend halb auf ihm lag. Nick war glücklich, für sie da zu sein.

Sie murmelte im Schlaf und bewegte die Hand von seiner Brust hinunter zu seinem Bauch, was eine prompte und vorhersehbare Reaktion auslöste. „Warum bist du immer noch wach?"

„Weil diese wahnsinnig aufregende Frau nackt in meinen Armen schläft. Wie soll ich denn da schlafen?"

Ihre Hand bewegte sich weiter nach unten und schloss sich um seine Erektion. „Ich dachte, darum hätten wir uns schon gekümmert."

„Er kriegt einfach nie genug von dir."

„Worüber denkst du wirklich nach?"

„Über die aufregende nackte Frau."

„Nick ..."

„Über vieles – den Wahlkampf, die Wahl, die nächsten sieben Jahre, Scotty, dich. Besonders über dich."

„Was ist mit mir?"

„Ich möchte dir noch einmal danken für deine Unterstützung während meines Wahlkampfes. Ursprünglich habe ich dir versprochen, dass ich nur ein Jahr im Senat sein werde, und jetzt stehen uns sieben weitere bevor."

Sie bewegte sich, sodass sie jetzt ganz auf ihm lag.

Er legte die Arme um sie und genoss es, ihre warme nackte Haut an seiner zu spüren.

„Habe ich dir eigentlich schon gesagt, wie stolz ich auf dich bin, mein Ehemann, der Senator?"

„Ja, ich glaube schon."

„Ich weiß nicht, ob du eine Vorstellung davon hast, wie stolz ich auf dich bin. Jeden Tag bei der Arbeit sagen die Leute zu mir: ,Sie sind die Frau des Senators'. Ich tue dann immer so, als wäre ich genervt, aber in Wirklichkeit bin ich stolz. Es ist wunderbar, wie du nach Johns Tod eingesprungen bist und den Mitarbeiterstab motiviert hast, seine Arbeit fortzuführen. Ich glaube nicht, dass jemand anderes als du das zu jenem Zeitpunkt geschafft hätte. Die Leute waren am Boden zerstört, aber du hast sie mit deiner ruhigen Stärke wieder zusammengeführt. Und wir alle bauen auf diese Stärke, mehr, als dir bewusst ist."

„Du machst mich ganz demütig, Samantha, und ich fürchte, du misst mir da zu viel Bedeutung bei."

„Ich messe dem, was du für mich tust, nicht mal annähernd genug Bedeutung bei. Bis du mir über den Weg gelaufen bist, war ich total neben der Spur."

„Du warst alles Mögliche, sexy vor allem, aber ganz sicher nicht neben der Spur."

„Doch, im Inneren schon. Mein Leben war außer Kontrolle. Ich war schwer mitgenommen von der Verwundung meines Dads, den Fehlgeburten, der Scheidung von Peter, dem übel ausgegangenen Johnson-Fall. Von allem. Aber in dem Augenblick, als ich dich wiedergesehen habe, in Johns Apartment an jenem schrecklichen Tag, habe ich mich sofort besser gefühlt. Ruhiger. In der Lage, allem gewachsen zu sein, was sich mir in den Weg stellen würde, weil du wieder in meinem Leben aufgetaucht warst. Ich hatte so oft an dich gedacht seit der Nacht unserer ersten Begegnung. Und als ich dann erfahren habe, dass du auch an mich gedacht hast ..."

„Ich war besessen von dir. Ich wusste immer, dass du die Richtige bist für mich."

Sie verblüffte ihn, indem sie sich aufrichtete und ihn langsam in sich aufnahm.

Nick sog scharf die Luft ein, legte die Hände auf ihre Hüften und bog sich ihr entgegen, um tiefer in sie eindringen zu können.

„Und jetzt können wir das tun, jeden Tag, für den Rest unseres Lebens."

„Sonntags zweimal", fügte er mit einem Grinsen hinzu.

Sie erwiderte sein Lächeln und beugte sich herunter, um ihn zu küssen. „Sonntags dreimal."

„Was immer du willst, Babe."

HÄUFIG GESTELLTE FRAGEN ZUR FATAL-SERIE

Wie viele Bücher dieser Serie beabsichtigen Sie zu schreiben?
Ich hoffe, die Serie schreiben zu können, solange sie den LeserInnen und mir Spaß macht. Was bis jetzt noch der Fall ist. Diese Bücher fordern mich sehr, nicht immer auf angenehme Weise, aber bisher bin ich mit dem Ergebnis zufrieden. Das hält meine Motivation aufrecht, Sams und Nicks Geschichte weiterzuerzählen. Ich liebe es, über die beiden zu schreiben. Ein Ende ist also vorerst nicht in Sicht.

Werden Sam und Nick in der Serie irgendwann ein Baby haben?
Das weiß ich wirklich nicht. Ich würde ihnen gern geben, was sie sich wünschen (und was sich die Leser wünschen), aber Sam zur Mutter eines Säuglings zu machen, würde das Leben des Paars und das Tempo der Serie dramatisch verändern. Falls (und es ist sehr fraglich) sie ein Baby haben werden, dann wohl eher viel später in der Serie, mehr zum Ende hin.

Wird Nick für das Amt des Präsidenten kandidieren? Und wenn ja, wird Sam ihren Job aufgeben müssen?
Auf beide Fragen habe ich keine Antwort! :-) Wir müssen wohl abwarten, was das Leben ihnen noch bringt, würde ich sagen. Wir sind jetzt bei Buch Nummer sieben und haben noch nicht einmal

ein ganzes Jahr mit ihnen verbracht. Die nächste Wahl findet erst in vier Jahren statt. Das sind eine ganze Menge Bücher bis dahin.

Werden wir je herausfinden, wer auf Skip geschossen hat?
Das ist eine weitere Frage, die mir wirklich andauernd gestellt wird. Zusammen mit: „Wissen *Sie*, wer auf Skip geschossen hat?" Nein, weiß ich nicht. Ich werde es wohl gemeinsam mit Sam herausfinden. Es gefällt mir, dass ich es nicht weiß und es endlos viele Möglichkeiten gibt. Es gefällt mir auch, dass es für Sam frustrierend ist, diese Frage nicht beantworten zu können. So ist das Leben, oder? Aber ich habe einige wirklich interessante Geschichten für Skip in den kommenden Büchern, auf die zu schreiben ich mich freue.

Wir würden gern die Geschichte über die Nacht lesen, in der Sam und Nick sich kennengelernt haben. Werden Sie die schreiben?
Ja! Tatsächlich schreibe ich die gerade. Haltet Ausschau nach *One Night With You*, einem Kurzroman der Serie, der 2015 als Buch und als E-Book erscheinen soll.

Habt ihr noch weitere Fragen, die hier nicht beantwortet wurden? Dann schickt sie an Marie unter *marie@marieforce.com*.
Danke fürs Lesen!

DANKSAGUNG

Als ich *Fatal Affair* 2009-2010 schrieb, hätte ich mir nicht vorstellen können, wie diese Serie bei den Lesern ankommen würde. Ich kann kaum glauben, dass wir schon bei Buch Nummer sechs und immer noch gut in Form sind. Es macht so viel Freude, über Sam und Nick zu schreiben – und über ihren wunderbaren Sohn Scotty. Jeden Tag von LeserInnen zu hören, dass sie mehr, mehr, *mehr* wollen, hat mich enorm motiviert bei der Arbeit an *Fatal Mistake*. Ich habe noch viel mehr auf Lager für die Cappuanos, ihre Freunde und Familie, und ich hoffe, ihr begleitet sie weiter auf ihrem turbulenten Weg.

Mein Dank geht wie immer an die vielen Menschen, die mich unterstützen, besonders an das „Team Jack", bestehend aus Julie Cupp, Lisa Cafferty, Holly Sullivan, Isabel Sullivan, Nikki Colquhoun und Cheryl Serra. Die kümmern sich gut um mich, und ich bin ihnen dankbar dafür, dass sie mich bei Verstand halten. Julie ist mir außerdem bei den Details über Washington, D.C. eine große Hilfe. Mein Agent Kevan Lyon ist ein wunderbarer Unterstützer, Partner und Freund. Allen bei Carina Press und Harlequin, einschließlich meiner neuen Lektorin Alissa Davis, die an dieser Serie gearbeitet haben – danke für eure Begeisterung. Ein riesiges Dankeschön an meine treuen Testleser Ronlyn Howe, Kara Conrad und Anne Woodall – ohne euch und euer klasse Feedback würde ich es nicht schaffen, Ladys!

Besonderer Dank geht an meine Leserin und Freundin Stephanie Behill für ihre Hilfe bei Übersetzungen ins Spanische, und an den Finanzberater Joseph A. Medeiros, CLP, CLU, ChFC, AIF, der mir mit Informationen über den Kauf und Verkauf von Aktien geholfen hat.

Jedes Mal, wenn ich ein Buch der Serie schreibe, kann ich mir der Unterstützung durch Police Detective Captain Russ Hayes aus

Newport, Rhode Island, sicher sein, was sehr angenehm ist. Wieder einmal vielen Dank, Russ, dass du dafür sorgst, dass ich authentisch bleibe, und mir dabei hilfst, die investigativen und polizeilichen Aspekte der Story möglichst lebensnah darzustellen – und unterhaltsam!

Vielen, vielen Dank an meine Familie – Dan, Emily und Jake –, die mich ertragen, wenn ich eine Deadline habe, und an meine vierbeinigen Bürofreunde Brandy und Louie, die mir den ganzen Tag Gesellschaft leisten.

Zum Schluss meinen allerherzlichsten Dank an meine wundervollen LeserInnen, die mir dieses fantastische Leben erst ermöglichen. Jeden Tag bin ich jedem Einzelnen von euch dankbar. Dank eurer Unterstützung ist *Fatal Mistake* das erste Buch der Serie geworden, das es in die Bestsellerliste der *New York Times* geschafft hat!

Wollt ihr mit anderen Fans chatten, die *Fatal Mistake* gelesen haben? Dann beteiligt euch an der *Fatal Mistake Reader Group* bei facebook.com/groups/FatalMistake/ und der *Fatal Series Reader Group* unter facebook.com/groups/FatalSeries. Tragt euch außerdem in meine Verteilerliste unter marieforce.com ein, um benachrichtigt zu werden, sobald neue Bücher erhältlich sind.

xoxo
Marie

WEITERE TITEL VON MARIE FORCE

Die Fatal Serie

One Night With You – Wie alles begann (Fatal Serie Novelle)

Fatal Affair – Nur mit dir (Fatal Serie 1)

Fatal Justice – Wenn du mich liebst (Fatal Serie 2)

Fatal Consequences – Halt mich fest (Fatal Serie 3)

Fatal Destiny – Die Liebe in uns (Fatal Serie 3.5)

Fatal Flaw – Für immer die Deine (Fatal Serie 4)

Fatal Deception – Verlasse mich nicht (Fatal Serie 5)

Fatal Mistake – Dein und mein Herz (Fatal Serie 6)

Fatal Jeopardy – Lass mich nicht los (Fatal Serie 7)

Fatal Scandal – Du an meiner Seite (Fatal Serie 8)

Fatal Frenzy – Liebe mich jetzt (Fatal Serie 9)

Fatal Identity – Nichts kann uns trennen (Fatal Serie 10)

Fatal Threat – Ich glaub an dich (Fatal Serie 11)

Fatal Chaos – Allein unsere Liebe (Fatal Series 12)

Fatal Invasion – Wir gehören zusammen (Fatal Serie 13)

Fatal Reckoning – Solange wir uns lieben (Fatal Serie 14)

Fatal Accusation – Mein Glück bist du (Fatal Serie 15)

Fatal Fraud – Nur in deinen Armen (Fatal Serie 16)

Fatal Serie Bände 1-6

Fatal Serie Bände 7-11

First Family

State of Affairs – Liebe in Gefahr, Band 1

State of Grace – Für alle Ewigkeit, Band 2

State of the Union – Du und ich gemeinsam, Band 3

State of Shock - Meine Liebe, mein Leben, Band 4

State of Denial – Riskantes Spiel mit dir, Band 5

State of Bliss – Unser Traum von Liebe, Band 6

Wild Widows

Someone like you – Neues Glück mit dir

Someone to hold – Nur mit deiner Liebe

Miami Nights

Bis du mich küsst

Bis du mich berührst

Bis du mich liebst

Bis du mich verzauberst

Bis du mit mir träumst

Die McCarthys

Liebe auf Gansett Island (Die McCarthys 1)

Mac & Maddie

Sehnsucht auf Gansett Island (Die McCarthys 2)

Joe & Janey

Hoffnung auf Gansett Island (Die McCarthys 3)

Luke & Sydney

Glück auf Gansett Island (Die McCarthys 4)

Grant & Stephanie

Träume auf Gansett Island (Die McCarthys 5)

Evan & Grace

Küsse auf Gansett Island (Die McCarthys 6)

Owen & Laura

Herzklopfen auf Gansett Island (Die McCarthys 7)

Blaine & Tiffany

Rückkehr nach Gansett Island (Die McCarthys 8)

Adam & Abby

Versuchung auf Gansett Island (Die McCarthys 24)

Cooper & Gigi

Neubeginn auf Gansett Island (Die McCarthys 25)

Jace & Cindy

Sturmwolken über Gansett Island (Die McCarthys 26)

Die Green Mountain Serie

Alles was du suchst (Green Mountain Serie 1)

Endlich zu dir (Green Mountain Serie 1/Story 1)

Kein Tag ohne dich (Green Mountain Serie 2)

Ein Picknick zu zweit (Green-Mountain-Serie/Story 2)

Mein Herz gehört dir (Green Mountain Serie 3)

Ein Ausflug ins Glück (Green-Mountain-Serie/Story 3)

Schenk mir deine Träume (Green-Mountain Serie 4)

Der Takt unserer Herzen (Green-Mountain-Serie/Story 4)

Sehnsucht nach dir (Green-Mountain Serie 5)

Ein Fest für alle (Green-Mountain-Serie 5/Story 5)

Öffne mir dein Herz (Green-Mountain-Serie 6/Story 6)

Jede Minute mit dir (Green-Mountain-Serie 7)

Ein Traum für uns (Green-Mountain-Serie 8)

Meine Hand in deiner (Green-Mountain-Serie 9)

Mein Glück mit dir (Green-Mountain-Serie 10)

Nur Augen für dich (Green-Mountain-Serie 11)

Jeder Schritt zu dir (Green-Mountain-Serie 12)

Ganz nah bei dir (Green-Mountain-Serie 13)

Meine Liebe für dich (Green-Mountain-Serie 14)

Eine Ewigkeit für uns (Green-Mountain-Serie 15)

Die Neuengland-Reihe

Vergiss die Liebe nicht (Neuengland-Reihe 1)

Wohin das Herz mich führt (Neuengland-Reihe 2)

Wenn das Glück uns findet (Neuengland-Reihe 3)

Und wenn es Liebe ist (Neuengland-Reihe 4)

Für immer und ewig du (Neuengland-Reihe 5)

Die Quantum Serie

Tugendhaft (Quantum-Serie 1)

Furchtlos (Quantum-Serie 2)

Vereint (Quantum-Serie 3)

Befreit (Quantum-Serie 4)

Verlockend (Quantum-Serie 5)

Überwältigend (Quantum-Serie 6)

Unfassbar (Quantum-Serie 7)

Berühmt (Quantum-Serie 8)

Andere Bücher

Sex Machine – Blake und Honey

Sex God – Garrett und Lauren

Five Years Gone – Ein Traum von Liebe

One Year Home – Ein Traum von Glück

Mein Herz für dich

Nicht nur für eine Nacht

Take-off ins Glück

The Fall – Du und keine andere

Dieses Mal für immer

Helden küsst man nicht

Küsse für den Quarterback

Gilded Serie

Die getäuschte Herzogin

Eine betörende Braut

ÜBER DIE AUTORIN

Marie Force ist New-York-Times-Bestseller-Autorin von zeitgenössischen Liebesromanen und Romantic Suspense. Zu ihren Büchern gehören unter anderem die beliebten Reihen „Fatal", „First Family", „Gansett Island", „Butler Vermont", „Neuengland", „Miami Nights" und „Wild Widows" sowie die erotische „Quantum"-Serie. Ihre Bücher haben sich weltweit bislang mehr als zehn Millionen  Mal verkauft, wurden in ein Dutzend Sprachen übersetzt und standen über dreißigmal auf der New-York-Times-Bestseller-Liste. Außerdem ist sie USA-Today- und #1-Wall-Street-Journal-Bestseller-Autorin und in Deutschland Spiegel-Bestseller-Autorin.

Ihre Ziele im Leben sind einfach: Bücher zu schreiben, solange sie kann, ihre beiden Kinder weiter dabei zu unterstützen, glückliche, gesunde und produktive junge Erwachsene zu werden, und niemals in einem Flugzeug zu sitzen, das Schlagzeilen macht.

Tragen Sie sich in Maries Mailingliste ein, um alles Wichtige über neue Bücher und Veranstaltungen zu erfahren. Folgen Sie ihr auf Facebook und auf Instagram.

www.ingramcontent.com/pod-product-compliance
Lightning Source LLC
Chambersburg PA
CBHW070736190726
48292CB00002B/299